NOVEL

Alberto Matano

VITAMIA

MONDADORI

Questo libro è un'opera di fantasia. La trama e i personaggi sono frutto di invenzione. Qualsiasi analogia con fatti, luoghi e persone, vive o scomparse, è assolutamente casuale.

Per la citazione a p. 188: *Night and Day* Testo e Musica di C. Porter © 1932 WC Music Corp. Su licenza di Warner Music Publishing Italy S.r.l.
Per la citazione a p. 343: Pedro Salinas, *La voce a te dovuta*, trad. di Emma Scoles, Einaudi, Torino 1979.
Per la citazione a p. 344: *La stagione dell'amore*, testo e musica di Franco Battiato © 1983 EMI Music Publishing Italia S.r.l. Tutti i diritti riservati per tutti i Paesi. Riprodotto su autorizzazione di HAL LEONARD EUROPE BV.

⅄ mondadori.it

Vitamia
di Alberto Matano
Collezione Novel

ISBN 978-88-04-78651-1

© 2024 Mondadori Libri S.p.A., Milano
I edizione novembre 2024

Vitamia

A tutti quelli che amo, siete la vitamia

Prologo

27 maggio 2023

Senza preavviso lo sguardo si fa liquido.

Non puoi commuoverti, Rocco, devi farcela, pensa intravedendo la sagoma di Giulia comparire in lontananza.

Pochi secondi e le lacrime, che già gli hanno riempito gli occhi, scendono giù per una guancia, poi per l'altra. Si passa le dita sul viso, come a tamponare, come a dissimulare. Ma a nulla servono gli occhiali celesti indossati nel tentativo di nascondere l'emozione.

Rocco comincia a sudare, la gola si secca, cerca di schiarirsi la voce.

All'improvviso il battito si fa potente, il cuore gli scoppia, come alla fine di una sessione di crossfit.

Giulia si avvicina lentamente. La luce del tramonto ne disegna la silhouette, quella silhouette che Rocco conosce così bene, si riflette sull'abito bianco, si poggia sui capelli, i contorni sembrano tratteggiati d'oro. È un'icona sacra, una madonna abbagliante.

Ha desiderato questo giorno più di ogni cosa, Giulia. Curato ogni singolo dettaglio. Dal podere immerso nella Maremma al bouquet di margherite selvatiche.

E poi quarantotto ore di ritiro, per il fisico e la mente.

Ora è talmente felice che il sorriso sembra stampato sul suo volto, immobile.

Cerca di guardarsi intorno ma non distingue nessuno, mentre incede tra gli invitati schierati sui lati, attenta a non inciampare nel vestito.

Tutti, intorno a lei, partecipano come in una sorta di estasi collettiva, tra sussurri, sorrisi, incitazioni, lacrime e foto. Mentre l'orchestra intona *Hallelujah* nella versione di Jeff Buckley: sembra una canzone scritta apposta per loro.

Anche Rocco è in uno stato di trance. Più Giulia avanza verso di lui, stretta al braccio del fratello, che le tiene anche la mano, più la sua immagine si appanna. E lui teme di non farcela, di non riuscire a parlare, di sbagliare tutto. E gli anelli? Dove sono le fedi? Non lo sa, non sa più niente, nella sua testa si affollano soltanto immagini, pezzi di vita.

Il primo incontro, il primo bacio, i risvegli, la pasta al formaggio nel cuore della notte, le corse in motorino, il posto sicuro, il buio... il loro grande amore.

Giulia, vitamia.

PRIMA PARTE

1

15 ottobre 1990

Per tutta la notte Rocco fissa il soffitto. A volte si sforza di chiudere gli occhi. Prova a addormentarsi, ma poi li riapre sempre. Troppi pensieri, troppi rumori. Anche se l'unico suono, in realtà, è quello del 62 notturno. Ogni suo passaggio scandisce il tempo facendo vibrare lievemente il pavimento. Ma nella stanza il suo respiro, il battito del suo cuore rimbombano, assordanti.

Quando la sveglia suona, Rocco è già sotto la doccia. Ha calcolato tutto. La sera prima ha apparecchiato la tavola per la colazione, preparato gli abiti sullo schienale di una sedia, riempito lo zaino con un quaderno, la rubrica telefonica, due penne, il walkman e un paio di cassette.

Vestito, continua a girare frenetico per casa, non ha ancora neanche preso il caffè. Si ferma davanti allo specchio, ispeziona ogni dettaglio. Poi, avvolto da una nuvola di Rockford, spruzzato perfino sulle mutande, è finalmente pronto.

«Cazzo, il gel...»

Torna indietro, spreme sulla mano una quantità smisurata di Studio Line, se lo passa tra i capelli, si guarda con aria compiaciuta: questo è davvero l'inizio della sua nuova vita... o *vita nuova*, sì, vita nuova.

Uscendo sbatte forte la porta, si accerta che sia chiusa fino all'ultima mandata, infila le chiavi nello zaino e controlla più volte che la zip sia a posto.

Lo specchio dentro l'ascensore lo riflette con i suoi occhi castano scuro e i ricci che invece sembrano nerissimi, tanto ha provato a schiacciare i lati col gel per evitare l'effetto Jackson 5, che proprio non sopporta. Indossa un giacchino di jeans, un paio di pantaloni blu chiaro, una camicia a quadri e le Timberland da barca ripulite per l'occasione. È raggiante e goffo al tempo stesso.

Fa per aprire il portone quando il portiere, Armando, lo precede. Lo scruta con deferenza mista a sospetto. È un uomo sui sessant'anni, alto e distinto, con i capelli bianchi e gli occhi chiari infossati. Ha un fare indagatore e sbrigativo al tempo stesso.

«Buongiorno! È il primo giorno, eh...»

«Sì» risponde Rocco con aria intimidita.

«Be', in culo alla balena... mi scusi il termine, ma qui a Roma si dice così!»

«Ok, grazie...» fa Rocco distogliendo lo sguardo.

Uscito dal portone è subito spiazzato. La strada abbastanza silenziosa dei giorni precedenti oggi è una distesa di bancarelle colorate, frutta, verdura e alimenti di ogni genere.

«Bistecche di prato, bistecche di prato...» urla un'anziana signora dall'aspetto malconcio, due occhi scurissimi contornati da una vistosa matita nera.

Come lo vede passare grida: «Anvedi che bocconcino, stamattina... che te do, nì?».

«Niente, grazie... magari passo dopo...»

«Guarda che t'aspetto, bel ragazzo.»

Attento a non urtare nessuno, Rocco si fa strada tra la folla e procede spedito verso la fermata dell'autobus. Il frastuono del mercato all'aperto lo ha divertito. Specchiandosi in una vetrina, si dà un'altra controllata ai capelli. Ha calcolato tutto. Autobus numero 310, direzione piazza Vescovio, cinque fermate fino a destinazione.

Piazza dell'Indipendenza è un crocevia di persone: chi corre frenetico da un bus all'altro, chi fissa l'orologio e il cartellone delle corse, chi sfoglia il giornale, chi un libro. Sono le otto del mattino di lunedì 15 ottobre 1990. «Benvenuto a Roma!» si dice Rocco a voce alta, travolto dall'energia della città.

Mentre i pensieri si affollano di nuovo nella sua testa, il 310 gli si palesa di fronte agli occhi, le porte si spalancano, pochi secondi e sono di nuovo chiuse senza che lui sia riuscito a salire. Troppa gente.

Qualche minuto dopo eccone un altro. Rocco avanza, prova a farsi strada, ma nulla: le persone sono tutte ammassate lì davanti.

La fila aumenta, e insieme riaffiora quella sensazione che Rocco, in questi giorni, ha fatto fatica a definire.

Sì, perché da quando è rimasto solo in città si sente una specie di osservato speciale. È come se tutti lo scrutassero, sapessero che è lì da solo, nei primi momenti della sua vita nuova, quella che aveva tanto sognato e adesso è là, pronta per essere afferrata.

Stavolta lo prendo, si dice mentre un nuovo autobus arriva. C'è una tecnica per salire, ha notato. I più audaci, o forse disperati, saltano su all'ultimo, quando ormai in tanti hanno rinunciato, spingono con tutte le proprie forze e si spalmano all'interno. Le porte fungono da cerniera, come quando si prova a entrare in un paio di jeans di una taglia più piccola.

Ora è il suo momento. Radunato il coraggio che serve, balza sul primo scalino, cerca di accostarsi con delicatezza a quell'ammasso di gente già stipata all'interno, inspira e, con un movimento di bacino, lascia che le porte automatiche gli scivolino alle spalle.

Una volta a bordo, avvolto da una massa indefinita di corpi, si sente quasi protetto, cullato, come in un abbraccio collettivo. Ora nessuno gli fa più caso, "perché in fondo siamo tutti sulla stessa barca".

Una brusca frenata, e il gomito del signore accanto nel suo fianco destro rompe l'incantesimo. È la prima fermata, ne mancano quattro. Ora il problema sarà come scendere, riflette, già madido di sudore. E mentre le fermate si susseguono quella sensazione di abbraccio collettivo comincia a stargli sempre più stretta.

Si sta finalmente facendo strada verso l'uscita, quando un ragazzo inizia a fissarlo. Lui prova a non farci caso, ma l'altro insiste. Lo guarda, gli sorride con aria complice. Rocco, invece, abbassa lo sguardo. Poi un nuovo improvviso scatto, e il suono dello stop: è la fermata giusta, deve scendere.

Pochi passi e il giovane di prima lo accosta. È un ragazzo biondo, ha l'aria simpatica e un accenno di barba rossiccia.

«Ciao.»

«Ciao.»

«Teo, piacere...»

«Rocco.»

«Primo giorno anche per te?»

«Ehm, sì...»

«Oh, ce l'hai scritto in faccia...»

«Scritto cosa? In che senso?»

«Aó, daje, rilassate... mica t'ho detto stronzo... non sei di Roma, vè?»

«Eh be', in effetti no, sono di Siracusa...»

«Se vede, e si sente pure.»

All'improvviso Teo lo stringe a sé col braccio. Rocco prova a divincolarsi, quasi infastidito per tanta invadenza.

«Daje, nun te preoccupà, Rocchè, ce sto io... certo che ammucchiata su 'sto trescentodiesci.»

«Tu invece sei di Roma, direi...»

«Sì, romano dell'Eur, sai dov'è? Ho preso la metro fino a Termini e poi il trescentodiesci fino a qui.»

«Be', non ci sono mai stato, ma so dov'è, credo ci sia anche il luna park.»

«Corretto!» esclama lui con una risata.

Mentre camminano, insieme a loro si muove un flusso di persone, tutte in marcia nella stessa direzione: il grande colonnato bianco dall'inconfondibile stile littorio della Sapienza.

«La vedi quella?» fa Teo indicando verso il centro dell'immensa fontana, ai piedi della facciata. «È la statua della Minerva. Nun la guardà mai negli occhi, eh, porta sfiga...

almeno così dicono: se la guardi prima di un esame, bocciatura assicurata!»

«Non è vero ma ci credo, direbbero dalle mie parti.»

Teo, improvvisatosi cicerone, sembra muoversi già con disinvoltura tra i viali dell'università, mentre Rocco cerca di continuo con lo sguardo frecce o cartelli.

«Io vado da quella parte» annuncia Teo a un certo punto.

«Anche io.»

«Aó, lo sapevo... pure te Giurisprudenza, c'hai proprio l'aria der fijo de papà: notaio o avvocato, vè?»

«Veramente... siamo imprenditori.»

«Ah, vabbè.»

«I tuoi invece cosa fanno?»

«Mi' padre c'ha un bar alla Magliana, io ogni tanto gli do una mano... oh, ammazza che bordello! 'O sai che famo? Vie' co' me.»

La scalinata di marmo bianco della facoltà di Giurisprudenza è una distesa di ragazzi. Tanti seduti sui gradini, chi fuma, chi legge un libro, piccoli gruppi discutono, i più si salutano, si abbracciano, come quando ci si ritrova dopo le vacanze estive.

Una fila più o meno composta si sta muovendo in direzione dell'ingresso principale.

«Anvedi quanti semo!» urla un ragazzo nel mucchio.

Rocco non può che trovarsi d'accordo. Non si aspettava tutta questa gente, neanche durante l'assemblea per l'occupazione del liceo aveva visto così tanti studenti tutti insieme.

Una cosa è certa però: di quel passo, per entrare, ci metteranno una vita.

«Vie' co' me!» ripete Teo afferrandolo di nuovo per un braccio. Evidentemente ha avuto lo stesso pensiero. «Allora, 'n'amica mia m'ha detto che famo prima da dietro, si arriva diretti all'aula magna.»

Il fragore del chiacchiericcio li sorprende prima ancora di arrivare sul retro dell'edificio. Anche qui ci sono centinaia di studenti, tutti assiepati sulle scale antincendio.

I due si scambiano un'occhiata divertita. Pensavano di essere tanto furbi, e invece.

Si incanalano come gli altri, in attesa che si aprano le porte.

«Teo, Teo!» urla una ragazza dall'alto.

«Anvedi chi c'è, aó ciao, Marì... m'avevi detto che te segnavi a Economia...»

«Lo so, poi ho cambiato.»

«Daje, se beccamo dentro!»

Lei mostra il pollice all'insù. Rocco continua a guardarsi intorno. Tutto d'un tratto ha caldo, si appoggia alla ringhiera, si leva il giacchino di jeans e se lo lega in vita, poi con discrezione si asciuga la fronte sudata col polsino della camicia.

«Eh, eh, ah, ah, aaah!»

Neanche il tempo di voltarsi per capire da dove venga quella risata, che una nuvola bluastra gli offusca per qualche secondo la vista.

Dietro di lui c'è una ragazza, gli sorride mentre fuma con un'aria da *femme fatale*.

«In effetti fa caldissimo qui» gli dice.

«Eh be', sì...»

«Di dove sei?»

«Di Siracusa.»

«Quindi anche tu terrone?»

«Ehm, sì... tu?»

«Io sono nata in Calabria, ma mia madre vive a Roma da anni e in pratica io... ma che palle, mica sarà ogni giorno così, qui! Non riusciremo mai a sederci!»

«Raga, da domani ci organizziamo» interviene una ragazza con i capelli rossi dal marcato accento romano.

«In che senso?» chiede Rocco con una smorfia.

«Cioè che facciamo i turni e occupiamo i posti... veniamo in due o tre, così ci alterniamo.»

«Ah ok, a proposito... lui è Teo.»

Rocco si gira ma Teo non c'è più, svanito della folla, mentre le due ragazze si mettono a parlare tra loro.

La ragazza della sigaretta ha una giacca squadrata color rosa cipria, e due vistosi orecchini dorati. Ora sono ancora più vicini e Rocco nota la bocca, carnosa con solo una lieve passata di lucidalabbra, i lineamenti sono delicati, il naso all'insù, gli occhi scuri, luminosi, e i capelli una cascata di ricci, lunghissimi.

Avrà qualche anno in più di lui, pensa, mentre finalmente le porte dell'aula magna si aprono e quel flusso di ragazzi comincia a spingere verso l'interno per accaparrarsi un posto. Senza neanche rendersene bene conto Rocco si ritrova catapultato dentro, seduto nella penultima fila al centro.

L'aula è gigantesca, ci sono studenti ovunque, assiepati sui banchi, seduti sugli scalini, persino le pareti sono foderate di studenti in piedi, qualcuno rimane fuori dalle uscite di sicurezza. Accanto a lui gli sorride una ragazza, si presenta, si chiama Monica ma Rocco non le presta molta attenzione. È troppo concentrato a cercare la ragazza di poco fa, scandaglia ogni posto, fino alle prime file, ma niente. Chissà se è entrata, chissà se ha trovato dove sedersi.

Potrebbe offrirle il suo posto e…

Da dietro Teo lo sorprende con un buffetto sul collo.

«Aó, ce l'abbiamo fatta… daje!»

Rocco si volta infastidito: «Eccoti, non ti vedevo più, dov'eri…?». Ma si interrompe quando si accorge che, proprio alle sue spalle, c'è la ragazza di prima, seduta accanto a Teo.

Quando si dice il destino. Incredibile, incredibile davvero.

«Lei è Giulia» gliela presenta Teo col tono di chi l'ha appena conosciuta.

«C-ciao» fa Rocco. «Io sono…»

Ma sono le 9.15 spaccate, e il professor Mario Talamanca fa il suo ingresso in aula per cominciare il suo corso di Istituzioni di diritto romano.

Il brusio si interrompe di colpo, l'aria si fa subito solenne. Anche Rocco si volta, il suo nome gli si spegne sulle labbra.

L'anno accademico 1990-91 è appena iniziato.

2

19 ottobre 1990

Il primo sole lo strappa al sonno. La sveglia segna le sette in punto.

Rocco spalanca gli occhi, per qualche istante non riesce bene a capire dove si trova. E soprattutto si chiede perché non ha ancora preso l'abitudine di chiudere ogni sera gli scuri della camera da letto.

È trascorsa una settimana da quando si trova lì, in quella casa disadorna dove pare che il tempo si sia fermato. L'arredo sembra il risultato di una stratificazione di stili e di anni: un tavolo in ferro con le sedie in formica, lo scrittoio suppergiù dei primi del Novecento, i lampadari in stile liberty. E poi alle pareti piccoli quadri con le riproduzioni dei monumenti di Roma e delle sue chiese più importanti, la basilica di San Giovanni, Santa Maria Maggiore e ovviamente San Pietro.

Particolari che non aveva notato quando con suo papà Antonio era venuto a vedere l'appartamento la prima volta. Dopo giorni e giorni di ricerche, già a giudicare dall'annuncio quella casa sembrava l'ideale: per posizione, metratura e prezzo. Sulla carta una soluzione talmente perfetta che, per la fretta di arrivare in tempo all'appuntamento con l'agente immobiliare, suo padre aveva quasi provocato un tamponamento a catena non fermandosi al semaforo rosso nel mezzo di piazza dei Cinquecento. Per fortuna, in quel viavai di viaggiatori e pendolari che animano la vicina stazione Termini, l'inconveniente si era concluso senza troppo clamore, con qualche ammaccatura e un assegno di cinquecentomila lire staccato lì sul momento per placare le ire del proprietario della Panda bianca che avevano centrato.

«Dài, tutto sommato ne è valsa la pena» aveva detto Antonio con l'aria compiaciuta poco dopo aver bloccato l'appartamento con altri due assegni.

Forse è un po' troppo grande, aveva subito pensato Rocco.

«Io e mamma cercheremo di venire presto a trovarti» lo aveva rassicurato suo padre come leggendogli nel pensiero.

Un ampio soggiorno collegato a una cucina spaziosa, due camere da letto comunicanti con il bagno e il ripostiglio in fondo al corridoio. Il tutto impreziosito da un bel terrazzo con vista sui tetti di Roma.

Ancora nel dormiveglia, è lì che Rocco si dirige, come a voler inseguire il raggio di sole che lo ha appena svegliato: un fascio tiepido che ora lo accarezza dalle gambe alla fronte.

«Che figata» dice ad alta voce mentre osserva il campanile con la statua dorata che si staglia luccicante all'orizzonte.

La prima settimana è passata e in fondo non è stata poi così male.

Quella mattina, chiudendo la porta dopo che suo papà lo aveva stretto a sé e riempito di baci prima di infilarsi nell'ascensore e raccomandargli ancora una volta di "fare attenzione", Rocco si era sentito all'improvviso perso. Per un attimo aveva avuto l'impulso di correre giù per le scale e fermarlo, afferrarlo per la giacca e chiedergli di non partire. Poi si era fatto coraggio, aveva desistito e cominciato a vagare per casa, come a volersi calmare. Non era il suo sogno, quello? Venire a studiare a Roma, vivere da solo, finalmente. Ma forse aveva sottovalutato l'impatto emotivo di una svolta del genere.

A piedi nudi fa qualche passo per il terrazzo, quando sente delle voci provenire dal cortile interno. È il portiere Armando che saluta la vicina di casa, la signora Pizzi, già pronta a uscire dal palazzo con il suo carrello della spesa, probabilmente per avere la prima scelta sui prodotti freschi del mercato.

Rocco sbadiglia. Avrebbe dormito volentieri un'ora in più. Oggi non toccava a lui svegliarsi all'alba per prendere i posti all'università. In poco tempo, quella è già diventata un'abitudine per lui e i ragazzi che ha conosciuto il primo giorno alla Sapienza.

Manuela, la ragazza dai capelli rossi, e le sue amiche di Casalotti, che ha scoperto essere una zona a nordovest di Roma, hanno organizzato una vera e propria rotazione. Ci si vede in quattro, un'ora prima dell'apertura delle porte, e senza guardare in faccia nessuno, appena viene dato il via libera, si occupano due file da un capo all'altro, per un totale di ventiquattro posti.

Anche Teo ha aderito. E giorno dopo giorno il gruppo è diventato sempre più rodato e affiatato, e quella pratica ormai consolidata. Manuela e gli altri non ci avrebbero rinunciato, visto che la folla alle lezioni, degna di un concerto rock, dopo una settimana di corso non ha ancora accennato a diminuire.

«Ciao, ragazzi.»

Quando Rocco arriva in aula ha ancora le cuffie sulla testa. *Enjoy the Silence* dei Depeche Mode lo ha accompagnato fino a lì, a ripetizione. Ora che si muove con una certa sicurezza per quelle vie di Roma e tra i viali dell'università, non ha più bisogno di guardare continuamente i cartelli, può anche permettersi di isolarsi un po'.

Manuela fa per spostarsi e lasciarlo scivolare fino al suo posto.

«Stamattina c'è ancora più casino del solito» dice Corinna. Lei, figlia di un noto avvocato, è la spacciatrice ufficiale di appunti. Segna ogni cosa, rielabora, schematizza, e fotocopia per tutti. Praticamente una santa.

«Aó, guardate che state a fà 'na mafia» interviene dalla fila di sotto un ragazzo ricciolino con l'aria di sfida. «Nun potete occupà du' file così... cioè, nun se po' fà.»

Discussioni del genere sono all'ordine del giorno, visto

che nessuno apprezza questi gendarmi improvvisati che si impossessano di tutti quei posti senza cederli a nessuno. Una volta due ragazzi stavano quasi per venire alle mani.

«Aó, io sto qua dalle sette, bello» replica stizzita Jessica, la più appariscente del gruppo di Casalotti, al ricciolino.

Mentre i due continuano a battibeccare – o a tubare, a seconda dei punti di vista –, come ogni giorno Rocco comincia a scandagliare ogni singolo posto, dall'alto al basso, da sinistra a destra, come un bagnino californiano osserva l'oceano e le onde. Si volta, per un po' si sofferma sull'uscita di sicurezza, poi si muove sulla porta principale.

Ma nulla. Della ragazza dalla risata inconfondibile, con la sigaretta sottile e l'aria da diva, neanche l'ombra.

A volte ha il dubbio che sia stata solo una visione, ma la verità è che non pensa ad altro. Ha persino chiesto di lei alle ragazze di Casalotti – vincendo la sua riservatezza e abbozzando una descrizione improbabile perché la potessero riconoscere –, ma nulla.

E forse è meglio così, visto che in teoria ha una ragazza, Agata, che lo aspetta giù in Sicilia e che non vede l'ora sia Natale per rivederlo. Glielo ha appena scritto in una delle sue sdolcinatissime lettere.

«Aó, con 'sta tipa stai proprio in fissa» lo stuzzica ogni tanto Teo. Neanche lui, dopo esserela ritrovata di fianco quel primo lunedì alla Sapienza, l'ha più vista.

«Giulia, si chiama Giulia.»

«Piuttosto, stasera passo io da te, annamo insieme?» chiede Teo.

È venerdì, e quella sera sono stati tutti invitati a casa di Flaminia, una ragazza dei Parioli. Suo fratello più grande fa una festa e lei ha deciso di estendere la cosa ai suoi nuovi amici.

«Perfetto» risponde Rocco, e gli dà il suo indirizzo in via Cernaia. «Citofono Petrolini.»

«Famo alle nove?»

«Ok, alle nove.»

«Daje, se beccamo dopo.»

Un minuto dopo essere arrivato a casa, Rocco ha già messo sottosopra l'armadio. Prova una camicia bianca, poi indossa quella coloratissima della festa dei suoi diciotto anni, poi ancora una polo blu, ma tutto gli sembra inadatto. Fa un giro degli specchi, dall'ingresso al bagno. Comincia a parlare da solo, perché tanto non c'è nessun altro a cui possa chiedere consiglio. Mentre tra una prova e l'altra vaga per la casa in mutande, squilla il telefono. Forse è Teo che gli annuncia di essere in ritardo. Lo conosce da poco ma la puntualità, questo è già chiaro, non è una sua prerogativa.

«Rò, e che fine hai fatto? Sei sparito...»

Sua madre, la "signora Adele". Come al solito, prima ancora di salutarlo ha già cominciato a cazziarlo. Ora ci manca solo che lo sottoponga al suo, oramai proverbiale, interrogatorio.

«Ciao ma', ma che sparito... ci siamo sentiti ieri. Poi ho un sacco da fare: le lezioni, la casa...»

«Cosa hai mangiato a pranzo? Non è che ti stai sciupando?»

«No, tranquilla... ho mangiato al bar dell'università: una focaccia con verdura e mozzarella.»

«Hai fatto la spesa? Con i soldi come stai messo?»

«Tutto ok, mamma, e voi come state? Papà?» chiede Rocco lanciando un'occhiata preoccupata verso l'orologio. Certo, è contento di sentire sua madre, ma l'orario dell'appuntamento si sta avvicinando e lui non ha ancora deciso cosa indossare.

«Qui tutto bene. Sono cominciati i lavori alla casa di Isola, e noi ci siamo appena ritrasferiti in città...»

Il racconto si dilunga con dovizia di particolari: a che ora sono arrivati gli operai, quanti sono, qual è il programma dei lavori...

«Mamma, ora ti devo salutare» la interrompe a un certo punto Rocco. «Stanno venendo a prendermi.»

«Chi sta venendo? Dove vai?»

«Un mio amico, stiamo andiamo a una festa.»

«E chi è questo amico? Come si chiama? Di chi è la festa?»

Caspita, ecco l'interrogatorio, proprio ora, non ci voleva. Ma non poteva evitare di condividere i suoi piani per la serata con la mamma?!

«Ehm... si chiama Teo, e la festa è di una ragazza che ho conosciuto a lezione, cioè di suo fratello, va bene dài, ci sentiamo domani.»

«Papà vuole salutarti, ma ora non so dove sia finito...»

«Ok, salutamelo tu... baci, ma', a domani.»

«Stai attento, mi raccomando.»

«Sì, sì, tranquilla!»

E riattacca. Non ha davvero più tempo.

Dopo aver ispezionato ancora una volta l'armadio, con un sospiro sconsolato si precipita giù in strada alla ricerca di qualcosa per la serata. È la sua prima uscita romana, non può sbagliare.

Dopo aver scandagliato un paio di vetrine ed essersi provato in fretta e furia qualche cosa, la scelta ricade su una camicia a scacchi bianca e nera da mettere sopra una t-shirt bianca. La ragazza della jeanseria all'angolo non ha dubbi: «Stai 'na crema».

Rocco esce da lì rincuorato e alleggerito di quarantamila lire. Mentre cammina per via Volturno con aria fiera e spavalda si sente come se avesse le ali sotto ai piedi. Come quando a quattordici anni schizzava sui pattini a rotelle lungo le strade di Siracusa.

È talmente euforico che in quel momento non è più a due passi dalla stazione Termini ma nel cuore di Manhattan: i neon degli hotel a tre stelle splendono come le luci a Times Square, l'insegna del Volturno, ex tempio dell'avanspettacolo, ora cinema decaduto, è quella di un teatro di Broadway.

Sto volando, pensa mentre volteggia con la sua busta di acquisti in mano. E questa è la mia nuova vita, anzi la mia *vita nuova*.

Alle 9.01 suona il citofono.

«Aó.»

Teo si annuncia così. Ed eccolo col braccio fuori dalla sua Golf blu tirata a lucido, musica a palla, catena d'oro in vista.

«So' un ragazzo de periferia, io...»

Mentre l'autoradio esplode letteralmente con *I've Been Thinking About You* dei Londonbeat, i due arrivano rapidamente a destinazione, davanti a un palazzetto color grigio chiaro.

«Deve essere questo il posto... via Reno.»

«Sì, è qui.»

Ad attenderli al cancello, un signore di mezza età con una divisa color avorio.

«Buonasera... amici di Fabio?»

«Eh, salve, in realtà siamo colleghi di università di Flaminia» risponde Rocco con l'aria intimidita.

«Prego, da questa parte.»

«Anvedi che spettacolo!» esclama Teo appena fatto un passo dentro la proprietà.

Quella di Flaminia non è semplicemente una *casa*, ma uno dei villini in stile liberty tipici del quartiere Coppedè: il giardino è un tripudio di palme e siepi di gelsomino che segnano il sentiero fino alla grande porta di ingresso.

Appena varcata la soglia, il primo a venirgli incontro è il festeggiato, Fabio, che per l'occasione indossa una ghirlanda di fiori in stile hawaiano.

«Ciao, noi siamo amici di Flaminia» si presenta Rocco.

«Benvenuti, ragazzi... Flami è fuori in veranda» li accoglie lui affabilmente.

Rocco dà un'occhiata in direzione di Teo, che si muove a scatti, si sbottona ancora un po' la camicia, in uno specchio lì accanto verifica che il ciuffo sia a posto e con la mano destra si dà una sistemata al cavallo dei pantaloni. Anche Rocco prova a darsi un tono, il sorriso ben stampato in faccia nel tentativo di camuffare la sua timidezza. Anche se per lui non è una novità trovarsi in una situazione del genere, circondato da camerieri in livrea che si muovono leggiadri sorreggendo vassoi con sopra ogni ben di Dio. Quella festa gli ricorda le tante serate trascorse a sfuggire ai petulanti amici dei suoi che, a un certo punto, rotto ogni imbarazzo tentavano di coinvolgerlo in un trenino o in un surreale hully gully.

«Guarda, c'è Jessica!» lo trascina per il braccio Teo.

«Ehi, ma sei matto, per poco non mi cade il bicchiere!»
«Dài, andiamo...»

Teo è sempre più su di giri, sembra un ragazzino al luna park, mentre finalmente trovano alcuni dei loro amici.

«Bella, regà... che crema! Avete visto Flaminia?»

«Era qui un attimo fa» risponde Corinna, che per l'occasione indossa vistosi pendenti Swarovski che la fanno assomigliare a un salice piangente addobbato per Natale.

Rocco si guarda in giro. Ci sono persone con tantissimi look diversi ma, a osservare bene, ce n'è uno che va per la maggiore. Per i ragazzi, uno stile classico, con camicie dal collo imponente e orologi in bella mostra. Per le ragazze, capello biondo, naturale o meno, e un abbigliamento così simile da farle quasi risultare indistinguibili l'una dall'altra.

«Benvenuti nel cuore di Roma Nord, se non sei pariolo hai sbagliato posto» irrompe Monica, che afferra Rocco per un braccio e lo trascina verso l'interno del villino.

Monica è tutt'altro che una pariolina. O meglio, pur venendo da una famiglia borghese, ha scelto di essere una "zecca", un'alternativa, e non solo nello stile. Essere zecca è una filosofia di vita e di pensiero, significa stare fuori dalla massa.

«Dài, andiamo, beviamo una cosa.»

In una grande sala immersa in un blu soffuso, tutti urlano *I Can't Stand It!* dei Twenty 4 Seven. Rocco e Monica si fanno largo tra la folla e raggiungono il bar.

«Per me un gin tonic» fa lei spavalda.

«Un whisky e Coca» chiede più timido lui.

«Whisky e Coca? Ma che ciofeca è? Certo che sei proprio un soggetto...»

Rocco abbozza un sorriso. In realtà sta sudando freddo, si sente un osservato speciale. *Come cazzo mi sono vestito?* rimugina. *Era meglio se me ne restavo a casa...*

Mentre la mente vaga, conducendolo lontano da lì, ancora una volta Monica lo trascina nel mezzo della festa, al centro della pista, in un groviglio di corpi scatenati sulle note di Lisa Stansfield.

«È la mia preferita, questa!» urla Rocco.

«A me invece fa cagareee!» urla Monica, ma anche lei è lì a ballarla.

Come per magia al centro della stanza, ora illuminata di rosso, si ritrova tutto il gruppo dell'aula magna. Le ragazze di Casalotti sono le più esuberanti anche nel ballo. Compare pure Flaminia, finalmente, che però è impegnata a flirtare con un amico di suo fratello.

Rocco balla, e più il suo corpo si muove, più i suoi pensieri si fermano, senza più portarlo lontano da lì.

Che bello qui, ripete tra sé e sé mentre sorseggia un gin tonic insieme a Monica, compiaciuta di averlo rapidamente convertito.

E il conto dei cocktail sfugge presto di mano.

«Che ne dite, shottinooo?»

Flaminia ricompare nella mischia. Tra le mani ha un vassoio pieno di bicchierini stracolmi di tequila. Uno finisce sulla camicia di Teo, che comincia a imprecare.

Devo ricordarmi questo momento, si ripete Rocco, mentre i suoi occhi si fanno lucidi.

E in effetti quel momento non lo scorderà mai. Perché all'improvviso, di fronte a lui, nota una ragazza che balla avvinghiata a un giovane alto e dalla figura imponente. L'immagine non è nitida, i contorni sì. Si accarezzano, si parlano all'orecchio, cominciano a baciarsi...

Poi la musica cambia senza preavviso, la sala si illumina a giorno, una schiera di camerieri entra in pista disegnando quasi una coreografia, ognuno ha in mano una torta con le candeline.

Tutti si dispongono intorno a Fabio, il festeggiato salta e batte le mani, tra urla, applausi e l'immancabile foto di gruppo.

Rocco fa per avvicinarsi, ma si blocca. La ragazza di prima si è voltata, lo guarda negli occhi e scoppia a ridere.

È lei, è Giulia.

3

9 novembre 1990

Affitto camera in appartamento zona Castro Pretorio, telefonare ore serali, costo mensile 400.000 lire.

No, forse meglio mettere il nome, farlo più personale.

Ciao, cerco persona tranquilla per affitto camera in zona Castro Pretorio 400.000 lire al mese. Ciao, Rocco.

Ma no, così sembra una dedica... caspita, quanto è complicato scrivere un annuncio, riflette Rocco, mentre accartoccia un foglio bianco dopo l'altro. Forse è meglio il pennarello rosso, si dice, ma poi in fotocopia neanche si vedrà, il colore, si corregge subito: ne serviranno dieci o forse più copie.

Rocco aveva esaminato la bacheca di Giurisprudenza nel grande atrio della facoltà, un lenzuolo di annunci e richieste. Dal cerco-casa alla vendita di appunti, fino alle offerte di battitura tesi e alle immancabili assemblee studentesche dei reduci del movimento della Pantera, che ancora vagano nei corridoi con fare messianico.

Insomma, la scelta è fatta. Dopo neanche un mese di vita in solitudine, non ci sono dubbi: quella casa è troppo grande per lui, troppo silenzio, troppi vuoti. E poi qualche lira in più in tasca non guasta, considerando anche la sua mania per lo shopping compulsivo, in particolare di cd.

«Tu hai le mani bucate come tua madre» gli ripete come un disco rotto suo padre. «Ora voglio vedere a Roma come fai.»

In quel primo mese, le cose in casa sono migliorate. L'arrivo del televisore – regalo della nonna Luisa – è stato celebrato come un giorno di festa nazionale, un ritorno alla civiltà dopo i vani tentativi di far funzionare il piccolo schermo con due antenne giganti preso in prestito da sua cugina.

Il terrazzo si è arricchito di un ibiscus e di una minuscola pianta grassa, sistemati sull'unico tavolino, spostato dal soggiorno.

Sopra il letto, poi, ora si staglia il poster gigante dell'*Attimo fuggente*, comprato al negozio di locandine cinematografiche di via Vicenza.

Cogli l'attimo, è quello il suo mantra a ogni risveglio.

Piccoli, grandi cambiamenti, ma troppo poco per colmare l'eco che ogni tanto sorprende Rocco quando si ritrova da solo tra quelle mura.

Ecco quindi la scelta dell'annuncio, e di affittare la seconda stanza.

> Affitto camera in appartamento zona Castro Pretorio, 400.000 lire mensili.
> Chiamare Rocco, ore serali.
> NO PERDITEMPO.

Scritto, fotocopiato e ritagliato con il numero di telefono replicato in piccoli bigliettini da staccare, l'annuncio è pronto per essere affisso in bacheca.

«Mica solo a Giurisprudenza» sentenzia subito Monica quando lui glielo mostra. «Che due palle... pensa a una casa di secchie bavose, di aspiranti avvocati rampanti... Dobbiamo metterli ovunque, a Lettere, Scienze politiche, eviterei Matematica e altre rotture di coglioni simili, però che ne so, anche Architettura ci sta» insiste lei.

E allora, armati dei migliori propositi e della Vespa di Monica, quel venerdì pomeriggio lei e Rocco partono per un giro delle facoltà.

«Magari ti risponde un figo pazzesco e mi ci fidanzo io... ah, ah, ah!»

«Tu sei proprio matta...»

«Matta sì, anche col botto, ma pariolina mai e manco borgatara... orgogliosamente zecca!»

Più la conosce, più Rocco è rapito da lei, dalla sua energia, dal suo look fuori dal comune: lo smalto nero, il rossetto scuro, gli anelli d'argento e un piercing sul naso quasi invisibile. In fondo gli piace farsi trascinare da Monica, così libera e spericolata anche alla guida del motorino, ma che non si lascia sfuggire l'occasione per fare da guida turistica.

«Questa è la galleria d'arte moderna... da pauraaaa!»

«Vai pianoooo!»

Anche se, ogni volta che Rocco la implora di rallentare, lei sembra accelerare di proposito.

Alla fine, rallentando davvero, dice: «Ti va un caffè? Andiamo al Parnaso a piazza delle Muse».

Qualche minuto più tardi sono seduti a un tavolino con una vista a perdita d'occhio su tutta Roma Nord a chiacchierare come vecchi amici, nonostante siano poco più che due sconosciuti.

«Certo che sei proprio siculo te...»

«Che vuoi dire?»

«Maddài, niente, mi fa ridere che per te è tutto nuovo: sei così, così... come vergine...»

«Ah, ah! Be', in effetti sono Leone ascendente Vergine!»

«Oddio, mister precisetti... Annamobbène... ah, ah, ah!»

«Scherzi a parte, per me Roma è sempre stata solo il centro e il quartiere Monti, dove vive mio zio Paolo.»

A proposito, da quando è arrivato a Roma non è ancora riuscito a vederlo, ma spera di recuperare presto.

«Figo Monti, una sera ci andiamo... Monti dove, di preciso?»

«Via dei Serpenti.»

«Ah, da paura...»

Per un attimo restano in silenzio, con le tazzine di caffè vuote di fronte a loro.

È Rocco a riprendere la parola: «Senti, ma piuttosto... hai più visto quella tipa... ehm, ti ricordi? Giulia... Sai, quella che era con noi il primo giorno».

Lo dice con nonchalance, sperando che non si noti troppo il suo bisogno di sapere. In realtà, specialmente dopo quanto ha visto alla festa, vorrebbe sapere *tutto*, ma gli basterebbe anche un dettaglio minuscolo.

«Giulia chi? Ah, quella che si sente una figa cosmica col tailleurino, sempre a fumare le sue cazzo di sigarette sottili? Lei?»

«Be', sì, lei...»

«Annamobbène... stai proprio in fissa, vè?»

«In che senso, che vuoi dire?»

«Ti piace tanto quella mezza diva? Ho visto come la guardavi, eh.»

«Ma no... è solo che non l'ho più incontrata.»

«Be', come non l'hai vista? Alla festa del fratello di Flaminia è stata tutta la sera a paccare con uno più grande, poi li ho visti andare via su un macchinone. Lei sempre più diva... che poi quanti anni ha? Pare mi' madre pe' quanto se atteggia... se la tira 'na cifra.»

«Ah, quindi si è fidanzata con uno più grande?»

«Aó, mo' fidanzata? Ma che ne so... T'è presa brutta, eh... te l'ho detto che sei siculo... però se vuoi chiedo alla mia amica della Luiss che ci esce insieme.»

Rocco sembra rifletterci un attimo. «Be', se non ti dispiace sì» risponde alla fine, arreso. Tanto a Monica non si può nascondere niente.

«Invece de pensà a 'sta Giulia, metti che all'annuncio risponde una figa spaziale in cerca di esperienze inesplorate, che ne so, tipo sadomaso, che fai? In fondo mica hai scritto che cerchi solo un ragazzo.»

Monica ha ragione. Potrebbe anche rispondere una ragazza, riflette lui. Poi di colpo si rabbuia.

«Ma se qualcuno chiama sul serio, dopo come cazzo faccio?»

«Che vuoi dire, Rò? Fai cosa?»

«Be', abbiamo messo l'annuncio ovunque.»

«Ovvio, e allora? Ma che te sei fumato? Me pari matto...»

La verità è che, ora che ha messo in pratica quell'idea,

le possibili conseguenze si presentano tutte insieme nella sua testa.

«Eh, è che non l'ho detto ai miei, non ho detto nulla... l'affitto lo paga pur sempre mio padre. E se lo scoprono? Come cazzo faccio se lo scoprono?»

«A Rò, ma che cazzo ne so io che tu non dici niente a tu' padre!»

«E poi il padrone di casa? Come faccio col dottor Petrolini? Quello sì che è un rompicoglioni!»

«Aó, Rocco, ma sei proprio un cacadubbi. Stai a fà un film... Intanto abbiamo messo gli annunci, poi se qualcuno chiama ci pensiamo... famo 'na cosa alla volta, su!»

«Ok, forse hai ragione tu... dopo ci pensiamo, tanto i miei per ora non vengono a trovarmi. E poi magari non chiama nessuno...»

«Famo che annamo?»

«Ok, annamo» risponde lui.

Monica gli lancia un'occhiata, quindi scuote la testa con un sorriso. «Meglio che nun ce provi neanche a parlà romanesco!»

4

16 novembre 1990

A lezione non c'è già più la folla dei primi giorni, e così le corse per occupare i posti sono meno frenetiche. Anche Teo ha cominciato a diradare le presenze in aula.

Per Rocco tutto è diventato familiare, ormai. Ma l'euforia dell'inizio ha lasciato spazio a un pensiero che lo punge ogni volta che varca la soglia della facoltà: io che ci faccio qui?!

La scelta di Giurisprudenza non era stata totalmente sua. Lui avrebbe preferito Scienze politiche, Lingue o perfino Architettura. Ma i suoi non avevano sentito ragioni. «Legge ti apre un sacco di strade: puoi fare il diplomatico, il notaio, l'avvocato, il magistrato, e poi puoi sempre tornare e occuparti delle nostre cose...» aveva ripetuto allo sfinimento suo padre. In più c'era il fantasma di zio Paolo, che dopo la laurea in Economia aveva scelto di andare a vivere a Roma e fare l'assistente di volo, procurando un mezzo infarto al nonno, il quale lo avrebbe voluto al suo fianco nell'impresa di famiglia.

Finalmente è riuscito a incontrarlo nella sua casa di Monti, e lo zio lo ha riempito di racconti e retroscena di cui era al corrente solo in parte.

Gli ha pure regalato un minitelevisore portatile Mivar con le antenne, che Rocco ha piazzato in camera da letto, per non farsi mancare nulla.

La *famigghia*... pensa mentre fa finta di seguire la lezione di Filosofia del diritto.

Lui si è sempre sentito un po' artista, con uno spiccato senso estetico e un amore per l'arte in generale.

Davvero, ma io che ci faccio qui?!

Una cosa è certa, un giorno farà ciò che più desidera.

E, a proposito di famiglia, manca già meno di un mese a Natale e l'idea di dover tornare a casa lo agita un po'. Certo, ha nostalgia dei suoi genitori, di sua sorella Elena, di Agata, la sua ragazza... non del resto però. A Roma, ormai, si sta integrando bene. E Siracusa non gli manca per niente.

Anche il quartiere comincia a piacergli sul serio, pensa mentre a sera inoltrata, dopo una giornata tra lezioni e amici, torna verso casa. Lo affascina l'idea che la sua strada sia come una linea di confine tra la parte borghese di via Piave e il lato più popolare e malfamato della stazione. Al supermercato è sempre un mix di professionisti, turisti, personaggi pittoreschi e mendicanti. In poco tempo, lui è diventato il cocco della fruttivendola, che ogni giorno gli riserva uno dei suoi stornelli e un piccolo regalo. E al forno all'angolo tutti lo salutano chiamandolo per nome. Persino Armando, dalla guardiola della portineria, ha cominciato a guardarlo in modo meno sospettoso.

Lo squillo del telefono interrompe di colpo le sue elucubrazioni. Sarà mamma, pensa mentre, sdraiato sul letto, fissa il rosone al centro del soffitto.

Questa è l'ora della buonanotte, delle domande e delle raccomandazioni di rito: "Hai mangiato?", "Cosa hai mangiato?", "Com'è andata a lezione?", "Stai studiando?"... e soprattutto "Non prendere freddo!".

«Pronto, mamma...»

«Salve, pronto... ehm, veramente... cercavo Rocco...»

È una voce maschile.

«Sì, scusa, pensavo... sì, sono io Rocco, con chi parlo?» dice paonazzo.

«Ciao... ho letto l'annuncio... quello per la stanza in affitto.»

«Ah, cazzo» fa Rocco dandosi una botta sulla fronte.
«Scusa? La stanza non è più disponibile?»
«No, no, scusa tu... è che... sì, cioè sì, sì, è disponibile.»
Rocco aveva già rimosso dalla sua testa l'annuncio e quello che gli era sembrato, in fin dei conti, solo un gioco. È passata più di una settimana da quella giornata in motorino con Monica, nessuno aveva mai chiamato e lui non ci aveva più pensato. Colpa di quella chiosa, NO PERDITEMPO, così respingente da scoraggiare qualsiasi richiesta, si era detto. E invece...
«Posso chiederti come funziona? Cioè, la casa, quanti siete?» parte a chiedere il ragazzo all'altro lato della cornetta.
«In realtà sono da solo. La casa ha due camere, un soggiorno, la cucina, un bagno e un ripostiglio.»
«Ah, perfetto. È in zona Castro Pretorio, ho letto.»
«Sì, hai presente dov'è il ministero del Tesoro?»
«No, però lo cerco sul "TuttoCittà"...»
«Ok.»
«Ed è disponibile da subito?»
«Ehm... diciamo che... sì, sì, da subito.»
«Quando posso venire a vederla?»
«Quando vuoi.»
«Anche domani? Domattina sarebbe perfetto. Mi dai l'indirizzo preciso?»
Rocco glielo detta.
«Va bene verso le dieci?»
«Va benissimo. A domani!»
«A domani.»
«Ah, scusa, mi chiamo Davide.»
«Ciao, Davide, io sono Rocco.»
«Sì sì, lo so, era scritto nell'annuncio.»
«Ah, è vero, sì...»
«Ok, ciao.»
Clic.
E ora? Come cazzo faccio ora?
Devo dirlo ai miei?
E se lo scopre Petrolini?

Che casino. Tutta colpa di Monica. No, no, è tutta colpa mia che mi faccio sempre trascinare...

Si rimette a letto, gli occhi di nuovo fissi al rosone di stucco bianco al centro del soffitto.

Chissà come sarà questo Davide, si ritrova a pensare. Non gli ha chiesto nulla, di dov'è o cosa studia. Dall'accento non sembra del Sud, e la voce è quella di un ragazzo della sua età.

Prova a telefonare a Monica, ha bisogno di raccontarlo a qualcuno. Ma a casa sua non risponde nessuno. Chiama anche Salvo, il suo compagno di banco del liceo, lui aveva sempre la soluzione giusta, ma va ancora peggio perché lui non c'è, però in compenso c'è la madre, e ha preso lei la chiamata.

«Roccuzzo, *sciatuzzu*, come stai? Come ti trovi? Quando torni? Ti manca Ortigia? Ormai ti sei fatto romano, già non ci pensi più a *nuiautri*...»

Oh no, l'ennesimo interrogatorio. Gli ci vogliono alcuni minuti per liberarsi di lei e, quando finalmente ce la fa, comincia a vagare per casa, apre il frigo, cerca invano una birra, poi si accende una sigaretta. Ha comprato un pacchetto, e ogni tanto se ne fuma una, è un gesto che gli mette tranquillità quando si ritrova lì da solo.

Infine esce sul terrazzo. L'aria fresca, quasi fredda, di quella sera di novembre, paradossalmente, è come un tiepido abbraccio. Fa per sedersi, incurante della terra e della polvere che non ha mai spazzato da quanto si è trasferito lì. Si stende, appoggia la testa sul pavimento e alza lo sguardo. Il cielo è terso, limpido. Certo, non come quello che vedeva d'estate dalla sua stanza nella mansarda della casa di Isola, perdendosi in una pioggia di stelle. Col tempo aveva imparato a riconoscere tutte le costellazioni, era diventata una delle sue passioni. E anche lì a Roma se ne vede qualcuna, non lo avrebbe mai immaginato.

Ecco Sirio! Caspita, si vede anche la cintura di Orione... Orione, il bellissimo gigante cacciatore... chissà se Davide ha qualcosa in comune con lui...

A rompere l'incantesimo, ancora una volta, lo squillo del telefono.

«Pronto, Rocco.»

«Ciao, papà.»

«E che è? Cos'è 'sta voce da morto?»

«Nulla, nulla, papà, tranquillo, stavo quasi dormendo...»

«Sono le dieci di sera e già dormi invece di spassartela con qualche bella *carusa*? *Quanto si ssstranu, figghiu miu*.»

«Sono tornato tardi da lezione, stanco morto, e mi sono addormentato sul divano...»

«Allora? L'hai fatto il biglietto? Quando arrivi?»

«Eh, papà, non ancora... devo capire quand'è l'ultima lezione di Filosofia del diritto e poi vedo.»

«Guarda che il 23 devi essere qui che c'è l'inaugurazione della mostra intitolata a tuo nonno.»

«Sì, papà, non ti preoccupare, ci sarò.»

«Va bene, va bene.»

«E la mamma? Me la passi?»

«Non c'è, è andata a un evento della Croce Rossa. Sai com'è, con le sue amiche, le donne, cose *di fimmine*...»

«Ok, salutala tu allora.»

«Va bene, Rocco, stammi bene.»

Chiusa la conversazione e fatta una rapida doccia bollente, si infila sotto le lenzuola alla ricerca di una pace che lo raggiunge in un attimo, senza bisogno di annunci.

Il risveglio è brusco, invece.

«Cazzo, che ore sono?»

Nel buio della stanza la sveglia al quarzo segna le 8.30. Rocco si fionda giù dal letto. Mette sul fuoco la caffettiera e il pentolino con il latte e, dopo aver acceso lo stereo a palla, comincia a dare una sistemata alla casa, peraltro già perfetta, essendo lui maniaco dell'ordine. Ma mai abbastanza perfetta.

Entra ed esce dalla stanza in cui dovrebbe installarsi il suo coinquilino, posiziona i cuscini, ne porta degli altri, sbatte il tappeto, raddrizza i quadri desolanti lasciati dal dottor

Petrolini, prende la pianta grassa che tiene in terrazzo e la piazza sulla scrivania appoggiata alla finestra che affaccia su via Cernaia. Per un attimo si sofferma con lo sguardo sugli imponenti pini là fuori, poi, come ripresosi da un incantesimo, si sposta nelle altre stanze cantando a squarciagola per provare a calmarsi. Deve sistemare, sistemare tutto.

E ora che mi metto?

È davanti all'armadio adesso, e siamo alle solite: proprio non sa cosa mettersi. Camicia bianca e non sbagli, si risponde spazientito. Il tempo di una corposa passata di Studio Line tra i capelli ed ecco che suona il citofono.

«Ciao, sono Davide.»

Caspita, puntuale come un orologio svizzero, questo ragazzo sconosciuto. Che ora è laggiù, a solo qualche decina di scalini di distanza.

«Ciao, sali.»

Rocco è inspiegabilmente agitato, gli batte il cuore. Calmati, calmati, calmati…

«Che piano?»

«Sesto.»

Facendo attenzione a non essere visto, Rocco si sporge dal ballatoio, e nell'androne scorge la figura di questo ragazzo: castano chiaro, quasi biondo, apollineo, che incede a tratti impacciato e con un grosso zaino sulle spalle. Un ultimo sguardo allo specchio dell'ingresso, e aperta la porta Rocco si trova davanti un tipo altissimo, più alto di lui che è già un metro e ottantacinque, con un sorriso da pubblicità del dentifricio e due occhi azzurri abbacinanti come il mar Ionio nei pomeriggi di luglio.

«Davide, piacere.»

«Rocco.»

«Niente male qui, la zona è supercentrale…»

«Be', sì… vieni, accomodati… ti va un caffè?» chiede Rocco cercando di dissimulare il suo imbarazzo.

«Volentieri, grazie… caspita, gli Smiths, che roba!»

Preso dalla foga di andare ad aprire, Rocco non si era reso conto che la musica in camera sua era altissima.

«Ah sì, in effetti lo stereo è a palla... abbasso un po'.»

«Ma no, figurati, 'sto brano mi fa volare... oddio, come si chiama?»

«*This Charming Man*.»

Lo dicono insieme, all'unisono.

Dopo qualche attimo di silenzio, Davide riprende: «Quindi tu stai qui da solo?».

«Sì, i miei mi hanno preso questa casa... ma è enorme per me.»

«Posso poggiare questo qui?» domanda Davide levandosi di dosso lo zaino.

«Certo, fai pure... Allora, che studi?»

«Lettere, primo anno... e tu?»

«Pure io... cioè, primo anno ma Legge... due palle... ah, ah, ah!»

Una pausa.

«Vuoi lo zucchero?»

«Sì, giusto un cucchiaino...»

«Ecco a te.»

Mentre Davide sorseggia il caffè, Rocco continua a scrutarlo e a girare il cucchiaio nella tazzina.

«E tu non lo bevi?» domanda Davide.

«Sì... no, è che mi piace quando lo zucchero si è ben sciolto» risponde Rocco, che subito pensa: che risposta del cazzo...

«Ti mostro la stanza» dice poi sperando di dissipare l'imbarazzo.

«Ok.»

«Allora, ecco, ci sono due letti, questo è l'armadio, la scrivania, la...»

«La sedia, giusto?» sorride Davide. «Sai, anche da dove vengo io esistono le sedie» aggiunge con il tono sornione di chi ti sta prendendo in giro, ma con gentilezza.

«Ah, ah, ah!» scoppiano a ridere entrambi.

Quando la risata si esaurisce continuano a fissarsi negli occhi ancora per qualche secondo, in silenzio.

«Vedi, quello è il ministero del Tesoro di cui ti parlavo» Rocco indica fuori dalla finestra al di là dello scrittoio.

«Quindi... siamo ricchi?» fa Davide.

Rocco solleva un attimo gli occhi su di lui, sorride appena. La battuta era tremenda, ma in qualche modo gli fa piacere che Davide sia un tipo così scherzoso.

«A proposito di denari...» riprende Davide. «Mi confermi che sono quattrocentomila lire al mese?»

«Sì, a parte le spese, le utenze, ed escluso il condomino, che pagano i miei.»

«Ok, affare fatto.»

«Cioè, in che senso?»

«Cioè va bene, la prendo.»

Rocco deglutisce vistosamente. E adesso? Sta succedendo sul serio?

«Allora se per te va bene verrei lunedì... cioè, da lunedì mi trasferisco qui.»

«Va bene, benissimo... senti, ma non vuoi vedere il resto?»

«Immagino ci sarà un bagno, la cucina...»

«Be', sì, ma c'è anche questo, il pezzo forte... il terrazzo» dice Rocco accompagnandolo fuori.

«Maremma maiala, che spettacolo! Questo va con la casa?»

«Certo, è tutto... *nostro*...»

Come pronuncia quella parola, Rocco vorrebbe mordersi la lingua, immagina di pigiare il tasto rewind del videoregistratore e poi cancellare tutto, ma non si può.

«Fa-vo-lo-soooo!» esclama Davide. «Sai che festini si fanno quassù!»

Rocco accenna un sorriso. Non aveva mai pensato che quello spazio potesse essere teatro di feste e divertimento.

«Quella laggiù che chiesa è?» chiede Davide.

«Credo sia la chiesa del Sacro Cuore, o forse è una basilica... boh.»

«Che figata quella statua, sembra sospesa nel nulla... deve essere dei primi del Novecento.»

«È vero, sembra sospesa... è il Cristo redentore» risponde Rocco con l'aria tronfia di chi finalmente ne ha azzeccata una.

«Allora ci si vede lunedì, vengo alla stessa ora?»

«Meglio un po' prima perché ho lezione… Istituzioni di diritto romano.»

«Ah, giusto, pure io ho lezione… Linguistica… allora guarda forse meglio domenica sera, cioè domani, così mi faccio aiutare dal mio amico a portare su le cose.»

«Come vuoi, posso darti una mano anche io.»

«Ok, domani alle sette sto qua.»

Recuperato il suo zaino, Davide si avvia verso la porta. Rocco non può fare a meno di notare il suo andamento dinoccolato, un effetto Torre di Pisa che gli strappa un sorriso. Ancora un'ultima occhiata senza dirsi nulla, poi la sagoma di Davide scompare insieme alla gabbia di ferro dell'ascensore che scende giù.

Chiusa la porta di casa, Rocco è un fiume in piena. Il primo pensiero è come gestire la situazione: l'indomani Davide si trasferirà lì e la sola idea che potrebbe rispondere a una telefonata dei suoi genitori lo fa sudare freddo. Poi ci sono Petrolini, che controlla tutto, Armando, la signora Pizzi…

Si sente come un ladro appena sorpreso a rubare. Ok, confesso tutto, sono stato io, non volevo, sono colpevole… cioè, sono innocente! Poi la voce di Monica si riaffaccia come una ninnananna salvifica: "'Na cosa alla volta…". E, quasi per magia, quel mantra riesce a calmarlo.

Ma c'è un'altra sensazione nuova e inaspettata, che si affaccia dentro di lui.

È come se i pochi minuti passati insieme a quello sconosciuto avessero acceso qualcosa, come se tutto ciò che lo circonda, la casa, gli oggetti, il panorama, avesse preso davvero forma e fosse, adesso, finalmente completo. E poi ci sono le tante domande che non è riuscito a fargli. Non sa praticamente nulla di lui, non gli ha chiesto neanche di dove sia.

Si accende una sigaretta, si butta sul letto, rialza il volume dello stereo e chiude gli occhi mentre gli Swing Out Sister rimbombano in tutta la stanza.

5

5 dicembre 1990

«È arrivata questa.»

Armando quasi gli infila la lettera nello zaino, mentre Rocco sta uscendo per raggiungere l'università.

Prova a leggerla sull'autobus – che ormai riesce a prendere al primo colpo – ma è impossibile. Stanco di sentirsi sballottato, scende un paio di fermate prima. Percorre a piedi viale dell'Università fino a piazzale Aldo Moro, attraversa l'ingresso principale della Sapienza, si ripara sotto uno dei pini lungo il viale che porta al rettorato e comincia leggere la lettera. È di Agata:

> Caro Lupetto,
>   come stai?
>   Lupettooo, patato miooo...
>   Le giornate da quando te ne sei andato non passano maiii. Sto contando i giorni senza di te sulla Smemoranda...
>   A proposito, quando scendi per Natale?
>   Promettimi che tutte le sere ce ne scappiamo all'Isola... io e te...
>   Ho voglia, anzi tantissima voglia di... se penso alle nostre serate sulla spiaggia sotto le stelle... mio mio mio patato.
>   Qui tutto bene. A scuola due palle. Quest'anno mi sta sembrando più pesante del solito. Quella *sturduta* di italiano è sempre fissata con le tragedie, ora ci sta facendo impa-

rare praticamente a memoria *Elettra* di Sofocle, manco dovessimo metterla in scena noi al teatro greco!!!

Vorrei essere già a giugno con la scuola finita. Pensa all'estate, tu qui con me... mi manchiiiiii, amore lupo mio patato!

I miei sempre la solita cosa... anche se ora che sei partito si sono calmati e mi controllano di meno. Ogni volta devo stare attenta al telefono, che mia madre *appizza* l'orecchio alla porta per ascoltare cosa dico... Ma ti giuro, a luglio, appena compio diciotto anni, faccio come mi pare.

E tu? Stai facendo il bravo? Sei riuscito a trovare il regalo che ti ho chiesto...? L'altro giorno mia madre ha trovato nell'armadio il tanga che mi avevi comprato: ho detto che lo aveva lasciato Marina quando ha dormito qui.

Allora, ti comunico che da oggi mancano venticinque giorni a Natale e ancora di meno al momento in cui sarai qui tra le mie braccia.

Tutti ti stanno aspettando. Vabbè, Salvo mi ha detto che il 31 fa un festone a casa sua a Fontane Bianche. Peppe vuole organizzare la tombola del 26. Tutti ti salutano, tutti mi domandano di te... Manuela del bar dice che appena torni facciamo festa al Diamante.

Ti amoooooooo ti amo ti amo ti amo ti amo ti amo ti amo ti amo ti amo.

Tua, Naniblu.

A ogni spazio libero è un tripudio di cuori e adesivi. Rocco la legge, la rilegge, sorride, finché un senso di inquietudine lo assale, spegnendo ogni sorriso.

Lui e Agata stanno insieme da un paio d'anni, è la sua prima storia vera. E Agata è anche la prima, ma non l'unica, con cui ha fatto l'amore.

Era successo una mattina, entrambi avevano saltato la scuola per scappare in motorino all'Isola, nella casa delle vacanze di lui, a venti minuti da Ortigia.

Da quel momento non avevano mai smesso di farlo. Chiusi nella stanza di Rocco, quando a casa non c'era nessuno, con la complicità di tata Maria. Nella Panda bianca che lui, ancora senza patente, ogni tanto rubava ai suoi per potersi appartare poco lontano da casa, sul lungo viale che porta al parco archeologico. E sugli scogli del Plemmirio nelle notti d'estate. Come due clandestini, due fuggitivi, desiderosi di scoprirsi e amarsi.

Ma ora, a distanza di un paio di mesi, Rocco ha cominciato a dubitare che sia amore, il loro. Tutti quei "mi manchi" e "ti amo", dopo che ha ripiegato la lettera, gli hanno lasciato uno strano sapore nella bocca. È come se Agata lo riportasse a una realtà per lui superata, che non c'è più.

Di colpo rialza la testa. «Sono in ritardo!» mormora tra sé e sé.

Passa sotto il pergolato di vite americana e, arrivato alla fontana, sta attento a non incrociare lo sguardo della Minerva, poi trafelato prende le scale della facoltà, quando una risata inconfondibile gli arriva alle orecchie.

«Eh, eh, ah, ah, aaah!»

Esita, rallenta, si volta, quindi prosegue per qualche passo. Ma poi, con una goffa piroetta, fa di nuovo dietrofront. Perché lì, non sbagliava, c'è lei. C'è Giulia.

È seduta sulla scalinata, insieme a Corinna. Le due parlano animatamente, tra una risata e un tiro di sigaretta. Rocco tentenna, poi col cuore in gola raduna tutto il coraggio che ha e lentamente si avvicina ridiscendendo le scale, una mano infilata in tasca e una disinvoltura tutt'altro che naturale.

«Ehi, ciao girls.»

«Ciao, Rò» gli risponde Corinna. «'Ndo vai?»

«Sto andando, ehm… a Privato.»

«Allora perché stai a scende le scale? Che tipo che sei…»

Rocco sgrana gli occhi, il suo corpo tradisce l'istinto di scappare. Corinna lo trattiene.

«Tranquillo, tanto il prof è in ritardo, prima è venuto l'assistente ad avvisarci… ah, lei è Giulia, vi conoscete?»

«Sì, ehm, ci siamo visti…»

Giulia lo osserva e alza le spalle con aria stupita. Poi, con la sigaretta stretta fra le punte delle dita, lo scruta dal basso verso l'alto.

«Sì, il primo giorno… credo» riprende lui. «Piacere, io sono Rocco, comunque.»

«Rrrrocco? E con quante erre? Ah, ah, ah!»
Poche parole, e di nuovo quella risata.
«Sei la prima persona che incontro con questo nome» continua. «Rocco come Rocco Barocco!» e ancora quella risata.
«Veramente Rocco come mio nonno» fa lui abbozzando un sorriso, non sa bene neanche lui perché.
«Evidentemente non sei di Roma.»
«Sono di Siracusa…»
«Wow, che posto pazzesco!»
«Ci sei stata?»
«Sì, la scorsa estate. In barca abbiamo girato tutta la costa…»
«Figo! Sono contento ti sia piaciuta…»
Corinna si alza, zaino in spalla, in mano ha il Torrente-Schlesinger, il manuale di Diritto privato, e una voluminosa cartella con i suoi preziosi scritti. «Ragazzi, s'è fatta 'na certa… io torno in aula. Devo finire gli appunti di Talamanca per le ragazze di Casalotti che in questi giorni non riescono a venire a lezione.»
«Ok, a dopo allora, mi faccio ancora una sigaretta e ti raggiungo» risponde Giulia.
«A dopo, allora. Ciao, Giù. Ciao, Rò.» E se ne va.
Rocco quasi non riesce a crederci. Finalmente ha davanti a sé Giulia, la ragazza del primo giorno, il suo chiodo fisso da due mesi a quella parte. Per la prima volta sono da soli. La gente, il viavai di studenti, il mondo intorno: tutto il resto per lui non esiste.
Senza aspettare un invito, le si siede accanto. «Mi offri una sigaretta?» azzarda.
«Prego…» Dalla borsetta a tracolla Giulia estrae un pacchetto bianco con delle pennellate di fucsia e una punta di giallo a tratteggiare un fiore… o forse due uccelli in volo?
«Ma che sigarette sono?»
«Non sai leggere? "Ca-pri", sono le Capri!»
«Dove le hai comprate? A Capri? Ah, ah!»
Battuta orribile. Ma perché non me ne sto zitto invece di dire minchiate, quando serve?

«Sono così sottili» cerca di rimediare «sono proprio sigarette... da femmina.»

Di male in peggio.

Giulia dà un tiro esasperando una gestualità degna di Greta Garbo, poi gli soffia tutto il fumo negli occhi.

«Sono solo slim, sei proprio un provinciale» dice stizzita.

Sarà meglio cambiare argomento, pensa Rocco.

«Non ti ho più vista a lezione... cioè, non sei più venuta.»

«E tu che ne sai? Fai l'appello a tutti ogni mattina?»

«Ehm, no... è che mi erano rimaste impresse le tue sigarette: le avrei subito riconosciute in giro... Ah! Ah!»

Un'altra occasione mancata per tacere, pensa Rocco. Giulia sorride però, e stavolta divertita.

Sfoderando un tono da doppiatore anni Cinquanta, lui ne approfitta per lanciarsi in un invito.

«Ti andrebbe un caffè?»

«Ok, perché no?»

«Allora, be'... andiamo al bar!»

«Ma che ore sono? No, è tardi, dobbiamo entrare in aula!» salta su Giulia scuotendo l'orologio automatico al polso, e rompendo così tutti gli entusiasmi.

«Dài, ma anche se arriviamo dopo...? Prendiamoci pure noi un quarto d'ora accademico» prova a insistere Rocco.

Ma Giulia è di colpo seria e irremovibile.

«Sì, se vogliamo farci notare dal prof e da tutta l'aula... magari ci andiamo dopo lezione a bere il caffè?»

Mentre camminano lungo la vetrata che si affaccia sulla facoltà di Scienze politiche, per Rocco quel caffè sfumato ha il sapore della delusione. Poi, appena fuori dall'aula magna, nel grande atrio affollatissimo, un ragazzo alto, biondo, con vestiti di taglio classico, e di qualche anno più grande di loro, viene dritto incontro a Giulia.

Un pariolino figlio di papà, direbbe Monica.

Giulia lo saluta calorosamente, lui ricambia e la abbraccia.

«Eccola... in versione collegiale sei ancora più figa» fa il tizio.

«Ma smettila... cretino! Ah, ah, ah!»

«C'hai lezione di Privato?»
«Sì, e tu?»
«Io Civile qui in aula tre. A che ora finisci? Magari pranziamo insieme.»
«Ehm...»
Giulia si volta verso Rocco, che è rimasto lì a osservarli in silenzio, gli sorride.
«Lui è Rocco, un mio collega... siculo.»
«Piacere, Rocco.»
«Piacere, Matteo.»
Quando si danno la mano, Rocco è sopraffatto dalla stretta di Matteo, e ancora di più perché lui ha il palmo sudato. A quel punto, non gli resta che andarsene.
«Ehm, io vado in aula.»
«Ok, ti raggiungo tra un attimo» fa Giulia.
Ma non aveva fretta di entrare?
Con entrambe le mani in tasca chiuse a pugno, Rocco si dirige verso l'aula. Con la coda dell'occhio scorge Giulia e quel tipo avvicinare i volti. Non ha certo voglia di vederli scambiarsi un bacio, così si gira e se ne va a passo ancora più svelto.
Poi la sente.
«Rocco, Rocco, aspetta...»
Aveva temuto di perderla, e invece Giulia un minuto dopo è seduta accanto a lui in aula, aspettando che la lezione cominci.
«Posso dare uno sguardo al tuo manuale? È troppo pesante, il mio l'ho lasciato a casa.»
«Certo! Fai pure...»
«"Rocco Gallo 1990", l'hai pure firmato... Ah, ah, ah!»
Giulia continua a stuzzicarlo. Ed è come una calamita. Ne è sempre più attratto, le si avvicina appena con la scusa di girare pagina e...
«Hai un profumo buonissimo» gli scappa detto.
«E ti stupisci? Scusa, pensavi che puzzassi?» ride lei.
«No, sul serio ti sta proprio bene... cos'è?»
«È White Musk di Body Shop... lo conosci?»

«No... cos'è Body Shop?»

«È un negozio, in via del Corso... e questo cos'è, il tuo segnalibro?»

Rocco non se lo ricordava neanche più. Aveva infilato la lettera di Agata tra le pagine del manuale di Diritto privato, proprio quella busta che ora è nelle mani di Giulia, e su cui, a caratteri cubitali, sotto il mittente c'è scritto: "PATATO MIO TI AMO!".

«Patato mio ti amo... ah, ah, ah! Patato, ora ti chiamerò così!»

Rocco si sente avvampare mentre Giulia non la smette di ridere.

«Allora, patato? Cosa c'è qui dentro?» fa sventolando la busta.

«Dài, ehm... è una lettera della mia ragazza, cioè, una mia amica...»

«Un'amica che ti scrive "patato mio ti amo"!? Ma smettila! Siete tutti uguali... e come si chiama questa pseudofidanzata?»

«Eh... si chiama... Agata...»

Intorno a loro d'improvviso il brusio generale si acquieta.

«Buongiorno, mi scuso per il ritardo odierno, diciamo qualcosa in più di un quarto d'ora accademico, ma riprendiamo subito il discorso. Il negozio, dicevamo, è quell'istituto che...»

L'arrivo in aula del professor Cataudella è provvidenziale.

Proprio nel libro dovevo mettere quella lettera. E proprio oggi doveva arrivare, pensa Rocco. Ma poi perché l'ha scritta, per rovinarmi tutto? Fanculo, Agata, le sue minchiate e i suoi cuori giganti. Della lezione non sente neanche una parola, la sua testa è un fiume in piena.

Giulia, invece, sembra ascoltare e prendere appunti, ogni tanto si gira verso di lui e accenna un sorriso. E Rocco, come se avesse lo zoom di una macchina fotografica incorporato negli occhi, ne studia ogni tratto, ogni minimo dettaglio: l'accenno di diastema quando sorride, le ciglia fittissime accentuate dal rimmel, il principio di acne camuffato con uno strato di fondotinta scuro, il manto di capelli che sposta continuamente da un lato all'altro del viso. Tutto gli sembra irresistibile, insieme a quella sua aria da donna vissuta, esagerata per una matricola di neanche vent'anni.

Finita la lezione, si ritrovano nell'atrio insieme a Corinna, che sembra la reginetta della festa. Le sue sintesi vanno sempre per la maggiore e in breve è diventata popolarissima tra gli studenti.

«Bar?» chiede Giulia a entrambi.

«Io vado in biblioteca a riordinare tutto!» risponde Corinna.

Rocco e Giulia si ritrovano di nuovo da soli tra i viali dell'università.

«Non mi ricordo più, tu di dove sei?» chiede lui. In realtà se lo ricorda bene, come ricorda tutte le poche cose che si sono detti quel primo giorno: è calabrese. Ma ha bisogno di un argomento per rompere il ghiaccio.

«Non credo di avertelo mai detto... e in verità è una lunga, noiosissima storia» ride lei. «Per riassumerla, vivo qui da un po', i miei si sono separati anni fa e mia madre ha deciso di trasferirsi a Roma. Sono nata in Calabria, ma alla domanda "Di dove sei?" non so mai cosa rispondere.»

Passeggiando, sono arrivati al bar. Per tutto il tragitto Rocco non è mai riuscito a toglierle gli occhi di dosso.

«Caspita!» esclama Giulia sollevando il mento verso l'orologio all'ingresso. «Alle due devo scappare, ho il parrucchiere, stasera ho una festa con quelli della Luiss... mangiamo una cosa al volo già che siamo qua?»

«Buona idea!» esclama Rocco cercando di mascherare la delusione.

Già sognava di passare tutto il pomeriggio in giro con lei, per poi magari invitarla a casa sua a guardare le stelle sul terrazzo, e se non ve ne fossero state sarebbe stato pronto a disegnarle, a tappezzare il terrazzo di lucine di Natale, a regalarle ogni costellazione e a scoprirne di inesplorate insieme a lei...

Goditi questo momento e non pensare che sta per finire.

«Ehi, a che stai pensando? Ti sei incantato?»

«No, no... è solo che sono indeciso tra la pizzetta al crudo o quella agli spinaci.»

È il loro turno alla cassa.

«Allora» fa Giulia «prendiamo una spremuta, un toast, una pizzetta...?»

«... al crudo, e un caffè!»

«Due caffè allora» aggiunge Giulia allungando già una banconota da ventimila lire.

«Lascia, faccio io. Ti prego, sono un ragazzo del Sud, mia madre non me lo perdonerebbe» dice lui provando timidamente a fermarla, mentre la ragazza dietro alla cassa li osserva divertita.

«Ma dài, finiscila!»

«No, Giulia, ti scongiuro!»

Intanto alle loro spalle la fila cresce e qualcuno comincia a borbottare.

Alla fine lei batte la mano sul bancone lasciando i soldi sulla cassa.

«Andiamo, su» dice scostandosi il ciuffo da davanti agli occhi. «Il caffè lo veniamo a prendere fra poco.»

A Rocco non resta che scortarla, come un cavalier servente farebbe con la sua dama.

Fuori dal bar si accovacciano l'uno accanto all'altra sul prato. Intorno a loro, altri studenti hanno avuto la stessa idea.

«Una sigaretta e poi devo scappare» annuncia Giulia quando hanno finito di mangiare.

«E il caffè?»

«Non credo di fare in tempo...»

Giulia ha già cambiato espressione mentre guarda nervosamente l'orologio, sembra una donna d'affari in attesa del prossimo appuntamento.

«Ok, ti accompagno all'uscita... niente caffè anche per me.»

Appena fuori dall'università, su viale Regina Elena, il ritmo frenetico della città li travolge, tra venditori ambulanti, chioschi di abbigliamento e la folla in attesa del tram.

«Scappo, c'è un mio amico che mi aspetta all'angolo.»

Giulia accelera il passo, Rocco la segue a distanza, poi si ferma.

«È stato bello...» dice lui.

Che frase di m... speriamo non mi abbia sentito, pensa Rocco. E già Giulia gli appare lontanissima, inghiottita dal caos di quel mercoledì pomeriggio, quando di colpo si rigira verso di lui.

«Ci vediamo a lezione... Ciao patatino, anzi, ciao cuore di panna siculo!» gli urla.

Cosa mi ha detto? Patatino, cuore di panna...? Tutta colpa di quella lettera! Ma poi che significa "cuore di panna"?

«Certo, a presto allora» dice salutandola con la mano, ma a quel punto è sicuro al cento per cento che lei non l'abbia sentito.

In quell'esatto istante, la sua mente diventa un microscopio, e sul vetrino passa ogni singolo istante di quei momenti inaspettati trascorsi insieme a lei. Avrei dovuto chiederle il suo numero, darle un appuntamento. Passare all'azione. E invece no, ho solo perso tempo. Sono un fottuto romantico, un romantico del cazzo.

Il tragitto verso casa è un bombardamento di domande senza risposta: chissà con chi aveva appuntamento? chi è questo amico? sarà quello della festa? adesso quando la rivedrò?

Si ritrova a casa senza neanche rendersene conto. Le cuffie esplodono con *Luka* di Susanne Vega. Un leggero venticello lo sorprende, il balcone è aperto, la luce tenue dell'inverno romano illumina l'ingresso, sembra che non ci sia nessuno. Soltanto quando si toglie le cuffie Rocco capisce che non è così: Billie Holiday con *Stormy Weather* suona ovunque.

C'è Davide, e come al solito è chiuso nella sua stanza.

6

10 dicembre 1990

La porta di casa sbatte forte. Rocco si sveglia di soprassalto. Spalanca gli occhi. Un filo di luce filtra dalle persiane.

Ma che minchia è…!

Si rigira nel letto, si copre la faccia col cuscino. Alla fine si alza, tanto ormai si è svegliato, e si trascina in cucina. È scalzo, nudo, da sempre è abituato a dormire senza nulla addosso. E visto che il suo coinquilino è uscito – e la cosa non è passata inosservata – non c'è bisogno che si vesta subito.

Evidentemente Davide andava di corsa, riflette ancora assonnato mentre contempla il disastro lasciato in cucina.

La sedia spostata, sul tavolo una tazza sporca, il bricco del latte vuoto, una confezione di biscotti aperta, un coltello conficcato nel barattolo della Nutella, briciole ovunque e il lavandino simile a un campo di battaglia.

«Buongiorno!» esclama ad alta voce con l'aria inorridita: quel caos è inconcepibile per un maniaco dell'ordine e della pulizia come lui.

Fa per aprire il frigorifero e vede un post-it: "Ho lasciato un casino, ma la caffettiera è pronta… buongiorno!", con sotto una faccina sorridente e una D maiuscola.

In effetti, ora che ci fa caso, la caffettiera è pronta su un fornello, già carica.

Sorride.

Certo che questo Davide è davvero strano, pensa mentre sorseggia il caffè con il latte. Esce di casa come un uragano, lascia un porcile, quando lo vedo a stento mi saluta e poi mi fa trovare il caffè pronto con un messaggio da amico del cuore... Caspita, quanto siamo diversi.

Dopo il loro primo incontro e quella affabilità che lo aveva spinto ad accettarlo in casa sua, Davide si è rivelato più distaccato del previsto, a tratti perfino scostante. Trascorre intere giornate sigillato nella sua stanza, con la musica dello stereo a tutto volume. Si affaccia soltanto all'ora di pranzo. A volte passano anche due giorni senza che si incontrino. Il loro rapporto di buoni coinquilini si risolve in poche parole al mattino, quando quasi sempre si ritrovano a fare colazione insieme.

Ripulita la tavola, lavati i piatti – odia lasciare le cose sporche nel lavandino –, messo a posto tutto quel *casino*, Rocco si infila una felpa e i pantaloni di una tuta, le prime cose che trova, e si mette a studiare là in cucina. In quell'angolo della casa si sente protetto, al riparo dai rumori del traffico metropolitano, e poi può ammirare la vista sui tetti di Roma. Con un po' di immaginazione gli sembra di essere nella sua cameretta di Siracusa; solo che lì, al di là dei tetti, non si staglia, potente e a perdita d'occhio, il mar Ionio.

Dopo un secondo caffè, stavolta nero, anche il testo che sta studiando, *Per una filosofia del diritto nella prospettiva di Jacques Lacan*, gli appare per la prima volta chiaro, quasi comprensibile... In fondo è proprio vero che gli uomini, all'inizio di una relazione, "svolgono una comune opera di acquisizione dell'essere-soggetto".

Un po' come sta accadendo con Davide.

Davide, ancora lui, che tra una teoria filosofica e l'altra continua a riaffacciarsi tra i suoi pensieri. Immerso com'è nello studio, Rocco non si rende conto delle ore che passano. A distoglierlo dal libro del professor Bruno Romano, un violento temporale, arrivato senza annunci come una sveglia. La pioggia batte fitta sul solaio e riga i vetri delle finestre, un manto scurissimo avvolge il cielo. Sono già le due passate, e deve ancora pranzare. Rocco mette l'acqua a bollire, un piatto di spaghetti olio e parmigiano è quello che ci vuole.

Pochi minuti dopo è sul divano con una scodella di pasta in mano a gustarsi anche "Quando si ama", la sua soap preferita in onda su RaiDue. Aveva cominciato ad appassionarsi alle vicende della famiglia Alden qualche anno prima in America durante un viaggio studio e poi, una volta tornato, aveva "contagiato" anche i suoi compagni di liceo.

Chissà se potrebbe contagiare anche Davide... ma la vede dura, in quelle prime settimane il suo coinquilino ha interposto come un muro, tra loro due.

Comunque non si è ancora pentito della sua scelta. Tutte le ansie e le preoccupazioni della vigilia si erano poi risolte in un laconico e incisivo annuncio nel quale Rocco aveva comunicato ai genitori che per qualche tempo avrebbe ospitato un amico, Davide appunto. Neanche la signora Adele era riuscita a cavargli di bocca qualcosa di più nel suo consueto interrogatorio di mamma ansiosa.

Mentre, finita la puntata di "Quando si ama", è intento a leggere e rileggere la teoria del disassoggettamento, un pensiero lo attraversa, procurandogli un brivido.

Chiude il libro. No, meglio di no.

Poi lo riapre... perché no?

Di scatto si alza e comincia a muoversi come un ladro in casa propria. Si affaccia sul pianerottolo, controlla che non stia arrivando nessuno, che l'ascensore non sia in funzione, richiude in tutta fretta la porta di ingresso e pochi istanti dopo è nella stanza di Davide.

Altre volte aveva avuto l'impulso di entrare a curiosare, ma poi non ne aveva mai trovato il coraggio.

Vediamo un po' che c'è...

Al centro della stanza, sotto la finestra, è piazzata la gigantesca scrivania fabbricata dal padre di Davide, falegname, arrivata da Grosseto e issata fino al sesto e ultimo piano dall'androne condominiale su per la tromba delle scale, tutto questo sotto l'occhio vigile di Armando, che per fortuna non si era fatto domande o, se se l'era fatte, non le aveva espresse nemmeno col dottor Petrolini. Ai lati, due librerie di legno con intagliata una piccola scritta: "Dal babbo con amore", anche loro opera sua; e poi lo stereo, con quelle casse potentissime che ogni volta fanno vibrare il pavimento.

Con l'indice Rocco scorre i tanti cd fino a perderne il conto. Una vera discoteca, una miscela di stili e di anni: dal meglio di Billie Holiday all'ultimo album di George Michael, fino a Mariah Carey, una nuova cantante appena uscita negli Stati Uniti. La sua *Vision of Love* è stata la colonna sonora involontaria di quei giorni anche per Rocco, che mentre continua la sua indagine non autorizzata spinge il tasto play, facendola partire. Tra i libri, oltre ai testi del primo anno di Lettere, anche un volume con le opere di Kandinskij e una raccolta delle tragedie di Shakespeare in lingua originale.

Rocco comincia a sfogliarlo, anche lui ama Shakespeare, e la lingua e la letteratura anglosassone, al punto che ha più volte fantasticato, un giorno, di andare a vivere a Londra.

Mentre continua a guardarsi intorno, si accorge che dalle pareti sono spariti i quadretti del padrone di casa. Sopra al letto, invece, ora c'è una vecchia mappa geografica di Orbetello, con la laguna, tra i due tomboli della Feniglia e della Giannella. Davide viene da lì. Chissà com'è essere a due ore da casa, si chiede Rocco, lui che impazzisce alla sola idea di fare il viaggio della speranza per le vacanze di Natale sul rapido notturno. Di fronte al letto, poi, un grande poster di Rita Hayworth in *Gilda*.

Rocco si alza, va verso il guardaroba.

Dài, non farlo, questo è troppo...

Ma ignorando la sua voce interiore, come in un ulteriore moto di sfida, apre l'armadio a due ante e comincia a curiosare. Dopotutto, se è entrato nella sua stanza, è perché vuole conoscerlo più a fondo.

È un trionfo di magliette appallottolate, maglioni e camicie arrotolati insieme, quasi tutti colori tenui, dal verde al marrone... nulla di entusiasmante per Rocco, amante delle tinte decise, forti, che meglio si sposano con i suoi tratti inconfondibilmente siculi.

Davide può permettersi di indossare qualsiasi cosa, invece. A risaltare immediatamente, infatti, sono i suoi occhi azzurri.

Una giacca a quadri attira l'attenzione di Rocco. È di taglio sartoriale, bella, quando l'aveva vista indosso a Davide gli era venuta voglia di chiedergliela in prestito.

Appena se la mette si rende conto che è di una o due taglie più grande.

Richiuso l'armadio, si allunga sul letto, appoggia la testa sul cuscino, lo annusa, riconosce il suo odore.

È meglio uscire adesso, pensa.

Fa per alzarsi quando sente uno strano scricchiolio. Non è il rumore della vecchia rete a maglie fornita da Petrolini. Sembra ci sia qualcosa sotto il materasso. Ci infila la mano e quello che scopre lo lascia a bocca aperta: Davide ha creato uno strato intermedio usando tutti i quadretti che erano appesi alle pareti, e molti dei vetri adesso si sono crepati. Un goffo tentativo di nasconderli o un tentativo bizzarro di sollevare un po' il letto? Solleva ancora un attimo il materasso e sotto ci trova calzini, mutande e un mucchio di vestiti evidentemente sporchi...

Ma questo è matto, pensa divertito, ma anche affascinato, da tutto quello che sta scoprendo.

Il cd smette di girare nello stereo, la musica si interrompe, e lui resta sdraiato, incantato dalla sagoma di Gilda, da quei capelli dagli accenti dorati, dal suo tubino verde smeraldo con sfumature viola. E poi dalla scritta "There never was a woman like Gilda!", non c'è mai stata una donna come Gilda!

All'improvviso l'immagine di Rita Hayworth quasi si anima, sovrapponendosi a quella di Giulia, con la sua sigaretta slim al posto del bocchino che la diva degli anni Quaranta tiene fra le dita.

Ci somiglia proprio... gli sembra di sentirla, adesso, è come se la sua risata d'un tratto riempisse la stanza.

"Ma che ci fai a ficcare il naso nella camera del tuo coinquilino?"
"Non sto facendo nulla di male, dài…"
"Stai scherzando? Ma se hai rovistato ovunque… sei proprio un siculo impiccione! Eh, eh, ah, ah, aaah!"

A rompere l'incantesimo di quel dialogo immaginario con Giulia, un altro rumore. Quello delle chiavi nella serratura, seguito dalla porta che si apre e subito sbatte.

Lo stesso rumore che lo ha scaraventato fuori dal letto quella mattina lo risveglia anche in quel preciso momento. Solo che quello non è il suo letto, e quella non è la sua stanza.

In preda al panico, prova ad aprire la porta che comunica con camera sua. Un tentativo disperato, perché l'ha chiusa lui stesso a chiave il giorno prima che il suo coinquilino arrivasse.

E tanto ormai è troppo tardi. Perché quando si volta lì c'è Davide. Fa quasi un salto all'indietro, come se avesse visto un fantasma.

«C-cazzo… che colpo… ciao… ehm, che ci fai qui?» balbetta.

Chi davvero non riesce a parlare è Rocco. Paralizzato, vorrebbe soltanto scomparire, o mimetizzarsi come un geco satanico tra le foglie. Invece no, eccolo qui "beccato col sorcio in bocca", come urla ai passanti tutte le mattine la fruttivendola sotto casa.

Davide lo sta fissando, ha la faccia di uno che non sa cosa pensare. Uno sguardo che Rocco fatica a reggere. Accenna un colpo di tosse, si schiarisce la voce.

«Ehm, ciao… stavo, stavo cercando… il martello… cioè, devo appendere un quadro e ho pensato lo avessi preso tu.»

Davide lo fissa un attimo dubbioso.

«Certo… hai ragione.»

Apre un cassetto dello scrittoio.

«Eccolo.»

Speriamo che non me lo dia in testa, pensa Rocco.

Allunga un braccio per afferrarlo, e per una frazione di

secondo il palmo della mano gli si poggia sul pugno di Davide, quasi lo avvolge.

È un sussulto, quello sfiorarsi. D'istinto Rocco si ritrae.

«Grazie e... scusa... non... cioè, grazie. Vado... sì, vado a fare la doccia.»

«Ma non dovevi attaccare il quadro?»

«Sì, certo, è che ho studiato tutto il giorno e... insomma, doccia e poi procedo...»

«Ok.»

«Ok.»

Poco dopo, Rocco e Davide si ritrovano entrambi indaffarati in cucina. Rocco alle prese con un sandwich tonno e maionese come da ricetta che aveva imparato nei mesi trascorsi in America, mentre Davide è intento a soffriggere non si sa bene cosa per poi condirci la pasta. L'odore di spezie è molto forte, e fastidioso.

«Che profumino, pasta con...?» fa Rocco. Non vede l'ora che quanto accaduto poco prima nella stanza diventi solo un ricordo. Anzi, sarebbe meglio sparisse del tutto dalla memoria di entrambi.

«Una bella carbonara alla mia maniera... bu*h*atini, sia chiaro!» risponde Davide calcando il suo accento di Orbetello.

«Quindi con il segreto dello chef...»

«In effetti il trucco c'è: aggiungo un po' di panna per renderla più cremosa.»

«Mmh, detta così sembra buona!»

«Dài, mettiti comodo che stasera cucino io. Quel panino conservatelo per domani.»

«Ok, ci sto!» dice Rocco.

Il Natale, che ormai è alle porte, rende tutti più buoni, pensa. Davide ha finalmente tirato giù il muro che aveva eretto.

Scolata la pasta, e mantecata poi con cura a fuoco spento, i due si ritrovano seduti a tavola, faccia a faccia.

«Su, assaggia» fa Davide.

Tra una forchettata e l'altra, poche parole e qualche sorriso complice, Davide mangia con una voracità che, se lo vedesse sua madre, la signora Adele, probabilmente si sentirebbe svenire, pensa Rocco. Ma quando lo sguardo gli si solleva, si dice che con quegli occhi così accesi e vivi non gli si può che perdonare tutto. È come se Davide, con quegli occhi, godesse di una sorta di amnistia permanente.

«Che te ridi?» salta su Davide.

«Nulla... pensavo... buona la pasta!»

«A che pensavi? C'hai la faccia di chi la sta pensando grossa.» Di colpo si alza in piedi. «Aspetta...» e se ne va di là.

Pochi secondi dopo, in tutta la casa si diffonde la voce inconfondibile di Billie Holiday.

«Ora sì che tutto è perfetto» dice Davide rientrando in cucina, strizzando un attimo gli occhi in un'inedita espressione compiaciuta.

«Aspetta...»

Anche Rocco si alza, apre un armadietto, e torna con due bicchieri in mano e una bottiglia di vino rosso.

«Adesso sì che tutto è perfetto.»

«In realtà manca ancora qualcosa, visto che è quasi Natale...»

Davide si rialza e torna con una piccola bugia e una candela bianca accesa.

«Dunque si brinda... e a cosa? Al Natale?»

«Brindiamo all'amicizia... ehm... a noi!» fa Rocco in uno slancio che sorprende anche se stesso.

«L'amicizia, che parolone... alla salute!»

«Alla salute, cin!» dice Rocco con poca convinzione dopo che il suo slancio di amicizia è stato subito gelato da Davide.

«Cin!»

L'atmosfera intima, il vino, i piccoli silenzi però pieni di complicità. Dopo settimane di incontri sporadici e sbrigativi, Davide è finalmente seduto di fronte a lui. Non lo conosce affatto, in fondo, e non desidera altro che recuperare.

«Cosa farai in queste vacanze?» gli chiede.

«Domani si parte, si torna a casa, a Orbetello City... Dovrò aiutare il mi' babbo con la falegnameria» risponde calcando di nuovo un po' il suo accento toscano «mi ha detto che adesso ha un sacco di ordini per fortuna. E poi darò una mano alla mi' mamma a preparare da mangiare per le feste.»

«Ecco da chi hai imparato a cucinare allora...»

«Ma no, lei è mille volte meglio.»

Nonostante gli spaghetti fossero un po' pesanti – sarà la cucina toscana –, Rocco non può non riconoscere che Davide, seppure schivo e talvolta respingente, possiede una specie di magnetismo. Non è solo lo sguardo, c'è qualcosa di unico in lui.

«E tu che farai invece?»

«Torno a Siracusa dai miei, quattordici ore di viaggio, e se va bene, se lo scompartimento non è pieno, proverò a dormire sui sedili reclinabili.»

«Che viaggio...»

«Sei mai stato in Sicilia?»

«No, mai.»

«Allora devi venire a trovarmi.»

«Dài, volentieri, si farà anche questo...»

Dal silenzio quasi totale al ritrovarsi insieme in Sicilia. Dopo un salto del genere, la conversazione sembra scemare per qualche istante, poi Davide riprende.

«Sai, io sono figlio unico, i miei hanno solo me, e per farmi studiare e non farmi mancare nulla si fanno in quattro. Per questo voglio spaccare alla prossima sessione, e finire gli esami in tempo.»

Parole che arrivano come un missile. Rocco ha sempre dato tutto per scontato. I viaggi, la casa in centro a Roma, la possibilità di studiare all'estero.

I Gallo, la sua famiglia, sono storici imprenditori di Siracusa. Per cinquant'anni la loro è stata l'azienda leader nell'export di prodotti culinari siciliani. Fino a qualche anno prima, anche grazie a un indovinato spot tv, i prodotti Made in Sicilia con nel logo un albero di carrube si trovavano ovunque. Dopo la morte del nonno, don Rocco, il marchio aveva cominciato ad appannarsi, e la famiglia aveva deciso di vendere le quote di maggioranza a un fondo inglese. Forse in cuor loro i suoi genitori avevano già perso le speranze che un bel giorno potesse essere proprio lui, Rocco, a guidare il gruppo.

Rocco, infatti, non ci pensava proprio. E adesso, di fronte alla disarmante sincerità di Davide, tutto gli appare ancora più nitido.

«Tu sei figlio unico?» gli chiede Davide.

«No, ho una sorella... più piccola.»

«Sai che ti dico? Ti va un bel dessert?»

«Pure il dolce?»

«Ora ti faccio vedere io, dammi due minuti.»

Si alza di scatto e si mette a trafficare in cucina.

«Posso prendere uno dei tuoi mandarini?» chiede a un certo punto.

«E me lo chiedi pure?»

Torna a tavola poco dopo con due bicchieri pieni di una specie di gelatina scura con sopra tre spicchi di mandarino e una noce sgusciata al centro.

«Ecco a lei, *monsieur, le dessert*...»

«*Merci!*» fa Rocco. «E cosa sarebbe?»

«Una mousse al cioccolato con guarnizione di mandarini e noci.»

Un po' perplesso, Rocco dà un assaggio.

«Ma è buonissima!» esclama con un'espressione stupita. «Come l'hai fatta?»

«Eh, segreti dello chef...» Poi, con un'alzata di spalle: «Guarda, è semplicissimo, bastano l'amido di mais e la polvere di cioccolato. Un po' di zucchero, mischi il tutto, poi lo si lascia in frigo. La tengo lì e quando ne ho voglia... *voilà*!».

«Sì, davvero buona...»

Lo squillo del telefono arriva come a rompere un incantesimo. È Davide ad alzarsi per rispondere.

«Buonasera, signora Adele, come sta? Sì, sì, tutto bene grazie... sì, sì, il primo esonero è andato, diciamo... bene, sì, certo, torno a Orbetello dalla mi' mamma, sì sì, siamo qui a cena... ora glielo passo. Certo, grazie, grazie... tanti auguri anche a lei e a suo marito, eh... eccolo qua.»

Rocco è incredulo. Probabilmente sua madre sa molte più cose su Davide di quante ne sappia lui.

«Rocco, la tua mamma al telefono...»

Con l'aria infastidita, ma lanciando uno sguardo complice in direzione di Davide, Rocco prende la cornetta, già intenzionato a chiudere presto la conversazione con la signora Adele, e riprendere quella con Davide.

Quando rientra in cucina la tavola è stata sparecchiata e tutto già infilato nel lavandino.

«Ora si va a letto, domattina ci si pensa.»

«Ah, dimenticavo... grazie per il caffè di oggi.»

«Grazie a te per aver sistemato il casino che ho lasciato. Ero in ritardassimo...»

«Tranquillo, dài.»

Si guardano, si sorridono.

Rocco si avvicina, come per abbracciarlo inconsapevolmente, ma Davide si ritrae, offrendogli la mano. Poi la stringe forte a Rocco e la porta a sé, sul petto.

«Buonanotte!»

«'Notte.»

Ritiratosi nella sua stanza, Rocco non riesce a smettere di pensare a quella giornata, a quella serata. Al brivido di qualche ora prima, quando Davide lo ha sorpreso in camera sua. Al momento in cui si sono sfiorati le mani passandosi il martello. A quell'istinto incontrollato e repentino di abbracciarlo. E poi le parole, gli sguardi, la complicità.

Proprio non ce la fa a dormire, pervaso com'è da un senso di tenerezza e da una fascinazione che non riesce a decifrare. Ancora una volta non mi sono sbagliato, pensa. Dietro quell'aria burbera Davide nascondeva un mondo da esplorare.

E ora, finalmente, avrebbe cominciato a farlo.

7

20 dicembre 1990

Era passato tante volte di fronte a quel negozio, almeno una decina, ma non aveva mai trovato il coraggio di entrare. Faceva il giro dell'isolato, rallentava il passo, sbirciava veloce la vetrina e alla fine tirava puntualmente dritto. Al punto che, quando finalmente lo vede entrare, la bionda signora con chignon, sorriso da telefilm americano e orecchini di perle, così formosa e prorompente, che lui ha intravisto sempre fasciata in tubini colorati e corti, ha la faccia di chi lo ha riconosciuto all'istante.

«Buongiorno...»

«Buongiorno, bel ragazzo... cosa posso fare per te?»

«Ehm, vorrei vedere quel completino rosso in vetrina...»

«Quello con il tanga di pizzo e la guêpière o quello con lo scollo incrociato e il babydoll abbinato?» fa lei ammiccante.

E mentre *Last Christmas* degli Wham rimbomba a tutto volume, Rocco diventa di colpo paonazzo.

«Facciamo così» dice lei con aria complice «ti mostro i completini più belli che ho. È per...?»

«Be', sì... per la mia ragazza.»

«Perfetto, e allora mi vuoi dire com'è questa tua ragazza? Com'è fatta?»

«Ehm, dunque... mora, magra ma formosa...»

«Sì, sì, così però non mi aiuti... taglia?»

«Come, scusi?»

«Sai che taglia ha?»

«Ah, veramente... credo una quarantadue, è alta sul metro e settanta.»

«Ok, ok, va bene, dolcezza... tranquillo, ci penso io!»

Muovendosi sinuosamente su un paio di tacchi vertiginosi, la bionda signora con chignon del negozio di intimo sparisce dietro una tenda di paillettes argentate.

Rocco si guarda intorno. Incorniciati da file di lucine natalizie, una serie di manichini tutti vestiti – si fa per dire – di rosso: collant, reggicalze, giarrettiere, vestaglie di raso, reggiseni. In un angolo, invece, i body trasparenti e i babydoll neri o dorati con piume e strass.

Dopo un'attesa che gli sembra già eterna, Rocco comincia a girare nervosamente tra gli scaffali. Finché, dietro un séparé bordeaux in stile veneziano, quasi nascosta, trova una vetrinetta con all'interno diversi anelli di grosse dimensioni. E, poco più in là, mutande di vari tipi, colori e misure. Il tutto catalogato per nomi – *strings*, *jockstrap*, *cockring* – che non ha mai sentito, anche se le immagini sulle confezioni sono piuttosto eloquenti.

È finito in un sexy shop, e non in un negozio di intimo, come aveva creduto entrando... e ora è nel reparto maschile! Eppure, l'insegna al neon rosa MARILYNGERIE non gli era sembrata così equivoca.

«Eccomi qua! Ti stai facendo una cultura, vedo. Se vuoi dopo ti consiglio qualcosina per te... anche in base alle dimensioni! Ah, ah, ah, ah, scherzo...»

Rocco, di nuovo paonazzo, non sa cosa dire.

«Guarda» prosegue lei «ho questo con il bordo di pizzo macramè o questo più sobrio, secondo me è perfetto... come hai detto che ti chiami?»

«Ehm... Rocco, mi chiamo Rocco.»

«Rocco, che nome esotico! Io sono Marilyn. E di dove sei?»

«Sono siciliano» risponde lui, un po' infastidito da quell'invadenza.

«Siciliano... caliente... mmh, con questo sguardo, poi...

questi occhi così... scuri, intensi, vogliosi... cioè volitivi... vabbè... questo è per... diciamo... la tua ragazza... giusto?»

«Sì. Agata.»

«Agata...» ripete lei, riprendendo poi a illustrargli con dovizia di particolari le varie opzioni. «Questo è un body di pizzo rosso con scollo a V fino all'inguine, sostenuto da due laccetti che, come vedi, cingono il punto vita fino al tanga posteriore che lascia ben in vista... insomma... il tesoro... la terra promessa... il fondoschiena.»

«Va benissimo, mi pare perfetto, lo prendo» la interrompe Rocco sempre più imbarazzato.

«Ma non vuoi sapere quanto viene? Dài, piccolo, ti faccio uno sconto, mi sei simpatico!»

Prima che lui possa accorgersene, Marilyn gli accarezza il volto e con le unghie laccate di rosso fuoco gli sfiora il contorno della bocca. Rocco abbassa lo sguardo, infila la mano in tasca e ne tira fuori il portafoglio.

«Sarebbero cinquanta, ma per te fanno trenta... sei così carino!»

«Ehm... grazie.»

Rocco estrae tre pezzi da diecimila lire e li porge a Marilyn, che gli afferra la mano e la trattiene per qualche secondo, un tempo che a lui sembra infinito.

«Aspetta, ti faccio un pacchetto regalo!»

«No, grazie, va bene anche una busta.»

«No, no, insisto... ci penso io!»

Marilyn sparisce di nuovo nel retro, e pochi istanti dopo riemerge con un pacchetto dorato sormontato da un grosso fiocco di raso rosso. Solo in quel momento Rocco si rende conto che la donna, ed è un paradosso visto in quale negozio lavora, non indossa alcun indumento intimo. I suoi capezzoli sembrano quasi voler perforare l'abitino di maglia grigio chiaro.

«Ecco qui! Allora ciao, Rocco, buone feste e... torna presto a trovarmi!»

«Ehm, grazie... buone feste anche a lei.»

Un attimo dopo Rocco è fuori per strada. Che Marilyn

si sia tolta il reggiseno nel retrobottega mentre preparava il pacchetto regalo? Ma poi sarà il suo vero nome, quello? E se qualcuno mi ha visto entrare o uscire da lì? Come ho fatto a non capire prima di che genere di posto si trattava? Sono un coglione! E tutto per soddisfare le richieste di Agata... fanculo lei, fanculo Marilyn! Pieno di domande e ancora un po' rosso dall'imbarazzo, da via Calatafimi guadagna in pochi minuti il portone di casa: non vede l'ora di trovarsi in camera sua, al sicuro.

Chiusa la porta alle sue spalle, fa un'espirazione profonda. La musica è altissima, come sempre, e Davide ha lasciato tutte le porte aperte. È in cucina a trafficare.

«Che ti è successo, Rò? C'hai 'na faccia... hai mica visto un fantasma?»

«No, no, tranquillo... ho fatto la strada di corsa, tra poco mi chiama Agata e volevo esserci.»

«E quello cos'è?»

«Il suo regalo di Natale, appunto...»

«Cazzo, io mi sa che i regali li faccio a Orbetello, non c'ho la testa adesso...»

«Vado un attimo in bagno» taglia corto Rocco «alle sette e mezza mi chiama.»

«Ok, ok... ah, se ti va stasera esco con un gruppo di romani. Andiamo in un posto che si chiama Fonclea a sentire un po' di musica... vieni, dài!»

«Ci penso un attimo...»

«Dài, sta in Prati, andiamo con la metro.»

Rocco, ancora scosso per l'incontro con Marilyn, si barrica in camera sua, e liquida rapidamente anche Agata, che quella sera con i suoi "ti amo, lupetto mio" gli sembra più insopportabile del solito.

È la prima volta che Davide gli propone un'uscita, ma lui, proprio stasera, vorrebbe solo starsene raggomitolato nel suo letto.

E ora che faccio? Vado, non vado?

Poco dopo è su un vagone della linea A insieme al suo coinquilino, pieno di energia e sempre più imprevedibile.

«Dobbiamo scendere a Lepanto» fa Davide a voce alta.

«Pensavo Ottaviano» risponde Rocco.

«No, no! Lepantooo... poi un pezzo a piedi e siamo arrivati.»

«Va bene, va bene, mi fido.»

Per un po' restano in silenzio. Davide è seduto nella fila di fronte, senza accorgersene Rocco lo fissa tutto il tempo.

«Che guardi?» chiede Davide d'improvviso con un sorriso interrogativo. «Certe volte ti incanti proprio, eh... chissà che c'hai te, dentro a quella tua testolina...»

La serata scorre senza particolari picchi. Rocco ha occhi solo per Davide, per la sua disinvoltura, il suo appeal, le sue battute in puro stile toscano. Lo spia mentre flirta con Gaia, una sua amica del liceo, anche lei di Orbetello, lo osserva mentre abbraccia ripetutamente Domitilla, sua compagna di università, lì insieme a un piccolo gruppo di studenti di Lettere.

A fine serata, dopo qualche vodka, una bella dose di buona musica live, con un concerto swing, un sassofonista da brividi, e tante risate, uno di loro, Ascanio, si offre di riaccompagnarli a casa.

Davide, ancora un po' su di giri, decide di prendere una boccata d'aria sul terrazzo. «Che fai, vieni anche tu?»

«No, meglio se vado a dormire» fa Rocco.

Quando entra in camera, sul letto c'è il pacchetto dorato del regalo. Per prima cosa, lo nasconde dentro l'armadio. Come un corpo del reato da occultare, il completino sexy tanto agognato da Agata finisce in fondo a un sacco insieme agli altri regali che aveva già preso. Non solo per lei, ma anche per mamma, papà e il resto della famiglia. Complice la sua mania dell'organizzazione, Rocco aveva pensato con grande anticipo a tutto, anzi a tutti, o quasi. Un cd di canzoni natalizie di Sinatra per papà, un fermaglio di strass per sua madre, l'agenda del nuovo anno che la nonna Luisa tanto desiderava, e un giacchino di jeans della Diesel per sua sorella Elena, e solo questo gli è costato un occhio della testa.

E mentre di là Davide, col suo passo sempre felpato, continua ad andare avanti e indietro per casa e sembra non trovare pace, Rocco fatica a prendere sonno.

Spenta la luce, si infila nelle coperte con la testa sotto al cuscino, come nel vano tentativo di mettere a tacere una volta per tutte la conversazione di quel pomeriggio con la provocante Marilyn, che come uno spezzatino speziato e indigesto gli si rimescola di continuo nella mente.

Alla fine, non sa bene come, chiude gli occhi, per risvegliarsi solo il mattino dopo.

I giorni precedenti alla partenza sono un vortice di impegni universitari per Rocco, feste, pranzi di auguri e riti per lui nuovi e sorprendenti.

In quei giorni ha rivisto e salutato un po' tutti. Monica, sempre più imprevedibile, gli ha regalato un libro di Sartre, *L'esistenzialismo è un umanismo*, che si sarebbe rivelato un perfetto sonnifero sul treno notturno in viaggio verso casa. Le ragazze di Casalotti hanno organizzato un pic-nic natalizio sul prato dietro alla facoltà portando da mangiare di tutto, dai fritti al salame, in quantità industriali. Persino Teo si è palesato promettendo, alla ripresa, di studiare insieme Filosofia del diritto. Corinna era già partita con i suoi per l'Abruzzo.

Di Giulia, invece, di nuovo nessuna traccia. Rocco aveva provato a chiedere di lei in giro. «Mi sa che è già in montagna» gli aveva risposto Manuela, lei sapeva sempre tutto di tutti.

In ogni caso, la maggior parte degli studenti fuori sede aveva anticipato le vacanze di qualche giorno; Rocco, al contrario, aveva ritardato il più possibile quel viaggio della speranza.

E il giorno della partenza è preso da mille cose da fare, compreso ritirare in Vaticano un libro delle Edizioni Paoline che sua madre gli ha chiesto di comprare.

In tutto quel viavai non ha ancora incrociato Davide.

Fino all'ultimo lo aspetta, non ha voglia di andarsene senza salutarlo, poi non gli rimane che lasciargli un post-it sul frigo, trasformatosi nel tempo nella loro bacheca privata:

> Sto partendo, ci vediamo dopo le vacanze... buon Natale!
> Ti lascio il numero dei miei, se ci vogliamo sentire.
> Ciao, R.

Quando, mezz'ora dopo, Davide torna a casa con in mano un cd di successi di Sarah Vaughan, suo regalo di Natale per Rocco, lui è già seduto sulla sua poltrona del rapido notturno diretto a Siracusa. Lo scompartimento di seconda classe è pieno. Il vagone è stracolmo, le valigie sono ovunque e i corridoi stipati di gente come il 310 per l'università all'ora di punta.

Appena il treno comincia a muoversi, Rocco si passa la mano sugli occhi, prova a trattenersi, gli viene da piangere. Quei primi mesi di vita nuova lo hanno messo alla prova sotto ogni punto di vista. Ma è felice di tornare in famiglia, riabbracciare i suoi, sua sorella, e in fondo anche di rivedere Agata.

Però non riesce a non pensare che non ha più rivisto Giulia e non ha salutato Davide. Il pensiero è così insistente, e il rammarico così pesante, che, per scacciarli entrambi dalla testa, si infila le cuffie nelle orecchie e mette a tutto volume i Tears for Fears. Manda avanti fino a *Woman in Chains*, la canzone sua e di Agata, la colonna sonora della loro prima volta.

Agata. In quel momento vorrebbe soltanto abbracciarla e fare l'amore con lei. Tornare a casa. Forse si era sbagliato in quei mesi, forse Agata gli è mancata davvero. Era solo che la distanza gliel'aveva fatta un po' dimenticare.

E con questo pensiero, vinto dalla stanchezza di tutti quegli struggimenti, Rocco finalmente si addormenta.

Qualche ora dopo, accolto come un eroe nazionale, è nella sala da pranzo dei suoi, dove la grande vetrata della villa affacciata sulla panoramica incornicia la città come una eterea cartolina postale.

La signora Adele ha imbandito un pranzo luculliano per celebrare il suo ritorno. La tavola è apparecchiata come per le grandi occasioni con piatti, sottopiatti d'argento, bicchieri per l'acqua, il vino, il dolce. Non mancano le candele accese, anche se è pieno giorno. E quindi il trionfo delle pietanze preferite di Rocco: focaccia di tuma e acciughe, pasta fritta, arancini al ragù, e l'immancabile parmigiana di melanzane. A chiudere, un vassoio di cannoli alla ricotta farciti all'istante.

«*Sciatu, sciatuzzu meu*» gli ripete tata Maria continuando a riempirlo di carezze.

Il tutto mentre, tra una portata e l'altra, si consuma una sorta di match di ping-pong tra Antonio e Adele, dove al posto della pallina ci sono le domande. Rocco se lo aspettava. Ed è pronto a rispondere, dentro una cabina di plexiglass con le cuffie in testa, come il concorrente di un quiz di Mike Bongiorno.

«Che fai, non mangi? Sei diventato inappetente?»
«Ti siamo mancati, ah? Come ti stai trovando?»
«Ti piace Roma? Ti sei ambientato?»
«Sei sciupato. Stai mangiando?»
«Certo, come la cucina di mamma tua non ce n'è… vero?»
«Stai studiando? Guarda che Privato è tosto, eh, e l'esame si avvicina…»
«E questo Davide? Mi pare un bravo *caruso*…»
«Ma quanto ancora deve stare questo a casa nostra, ah?»
«Hai conosciuto qualcuno, che ne so, una bella *rrragazza*?»

A salvarlo da quel fuoco di fila inquisitorio è sua sorella Elena, che dal corridoio annuncia: «Rocco, Roccoooo, al telefonooo… c'è Agata!».

Suo padre stringe i pugni sulla tavola. «Ancora *cu 'sta minchia* di Agata… che lo abbiamo mandato a fare a Roma se poi sta sempre con questa Agata… bah!»

«Antonio per favore, sono ragazzi, cammina… mica se la sta sposando… e poi è tanto *duci* 'sta Agata…»

Mentre i suoi continuano il loro match, Rocco è già al telefono. La chiamata dura meno di un minuto, il tempo di darsi appuntamento alle cinque davanti al santuario della Madonna delle Lacrime. Agata, per sfuggire al controllo dei suoi, ha detto che sarebbe uscita con le amiche per completare lo shopping natalizio.

Quando si incontrano, poco dopo, quasi non si salutano. Lei sale furtiva sul Vespone di Rocco e, come due rapinatori in fuga, partono a tutta velocità alla volta della casa all'Isola.

Agata è avvinghiata a lui, lo stringe talmente tanto che a Rocco sembra di sentire le sue unghie nella pelle.

«Che bello che sei qui, che sei tornato...»

«Sì, sono contento.»

«Finalmenteeeee!»

Il vento freddo di dicembre sembra quasi non sfiorarli. Lei continua ad accarezzarlo, lui è sempre più eccitato. Sì, si è sbagliato davvero in quei mesi, forse Agata gli è mancata, gli è mancata tanto.

Dopo venti minuti sono nudi, nel lettino gelato della stanza di Rocco, al piano di sopra della casa di vacanza dei suoi. Si baciano e si ribaciano, lei continua a prendergli la faccia tra le mani e a guardarlo negli occhi. Lui cerca di ignorare il gusto di fragola del suo lucidalabbra e il profumo che si è messa addosso. Chiude gli occhi, e per un attimo gli sembra invece di sentire l'essenza al muschio bianco di Giulia.

«Mi sei mancato, lupetto mio, ti amo, ti amo...»

Con l'indice, Rocco preme sulle sue labbra.

«Shhh...»

Poi cominciano a fare l'amore. Non si accorgono che fuori c'è il mare in tempesta.

E lei non può non accorgersi che qualcosa è cambiato, in Rocco. Ma per il momento si accontenta di averlo lì con sé.

8

15 maggio 1991

In apnea, con la testa sott'acqua, Rocco comincia a contare, da uno fino a dieci. Sillaba ogni numero lentamente, nel tentativo di svuotare la testa.

Da giorni è divorato da un senso di angoscia feroce. Gli esami sono alle porte. Le giornate scandite ormai da una routine quasi logorante. Sveglia, studio, pasti, studio, letto. E lui, più studia, più teme di non farcela.

E stasera, per calmarsi, ha iniziato a riempire la vasca di acqua tiepida, cosparso il fondo con qualche pugno di sale grosso e un bel po' di bagnoschiuma Felce Azzurra, e ci si è infilato.

A mollo, come un bambino cresciuto all'improvviso, Rocco si lascia cullare dal rumore dell'acqua che ancora sta scorrendo.

E d'improvviso gli viene in mente la ninnananna che tata Maria gli sussurrava da piccolo per farlo addormentare. Gli sembra di sentirla anche adesso, e questo lo placa.

Con la testa riemerge dall'acqua.

Poi, come a volersi sincerare di essere diventato grande, comincia a osservarsi.

I suoi piedi lunghi, con il secondo dito prominente rispetto all'alluce, come chi nell'antica Grecia era considerato più creativo, le caviglie sottili, le gambe muscolose, il ventre piatto, il neo sul fianco sinistro, le mani grandi e affusolate, e poi le dita, già raggrinzite come dopo i suoi bagni infiniti, quand'era bambino, nelle acque cristalline dell'Arenella.

"Esci dall'acqua, cammina, che hai le labbra viola... avanti..." si insinua la voce squillante di mamma Adele, quasi rimbombando nel bagno rivestito di piastrelle rettangolari color acquamarina sbiadita.

Quel giorno si è svegliato deciso a non presentarsi all'appello di Diritto privato, che avrà di lì a poco. Ha capito di aver bisogno di più tempo, e sa pure che la reazione dei suoi sarà tutt'altro che accomodante.

Ne ha parlato anche con suo zio Paolo, che nel tempo è diventato una sorta di saggio confidente.

«Zio, perché nessuno mi capisce? Perché nessuno si fida di me?»

«Stai tranquillo, Roccuzzo, ci parlo io con mamma tua, glielo spiego io che vuoi più tempo per l'esame di Diritto privato. È un esamone, mica si scherza... tranquillo, gioiuzza...»

Si reimmerge con la testa sott'acqua per qualche secondo, e quando rispunta è un altro pensiero a prendersi con prepotenza la scena, e a procurargli un immediato stato di eccitazione.

Agata. Rocco comincia a ripercorrere i loro ultimi incontri. La passione che aveva segnato ogni istante della loro storia. Il desiderio urgente di fare l'amore ovunque. A volte, non si erano neanche riusciti a spogliare del tutto. Come l'ultima volta, quando lo avevano fatto nel bagno di una pizzeria.

Era bastato il solito sguardo, poi si erano alzati da tavola, e senza dirsi nulla si erano diretti alla toilette.

«Prendimi qui» gli aveva sussurrato lei.

E Rocco, senza farselo ripetere, si era tirato giù la cerniera dei jeans, le aveva sollevato la minigonna, sfilato il tanga – che lei indossava sempre per compiacerlo – e aveva cominciato a prenderla da dietro, tappandole la bocca.

Tornato a Roma dopo le vacanze di Natale, però, Rocco si era reso conto di non amarla. Sì, in realtà non si era sbagliato: Agata non gli era mancata affatto. E, se anche gli viene in mente, come in quel momento, è solo perché ripensare a tutto quello che hanno fatto lo eccita.

Aveva cominciato a non sopportare più le sue lettere cariche di frasi mielose, le sue telefonate sdolcinate e nemmeno la sua voce. Non riusciva a spiegarsi come potesse essere così libera e intraprendente, e al tempo stesso più infantile di una ragazzina delle medie.

Così, a un certo punto, aveva trovato il coraggio di dirglielo. Durante l'ennesima conversazione piena di "ti amo patatino" e "mi manchi lupetto mio", Rocco l'aveva gelata.

«Devo dirti una cosa» aveva cominciato interrompendo una frase che non stava neanche ascoltando. «Tu non mi manchi per niente. Non ti penso, o meglio, se ti penso mi eccito ma poi mi passa, insomma, non credo di amarti... anzi, non ti amo affatto.»

Agata, all'altro capo della cornetta, era rimasta senza parole e, dopo un accenno di pianto, aveva riagganciato senza più rispondergli quando lui aveva provato a richiamarla per spiegarle meglio. Era seguita una lettera, più conciliante nei modi ma non nella sostanza, che Rocco le aveva inviato senza ricevere alcun riscontro.

Ma è sicuro che, se solo lo volesse, la prossima estate se la potrebbe riprendere. E quell'idea lo fa crescere in un istante: da bimbo da addormentare con una ninnananna a playboy consumato.

Sfogata la sua eccitazione, esce dalla vasca, e sul vetro appannato dello specchio scorge, nella sua sagoma, un tratto diverso, più maturo: ce la farò anche questa volta, si dice.

Darà Diritto privato, come previsto, e vada come vada.

Scalzo e con l'asciugamano stretto in vita, una scia di vapore lo accompagna nel corridoio dove è come se la *Casta diva* cantata da Maria Callas riempisse interamente lo spazio. Ma lui neppure se ne accorge: la colonna sonora di Davide regna talmente incontrastata nel corridoio, come una sorta di filodiffusione forzata, che ormai Rocco non la sente neanche più.

Davide, come al solito, è chiuso in camera sua, intento a

studiare o leggere. Passa ore e ore chino sulla scrivania di legno di suo padre. È capace di stare nottate intere a studiare, mosso da una passione e una determinazione che Rocco raramente ha visto in qualcun altro.

Però una pausa se la può anche prendere, no? Ancora mezzo bagnato, Rocco bussa deciso alla porta di comunicazione tra le loro due stanze, che nel frattempo ha smesso di chiudere a chiave.

«Ehi» fa affacciandosi sulla soglia.

«Eccolo...»

Davide distoglie lo sguardo dal libro, abbassa la musica e accoglie Rocco con uno dei suoi sorrisoni.

«Sei tutto bagnato...»

«Ho fatto un bagno caldo per calmarmi.»

«Ancora con 'sta storia... calmati, calmiamoci! Ah, ah, ah, sai che ti dico? Pausa. Ci facciamo una birra e una siga?»

«Andata!»

Pochi istanti dopo sono sul terrazzo. L'aria ancora un po' frizzante di maggio li avvolge. Rocco è a torso nudo. Davide lo esamina furtivo. Tra loro, nel corso dei mesi, si è stabilito un legame solido. Si erano sentiti quasi ogni sera durante le vacanze di Natale e al ritorno avevano cominciato a vivere in modo quasi simbiotico. Davide aveva sempre più allentato la sua iniziale diffidenza, e Rocco si era scoperto più intraprendente e risoluto del previsto.

«Che ti frulla in quella testolina? Ti manca la Agata?»

«Non proprio... ci penso ma solo... diciamo, fisicamente. Però non mi manca, no.»

«Vabbè, ti mancano le trombate con lei e stop.»

«In un certo senso sì, a quelle ci penso...»

«Be', in effetti almeno dalle foto sembra una bella figa... mi dà pure l'idea d'esse bella assatanata.»

«Dài, smettila... tu piuttosto, con quella dell'altra sera?»

«Boh, ci sentiamo...vediamo... se la tira un po'... sembra che ce l'ha solo lei.»

«Ti ricordi quella che ho visto il primo giorno, la tipa delle sigarette slim?»

«La Giulia? Si chiama Giulia, no?»

«Sì, lei, ogni tanto ci penso» comincia Rocco «l'ho incrociata velocemente all'istituto di Privato qualche giorno fa, sempre figa, e sempre sfuggente... ci siamo salutati a distanza, lei andava dall'assistente del prof, io non mi sono avvicinato, eh...»

«Cazzo, sei proprio un bischero, tu... Ma parlaci, no? Invitala da qualche parte, caspita! Sai cosa ti dico? Facciamo una bella festa qui da noi. Abbiamo questo ben di Dio di terrazzo, la festa di fine anno... per distrarsi tra un appello e l'altro! Che dici? La musica c'è, un bel po' di alcol e bella gente, e il party è fatto. Così puoi invitare la tua Giulia...»

«Ma se non ho neanche il suo numero!»

«Ci sarà pure qualcuno che ce l'ha, no? La chiami e la inviti.»

La chiami e la inviti... La chiami e la inviti... La chiami e la inviti...

Quelle poche parole, così sorprendenti nella loro semplicità, gli entrano completamente nella testa, si impadroniscono di lui.

L'indomani ha già cominciato a telefonare a tutti i suoi amici per invitarli, con grande anticipo, alla "Festa d'estate" a casa Rocco-Davide.

«Hai mica il telefono di Giulia? Mi piacerebbe invitare anche lei...» chiede a Corinna quando è il suo turno.

Lei non fa una piega.

«Eccolo.» E glielo detta. «Se viene posso portarla io, abita vicino casa mia, dietro San Pietro» dice con quel fare efficiente fuori dal comune che la contraddistingue.

«Sarebbe super, pensi che verrà?»

Alla sola idea, Rocco si sente galvanizzato. Finalmente potrà conoscere davvero la ragazza su cui ha tanto fantasticato in quei mesi.

«Be', chiamala, dài, e comunque glielo dico anche io, se non ha di meglio da fare... sai com'è lei, sta sempre con quei fighetti della Luiss.»

«Ok... ma allora la chiamo io o la chiami tu?»

«Be', io glielo posso anche dire, però è più carino se la inviti tu.»

Alle sedici spaccate del giorno successivo, dopo il consueto appuntamento con "Quando si ama", che nel frattempo ha appassionato anche Davide, col respiro corto neanche fosse all'esame di Diritto privato, Rocco compone il numero di telefono di Giulia.

Ogni squillo è un tuffo al cuore...

«Pronto, buongiorno, c'è Giulia?»

«Giulia non è in casa, chi la desidera?»

«Ehm, mi scusi, salve, sono, ehm... Rocco, un suo compagno, cioè un suo collega, di università.»

«Buonasera, no, Giulia torna più tardi, può provare a richiamare stasera verso le sette.»

Minchia, ti pareva... e ora chi mi ha risposto? Sarà stata la mamma... o forse la sorella... Chissà se Giulia le somiglia... avrà anche lei un lieve diastema? Ed è bionda? Magari ha preso da lei quel modo di fare da donna fatale... certo, il tono di voce è lo stesso...

Rocco si rimette a studiare. O almeno ci prova, mentre continua a fantasticare sulla telefonata con Giulia e a ogni mezza pagina che legge lancia un'occhiata all'orologio sulla scrivania in attesa che si facciano le sette.

Il secondo tentativo, per fortuna, va in porto.

«... Rocco? Quel Rocco con ottanta "erre"? Sei proprio tu? Eh, eh, ah, ah, aaah! Quanto tempo!»

Giulia lo accoglie così, con la sua inconfondibile risata. E quella risata gli basta per acquietare all'istante i suoi battiti accelerati.

«Ciao, sì, sono io...»

«A cosa devo il piacere?»

«Be', in realtà volevo chiederti il nome delle tue sigarette sottili...»

Scoppia a ridere. «Vedo che ti sono rimaste impresse!»

«Be', se è per questo non solo le sigarette...»

«Che combini?» fa lei. «Sei pronto per la sessione? Io sono nel pallone. Ormai i libri mi escono dagli occhi.»

«Proprio pronto non direi... però sì, dài... almeno ci provo. Che darai adesso?»

«Privato, voglio togliermelo subito. Poi un paio di cose più leggere, si fa per dire, tipo Storia e Istituzioni. Tu?»

«Mica male come programma... io pensavo di dare prima Filosofia e poi Privato... voglio prendermela con più calma...»

«A chi lo dici, vorrei essere già a fine luglio, in vacanza!»

«Senti» la interrompe lui dopo aver preso un respiro. «Ti chiamo perché ho pensato di organizzare una festa e mi farebbe piacere, insomma...»

«Cioè, mi stai invitando a una festa?» ride lei.

«Sì, sì, anche se immagino non basti una telefonata. Pensavo di inviarti anche un telegramma o una lettera sigillata con la ceralacca...»

«Eh, eh, ah, ah, aaah! Be', come minimo... e che festa sarebbe?»

«Una festa d'estate, per distrarci nelle settimane di fuoco degli esami... stiamo qui da me, da noi, in terrazzo.»

«Noi chi?»

«Io e Davide, il mio coinquilino... l'ho detto a Corinna, è lei che mi ha dato il tuo numero. Ci saranno anche le ragazze di Casalotti, Pamela, Manuela, poi Teo, il ragazzo dell'Eur, Monica, non so se la conosci, insomma un po' di amici della facoltà.»

«E quando sarebbe?»

«A fine giugno, sabato 30.»

«Ammazza che anticipo! Fammi controllare la mia agenda... eh, eh, ah, ah, aaah! Be', dài, direi che si potrebbe fare.»

«Dàiii, che figata!» esclama Rocco affrettandosi poi a darle l'indirizzo.

In effetti potevo aspettare un attimo a chiamarla, pensa, ora ho fatto la figura dello svitato.

«Va bene, patatino...!» ride lei.

«Eh, eh... patatino...»

Quella parola ha un effetto urticante su di lui, lo riporta al rapporto con Agata e a quella realtà per lui ormai così lontana.

«Ciao, allora, a presto.»
«Ciao, Giulia, ti aspetto.»
Felice come un bimbo di cinque anni che sta per scartare i regali di Natale, irrompe nella stanza di Davide, ancora una volta senza annunciarsi.
«Ha detto che viene, o meglio che forse viene... insomma, ho parlato con Giulia e... siamo stati un po' al telefono e... che figata, dài!»
Davide lo guarda divertito.
«Oh, me sembri matto... allora? Viene o non viene? Non ho mica capito.»
«Be', sì, almeno potrebbe, cioè non lo so...»
«Stai proprio in confusione, eh... 'sta festa deve essere una gran figata... prima di tutto dobbiamo fare una bella selezione musicale.»
Manca ancora più di un mese, ma la macchina dell'organizzazione si è già messa in moto.

9

30 giugno 1991

È il giorno della festa, il 30 giugno 1991. Rocco e Davide sembrano posseduti. Come due cloni di Batman, saltano, quasi volano, da una parte all'altra della casa.

I giorni precedenti sono trascorsi tra preparativi, acquisti, attesa e ovviamente studio matto e disperatissimo.

Con l'aiuto del fioraio dietro casa, Rocco e Davide hanno trasportato due grandi piante di rincospermo e una serie di vasetti di gerani da posizionare sul muretto che delimita il loro terrazzo da quello condominiale. Dalla sua amica della jeanseria sotto casa, Rocco ha comprato due camicie di cotone con dei grossi tasconi tipo militare, una taglia M per lui e una XL per Davide. E la sera prima sono rimasti entrambi svegli fino a tardi a posizionare lampade e luci colorate.

Alla fine erano esausti e allo stesso tempo così eccitati che Davide, seguendo i consigli di sua madre, aveva preparato una tisana rilassante alla melissa e alla camomilla. Ma nessuna tisana al mondo poteva spegnere nella mente di Rocco il pensiero di lei, di Giulia, nel momento in cui avrebbe varcato la porta di casa e sarebbe stata finalmente "sua".

In quelle settimane non l'aveva mai incrociata in facoltà, e temeva che si scordasse della festa. Per fortuna Corinna gli aveva detto che l'aveva sentita lei, e che ci sarebbe stata.

E questo pensiero era riuscito, alla fine, a farlo addormentare.

Ora, di buon mattino, hanno già cominciato a spostare tavoli, tavolini, sedie, poltrone. Sotto la direzione artistica di Davide, calato alla perfezione nel ruolo di arredatore, il terrazzo cambia rapidamente volto.

«Qui piazziamo il tappeto dell'ingresso, i cuscini del tuo letto li metterei per terra, sopra attacchiamo i teli di lino che abbiamo recuperato al mercato, che dici? Guarda che figo questo angolo in stile orientale...»

A Rocco non resta che annuire, eseguire le direttive e darsi alla fuga con la scusa di ultimare la grande spesa alcolica a base di gin, vodka, vino rosso, succo d'arancia, acqua tonica, a cui aggiungere salatini e patatine a volontà. Senza dimenticare la frutta fresca, la cannella e i chiodi di garofano per la sangria.

Più si avvicina l'ora della festa, più l'atmosfera diventa elettrica. Le candele sono ovunque a segnalare il confine. La musica è come sempre alle stelle, *Vogue* di Madonna è nell'aria, e il suo inizio soft ben rappresenta il crescendo dell'attesa, con Rocco sempre più impaziente per l'arrivo di Giulia.

Davide e Rocco sono raggianti, si sono cosparsi i capelli di gel e spruzzati al collo una quantità industriale di colonia alla lavanda.

Quando gli ospiti cominciano ad arrivare sono già alticci.

Le ragazze di Casalotti sono le prime, e come sempre sembrano sincronizzate. Rocco quasi non le riconosce, con i loro appariscenti look da sera, il trucco delle grandi occasioni, niente a che vedere con le facce assonnate che sfoderano al mattino presto in università.

«Che la festa abbia inizio!» annunciano all'unisono Rocco e Davide innalzando un bicchiere di sangria.

Senza aver bisogno di dirsi nulla, si sono spartiti i ruoli. Davide è quello che cambia i cd e mostra le meraviglie di quel pezzo di Roma visto dall'alto, Rocco distribuisce drink e patatine.

Teo ha portato un suo amico, la camicia sbottonata con la catena d'oro in vista è il tratto distintivo di entrambi.

Gli amici di Davide, invece, si riconoscono per il loro atteggiamento alternativo, e non solo nell'abbigliamento.

«Oh, finalmente qualche altra zecca come me!» esclama Monica entrando subito in confidenza con gli studenti di Lettere.

«Figa questa maglietta di Bowie.»

«L'ho presa l'estate scorsa a Londra, a Camden Town.»

«Che figata, io ci torno ad agosto.»

«Anche tu Lettere? Oppure Filosofia?»

«No, io Legge... du' palle...»

«Non si direbbe che fai Legge!»

«In effetti... sai, mio padre... vabbè, è una lunga storia.»

Intanto i ragazzi di Giurisprudenza, un po' più impostati, si scambiano informazioni su appelli ed esami prima che l'effetto della sangria si faccia finalmente sentire anche su di loro.

E mentre Davide è impegnato a flirtare con Camilla, la sua passione delle ultime settimane, Rocco cerca di tenere a bada l'ansia: di Giulia, infatti, ancora nessuna traccia.

Ha quasi perso le speranze quando, di punto in bianco, rientrando dal terrazzo se la ritrova davanti con una bottiglia di vino bianco ghiacciata in mano.

«Ciao patatino, questa la do a te? Eh, eh, ah, ah, aaah!»

«E mo' chi è patatino? Voi siete tutti matti» biascica Corinna passando di lì.

Rocco prende la bottiglia e per qualche secondo resta fermo, imbambolato.

Giulia è bellissima. Indossa una camicia chiara con dei volant e una scollatura profonda, che lui non riesce a fare a meno di fissare per qualche secondo. È solo il freddo del vetro a contatto con le mani a riportarlo alla realtà.

«Benvenuta a casa mia, Lady Capri!»

«Bella questa, Lady Capri... a proposito, sigaretta?»

«Sigaretta! Ma prima, cosa ti do da bere?»

«La cosa più strong che c'è...»

«Sangria, gin, vodka?»

«Gin con...»

«Succo d'arancia o tonica?»

«Vai di gin orange, allora!»

Rocco, raggiante, accompagna con i due cocktail in mano Giulia fuori in terrazza. Ci sono ragazzi ovunque, in piedi, sui muretti, qualcuno è seduto per terra. I due si devono fare largo fra le persone.

«Ma c'è un botto di gente!» commenta lei divertita.

«Sì, forse non ci siamo regolati...»

«Allora, facendo un rapido esame direi che c'è un'alta percentuale di pariolini, qualche zecca e pure qualche dark indefesso.»

«Che occhio...!»

Rocco è un po' sorpreso: aveva sempre creduto che pure Giulia fosse parte integrante di quella tipologia pariolina, ma a giudicare da come lei ne parla ora forse si era sempre sbagliato.

E in fondo non gliene importa più di tanto.

«Ecco, sono tutti di Roma Nord» prosegue lei «e le camicie sono firmate Il Portone, negozio cult dietro via del Babbuino, spacciatore ufficiale degli outfit di tutti i pariolini e prima ancora dei paninari.»

«Ma conosci tutti i negozi di Roma? Sei come delle Pagine Gialle viventi!»

«Eh, eh, ah, ah, aaah! Diciamo che mi piace fare shopping... piuttosto, questi con i Dr. Martens secondo te non hanno caldo?»

«Non saprei, sono quelli di Lettere, colleghi del mio coinquilino... più tardi te lo presento.»

Adesso, pensa Rocco, lei è lì e lui deve tentare il tutto per tutto.

«Vieni con me, ti porto in un posto più tranquillo.»

Insieme scavalcano un muretto, facendo attenzione a non far cadere i vasetti di gerani, e si trovano dall'altra parte, sulla parte di terrazzo condominiale. In quella distesa di antenne e fili del bucato, Rocco allunga una mano versa la sua, gliela prende, e la accompagna su per una piccola scala, fino a una minuscola altana.

«Guarda qui.»

«Che bello, si vede praticamente...»

«Sì, un bel pezzo di Roma... vedi laggiù? Quelli sono i Castelli Romani.»

«Be', per essere un patatino siculo ne sai di cose di Roma!»

«È che stando qui, stradario alla mano, ho imparato a riconoscere i posti.»

«Mi sa che sei un bel romantico, tu, un cuore di panna...»

A quelle parole Rocco si sente come disarmato. Vorrebbe afferrarla e dirle tutto quello che gli passa per la testa, ma al tempo stesso è paralizzato. Questo è persino di più di quanto aveva immaginato.

«Mi sa che ci serve un rinforzo...» fa sollevando il suo bicchiere, vuoto.

«Andiamo» risponde Giulia, ma col tono non proprio convinto di chi forse avrebbe più volentieri continuato la conversazione.

In cucina, mentre Rocco è intento a preparare il nuovo cocktail, li raggiunge Davide.

«Eccolo, lui è...»

«Davide! Il coinquilino di Rocco» esclama lui, ed è subito chiaro che è completamente bevuto.

«E lei...» comincia a dire Rocco.

«Piacere, Giulia.»

«Giulia... cioè, quella Giulia lì? La famosa Giulia?»

«Famosa? Come sarebbe...» si irrigidisce lei.

«Lascia perdere, fa sempre così.» E, completamente paonazzo, Rocco fulmina il suo amico con lo sguardo.

«Ma siete vestiti uguali, come due gemellini!» esclama Giulia.

«È stata un'idea di Rocco» risponde prontamente Davide. «Sai com'è, è un po' terroncello...»

E sfodera uno dei suoi sorrisi abbaglianti, mentre Giulia risponde con tutti i suoi cavalli di battaglia: l'inconfondibile risata, l'atteggiamento da diva, un tiro di sigaretta con la mano sinistra che sorregge il gomito destro.

«Eh, eh, ah, ah, aaah! Stai attento a come parli, perché sono mezza terroncella anch'io!»

«Ecco il suo gin orange, *madame*» si intromette Rocco, infastidito da quella fulminea complicità fra loro due.

«*Merci, monsieur!*»

«*Je vous en prie...* di nulla...»

Giulia ride, poi si gira subito verso Davide: «Non è che mi accompagnerebbe a fare un tour della *maison*?».

Davide lancia un'occhiata a Rocco, che rimane impassibile.

«Insisto! *J'insiste!*» esclama Giulia prendendo un altro tiro di sigaretta.

«Ok! Allora ti faccio fare un giro della casa, ma non ti mettere chissà che idee in testa, non è mica Versailles» risponde Davide.

«A dopo, patatino...»

Di nuovo questa minchia di "patatino"! Certo che 'sta Giulia è proprio una stronza, rimugina Rocco. Un attimo prima era lì a scherzare con lui e un attimo dopo se ne va via col suo coinquilino.

Forse dovrebbe seguirli nel giro della reggia, ma al solo pensiero si sente ridicolo. Se Giulia non ha voglia di passare del tempo con lui, peggio per lei.

Così, dopo essersi asciugato la fronte con un kleenex, ritorna in terrazzo e si butta nella mischia.

La festa è nel pieno, adesso. Un gruppetto di ragazzi, visibilmente su di giri, sta ballando. Altri, i cosiddetti alternativi, si sono sdraiati in quella specie di salotto etnico ricreato da Davide, qualcuno ha acceso una canna. Seduto su un muretto Rocco fuma nervosamente una sigaretta mentre si intrattiene con i suoi colleghi, facendo finta di essere interessato ai loro discorsi. In testa ha solo Giulia, che nel frattempo è sparita con Davide.

I minuti passano e loro non si fanno ancora vedere. Dopo un quarto d'ora che gli è sembrato eterno, Rocco decide di prendere coraggio e andare a cercarli. Prima in cucina, poi in soggiorno, quindi in camera sua, nulla.

Poi riconosce la voce di Giulia. Viene dalla stanza di Davide. La porta fra le due camere è socchiusa, Rocco si sporge lievemente, esita, strizza gli occhi.

Quello che vede non può essere reale. No.

Eppure, l'immagine è nitida, la scena chiarissima: Davide cinge i fianchi di Giulia, si stanno baciando.

Non c'è niente da capire, niente da interpretare.

Rocco d'istinto scappa, sbattendo forte la porta della sua stanza. Si precipita in cucina e si attacca alla bottiglia del gin, ne beve metà o forse di più. Poi torna fuori e si mette anche lui a ballare.

Fai finta di niente, fai finta di niente, si ripete mentre *There Must Be an Angel* degli Eurythmics suona fuori e dentro di lui.

Poco dopo riappaiono anche Giulia e Davide. Come se nulla fosse, si immergono nella festa. Lei conversa disinvolta con la sua solita sigaretta tra le dita. Lui con un drink in mano. Gli si avvicinano, iniziano a ballare nella mischia. Rocco desidera solo sprofondare, essere risucchiato al piano di sotto, precipitare nella voragine che sente dentro di sé.

Continua a bere. Non può fare altro.

Poco dopo Davide si allontana. Lui va avanti a dondolare al ritmo della musica e quando incontra lo sguardo di Giulia le rivolge un sorriso a denti serrati, quasi una smorfia.

L'arrivo di Corinna è provvidenziale.

«Ohi, Giuli, ti ho cercata ovunque...»

«Sì, sono andata a fare un giro della casa.»

«Io rientrerei, domani sul presto vado da Ludo a ripetere.»

«Ok, vengo anche io.»

Con un bacio sulla guancia, Giulia si congeda velocemente da Rocco.

«Grazie, è stata una festa bellissima...»

Lui vorrebbe dirle tutto ciò che gli frulla per la testa, invece si limita a un altro ghigno. Solleva il bicchiere, come a brindare alla sua salute.

«Stammi bene...» dice mentre lei, già girata di spalle, se ne sta andando.

La festa prosegue fino a tardi, fino a quando la signora Pizzi fa capolino dal suo balcone chiedendo, neanche troppo gentilmente, di abbassare la musica.

Davide recepisce subito il messaggio e corre a rimediare, mentre Rocco è accasciato per terra con un altro paio di amici. Qualcuno, visto l'orario, si ferma lì a dormire. E le luci della festa si spengono su una casa trasformata in una specie di accampamento.

Al risveglio, i postumi si fanno sentire. Davide, nonostante il mal di testa, si mette subito a ripristinare l'ordine, bonificando la casa da bicchieri e cicche. Rocco, con ancora lo stomaco sottosopra e la testa piena di pensieri, resta a letto.

Quando finalmente rimangono da soli, Davide lo raggiunge in camera sua, gli si siede accanto, si offre di prepararglI una camomilla.

«Fa bene allo stomaco, sai?»

Rocco fa di no con la testa e si gira con la faccia contro il cuscino.

«Ok... ti lascio riposare allora. Se hai bisogno sono di là, va bene?»

Lui non risponde neanche.

Ma non appena il suo coinquilino se ne va, Rocco si alza di scatto e, con tutta la forza che ha, spinge il suo armadio fino a coprire totalmente la porta di comunicazione con l'altra stanza.

Per lui da quel momento il loro rapporto è finito, abortito. Morto.

10

3 luglio 1991

Più e più volte, nei giorni seguenti, Davide aveva tentato di aprire la porta di comunicazione tra la sua stanza e quella di Rocco. Ci provava più volte al giorno, delicatamente, senza farsi sentire, nella speranza di vederla riaprirsi come ai vecchi tempi, trovandola però sempre chiusa a chiave.

Dopo la festa, Rocco si era richiuso come un riccio in letargo. Aveva cominciato a svegliarsi più tardi del solito, dopo che Davide era già uscito di casa, o a rincasare dopo cena, quando ormai era già a letto. Passava ore e ore barricato in camera sua. A pranzo, sgattaiolava furtivo a prendere un pezzo di pizza sotto casa.

Due estranei, all'improvviso. Trascorrevano giorni senza che si incontrassero. Non si incrociavano neanche per caso. Una mattina, approfittando della sua assenza, Davide si era infilato nella stanza di Rocco e alla vista dell'armadio spostato contro la porta in comune aveva avuto la prova che Rocco lo stava evitando.

E sapeva pure perché. Era evidente, doveva averli visti.

Così una mattina, dopo un lungo caffè, anche se quello di cui avrebbe avuto più bisogno sarebbe stata una camomilla, Davide decide di affrontarlo una volta per tutte. Sono le otto quando si dirige alla porta di Rocco. L'agitazione è talmente forte che fa su e giù per il corridoio almeno una decina di volte. Poi alla fine prende coraggio, bussa.

Nessuna risposta. Aspetta qualche istante ancora, dopodiché spalanca la porta. Rocco è a letto, nudo, ha fra le mani il manuale di Diritto privato. Alla vista di Davide fa per coprirsi con il lenzuolo. L'altro, senza dire nulla, gli si siede accanto.

«Si può sapere cos'hai?»

«Cos'ho? Non lo vedi? Sto studiando, ho l'esame fra qualche giorno, eh.»

«E quindi fai di tutto per evitarmi, non mi parli più, sono diventato un fantasma all'improvviso?»

«Te l'ho detto, sto studiando mattina e sera, pure la notte...»

«Dài, è dalla festa che non mi rivolgi la parola, e poi hai chiuso la nostra porta a chiave. Cazzo, hai pure spostato l'armadio...»

«Avevo solo voglia di cambiare la disposizione dei mobili.»

«Rò, io ci sto di merda, mi fa male tutto questo.»

«Tutto questo cosa? Dài, fammi studiare che questo esame è tosto.»

«Non ti riconosco più, non siamo più noi... se è per la festa, se ho fatto qualcosa che ti ha dato fastidio parliamone... è perché...»

«Davide, non c'è nulla di cui parlare» lo interrompe lui. Sarebbe troppo umiliante prendere quell'argomento, gli farebbe troppo male.

Ma al contempo quel "noi" pronunciato da Davide gli arriva come una carezza al cuore. Non sa più neanche lui cosa prova: se è arrabbiato con Davide, se è arrabbiato solo con Giulia. E perché Davide ha fatto una cosa del genere? Se n'è reso conto o era del tutto ubriaco? Non lo sa, non ci capisce più niente. Ma neanche vuole dargli la soddisfazione di una resa dei conti.

Di scatto, Rocco si alza, esce nudo dalla stanza e si infila in bagno.

Davide resta seduto lì, ai piedi del letto. È turbato. E non dal senso di colpa per quel bacio stupido, che era durato un attimo soltanto, e che quasi neanche ricordava più, tanto era bevuto. È turbato dall'impenetrabilità del suo coinquilino e dall'averlo visto, nudo, schizzare fuori dalla stanza.

Ritorna in camera sua e prova a studiare un po' anche lui, ma senza riuscirci. Accende lo stereo e spara a tutto volume *This Is Your Life* delle Banderas. In quel momento gli sembra scritta apposta per loro. Per un istante gli viene voglia di piangere, ma scuote la testa e si trattiene.

Chi sulle note ovattate delle Banderas quella sera piange, senza riuscire a trattenersi, è Rocco. Tutto era cominciato bene, in quel primo anno a Roma, e stava finendo nel peggiore dei modi, pensa mentre il getto della doccia lo colpisce in piena faccia e lava via dei sentimenti che crede gli resteranno addosso per sempre.

Sono trascorsi alcuni giorni quando, al suo rientro dall'università, trova sul letto un pacchetto della libreria inglese di via Torino. Un posto a pochi passi da casa, dietro piazza della Repubblica, che lui e Davide avevano scoperto insieme.

Senza attendere un istante lo scarta. *The Histories of Shakespeare*, tutti i suoi drammi in lingua originale. Un'edizione speciale, con la copertina rigida e foderata all'interno.

Rocco comincia a sfogliarlo, sempre più entusiasta, finché non trova una dedica: "Per sempre, D.".

Lo richiude, accarezza la copertina con la mano destra. E lo lascia sullo scrittoio.

Quella sera, non riesce a prendere sonno. Vorrebbe spostare l'armadio, aprire la porta e sedersi sul letto di Davide, parlare con lui. Ma in qualche modo l'orgoglio ferito per quel bacio – ma perché, anche solo all'ultimo, non aveva pensato a lui e non si era fermato? – gli impedisce di portare a compimento le sue intenzioni.

Ma qualcosa deve fare. Così, nel cuore della notte, si alza, va allo scrittoio dove ancora è posato il libro di Shakespeare, e comincia a scrivere:

Caro Davide,
ho capito che sei uno stronzo, un egoista, una persona diversa da quella che pensavo. Sei riuscito a ferirmi come nessuno. Abbiamo passato dei mesi fantastici insieme, ma adesso non riesco a tornare indietro e fare finta di niente. Ho anche capito però che ti voglio bene, forse come non ne ho mai voluto prima. Ho capito che non me ne frega un cazzo di niente. Ho capito che a te ci tengo e basta. Per sempre.

Piega la lettera in due, si accuccia di fronte all'armadio, e allungando il braccio la infila sotto la porta che li separa. Poi, placato, si rimette a letto.

L'indomani, rincasato dall'università, Rocco trova tutte le porte spalancate. Compresa quella della stanza di Davide, che è stranamente in perfetto ordine. Il letto è fatto, la scrivania splendente, gli abiti al loro posto con Rita Hayworth che lo guarda più seducente che mai.

Davide, però, non c'è.

Dopo essersi aggirato perplesso per casa, Rocco rientra nella sua stanza e si accorge che dallo scrittoio manca il libro di Shakespeare. Gli basta abbassare un attimo lo sguardo per trovarlo, nel cestino. Il libro è lì, o meglio, quel che ne rimane, perché è stato strappato in mille pezzi. Perfino della copertina rigida e rivestita all'interno non restano che brandelli.

Perché Davide lo ha fatto?

È per quello che gli ho scritto stanotte? Come lo avrà interpretato?

In preda al panico – che abbia deciso di andarsene per sempre? –, Rocco cerca nervosamente dappertutto una sigaretta. Non sa che fare.

Tutta colpa di Giulia, dovevo capire subito chi minchia era, pensa. Lei e quella sua aria da diva del cazzo. Lei e i suoi amici pariolini del cazzo. Perché, perché?! Ha rovinato tutto. E io sono un coglione che rivuole solo indietro il suo amico.

Entra in cucina sperando di trovare ancora qualche alcolico avanzato dalla festa. Fa per aprire il frigo quando vede un post-it, è di Davide:

> Vado dai miei. In bocca al lupo per l'esame, ci si vede.

Poche parole. Fredde. Un senso di disperazione lo assale, e si morde il labbro fino a farlo sanguinare. Vorrebbe urlare la sua rabbia, gridarla al mondo. Pensa di chiamare Monica, o Salvo, a Siracusa, vuole sfogarsi ma non sa con chi. Nessuno può capirlo, a nessuno può spiegare quello che prova. Forse perché non lo sa bene neanche lui. Continua a girare per casa, fa avanti e indietro un milione di volte, finché non torna nella stanza di Davide. Va verso la porta di comunicazione tra le loro due camere e si accorge che la sua lettera è ancora lì, incastrata sotto.

Davide non l'ha nemmeno vista.

11

16 agosto 1991

«Pronto, buongiorno, c'è Rocco?»

«Sì, un momentino, glielo passo.»

A tata Maria basta quella cadenza toscana per riconoscere Davide, il coinquilino del suo *sciatuzzu*. A tata Maria basta sempre poco per capire ogni cosa. E infatti, quando Rocco era tornato da Roma per le vacanze estive, aveva subito percepito che tra loro due era successo qualcosa. Rocco le era apparso un po' malinconico, nonostante avesse superato brillantemente ben tre esami – tra cui Diritto privato –, guadagnandosi gli onori di tutta la famiglia Gallo. E quando lei gli aveva chiesto del suo coinquilino di Orbetello, lui aveva immediatamente cambiato discorso.

«Rocco, Roccuzzo, vieni gioia, c'è una telefonata per te» gli sussurra all'orecchio mentre lui è tutto intento a preparare i bagagli. Tra qualche giorno, infatti, ripartirà alla volta di Roma.

«Pronto» risponde Rocco distrattamente, lontano anni luce dall'immaginare chi lo sta cercando.

«Ciao Rò, sono io, Davide.»

Quella voce, il suo nome gli procurano qualcosa di simile a una scossa, un po' come quando da piccolo aveva provato a staccare dalla presa le lucine del presepe.

«Ciao...»

Dopo la festa a casa loro, nulla era stato più come prima.

E poi c'era stata quella lettera che non era mai stata letta, quel libro prima regalato e poi fatto a brandelli, e che forse non sarebbe mai finito a brandelli, se solo la lettera fosse stata trovata. «Ehm, sono qui...» dice Davide.

D'istinto Rocco si guarda attorno. «Qui dove?»

«Sono alla stazione di Siracusa.»

«Alla stazione?! Che ci fai là?»

La sorpresa è talmente grande che spazza via, in lui, qualsiasi altro pensiero.

«Sì, sono appena arrivato e sto pure finendo gli spicci, tra poco cade la linea...»

«Aspettami, arrivo, un quarto d'ora e sono da te. Ci vediamo all'ingresso sotto il portico.»

Senza farsi domande, senza perdere altro tempo, Rocco si infila la prima cosa che trova. Con indosso una maglietta bianca, un paio di jeans tagliati, e una banconota da diecimila lire in tasca, un attimo dopo è a bordo del suo Vespone diretto alla stazione. A ogni cambio di marcia, a ogni accelerata, si sente assalito da una frenesia che lo fa vibrare come la linea rossa sul tachimetro. Non si aspettava quella chiamata, e ancora meno quella visita.

Arrivato alla stazione, è come se lo vedesse per la prima volta, il suo sorriso lo inchioda sotto il paio di Ray-Ban rettangolari che schermano i suoi occhi azzurri.

Si sorridono, si abbracciano a lungo, non si dicono nulla. Per tutto il tragitto continuano a restare in silenzio. Rocco non riesce a contenere l'ebbrezza di quel giro tra le strade della sua città con il vento in faccia e il suo amico avvinghiato a lui.

Anche Davide è felice, e non lo nasconde. Entrambi desidererebbero che quel giro non finisse, prolungare il contatto, ora che, dopo tanto tempo, sono di nuovo insieme.

«Ecco casa mia!» annuncia Rocco.

Alla vista della villa dei Gallo, in cima alla panoramica, Davide rimane a bocca aperta.

«Che spettacolo, Rò!»

«Dài, vieni, entriamo!»

«Maria, lui è il famoso Davide... si ferma qui da noi per qualche giorno.»

In un attimo, infatti, Rocco ha deciso di rimandare la partenza per Roma.

«Buongiorno, gioiuzza, fatti baciare, quanto sei alto... preparo la stanza degli ospiti, va bene?»

«Grazie, tata.»

«Ah, vi porto qualcosa da bere? Un bel latte di mandorla fresco?»

«Ottimo, grazie.»

Davide è un po' in imbarazzo di fronte a tanta espansività, ma l'entusiasmo di Rocco lo fa sentire subito a suo agio.

«Vieni, ti faccio ammirare il panorama!»

Aperta la vetrata del grande salone, si spalanca la vista sulla città.

«Vedi, quella è Ortigia, qui sotto invece c'è il teatro greco, magari dopo ti ci porto.»

«Fantastico, fantastico...»

«Ecco il latte di mandorla» li interrompe tata Maria. «Ha chiamato la signora Adele, dispiaciuta di non essere qui, e si è raccomandata di prepararvi un bel pranzetto.»

I signori Gallo, infatti, sono in vacanza a Cortina, alloggiati in uno dei suoi migliori hotel.

«Va bene all'una?»

«Ok, tata.»

Rimasti soli, Rocco e Davide si scambiano uno sguardo complice.

«Ti va se andiamo anche a Stromboli? Partiamo domani, abbiamo una casa lì.»

«È un'isola, giusto? Come ci si arriva?»

«È facile, quattro ore di treno e poi si prende l'aliscafo.»

«Mi sembra una gran figata.»

Quella sera Rocco porta Davide ovunque, gli mostra ogni angolo della città, gli presenta tutti i suoi amici, lo espone come un trofeo, il suo amico del cuore è venuto a trovarlo e lui esplode di felicità.

Tornati a casa, nessuno dei due riesce a prendere sonno.

Non dorme Rocco, che si ritrova cresciuto all'improvviso nel suo lettino da liceale e si interroga su cosa abbia spinto Davide fino a lì.

Non dorme Davide, che si gira e si rigira nel grande letto degli ospiti dei Gallo, incapace di condividere con Rocco le ragioni della sua visita.

Entrambi hanno l'impulso di piombare nella stanza dell'altro, ma nessuno dei due trova il coraggio.

La sveglia suona all'alba. Davide è già vispo, un grillo, Rocco continuerà a dormire anche sul treno verso Milazzo e poi sull'aliscafo.

Alla vista della prima isola all'orizzonte, Davide scatta in piedi, recupera lo zaino e sveglia Rocco.

«Siamo arrivati!»

«Ma no, questa è Vulcano, ne mancano altre quattro.»

Davide non sta nella pelle, anche l'attesa è bellissima. È felice come un bambino che sale per la prima volta su una giostra. A ogni attracco si precipita fuori e osserva estasiato quei corpi rocciosi che si stagliano prepotenti nel blu. Lipari, Salina, Panarea, e infine Stromboli. Più si avvicinano, più quel cono che spunta dall'acqua, con sulla sommità una nuvola proteiforme, diventa nitido. I puntini bianchi assumono i contorni delle case tipiche dell'isola, la montagna scura si tinge di verde, compaiono le barche dei pescatori, e là in alto il vulcano si mostra in tutta la sua maestosità.

«Ti presento Iddu» dice Rocco indicandolo.

Ad accoglierli, sul molo, una distesa di Apecar e di persone in attesa dei nuovi arrivi. La minuta banchina del porto è un tappeto di persone, valigie scaricate in tutta fretta, pacchi e gente che saluta e urla nomi.

«Rocco, Roccuzzo... sono qua!»

Un signore di mezza età con indosso una maglietta bianca e dei bermuda blu si sbraccia, facendogli cenno di raggiungerlo.

«Ecco Giovanni, andiamo!»

«Ti sei fatto grande, Roccuzzo, in due anni sei diventato uomo!»

Per tanti anni Rocco ha trascorso pezzi di estate qui, l'accoglienza è famigliare, e lui si sente a casa.

Mentre l'Apecar si arrampica per la salita fino alla chiesa di San Vincenzo, nella piazzetta principale Davide si guarda intorno ansioso di catturare ogni particolare. Tutto gli sembra così diverso dal Giglio, l'unica isola su cui sia mai stato. Da un negozio con le pareti foderate di parei raffiguranti gechi coloratissimi, una donna dai capelli biondi saluta Rocco e gli manda dei baci.

«È Marina, dopo andiamo da lei... allora, che te ne pare di questo posto?»

«Mi garba tantissimo» risponde Davide.

«Vedi quella casa bordeaux? Lì ha vissuto Ingrid Bergman quando ha girato *Stromboli* di Rossellini... Ciao, Andrea! Lui è il proprietario della Locanda di Barbablù, il migliore ristorante dell'isola, i miei mi ci portano sempre.»

Dalla cima di una piccola collina, il palazzetto dei Gallo domina il paesino. È una costruzione a due piani, in perfetto stile eoliano, con un doppio portico sorretto da grosse colonne di cemento bianco. La bougainvillea è ovunque.

Congedato Giovanni, Davide e Rocco sono in quella che sarà la loro dimora per i prossimi giorni.

«Bisogna subito brindare! Poi ti mostro tutto...»

Rocco entra in casa e torna con due birre ghiacciate in mano.

«Alla nostra, alla nostra vacanza!»

«A noi!»

Dentro è tutto a posto, pulito. Il frigo è pieno, la frutta fresca è sul tavolo, in una busta il pane e le brioche appena sfornate. Adele ha chiamato Concetta, la moglie di Giovanni, che ogni estate si occupa della casa perché, al loro arrivo, tutto sia perfetto.

«Vieni, ti faccio vedere, questa è la tua stanza, qui di fronte dormo io, questo è il bagno in comune.»

Rocco fa per aggiungere qualcosa, ma poi resta in silenzio.

È Davide a parlare: «Ok, siamo vicini! Così, se di notte mi sento solo, posso venire a romperti le scatole».

«Dài, infiliamoci il costume e andiamo al mare!» esclama Rocco.

A piedi nudi attraversano le viuzze dell'isola fino a raggiungere la spiaggia lunga, la meno affollata, che alle quattro del pomeriggio è un abbaglio di luce e calore. La sabbia nera e bollente sembra delineare un doppio orizzonte che va ad aggiungersi a quello che separa il cielo dal blu intenso del mare. In un moto di libertà, corrono verso la riva.

«Cazzo, quanto brucia» si lamenta Davide.

Pochi secondi e sono già in acqua. Rocco ha portato un paio di gonfiabili che aveva lasciato l'ultima volta che ci è stato. Davide comincia a bersagliarlo di schizzi, l'altro risponde con ancora più vigore. Si sfidano, lottano, e alla fine Rocco ha la meglio e Davide finisce sott'acqua. Vinti dalla stanchezza, si adagiano sui materassini. Rocco attaccato a una boa, Davide attaccato a lui. Per un tempo indefinito rimangono così, cullati dal mare, a occhi chiusi, intenti ad assaporare quella calma, e il suono delle onde che si infrangono sul bagnasciuga, mentre il sole abbagliante si riflette sulla roccia scura, riscalda anche l'acqua.

È tutto così tranquillo che Davide, a un certo punto, si addormenta. Rocco, al contrario, ora è più sveglio che mai, lo osserva. Non lo aveva mai visto da così vicino. I capelli ondulati, di quel castano che vira al dorato, coprono quasi per intero la fronte. Gli occhi e le labbra, entrambi serrati, danno al suo viso un che di angelico. Scende con lo sguardo. Davide ha le spalle larghe, un laccio di cuoio attorno al collo, il petto non tanto sviluppato segnato da una leggera peluria bionda, gambe lunghe e affusolate. Il costume olimpionico nero ne esalta le forme e l'addome tonico. Rocco scende ancora, si sofferma sulle dita dei piedi, l'alluce grosso e arrotondato, così diverso dal suo.

Risale con lo sguardo, e in quel momento si accorge che Davide è eccitato. Il respiro gli si fa più pesante. Abbassa lo sguardo su di sé, è eccitato anche lui sotto il costume. Una vampata lo attraversa, gli sembra di bruciare, e l'unica cosa che sente di poter fare è gettarsi in acqua.

Davide, svegliato di soprassalto, lo segue. «Potevi avvertirmi, no?»

«Riesci a prendere la sabbia sott'acqua?» fa Rocco. «Aspetta, guarda...»

Davide non lo lascia neanche finire, un secondo dopo è anche lui sott'acqua, in apnea, deciso a riemergere prima di Rocco con il trofeo nel pugno. Si spingono l'un l'altro in profondità, immersi in quel blu scurissimo che quasi tende al nero.

Sulla via del ritorno, Rocco si ferma al forno e poi al market Famularo, proprio dietro casa. Birre ghiacciate e pizza calda: l'aperitivo è servito. Sul lato sinistro del portico il vulcano li osserva rumoroso. Ogni tanto la nube attorno al cratere si fa più fitta e, accompagnata da qualche rimbrotto, una leggera fuliggine riempie l'aria. Ma sull'isola nessuno sembra farci caso.

«Tutto bene? È normale che... insomma, il vulcano...» fa Davide.

«Tranquillo, questo è niente, quando si incazza... una bella *camurria*... ah, ah, ah! Domani ti porto dall'altra parte, ti mostro la Sciara del Fuoco.»

Davide annuisce rassicurato, anche se non sa bene a cosa si stia riferendo. Brindano spensierati, forse come non lo sono mai stati, come se il bacio con Giulia – che nessuno dei due ha ancora avuto il coraggio di tirare fuori nei loro discorsi – non fosse mai avvenuto, come se Rocco non si fosse mai detto che il loro rapporto era finito, abortito. Morto.

«Stasera cucino io, ti preparo uno spaghetto alla strombolana» dice.

«Mi suona... grandioso! E come sarebbero questi spaghetti?»

«Segreto dello chef, mica devi averne solo tu... ti posso dire solo gli ingredienti di base: pomodoro, tonno, olive, capperi, acciughe.»

Baciati dall'ultimo spicchio di luna calante, consumano la cena a lume di candela. Rocco e Davide ridono, si prendono in giro a vicenda, si scambiano sguardi complici.

«Minchia, devo chiamare mia madre...» fa Rocco. «Ti va se dopo andiamo a bere una cosa? Così ne approfitto e sento i miei sperando che il telefono della piazzetta non sia guasto.»

«Buona idea, anche se sono cotto.»

«Mi devo ricordare di spedire una cartolina a nonna Luisa... sennò chi la sente!»

«Dài, così ne spedisco un paio anche io al mi' babbo e la mi' mamma.»

«Ma minchia, stai andando a fuoco!»

Davide è paonazzo, i suoi occhi azzurri risaltano ancora di più sulla pelle bruciata dal sole, così come il suo sorriso candido.

«Dovrebbe esserci una crema per le scottature in casa, qui sull'isola è un classico ustionarsi.»

Davide, a torso nudo, si cosparge di crema. «Me la spalmi anche sulle spalle?» chiede a Rocco.

E lui, con un tocco lieve, quasi accarezzandolo, comincia a passargli addosso l'unguento. Sente il calore del suo corpo, la pelle liscia, il tratto dei muscoli. A un certo punto la pressione si fa più forte, più decisa.

«Fa' piano, cazzo, brucia da pazzi» si lamenta Davide, ma quel tocco lo spaventa e lo attrae al tempo stesso.

Al Ritrovo Ingrid, che dal centro di San Vincenzo domina l'isola con la sua terrazza a perdita d'occhio, Rocco è accolto come uno di casa.

«Arancino, calzone, brioche... una pasta di mandorle? O una bella pizzetta appena sfornata? Cosa ti offriamo, Roccuzzo?» gli chiede Piera, la proprietaria. «Il tuo amico vuole assaggiare una bella granita?»

Esausti, dopo le granite al caffè con panna e alle mandorle, e la rapida chiamata dal telefono della piazza alla signora Adele, in preda a un sussulto di energia Rocco propone di andare a ballare.

«Ti avevo avvisato, questo posto mi dà una carica pazzesca...»

Davide lo osserva arreso, e poco dopo sono in mezzo alla pista della Tartana, scatenati. Il locale si affaccia sulla spiaggia di Fico Grande, che di notte ha tutto un altro fascino.

«Rocco, bentornato» lo accoglie all'ingresso Angela, la figlia dei proprietari, che sta alla cassa del club.

«Angela! Come stai? Sempre a *travagghiare*, eh.»

«Se non lo facciamo d'estate... poi l'isola si svuota!»

«Ah, lui è Davide, un mio amico... è toscano, è la sua prima volta sull'isola.»

«Ciao Davide... allora, ti piace Stromboli?»

«Sì, mi piace da pazzi... ci voglio tornare.»

«Su, accomodatevi, il primo cocktail lo offre la casa!»

«Grazie, sei sempre speciale.» Rocco oltrepassa il bancone della cassa e le dà un bacio.

Dopo svariati drink, balli sfrenati e qualche approccio con un gruppo di ragazze milanesi lì in vacanza, i due si ritrovano ognuno nel proprio letto, nelle stanze attigue di casa Gallo.

Davide ha la sensazione di andare a fuoco, e non solo per il troppo sole, ma si trattiene. Rocco invece non riesce a trattenersi, troppe emozioni, troppe energie gli turbinano dentro. In silenzio, si masturba con foga, senza pensare a nulla, e poco dopo, finalmente, si addormenta.

L'indomani, appena svegli, si precipitano al porto dal vecchio Beppe, che ha sistemato il barchino per Rocco.

«Roccuzzo, tutt'apposto. Ti ho fatto il pieno... attento che oggi c'è mare.»

«Grazie Beppe, sai che me la cavo bene col motore.»

In effetti, Rocco mostra subito una certa dimestichezza con quel barchino. E pochi minuti dopo lui e Davide nuotano felici nel blu cobalto, tra le scogliere a picco sul mare, attorno allo scoglio di Strombolicchio, non prima di essersi cosparsi della crema Coppertone che Rocco aveva trovato a casa.

«È dello scorso anno ma funziona, mio padre ci si ricopre dalla testa ai piedi.»

«Caspita, sembriamo imbalsamati» protesta Davide, anche se il suo incarnato, adesso, dal rosso gambero vira verso il rosa. Mentre il colore dell'acqua è così intenso da non far distinguere nulla oltre la superficie.

«Guarda, lassù c'è il faro.»

«Ci abita qualcuno?»

«Ma no...!»

«Che figata... guarda quel profilo, sembra una figura degli scacchi.»

Al ritorno, le onde previste dal vecchio barcaiolo si fanno sentire. Davide, teso come una corda di violino, comincia a fissare l'acqua e l'orizzonte.

Rocco prova a rassicurarlo con le parole che tante volte ha sentito ripetere agli strombolani: «Tu goditi il panorama e guarda l'isola, che al mare ci penso io. Piuttosto, stasera ti porto in un posto magico».

«Davvero?»

«Andiamo all'osservatorio. Lì fanno una pizza buonissima e si vede il vulcano con i suoi giochi di fuoco, sono fenomenali.»

Lungo il percorso, mentre il sole cala lentamente, i due si lasciano alle spalle la piccola libreria dell'isola, la chiesa di San Bartolomeo e si incamminano tra le ville di Piscità.

«Vedi qui dove stanno sistemando, pare l'abbiano acquistata Dolce e Gabbana» spiega Rocco con una punta di orgoglio indicando una costruzione.

Raggiunto il punto più estremo dell'isola, si arrampicano lungo la mulattiera di pietra lavica. Un sentiero sterrato, immerso in una fitta vegetazione.

Davide è impaziente di arrivare e accelera il passo, Rocco lo segue, deciso a non perdersi nulla di quel panorama, e nel tratto a picco sul mare rallenta.

«Che figata!» esclama Davide, rallentando anche lui.

«Questo non è niente, vedrai che spettacolo da lassù...»

Arrivati in cima all'osservatorio, il vulcano sembra a portata di mano. Il fumo che esce dal cratere è più denso, il verde della vegetazione più vivo.

Seduti davanti a due calici di vino bianco, Davide e Rocco osservano estasiati l'incanto del sole inghiottito dal mare. Accanto a loro, un gruppo di turisti inglesi condivide lo spettacolo. Il proprietario della pizzeria condisce la magia con un aperitivo in pieno stile eoliano. Lo sguardo di tutti, però, è sempre rivolto verso Iddu. Con il calare della sera i bagliori dal cratere si sono fatti nitidi, le esplosioni illuminano il cielo di macchie rosse e giallo oro, le fontane di lava foderano il dorso della Sciara del Fuoco fino al mare. Più forte è l'eruzione, più potente è il borbottio del vulcano, in un silenzio a tratti surreale, interrotto dai "wow" che i britannici pronunciano quasi senza sosta.

«Dobbiamo ricordarci di questo momento» dice Davide.

I suoi occhi azzurri sono dentro quelli di Rocco. I loro volti illuminati da una piccola candela somigliano a ombre fluttuanti disegnate nel buio.

«Sei l'amico che ho sempre desiderato» dice Rocco. «È proprio vero che nella vita basta saper aspettare.»

Un ultimo brindisi e, torce alla mano, è l'ora di tornare indietro. Il percorso al contrario è ancora più avventuroso. Entrambi procedono lentamente. Ogni tanto Davide punta la torcia in faccia a Rocco con frasi tipo:

«Mani in alto, questa è una rapina!»

«Giuri di dire la verità, tutta la verità, nient'altro che la verità...»

Finché Rocco non annuncia: «Ora ti porto in un luogo magico».

«Un altro?»

E, senza aggiungere niente, indica la strada. Da un viottolo in mezzo alle case percorrono qualche gradino, una piccola discesa, e alla fine si ritrovano su una spiaggia. Il suono della risacca indica che il mare è a pochi passi. Rocco illumina alla sua sinistra uno scoglio che divide in due la baia.

«Benvenuto allo Scalo dei Balordi, il mio posto del cuore.»

Per qualche secondo Davide resta in silenzio. Poi comincia a togliersi le scarpe, i pantaloni, la maglietta.

«Ci tuffiamo?»

«Mi pare il minimo» risponde Rocco. «E il costume?»

«Lo so che sei un timidone… ma tanto al buio non ti vede nessuno!»

Nudi, sotto un cielo tempestato di stelle, Rocco e Davide corrono verso la riva e si tuffano.

«Cazzo, è caldissima!» esclama Davide.

«Sì, un brodo…»

«Ma non ti fa paura?»

«A me no, a te?»

«Un po'…»

Mentre osservano il cielo, distesi l'uno accanto all'altro sulle loro magliette diventate teli di fortuna, la sabbia ancora calda li avvolge. Davide gli si avvicina, la sua pelle lo sfiora, e Rocco non si allontana.

«La vedi la stella al centro di quel piccolo gruppo, la più luminosa di tutte?» fa Rocco. «È Vega, della costellazione della Lira.»

«Questa qui sopra la nostra testa?»

«Sì, e vedi quelle altre due stelle brillanti? Sono Altair e Deneb, riesci a distinguere il triangolo? Formano un triangolo, lo vedi?»

«Sì.»

«Ecco, questo è il triangolo dell'estate…»

«Ma sai distinguere anche le altre stelle?»

«Sì.»

Con gli occhi all'insù, nel buio più assoluto, entrambi fissano il cielo.

«Qual è il tuo posto del cuore?» chiede Rocco all'improvviso.

«Be', diciamo che… sì, da adesso in poi direi che questo è il mio posto del cuore» risponde Davide.

Restano in silenzio per un po'.

«Guarda, guarda! L'hai vista?» esclama Rocco. «Una stella cadente!»

«Sì, caspita, sembrava una cometa!»

«Esprimiamo un desiderio, ma senza dirci qual è, altrimenti non si avvera.»

Poi, per qualche istante, il rumore di fondo del mare sembra sparire.

«Posso chiederti una cosa?» fa Rocco, il suo tono di voce è più basso adesso.

«Tutto quello che vuoi...»

«Perché l'hai baciata?»

«Ci ho pensato tanto...»

«Anche io.»

«La verità?»

«Sì.»

«Non lo so. E, soprattutto, non me ne frega nulla.»

12

20 marzo 1992

La mattina dell'esame di Diritto costituzionale fa più freddo del solito. Rocco procede spedito per via Nomentana sul suo Vespone bianco, fatto spedire da Siracusa. Ha dormito poco, forse tre ore, dopo essersi addormentato con il libro in mano.

Le previsioni meteo alla radio avevano parlato di una settimana di gelo proveniente dall'Artico, ma lui, uscito all'alba e facendo la massima attenzione a non svegliare Davide, per la fretta ha dimenticato di indossare il maglione. Anche se ora i brividi che gli scuotono le ossa gli sembrano dovuti soltanto alla paura di essere bocciato.

Cosa che non gli è mai successa, nei suoi ormai quasi due anni di università. Il voto più basso è stato un ventidue all'esame di Commerciale.

In quel tempo si è abituato a tutto, di Roma, la ama sempre di più, ma ancora non ha fatto pace con le temperature, così rigide rispetto alla Sicilia, dei primi mesi dell'anno.

Di fronte all'ingresso dell'università c'è Nicola: strizzato nei suoi Levis 501 e nel giubbottino di pelle vintage comprato, come quello che indossa anche Rocco, al mercatino dell'usato di via Sannio. Si sono conosciuti all'esame di Privato e da allora hanno cominciato a studiare qualche volta insieme.

Un caffè al bar di viale Ippocrate e poi subito in aula, dove un assistente del professore sta già facendo l'appello.

Il corridoio dell'istituto, lungo e stretto, è gremito di studenti. Alcuni ripassano gli articoli della Costituzione ad alta voce, altri si scambiano domande e quesiti ricorrenti.

«Ehi, Rocco, come stai? Da quanto tempo... ci siamo persi!»

«Ciao, Giò, è vero, è da un sacco che non ci vediamo. Tutto bene, dài... certo, c'ho una strizza...»

Giovanni è uno dei ragazzi dei Parioli. In quei due anni, per tanti la frequenza ai corsi si è fatta sporadica, qualcuno ha addirittura mollato o cambiato facoltà. Rocco però è riuscito a mantenere il suo zoccolo duro di contatti. Monica è rimasta un punto fermo, e con lei anche Corinna e Pamela, una delle ragazze di Casalotti. E poi adesso c'è Nicola, che in poco tempo è diventato un amico.

«Gallo, Rocco Gallo.»

L'assistente è tornato e sta chiamando i primi iscritti.

«Eccomi!»

«Prego, si accomodi.»

Dopo un'incertezza iniziale, l'esame fila liscio, e l'assistente lo invita ad aspettare per la domanda conclusiva del professore. Il grosso è andato, pensa Rocco, ma poi, di fronte al professor Pace, nel panico sulla risposta da dare, piuttosto che fare scena muta comincia a improvvisare, imbastendo un discorso che, per fortuna, risulta vagamente verosimile. Tanto che il professore gli conferma un ventotto.

«Daje, Rò» lo raggiunge Nicola quando anche lui ha finito, soddisfatto per il suo ventisei.

«Alla domanda del professore ho tremato...»

«Pure io!»

Mentre i due si scambiano un abbraccio e una stretta di mano in segno di vittoria, Rocco sente due altre mani, molto più delicate, che gli coprono gli occhi.

«Cucù... eh, eh, ah, ah, aaah! Indovina chi è?»

Rocco si volta e per qualche secondo resta interdetto. La risata è inconfondibile, non può sbagliarsi...

«Allora? Non mi riconosci?»
«Ehi...»
«Ciao, patatino siculo!»
Giulia si è appena palesata dinnanzi a lui. Sono passati un sacco di mesi da quando si sono visti l'ultima volta, alla festa. Superati i primi istanti di incertezza, d'impulso lei gli si butta al collo.
«Be', che fai, non mi saluti?»
Rocco, ancora più stupito per quello slancio così caloroso, la stringe forte a sé. Quando prova a lasciarla, lei gli resta ancora attaccata.
«Allora? Ci siamo persi... non mi hai più chiamata, eh!»
Rocco è glaciale. Dopo la prima reazione, irrazionale, la mente si fa sentire, e si riaffaccia anche la rabbia che in tutti quei mesi, alla fine, si era sopita.
Giulia però non sembra intenzionata a mollare i suoi bicipiti e, ora che è così vicina a lui, Rocco si rende conto di quanto è cambiata.
A cominciare dal look. Tagliata la lunga cascata di boccoli, adesso i capelli sono corti e lievemente ramati; al posto dei tailleur con le spalle larghe da businesswoman che la caratterizzavano, indossa un giubbino stretto con sotto una maglia rosa che le accentua le forme. Anche il trucco è meno marcato. I suoi lineamenti sono più dolci, il colorito più naturale.
Ma non è solo quello. Giulia gli sembra diversa.
«Sai che non ti avevo riconosciuta?»
«Be', sì, i capelli e il resto... ma anche tu sei cambiato... un po' meno patatino di come ti ricordassi.»
«Vuoi dire che ho un'aria più...?»
«Direi... be', non so, in un certo senso... più matura.»
«Anche tu Costituzionale?»
«Sì, ho l'appello domani, sono venuta a sentire un po' di domande.»
«Se vuoi ti dico tutto, so tutto... mi sono appena beccato un bel ventotto.»
«Caspita!»

Nicola li osserva in silenzio, Rocco è così preso da quell'incontro che neanche gli viene in mente di presentarli. Il suo amico prova a dire un imbarazzato: «Io vado» ma resta inascoltato. Rocco è come imbambolato.

Ancora una volta, con Giulia, è come se non si trovasse più lì, come se fosse completamente estraniato dal contesto.

«Allora, raccontami cosa ti hanno chiesto.»

«Sì... prima domanda sull'articolo tre, poi...»

«Senti, ho un'idea. Se non hai di meglio da fare perché non vieni a casa mia e mi interroghi?»

«Ehm... non posso. Devo andare con il mio amico... Nicola...»

Rocco è spiazzato, Nicola se n'è andato.

«A proposito, dov'è finito?»

Comincia guardarsi intorno, nervoso.

«Dev'essere andato di là...» mente.

In realtà vuole solo andarsene. È infastidito anche dalla sua stessa gentilezza, dallo slancio che ha avuto verso Giulia. In fondo lei è la stronza che lo ha fatto soffrire e litigare con Davide, no?

«Ok, se proprio non puoi... ti lascio il mio numero, così magari ci sentiamo.»

«Credo di averlo, da qualche parte» taglia corto lui.

«Non credo perché ho cambiato casa e quindi numero, ora vivo qui vicino.»

«Ah, ok.»

«Ammazza, che entusiasmo... guarda che di solito sono gli altri che mi implorano per avere il mio numero.»

«Ok, ok, se proprio insisti puoi segnarmelo qui sul libro.»

«Allora profanerò il Martines con il mio numero.»

Compiaciuto per questa sua reazione da duro, è così distaccato che nemmeno lui si riconosce. Rocco le si avvicina per salutarla, vuole archiviare in fretta quell'incontro, festeggiare con Nicola, non può essere andato troppo lontano, e tornare a casa da Davide, chiamare sua madre, dire al suo piccolo mondo che è andato tutto bene.

Giulia, al contrario, non sembra intenzionata a mollarlo.

Anzi, quell'atteggiamento di chiusura equivale per lei a un guanto di sfida da raccogliere.

«Sai che ti dico? Vengo via anche io. Alla fine stare qui e sentire tutte queste domande mi confonde e basta.»

«Ok…»

«Andiamo nella stessa direzione, credo… che bus prendi?»

«Be'… veramente sono in Vespa.»

«In Vespa? Ma la sai guidare?»

«Se devo dirla tutta è un Vespone… non mi provocare.»

«Ok, se è così allora mi dai un passaggio, abito in corso Trieste, ci metti un secondo.»

Rocco, rassegnato, annuisce. Con Giulia avvinghiata a lui sulla sella, non sente più il freddo di quella mattina. E non è per il pericolo scampato o per l'esame appena superato. La donna che nell'ultimo anno ha prima desiderato e poi odiato più di ogni altra cosa al mondo ora è abbracciata a lui. Tutto il rancore e il risentimento che lo avevano portato a non cercarla più sembrano annacquati in un tepore che, nonostante la temperatura poco sopra lo zero, lo pervade dall'alluce fino alla punta dei capelli.

«Vai piano… sei un pazzo!» gli urla Giulia, sempre più appiccicata alla sua schiena.

«Tieniti forte perché ancora non hai visto nulla» rilancia lui.

Pochi minuti dopo sono sotto casa di Giulia.

«Abito qui» dice lei indicando un palazzetto liberty con la facciata rosa antico.

«Be', mica male» commenta Rocco per poi leggere ad alta voce la data sul portone: «Millenovecentoventisei…».

«Allora ci vediamo presto… sei proprio sicuro di non voler salire? Faccio un caffè super e ho uno scatolone di Oreo appena arrivato dagli Stati Uniti.»

«Wow, adoro gli Oreo.»

«Li conosci?»

«Be', sì, sono stato in America l'anno scorso…»

«E dove sei stato?»

«In Ohio, a Cleveland… sai dov'è?»

«Certo che lo so, è sul lago Erie.»
«Incredibile, quando lo dico non lo sa nessuno.»
«L'ultimo compagno di mia madre lavora a Chicago. La scorsa estate siamo stati lì e abbiamo fatto un giro dei Grandi Laghi... fino al Canada.»
«Che figata! Ma scusa, ultimo compagno in che senso?»
«Be', diciamo che negli ultimi anni ne ha cambiati almeno tre. Ora si è stabilizzata, almeno così pare. Infatti è andata a vivere con lui e io ho preso questa casa più vicina all'università.»
«Stai da sola?»
«Sì, ma per fortuna nel mio stesso palazzo abita una mia amica, Marta.»
«Ok, sai che ti dico, accetto il caffè... ma guarda che vengo solo per gli Oreo!»
Giulia ride. «Facciamo così, a ogni domanda un Oreo, va bene?»
«Affare fatto! Sarò cattivissimo... potrei vendicarmi.»
«Correrò il rischio...»
Quello di Giulia è un appartamento borghese, in un quartiere borghese. Rocco nota subito la cura nell'arredamento: tutto è a posto, i colori sono coordinati sui toni del bianco. C'è ancora un odore di nuovo. Non ci sono quadri alle pareti, le tende richiamano la tinta dei divani.
«*Et voilà*, questa è la mia umile dimora.»
«Caspita, che bella... altro che umile.»
«L'ha arredata mamma prima di partire. Un po' troppo Biggie Best per me... Io ho solo voluto la mia stanza tutta black.»
«E cosa sarebbe... *biggie best*?»
«Sei il solito siculo... è un negozio di oggettistica in centro.»
«Dimenticavo che tu sei le Pagine Gialle viventi...»
«Ah, ah, ah, simpaticone!»
«Complimenti alla mamma, allora...»
«Dài, vieni, facciamoci un caffè.»
«Ok.»

Rocco continua a guardarsi intorno. Anche la cucina è nuova e supertecnologica.

«In pratica sono sempre sola, ogni tanto sale a trovarmi la mia amica Marta, ma lei studia Economia alla Luiss, frequenta tutto il giorno.»

«Eh sì, loro sono molto organizzati.»

«Infatti... vuoi mettere con la giungla della Sapienza?»

«Ogni volta che faccio la fila al terminale mi pento di non esserci andato, alla Luiss.»

«Tu invece stai sempre lì in centro dove sono venuta alla festa?»

«Sì, sempre lì...»

«Sempre con il tuo amico... come si chiama? Mi sfugge il nome.»

«Davide... si chiama Davide.»

«Giusto, Davide. Simpatico, no?»

Rocco non le risponde, distoglie lo sguardo. La sua domanda è come uno spruzzo di sale su una ferita ancora aperta, che lo riporta repentinamente a quella sera.

Ma che gli fa capire che Giulia non immagina neanche lontanamente che lui possa averli visti, e non ha idea di ciò che ha significato quel piccolo, stupido bacio nella sua vita.

«Be', che è successo? Hai mica visto un fantasma? Eh, eh, ah, ah, aaah!»

«No... ehm, tranquilla, tutto ok. È che Nicola si chiederà dove sono finito...»

Rocco vorrebbe alzarsi, andarsene. Ma poi, all'improvviso, decide di fregarsene. Ora lì con Giulia c'è lui, e nessun altro.

«Niente male questo caffè... e gli Oreo?»

«Eccoli qui.»

«Allora, un Oreo per ogni domanda a te, un Oreo per ogni risposta giusta a me... cominciamo l'interrogazione?!»

Seduti al tavolo del soggiorno di Giulia, Costituzione alla mano, Rocco comincia a sfogliare. Ha un'aria fintamente seria e parecchio divertita. «Allora, vediamo signorina...?»

«Marzi.»

«Ecco, signorina Marzi... mi dica, cosa prevede l'articolo ventuno della Costituzione?»

«Allora... "Tutti hanno diritto di manifestare liberamente il proprio pensiero con la parola, lo scritto e ogni altro mezzo di diffusione. La stampa non può essere soggetta ad autorizzazioni o censure."»

«Brava!»

«Ma con tutto quello che potevi chiedermi...»

«In realtà è l'ultima domanda del prof Pace, è in fissa con la libertà di stampa.»

«E tu la sapevi?»

«Be', più o meno, ma non mi ricordavo a memoria l'articolo.»

«E quindi? Come hai fatto a strappare 'sto ventotto?»

«Come ho fatto altre volte: mi sono immaginato sulla facciata del palazzo di fronte...»

«In che senso sulla facciata?»

«Sì, io che mi arrampico su un palazzo, tipo Spider-Man. È il mio stratagemma per rispondere quando non sono sicuro.»

«Tipo arrampicarsi sugli specchi?»

«Tipo...»

«Tu sei pazzo!» ride lei.

«Be', un po' sì... pazzo, anzi pazzissimo!»

Rocco, senza rendersene conto, ha l'aria sognante. I suoi occhi sono persi in quelli di Giulia.

«Pausa sigaretta?»

«Volentieri...»

Giulia si allontana verso camera sua, Rocco resta in soggiorno.

«Rrrrroooocco, Rrrrroooocco, che fai? Vieni.»

«Ah, eccomi. Non avevo capito che dovevo seguirti...»

Rocco percorre veloce il corridoio. Entrato nella stanza di Giulia, la trova seduta sul letto con in mano un pacchetto di sigarette.

«Vuoi favorire?»

«Grazie... Philip Morris? E che fine hanno fatto le tue sigarette sottili?»

«Le famose Capri, intendi?»

«Le famosissime sigarette dell'isola...»

«Non le fumo più, erano di mia madre. Diciamo che le fregavo a lei, così come i vestiti e il resto. Ora che è partita... ciao ciao Capri, e ciao ciao guardaroba di *maman*!»

«Be', queste sono decisamente meglio... ti manca?»

«Fumare le Capri o *maman*, intendi?»

«Tua madre. Ti dispiace che sia via?»

«Be', ti dirò... a tratti... ma ci sono abituata, al fatto che non ci sia.»

Nella stanza prevalgono il colore nero e il disordine, in netto contrasto con il resto della casa. Una montagna di vestiti fa mostra di sé sopra una poltrona. Sulla scrivania un guazzabuglio di fogli, fotocopie, evidenziatori e tazzine sporche.

«Sembra la stanza di una rockstar» osserva Rocco.

«Dài, non rompere, non ho avuto tempo di riordinare, ti ricordo che sto preparando l'esame più tosto del secondo anno.»

«Hai ragione.»

«Ora non fare il figo perché l'hai appena passato.»

«Ok, riprendiamo l'interrogazione allora!»

In quel momento, ancora seduto sul letto con Giulia, Rocco nota sul comodino un libro. Lo prende. Sulla copertina l'immagine di una figura femminile di spalle, vestita di scuro, ritratta tra due porte bianche.

«*I beati anni del castigo* di Fleur Jaeggy» recita Rocco.

«L'hai letto?»

«Veramente no, non conosco questo scrittore...»

«È una scrittrice.»

«Ah, scusa... e di cosa parla?»

«È la storia di una ragazzina che vive in un collegio, in Svizzera. Sua madre sta in Brasile, lei è lì da sola, triste, poi arriva una nuova compagna e... le cose cambiano. Ma devi leggerlo. Detto così non rende.»

«È una storia triste... infatti ti sei intristita parlandone.»

«Be', mi ricorda di quando mia madre mi ha lasciata per seguire uno dei suoi amori, ero ancora piccola.»

«Mi dispiace.»

«Non dispiacerti, ormai ci sono abituata. Se vuoi te lo presto.»

«Volentieri, grazie.»

«Però guai a te se gli succede qualcosa, perché ci tengo tantissimo, eh.»

«Lo custodirò con cura.»

Poi d'un tratto gli occhi di Giulia assumono una forma diversa, una diversa luce attraversa la sua figura.

«Ti voglio dire una cosa che mi viene così... istintivamente. Quando ho delle sensazioni forti non riesco a trattenermi, sono fatta così.»

Rocco la guarda perplesso. «Cosa vuoi dirmi? Che sei pazza di me?»

«Stupido!» ride lei.

«Vuoi dirmi che vuoi farti fuori tutto il pacco di Oreo?»

«No dài, vabbè, non fa niente... sei un cretino!»

«Dài, sto scherzando.»

«Mi succede una cosa strana con te. Dalla prima volta che ti ho visto sulla scala antincendio... non so, ma è come se ti conoscessi da sempre, hai un'aria familiare, per me.»

Rocco si alza di scatto, poi si risiede. Non sa dove guardare. Non può credere che lei si ricordi del loro primo incontro, sulla scala antincendio. Si accorge di essere di colpo eccitato, vorrebbe baciarla, ma non ha il coraggio di farlo. E se avesse capito male?

No, non può perderla di nuovo, proprio ora che l'ha appena ritrovata.

13

6 aprile 1993

«Roccooo, Roccooo... telefonooo!»
«Arrivooo. Chi è?»
«Indovinaaa...»

Davide neanche esce più dalla stanza per avvisare Rocco che il telefono trilla nella sua, di stanza. Dopo un anno abbondante di amicizia, il ritmo delle chiamate tra Rocco e Giulia è diventato così frequente che lui si limita ad abbassare la musica e urlare fino a farsi sentire. Rocco, che studia in isolamento – anche acustico – in soggiorno, si alza di scatto e si precipita in camera sua.

Se per Davide tutte quelle chiamate sono una scocciatura, per Rocco, sdraiato sul letto con il filo della prolunga che attraversa la stanza dividendola a metà, sono diventate molto di più di una pausa tra un ripasso e un altro. Sono delle vere e proprie boccate d'aria, come quando si riemerge da un'apnea.

Da quella mattina a casa di Giulia lei e Rocco non si sono più lasciati. Sempre come amici, però. Nel frattempo, infatti, Rocco ha avuto una breve storia con Monica, che è finita un po' com'era iniziata, per gioco. E anche in quel periodo Rocco e Giulia si sono cercati di continuo, e non solo per preparare gli esami.

«Roccuzzo!»
«Ciao...»

«Come hai passato le ultime due ore? Eh, eh, ah, ah, aaah!»
«Ho continuato a rompermi le palle su quel dannato libro.»
«Esagerato!»
«A volte penso che... mollo tutto, non so se arrivo alla fine... maledetta Giurisprudenza!»
«Dài dài, che sei già a buon punto, poi farai quello che vuoi.»
«Riesci sempre a dire la cosa giusta... quanta saggezza!»
Lei scoppia a ridere. «Menomale che ogni tanto lo riconosci.»
«Ecco, non ti ci abituare.»
«Piuttosto, ti va di andare al cinema stasera?»
«Cosa danno di bello?»
«È appena uscito *Casa Howard*.»
«E che film è?»
«Una storia romantica ambientata in un casale inglese.»
«Sembra una recensione di "Cioè"... ah, ah, ah! Nel trafiletto appena dopo il doppio poster di Simon Le Bon o di Nick Kamen.»
«Quanto sei cretino!»
«Tu eri più Duran o più Spandau?»
«Secondo te?»
«Tutta la vita Spandau...»
«Bravo! E tu? Che poster avevi nella tua stanza?»
«Bah, se dobbiamo parlare di robe così, ero pazzo di Patsy Kensit.»
«Ah sì, sì, quell'inglesina rimasta mezza nuda a Sanremo.»
«Dài, ora non fare la gelosa...»
«Gelosa? E di chi, poi?» ride lei. «Allora, vuoi venire al cinema sì o no?»
«Boh, non saprei... se proprio non c'è di meglio da fare.»
«Eddài Roccuzzo, fidati... ho letto che è un capolavoro, ha un cast stellare.»
«Vediamo... aspetta.»
Rocco cerca un quotidiano. Leggere i giornali è la sua passione.

«Allora, *Casa Howard* di James Ivory... sul "Corriere" gli danno addirittura nove.»

«Ecco, se lo dico io non vale. Se lo leggi sul giornale invece...»

«Dài, non fare l'offesa.»

«Non faccio l'offesa, ma tu ti fidi di me o no?»

«Certo che mi fido di te. Ormai sei la mia guru su tutto, ah, ah, ah!»

«Esagerato... be', alcune cose le stiamo migliorando.»

«Tipo?»

«Tipo il profumo... quando ti ho conosciuto usavi della roba... eh, eh, ah, ah, aaah!»

«Ora invece...»

«Be', ora invece Vétiver di Guerlain.»

Rocco la detesta quando fa così. A volte la asseconda, consapevole che "tanto la vuole sempre vinta lei", altre volte si impunta anche lui.

«Tanto non riuscirai a trasformarmi in un fottuto pariolino come i tuoi amici della Luiss.»

«Ti piacerebbe... invece rimarrai un terroncello fuori sede!»

«Senti chi parla! Ti ricordo che sei nata solo un po' più a nord di me, a Lamezia Terme.»

«Profonda Calabria, esatto. Quindi stai attento a quello che dici! Piuttosto, guarda dove danno il film.»

«Allora... vicino a casa tua lo danno all'Empire.»

«Perfetto.»

«Allora passo io da te per le otto.»

«Ok. Lo vuoi dire anche al burbero?»

Giulia aveva soprannominato così Davide, visto il modo brusco e sbrigativo con cui le risponde ogni volta al telefono.

Non si erano ancora rivisti dopo quello che era successo fra loro alla festa, e Rocco era un po' preoccupato, visto che quel momento, inevitabilmente, sarebbe presto arrivato.

«Ok, glielo chiedo. Tu vuoi dirlo anche a Marta?»

«Sicuro le fa piacere, sempre che non debba studiare... è proprio una secchia!»

Davide ha raccolto l'invito, e lo stesso Marta. E, usciti dal cinema, i quattro si ritrovano a commentare il film. Più scettici i ragazzi, molto entusiaste le ragazze.

«Bello, ma pesante per me» dice Davide.

Rocco annuisce.

«Voi non capite nulla, è così... così vero, romantico...» dice Marta, e insieme a Giulia si lancia in una recensione improvvisata del film. Rocco raffredda subito gli entusiasmi: «Che ne dite di una pizza da Gigetto?».

«Mi pare una grande idea.»

Davide non aspettava altro, anche Giulia è d'accordo.

«Ehm, scusate... non ci pensate a me che sono celiaca?»

«Hai ragione, Marta» risponde Rocco «ma lì fanno di tutto, non solo la pizza.»

I quattro percorrono a piedi il breve tragitto fino al ristorante. Davide e Rocco avanzano spediti, le due ragazze li seguono a distanza, e non solo per colpa dei tacchi, irrinunciabili soprattutto per Giulia.

«Come ti pare questo Davide?» chiede Giulia.

«Boh, non saprei... considerando che lo hai soprannominato "il burbero"...»

«Ma che c'entra, Mà? Pensa che una sera a una festa ci siamo pure baciati.»

«Ma dài! Non me lo hai mai detto.»

«Be', c'è poco da dire... in realtà non è niente male, ma diciamo che non è scattata... insomma, hai capito.»

«E Rocco, piuttosto? Hai notato come ti guarda?»

«Ma va', è solo un amico, lo sai.»

«Be', a me sembra carino, e poi fidati, ti guarda in un modo...»

«Sì, lo so, è carino. Ma mi fa famiglia. Tipo un fratello.»

Confabulando, le due amiche hanno rallentato ancora di più il passo.

«Ma insomma, vi muovete?» fa Davide.

«C'ho una fame» gli fa eco Rocco.

«A chi lo dici!» di nuovo Davide.

Le ragazze fanno spallucce.

«Ok, voi fate con calma» si arrende Davide «noi andiamo avanti e blocchiamo il tavolo.»

Seduti finalmente tutti e quattro insieme, il loro tavolo sembra diviso a metà. Da un lato Rocco e Giulia, l'uno di fronte all'altra, parlano tra loro; e dall'altro fanno lo stesso Davide e Marta. Finché lei decide di movimentare la situazione.

«Davide, tu lo sai, vero…?»

«So cosa?»

«Come ti chiama Giulia?»

«No, come mi chiama?» chiede lui aggrottando la fronte.

«Giulia, perché non glielo dici tu?»

In quel momento Rocco vorrebbe sprofondare, Giulia invece comincia a ridere. Accende una delle sue Philip Morris e per l'occasione rispolvera il suo atteggiamento da diva.

«Allora, eh, eh, ah, ah, aaah!» Aspira. «Diciamo che…» Pausa da attrice consumata. «In effetti…»

Rocco la interrompe bruscamente: «Cazzo, quando fai così mi sembri Irene Papas nell'*Odissea*, o forse sarebbe meglio dire Anne Baxter in *Eva contro Eva*!».

«Addirittura… ah, ah, ah! Be', lo prendo come un complimento.»

Rocco spera che questo basti a deviare il discorso altrove, non ha nessuna voglia di assistere a un litigio fra Davide e Giulia.

«Aspetta, aspetta, falla finire» interviene però lui.

«In effetti un soprannome te l'ho dato… lo vuoi proprio sapere?»

«Certo che sì.»

«Il burbero.»

«Il burbero? Ah, ah, solo perché quando chiami cento volte al giorno non ti do spago?»

«Hai centrato in pieno! Ma lo dico in senso affettuoso, eh.»

«Ragazzi, qualcuno gradisce un dolce?»

L'arrivo del titolare in persona, Gigetto, è provvidenziale, e Rocco tira un sospiro di sollievo.

Pericolo scampato, per ora.

«Che tipo 'sta Giulia, molto diversa da come la ricordavo...» fa Davide quando i due amici si ritrovano a casa. «Oh, non mi fraintendere, eh... sennò siamo daccapo!»

«Ma figurati.»

Rocco è sollevato, invece. Aveva paura che questo incontro potesse essere imbarazzante per tutti. E invece, alla fine, sembra che la risata di Giulia abbia conquistato anche lui.

«Piuttosto, l'hai notato?» riprende Davide.

«Cosa?»

«Ha occhi solo per te.»

«Ma non dire cazzate, Dà.»

«Ti giuro. Quando siete insieme sembrate in una bolla, voi due.»

«Dici?»

«Dico.»

«A me lei piace tanto, lo sai, ma...»

«Ma tu devi giocare di più, essere un po' più paraculo, sai come sono le donne.»

«Ha parlato Giacomo Casanova...»

«Dài, sei proprio un bischero, te.»

«Che vuoi dire?»

«Che alla fine sei un romanticone... le ragazze invece vogliono un po' di mistero, devi concederti meno.»

Sono parole che risuonano nella mente di Rocco per tutti i giorni a seguire, e allora comincia a rallentare le chiamate a Giulia, nel tentativo di farsi desiderare.

«Ciao, burbero... c'è mica il tuo amico?»

«Sì sì, te lo passo.»

Giulia lo chiama come se niente fosse, tanto che alla fine questo atteggiamento da finto duro comincia a pesargli e Rocco riprende con lei la sua solita routine.

Le settimane passano e gli incontri si fanno sempre più assidui, e poi perfino quotidiani quando decidono di preparare insieme l'esame di Diritto civile. Studiano per lo più a casa di lei.

«Questa casa ti somiglia sempre di più» commenta Rocco un pomeriggio.

Nel frattempo l'appartamento di Giulia non sembra più tirato a lucido come quando ci è venuto la prima volta.

«In che senso?»

«Nel senso che è più tua, il tocco di tua madre si è come dire... annacquato.»

«E menomale. Ma so già che quando tornerà avrà da ridire.»

«Piuttosto, di tuo padre non parli mai...»

Di colpo Giulia si rabbuia. Fa una strana smorfia con la bocca, che Rocco non le aveva mai visto fare, sospira. Cerca le sigarette sul tavolo e se ne accende una.

«Scusa, forse non dovevo chiedertelo.»

«Tranquillo, Rò.»

Lui si avvicina, pensa che ci sia dietro qualcosa di terribile, glielo si legge in volto.

«Be', ora non fare questa faccia da orsetto ferito... eh, eh, ah, ah, aaah! Non ne parlo perché, dopo tutti questi anni, non so cosa dire.»

Forse non vuole mostrarsi fragile, pensa Rocco.

«Capisco... e ripeto, mi dispiace.»

«Oh riprenditi, non è mica morto. Anche se un po' è come se lo fosse.»

«Che intendi dire?»

«Che dopo l'ennesima fuga di mia madre è stato lui a piantarci in asso e non farsi più sentire.»

«Caspita.»

«A lungo ho provato a rintracciarlo, poi mi sono arresa. Se lo vorrà si farà vivo, prima o poi... per fortuna a me e a mio fratello non è mai mancato nulla, anzi.»

«Tuo fratello?»

«Sì, Luca. Senza di lui non credo che ce l'avrei fatta. È stato fondamentale. Mi sono sempre appoggiata a lui. Ora ha vinto un concorso in banca, a Torino.»

«E tuo padre? Non hai proprio idea di dove sia?»

«Le ultime notizie, un paio di anni fa, lo davano al Nord, vicino a Milano, ma non saprei dirti se fosse vero e se sia ancora lì.»

Rocco ha toccato un tasto dolente, è evidente, meglio

cambiare discorso. Va verso la finestra, guarda giù, osserva le macchine passare, la gente.

«Certo, qui si sta bene... in questa zona, dico... rispetto a quella specie di suq in cui vivo io.»

«A me piace il tuo quartiere, è così cosmopolita, pieno di contrasti. Anche le trans che ogni tanto vedi passare hanno un che di internazionale...»

Rocco annuisce, le sorride. Giulia riesce sempre a stupirlo. Più la conosce, più gli piace. Spesso, mentre studiano, gli capita di fissarla e di perdersi. E quel loro rapporto innocente di colleghi di università sta assumendo, per lui, dei nuovi contorni. O la verità, forse, è che non aveva mai smesso di pensare a lei in quel modo.

Senza che lei se ne accorga, ha preso a scrutarne i fianchi, a indagare tra le sue gambe, a immaginarla nuda. E sempre più frequentemente la sera, tornato a casa, ha cominciato a masturbarsi pensando a lei. Fantastica di sollevarle la mano, di farle sentire quanto sia eccitato sotto i pantaloni per il solo fatto di starle accanto. Sogna a occhi aperti di prenderla nella sua stanza nera sul letto pieno di vestiti ammassati. Ogni giorno insieme è per lui un misto di gioia e sofferenza.

Dal canto suo, Giulia non lascia trasparire alcun trasporto nei suoi confronti. Anzi, spegnere sul nascere anche la più flebile delle fiamme sembra essere la sua specialità.

A metà giornata, dopo una mattinata di studio, lei di solito prepara una pasta. Quattro formaggi e al pesto le più gettonate.

«Certo che sei davvero brava in cucina... quando ti danno la prima stella Michelin?» la prende in giro Rocco, anche se Giulia è davvero una chef provetta.

«Domani allora prepari tu!»

«Ok, ti faccio un bel *tuna sandwich* all'americana.»

«Con tutta quella maionese... neanche per idea!»

Poi, dopo pranzo, l'immancabile caffè con sigaretta. E anche in questo caso Giulia dà il meglio di sé. Il suo espresso è il più buono che lui abbia mai provato. La cremina, che lei realizza mischiando lo zucchero con le prime gocce uscite dalla moka, è semplicemente deliziosa.

Prima di tornare sui libri, parte integrante del rito post pausa pranzo, poi, è l'ascolto di un brano preso dalla sua discoteca personale. Una selezione molto diversa da quella di Rocco, amante del brit pop e della musica anglosassone in genere.

La scelta di Giulia spesso ricade sul suo cantautore preferito, Franco Battiato. E così oggi.

Lei e Rocco sono seduti sul divano bianco di casa sua, mentre lo stereo suona *E ti vengo a cercare*. Giulia lo ascolta quasi in estasi, ne sussurra le parole, con il movimento delle mani segue l'andamento del ritmo.

Rocco la osserva. All'inizio gli viene da ridere, ma poi si sofferma sulla bocca, sul movimento delle labbra che mimano le parole. E, senza che possa farci niente, si sente indurire in mezzo alle gambe.

Si alza di scatto.

«Ti dispiace se vado in bagno?»

Giulia, come infastidita dalla brusca interruzione di quel momento così poetico, gli fa il pollice su.

Quando Rocco torna, la trova già sui libri.

«Lo so, Battiato ti fa cagare... dillo!»

«Ma non è vero...»

«Lo vedo, eh. Ogni volta che lo metto mi guardi con una faccia schifata.»

Rocco spalanca gli occhi, perché in realtà è l'esatto contrario. «No, ti sbagli... anzi, lo sto scoprendo grazie a te.»

«La verità è che non ti sta mai bene niente.»

«Ma non è vero... dài, Giulia...»

Lei si mette le mani sugli occhi e comincia a piangere con la testa abbassata.

Per un attimo Rocco resta impietrito, non sa cosa fare. Poi le si avvicina e la stringe a sé.

«Su, non fare così, sono stronzate... se ti ho mancato di rispetto mi dispiace.»

«Ci sei cascato!» scoppia a ridere lei. «Ma ti pare che piango per queste stronzate, appunto? Eh, eh, ah, ah, aaah! Non hai proprio capito un cazzo di me.»

«Cazzo lo dico io, mi sono preoccupato...»

«Dài, vieni qui, piccolino, l'ho sempre detto che sei un cuore di panna...»

«E tu sei un cuore di pietra.»

14

6 luglio 1993

Alla vista di Bono Vox, Monica urla talmente forte che per giorni rimarrà afona: «Bonoooo, bonooo, ti amoooo, *I love youuu!*».

Lo strillo che segue è così poderoso da innalzarsi al di sopra di tutti gli altri, e sono in tanti, in centinaia, ad aspettare da ore gli U2 fuori dall'hotel Majestic in una via Veneto blindata, tra transenne, poliziotti e agenti in borghese che presidiano la strada. In mezzo a tutta quella gente, ci sono anche Davide, Rocco, Giulia, Marta, Nicola e, appunto, Monica.

La soffiata sulla presenza della band irlandese era giunta dal fan club di cui lei è tra le principali animatrici, e dopo giorni di ricerche e indagini alla fine si era scoperto dove avrebbe alloggiato la band in vista della tappa romana dello ZooTv Tour. Appena si palesa sulla porta girevole dell'albergo, con i suoi iconici occhiali scuri a mosca e un gilet nero, Bono saluta la folla, agita l'indice e il medio in segno di vittoria, poi cinge le mani a mo' di ringraziamento e si infila in una Mercedes con i vetri oscurati. Subito dopo, dalla stessa porta esce The Edge, ha un giubbotto di pelle scuro e un cappello in testa. Lo seguono Larry Mullen, gilet di pelle nero, maglietta bianca, anche lui con gli occhiali da sole, e Adam Clayton, con il suo inconfondibile doppio taglio e il ciuffo ossigenato.

«Oddio, che figo, oddio... sei bellissimo!» grida Marta, in preda a uno stato di estasi.

Nonostante sia anche lei una grande fan degli U2, Giulia è più contenuta nelle sue manifestazioni, e anzi cerca di placare le sue amiche. Davide, Rocco e Nicola, che pure amano la musica del quartetto irlandese, sono lì più in veste di centauri accompagnatori. Sì, perché, come in un corteo nuziale o in una processione a un funerale del Sud, a bordo dei loro motorini i sei, insieme a tutti gli altri fan, partono all'inseguimento della band per le vie della capitale. Attraversano il Pincio, giù fino a piazzale Flaminio, quindi un tratto di Lungotevere fino al Villaggio Olimpico, ai cancelli dello stadio. Monica è talmente eccitata che continua a tirarsi la maglietta con su stampate tutte le date del tour, quasi se la strappa di dosso.

«Oddio raga, cioè, vi rendete conto? L'ho visto, l'ho visto quanto è bono, Bono!»

«Perché, Larry? Che è figo che è!»

Nella sfida tra Monica e Marta interviene Nicola: «Una figata, per fortuna siamo con la regina del fan club...». Per l'occasione indossa un paio di Ray-Ban a mosca e una maglietta senza maniche.

«Spero tanto di vederli in concerto...» sospira Marta.

Di fronte a questo stato di euforia incontrollata, Rocco e Giulia provano a scherzarci su.

«Per un attimo mi sembrava di essere in una scena di "Hazzard".»

«Questa sì che è bella...» scoppia a ridere lei. «Io sono Daisy, ovviamente.»

«E io Luke... e direi che Davide è Bo!»

«Rimane da capire chi è Rosco, e soprattutto chi è Boss Hogg!» interviene Davide.

«Direi che Rosco assomiglia a me» ride divertito Nicola, ancora seduto sul motorino di Monica. Lei intanto sta cercando di farsi amico uno della sicurezza per provare a ottenere qualche dritta in vista del concerto.

«Raga, io e Nic restiamo qui, ci mettiamo in fila» annun-

cia a un certo punto. «Più tardi aprono i cancelli e stanno arrivando anche gli altri del fan club.»
«Agli ordini, capo!» risponde Nicola con aria rassegnata.
«Beati voi che avete trovato i biglietti.» Marta non si dà pace per non essere riuscita a recuperarne uno.
«Be', se penso che abbiamo praticamente dormito fuori da Messaggerie... Comunque, aspetta con noi, magari c'è qualche bagarino che ne ha, anche se costa un po' di più, oppure vediamo se qualcuno del fan club ha un biglietto che avanza.»
«Moni, non ti preoccupare, e poi mi dispiace lasciare Davide da solo.»
«Ok, come vuoi.»

Tornati a casa, Rocco e Davide si ritrovano in cucina a preparare la cena, mentre le ragazze si sono fermate a comprare da bere e qualcosa da mangiare per l'aperitivo.
«Certo che ti piace proprio tanto Giulia, eh.»
«Sì, sempre di più.»
«Be', si vede, quando c'è lei non capisci più nulla.»
«Dici?»
«Dico, dico... ma si può sapere che aspetti?»
«Non lo so, è sempre così sfuggente... non vorrei rovinare tutto.»
«Secondo me è arrivato il momento... e se lo dico io...»
«Piuttosto, mi pare di notare un certo feeling con Marta.»
«Boh, carina è carina... vedremo.»
«A proposito, dove sono finite? È passata un'ora.»
Proprio in quel momento il citofono suona. Rocco va ad aprire e, all'interno dell'ascensore, scorge due voluminose chiome ricce e bionde.
«Ma...» mormora.
Sono Giulia e Marta, con gigantesche parrucche in testa, vistosi occhiali sul naso e un trucco esagerato, a partire dal rosso fuoco delle labbra. Per finire, dai lobi pendono degli enormi orecchini dorati.
«Ma come minchia vi siete conciate?»

Giulia ride. «Siamo Lady *Babbara* uno e Lady *Babbara* due. Siamo le Lady *Babbare*!»

Rocco comincia a ridere così forte che Davide si precipita all'ingresso con in vita uno strofinaccio a mo' di grembiule da cucina.

«Non ci credo, ah, ah, ah! Siete due matte col botto!»

«Eh, eh, ah, ah, aaah! Io sono una docente *parappissicologa* laureata... ah, ah, ah!» continua a ridere Giulia.

«Uscite dal supermercato» comincia a spiegare Marta tra una risata e l'altra «ci siamo imbattute in un negozio di parrucche e travestimenti, ed è stato un attimo!»

Da settimane questo era diventato il loro tormentone. Dopo che una sera Rocco aveva visto questa Lady Barbara, sedicente veggente siciliana, ospite al "Maurizio Costanzo Show", aveva cominciato a seguirla su una tv locale romana e da quel momento era diventata una specie di cult. Le esilaranti telefonate in diretta della teleimbonitrice con il pubblico da casa, surreali siparietti che a volte si trasformavano in veri e propri rimbrotti verso il telespettatore di turno, e la lettura dei tarocchi con il suo italiano sgrammaticato e il suo inconfondibile accento siciliano erano diventate un vero e proprio cult, al punto che il primo a intercettarla in tv avvertiva gli altri.

«Benvenuti all'angolo della poesia e della cultura esoterica!» annuncia Giulia.

E di nuovo tutti scoppiano a ridere.

La serata prosegue tra un piatto di pasta al pesto, qualche bicchiere di vino, tante risate e altrettante foto che Rocco l'indomani porterà a sviluppare in quadrupla copia.

Era sempre la sua, alla fine, la regia di quei momenti insieme. Quel quartetto, fatto da lui, il suo migliore amico, la ragazza dei suoi sogni e la sua amica del cuore, lo rassicurava. Era come se così riuscisse a tenere tutti insieme, tutto insieme.

Non restava che una cosa da fare, per raggiungere la perfezione. Riuscire a conquistare Giulia.

15

14 luglio 1993

«Biglietti, prego!»
«Ehm, ecco, veramente...»
«Il biglietto... ce l'ha o no?»
«A dire il vero no.»
«Siete insieme?»
«Ehm, sì...»
«E lei, signorina? Il biglietto?»
«Mi dispiace, non ce l'ho...»
«Dove siete diretti?»
«Be', scendiamo a Spagna.»
«Bene, bene. Lei, giovane, favorisca un documento.»
Il controllore osserva il documento e comincia a leggere ad alta voce.
«Rocco Gallo, nato a Siracusa il 9 agosto 1972. E residente dove? A Roma?»
«No no, sempre a Siracusa.»
«Via?»
Rocco glielo dice.
«Perfetto.»
«Ma... ma... mica ci starà facendo la multa?»
«Secondo lei?»
«No, guardi, la prego, non lo facciamo mai... non la prendiamo mai, la metro. Ora come lo spiego ai miei?»

«Problemi suoi. Sono centomila lire di contravvenzione, che sarà notificata all'indirizzo sopra indicato, e dunque a Siracusa. Quanto a lei, signorina, per questa volta lasciamo stare... diciamo che il suo amico paga per due.»

Il pomeriggio libero dopo gli esami non è cominciato nel migliore dei modi.

Rocco aveva organizzato tutto fin nei minimi dettagli. Prenotato la cena in una trattoria consigliata da suo zio Paolo e immaginato un minitour dei suoi posti del cuore. Voleva condividerli con Giulia e, una volta per tutte, fare colpo su di lei.

Quella mattina, però, il Vespone lo aveva mollato. Dopo innumerevoli tentativi di rianimarlo, Rocco si era dovuto arrendere portandolo dal meccanico. Così lui e Giulia avevano ripiegato sulla metropolitana. E la multa era il risultato.

Mentre si mescolano tra la folla della stazione di piazza di Spagna, Giulia comincia a ridere a crepapelle. Rocco invece è fuori di sé.

«Siamo proprio due sfigati. Una volta che prendiamo la metro, e per di più senza biglietto, ci beccano e ci fanno la multa... eh, eh, ah, ah, aaah!»

Per l'occasione ha tirato i capelli all'insù, legandoli con un elastico invisibile. Indossa una canotta bianca, dei pantaloni a vita bassa, gli immancabili tacchi, e alle orecchie ha due cerchi giganteschi. «Somigli alla cantante degli M People» le aveva detto Rocco appena si erano visti.

«Non c'è proprio un cazzo da ridere... Ora chi li sente i miei? Pensa mio padre appena arriva la notifica a casa.»

«Venghi, venghi, ragionier Fantozzi, le è stata notificata una contravvenzione... ah, ah, ah!»

«Allora tu chi saresti, la signora Pina? Ah, ah, ah!»

«Se penso alla faccia che hai fatto al controllore mi sento male, giuro...» ride lei.

«Smettila, dài. Tu ridi... ma tanto alla fine la multa l'hanno fatta a me.»

«Senti, Roccuzzo, io non intendo farmi rovinare la mia prima giornata libera dopo gli esami da una cazzo di multa. Quindi piantala e, anzi, portami subito al Caffè Greco che ho bisogno di un po' di carica.»

Bevuto il caffè, poco dopo sono dentro Energie, il negozio di tendenza a metà di via del Corso, alla ricerca di qualcosa di figo da indossare per le vacanze. Per entrambi la scelta ricade su due magliette attillate e tutte scolorite. Giulia rosa, Rocco verde militare.

«Questa te la regalo io.»

Rocco ha afferrato le due magliette col fare di chi non vuole lasciare spazio a discussioni.

«Ok, ma solo per stavolta... comunque, sai che non è difficile farle, le magliette così. Dobbiamo provarci anche noi. Basta fare un nodo e mettere la maglietta in una bacinella di candeggina.»

«Ecco, ora sei anche stilista...»

«So fare tutto, io!»

«Adesso però vieni con me, ti voglio portare in uno dei miei posti preferiti.»

«Aspetta aspetta, questa canzone mi fa impazzire.»

«Anche a me... state ascoltando *Sweet Harmony* dei Beloved ed è dedicata a Giulia... ah, ah, ah!»

«Sai che come dj sei credibile, hai un futuro!» scoppia a ridere lei.

Rocco la prende per mano, come due fidanzati attraversano piazza Montecitorio, passano per le stradine di Campo Marzio. Giulia vuole fermarsi, lui glielo impedisce.

«Neanche un gelato da Giolitti?»

«No, no, dobbiamo andare.»

Ma poi, di fronte alla vetrina di un negozio, Degli Effetti, lei si blocca.

«Fosse per me mi vestirei solo qui... questo abito è bellissimo. È di Issey Miyake, lo conosci?»

«Non so chi sia...»

«Con Yohji Yamamoto è uno dei più grandi stilisti giapponesi. Oddio, quei pantaloni!»

Giulia fa per entrare, ma Rocco la trascina via.

«Guarda che questo atteggiamento da maschio siculo con

me non funziona... adesso mica vorrai farmi rivedere l'interno del Pantheon?» protesta Giulia.

«Aspetta e vedrai.»

Giulia è sempre più curiosa, ma non vuole dargliela vinta. E, pochi metri più in là, entra dentro L'Image, un negozio di manifesti d'arte in piazza San Luigi dei Francesi. Rocco la segue svogliato. Persi tra le riproduzioni di opere famosissime, Giulia sceglie un grande cuore rosso sorretto da due persone. È una riproduzione di *Heart* di Keith Haring.

«Questo cuore mi piace da matti e... è per te.»

Rocco la ringrazia goffamente, è senza parole, spiazzato. Le si avvicina, vorrebbe baciarla, e alla fine le stampa un bacio sulla fronte.

Poi, girato l'angolo, sono finalmente arrivati dove lui voleva portarla.

«La vedi questa?»

«Sì... be', è una chiesa.»

«È la basilica di Sant'Agostino. Ci sei mai stata?»

«Veramente no...»

«È la mia chiesa preferita. Dài, entriamo!»

Una volta dentro, improvvisandosi guida turistica, Rocco comincia a magnificare l'edificio, che in effetti contiene più di un capolavoro.

«Guarda in su. Questo posto è come un libro di storia dell'arte.»

«Non sapevo fossi un esperto d'arte.»

«Dài, non prendermi in giro. Ogni volta che mi sento... perso... ecco, vengo qui e ritrovo la serenità.»

Giulia annuisce, accenna un sorriso.

«Non sono bellissimi i soffitti di queste navate affrescati di blu?»

Lei non può che dargli ragione.

«E poi guarda qui, questa è la *Madonna dei Pellegrini* di Caravaggio. Lui donò l'opera alla chiesa in segno di gratitudine per averlo ospitato in un momento difficile. Non è...?»

«Davvero pazzesca, i colori, il gioco di luci... come hai scoperto questo posto?»

«Un giorno passavo da qui e sono entrato. Da quella volta ci sono sempre tornato.»

«Devo dire che non finisci mai di stupirmi, caro Roccuzzo...»

«Sono contento ti piaccia. Ho pensato che... magari, un giorno, se ci sposiamo, be', potremmo farlo qui!»

«Sposarmi io? Con te poi? E per giunta in chiesa! Non se ne parla proprio... eh, eh, ah, ah, aaah!»

Rocco, che ha imparato ormai a celare il suo disappunto, non fa una piega.

La passeggiata prosegue verso Campo de' Fiori. Si lasciano alle spalle l'Hotel Raphaël, teatro qualche settimana prima del lancio di monetine su Bettino Craxi. Di destra lei, più di sinistra lui, dopo varie discussioni, a tratti animate, avevano convenuto che era meglio non parlare di politica.

«Certo, l'hotel è proprio bello» si limita a osservare Giulia, decantando l'unicità del rampicante su tutta la facciata. «Guarda che meraviglia, è una cascata di vite americana, glicine e bougainvillea.»

Piazza Campo de' Fiori li accoglie con il sapore dell'attesa, per la cena, per la serata... è l'ora dell'aperitivo. L'atmosfera è così diversa dalla mattina, quando è un pullulare di bancarelle, frutta, fiori e persone assiepate a fare la spesa. Ci sono tavolini ovunque, persone di tutte le età che chiacchierano tra un drink e l'altro.

«Questo posto mi piace perché è camaleontico, un po' come me» dice Rocco.

Lui e Giulia, seduti a un tavolo della Vineria con in mano due calici di Grillo ghiacciato in mano, si guardano intorno divertiti.

«Ti piace questo bianco? È delle mie parti... mi piacerebbe farti vedere la mia Sicilia.»

«Ma io ci sono già stata...»

«Ho detto la *mia* Sicilia... vorrei che la vedessi insieme a me.»

«Vedremo, Roccuzzo...!» ride lei.

«Dài, parlo seriamente.»

Lei sembra riflettere per qualche istante. «In effetti potremmo fare una cosa...»

«Dimmi.»

«Potremmo andare a trovare i miei nonni in Calabria, al mare, e poi proseguire per la Sicilia. Che ne dici?»

«Dico che è una grande idea.»

«È qualche anno che non vado giù, e forse se ci sei anche tu sarà, diciamo... più semplice.»

«Non vedo l'ora! Poi in Sicilia ti faccio divertire... possiamo fare un sacco di cose, ti porto sull'Etna, poi magari ce ne andiamo a Taormina e...»

«Adesso calmati, e soprattutto non anticiparmi nulla... anzi, stupiscimi!»

«Ti stupirò, ti sorprenderò...»

«A questo punto io comincio ad avere fame, e tu? Il tuo giro prevede anche una cena?»

«Certo che sì, andiamo! Ho fame anch'io.»

Attraversano la piazza, passano sotto la statua di Giordano Bruno, e all'ingresso di un ristorante un signore li accoglie calorosamente.

«Benvenuti all'antica Hosteria Romanesca. Io sono Aldo e tu devi essere Rocco, il nipote di Paolo, giusto?»

«Sì, sono io, e lei è la mia ragazza... *pardon*, la mia amica, Giulia.»

«E che male c'è...? Amica, ragazza, che differenza fa?»

Giulia saluta compiaciuta. Aldo, un omone corpulento con i capelli scuri che gli arrivano alle spalle e due baffi dello stesso colore, le strizza l'occhio.

«Te piacerebbe a te avere 'na fidanzata così, eh...»

Rocco diventa subito rosso. «Ehm... mio zio mi ha detto che qui si mangia la vera cucina romana.»

«E ti ha detto la verità» risponde Aldo guidandoli a un tavolo all'aperto. «Allora, se parliamo di primo, possiamo fare una bella gricia, oppure un'amatriciana, una cacio e pepe. Se parliamo di secondo, invece, un bell'abbacchio alla scottadito, saltimbocca, straccetti, ossobuco...»

«Io prendo la gricia. E tu, Giulia?»

«Io vorrei della verdura... cicoria, magari, e poi i saltimbocca.»

«Perfetto. Bevete vino?»

«Sì, direi un bianco» risponde Rocco.

«Benissimo, questo lo offre la casa.»

Al tavolo accanto a loro, c'è una bellissima donna bionda insieme ad altre tre persone. I volti sembrano familiari.

«Quella è un'attrice famosa, Mara Venier» sussurra Aldo.

Forse incuriosita per quelle presenze vip, dall'ingresso accanto fa capolino la signora Sina. Con suo marito Giovanni gestisce la pizzeria di fianco all'Hosteria Romanesca, e il confine tra i tavoli dei due locali quasi si perde.

«Questa è una zuppa inglese appena fatta, se volete favorire...» annuncia il signor Aldo quando anche i piatti dei secondi, ripuliti fino all'ultima briciola, sono stati ritirati.

Rocco e Giulia accettano con entusiasmo, poi divertiti e appagati dalla cena escono dal ristorante. Nessuno dei due ha voglia di rientrare a casa.

«Ti va se facciamo un giro a Trastevere?» propone lei.

«Dài, sì, poi torniamo in autostop!»

«Può essere un'idea...»

«O al massimo prendiamo il notturno da piazza Sonnino.»

Camminano un po' senza dirsi niente, come assaporando in silenzio la città che li circonda.

«Ecco, questa invece è la mia piazza preferita» annuncia con una certa fierezza Giulia quando arrivano in piazza Farnese.

«Siamo alle solite... io, più popolare, ti porto a Campo de' Fiori e tu subito rilanci con l'ambasciata francese... *madame*...»

«*Monsieur*... piuttosto, ti ricordi la scommessa?»

«Quale scommessa? Ah, cazzo... ma non dicevo mica sul serio, dài!»

«No, no... l'hai detto: "Se finisco tutti gli esami di questa sessione mi faccio biondo". E ora devi mantenerla.»

«Ok, hai ragione. Domani mi faccio platino, tipo...»

«Tipo Steve di "Beverly Hills 90210"! Voglio proprio vedere.»

«Be', i ricci ci sono, il resto vedremo... e se poi ti divento irresistibile?»

«Correrò il rischio... ah, ah, ah!»

«Ehi, ma siamo in via Giulia!» esclama Rocco sotto il cartello toponomastico.

«La mia via!»

Mentre proseguono diretti a piazza Trilussa, Rocco e Giulia si lanciano occhiate, sorridono. Lei è sempre la prima a distogliere lo sguardo, mentre Rocco continua a fissarla. Arrivati su ponte Sisto, tra un cantante di strada e qualche turista che scatta foto ricordo, anche loro si fermano ad ammirare il Tevere e il panorama.

È tutto perfetto, sembra una cartolina, il set di un film. Il cielo di una sera romana, loro due seduti sotto a un lampione come gli innamorati di Peynet, la cupola di San Pietro illuminata sullo sfondo. Rocco ha aspettato quel momento, lo ha immaginato tante volte. E ora che è lì con lei sente il suo battito che accelera. Le parole gli si affollano nella testa.

«Sai una cosa? Sono contento di stare con te...»

Giulia si ferma a osservarlo, questa volta non distoglie lo sguardo.

«Spiegati meglio...»

«Quello che ho detto. Se penso alla prima volta che ti ho visto... in pratica sei un'altra.»

«Anche tu sei un altro... e adesso mi piaci di più.»

Il respiro le si ferma un istante. Sente di aver detto qualcosa al di là del suo controllo, come se Rocco fosse riuscito in un'impresa. Infrangere la barriera che ha sempre posto tra lei e gli altri. Giulia abbassa lo sguardo verso il flusso del fiume, ora vorrebbe essere un ramo secco che si lascia trascinare dalla corrente senza opporre resistenza.

Rocco invece vorrebbe dirle, proprio in quel preciso istante, che da quella prima volta sulla scalinata dell'università non ha mai smesso di pensare a lei. Vorrebbe dirle che è innamorato di lei, e che non ha mai avuto le mani più umide di così. Invece, semplicemente, non le dice nulla. La tiene per un braccio, si avvicina sempre di più, fino a far perdere i contorni dei loro volti.

E la bacia.

Un bacio lungo. Nessuno dei due potrebbe dire quanto stia durando. Ma entrambi vorrebbero fermare quel momento, scattare una foto, ricordarlo per sempre.

16

5 agosto 1993

«*Pacta sunt servanda.*»

«Sì, sì, come no… vorrei vedere te. Comunque sì, l'ho detto e lo faccio.»

«*Alea iacta est*… te tocca, direbbero qui a Roma, indietro nun se torna.»

«Si vede che studi Legge, eh, mia cara avvocatessa Marzi!»

«Voglio proprio vedere se somiglierai di più a Billy Idol o a Mirko di "Kiss me Licia"…»

«Dài, non cominciare, quando fai così… comunque, Mirko anche no!»

«Eh, eh, ah, ah, aaah!»

«Speriamo bene, al massimo poi mi rado a zero.»

«Guarda che è stata una tua idea, eh.»

«Sì, sì… l'ho detto in un momento di disperazione, ma hai ragione.»

«Poi lavoriamo anche sul resto del look. Quest'estate ti voglio tipo pop star britannica, hai presente i Take That…»

«Ok, ci sto. Ma più Gary o più Robbie?»

«Devo decidere, dipenderà dai capelli.»

E alla fine, come promesso e mosso dalle migliori intenzioni, Rocco va dal suo barbiere di fiducia, pronto a dare seguito alla sua scommessa. C'era già stato un paio di giorni prima per avere qualche informazione.

«Certo, noi facciamo tutto: decolorazione, mèches, colpi di sole... quello che vuoi.»

Mamadou, il proprietario del negozio dietro casa, lo aveva rassicurato. Da quando viveva a Roma era sempre andato da lui. Ci era entrato per caso, girando per il quartiere, poi questo ragazzo sui trentacinque anni, originario della Guinea, con gli occhi vispi, la canottiera e i bicipiti in bella mostra anche in pieno inverno, aveva guadagnato la sua fiducia. E in effetti era riuscito a dare un senso ai suoi ricci. I suoi tagli riscuotevano un certo successo, tanto che anche Davide affidava la sua folta chioma, naturalmente bionda, soltanto a lui.

Alle nove spaccate, come da appuntamento, quella mattina Rocco, con il suo canestro di riccioli castani in testa, si presenta al Mamadou Barber Shop. Sulle vetrine, scolpito con l'adesivo, il nome del proprietario con sopra il disegno di una corona dorata. Rocco è il primo e, per ora, unico cliente. Il salone, un trionfo di specchi, neon e tronchetti della felicità, profuma ancora di detersivo misto a incensi che Mamadou è solito accendere di continuo. Nella sala accanto c'è Fanta, la sua fidanzata, dedita alle acconciature: rasta, treccine, applicazione di dread ed extension. Mamadou dà un tiro di sigaretta al mentolo, poi fissa Rocco attraverso lo specchio.

«Allora, *my friend*, sei sicuro? Sbiondiamo?»

«Vai, sbiondiamo. Mamadou, sono nelle tue mani...»

«Tranquillo, *my friend*, tranquillo.»

Specchiandosi nella cornice dorata, immerso in quella specie di giungla, con una mantellina scura addosso, Rocco si appresta, in silenzio, a salutare i suoi capelli scuri. Alla fine, la cosa lo sta divertendo e non vede l'ora di scoprire il risultato.

Mamadou si mette all'opera. Con la precisione di un chirurgo in sala operatoria, infila i guanti, armeggia con un pennellino in una piccola ciotola di plastica, quindi inizia a spalmare una sostanza dal colore indefinito – tra il grigio e il turchese – sui capelli di Rocco.

«Amico, ora mi devi sopportare un po', eh... *patience, patience*» aggiunge in francese.

Mamadou si muove come un artista in preda a un'estasi creativa: ogni pennellata sui ciuffi di Rocco sembra il movimento di una danza africana, i suoi bicipiti sembrano ancora più lucidi, i suoi occhi ancora più brillanti.

«Ora bruscia, eh. Ma tu devi avere *patience*, ok?»

«Ok, ma che vuol dire "brucia"?»

«Non bruscia?»

«Cazzo se brucia, in effetti brucia da pazzi!»

«*Normal, mon ami, normal...*»

L'odore dell'ammoniaca è ovunque. È talmente forte che Rocco non sa se sta morendo per la testa che comincia a friggere come una porzione di french fries da McDonald's o per le narici, a fuoco anche loro.

«Ora dobbiamo aspettare un po', eh... ok, *my friend*?»

«Un po' quanto?» chiede Rocco con voce sofferente.

«Più aspettiamo, più bianchi vengono, più felice sei tu, *non ami*... ok?»

«Cazzo, Mamadou, io non resisto, brucia troppo!»

«Dài, ancora *un peu*...»

Rocco non ce la fa più, vorrebbe soltanto che arrivasse un Canadair a spegnere l'incendio che ha in testa. D'improvviso, la paranoia di rimanere calvo lo divora. Il terrore, dopo quel trattamento, di non avere più un pelo in testa ha la meglio.

«Basta, Mamadou, levami questa roba, non ce la faccio più. Mi sto ustionando!»

«Ok, ok... tranquillo, *my friend*... sciacquiamo *très bientôt*... subito subito.»

Il getto di acqua tiepida, la mano delicata di Mamadou leniscono subito il fastidio. Rocco sospira sollevato.

«Adesso un po' di crema, poi asciughiamo e vedrai...»

Mamadou comincia una nuova danza, mentre con due phon dotati di diffusore asciuga i ricci di Rocco. Già da umidi, i capelli mostrano di aver cambiato colore. E, una volta asciutti, il risultato è sorprendente. Rocco si specchia senza dire una parola.

«Hai visto che belli, *my friend*?» Emette un lieve sospiro. «Ti avevo avvisato. Più resisti, più bianchi diventano...»

«Ehm...»

«Considerando tutto, sei come una rockstar, pronta per salire *on stage*, ok, *my friend*?»

«Ok, Mamadou.»

«Ti faccio un supersconto, ok? Sono quarantamila lire, sei mio fratello tu, ok?»

«Ok, grazie.»

Rocco, confuso e con la testa ancora dolorante, non sa cosa fare prima. Se tornare a casa e avere il responso di Davide o affrontare subito il giudizio di cassazione di Giulia. Opta per la seconda. Sul Vespone, il vento nei capelli gli dà un po' di sollievo, mentre la luce del sole, dentro lo specchietto retrovisore, li fa sembrare di un colore indefinibile.

Arrivato sotto casa di Giulia, non fa in tempo a citofonare che lei è già affacciata alla finestra.

«Eh, eh, ah, ah, aaah! Ah, ah, ah! Ah, ah, ah! Non ci credooo!»

«Cazzo ridi?!»

Già contrariato per l'ilarità di Giulia, in ascensore Rocco continua a specchiarsi sempre più perplesso. Quando, aperte le porte, se la ritrova davanti lei non ha ancora smesso di ridere.

«Sto male! Oddio, sto male...»

«Minchia, Giù!»

«Ma ti sei visto?»

«Dài! Sono un po'... arancioni, vero?»

«Arancioni? Sembri Pel di Carota, ah, ah, ah!»

«Ecco, lo sapevo...»

«Ma come cazzo ti ha conciato quello?»

«Non sai quanto bruciava, ho temuto di rimanere calvo...»

«Dài, però non stai male!» fa lei senza riuscire a smettere di ridere.

«Smettila!»

«Ora il punto è che così non puoi mica andare in giro...»

«Quindi mi devo rasare a zero. Chi la sente mia madre... non ci voglio neanche pensare.»

«Allora facciamo così, chiamo subito il mio parrucchiere Gino e vediamo cosa si può fare.»

La diagnosi di Gino è inesorabile.

«I capelli sono bruciati, impossibile schiarirli ancora... ma come hanno fatto a ridurti in questo modo?!»

«E quindi?» interviene Giulia completamente calata nel ruolo di *problem solver*.

«Quindi possiamo provare a scurirli con un leggero bagno di castano.»

Rocco ascolta frastornato. Terminato il trattamento by Gino Coiffeur, Giulia ringrazia soddisfatta. I capelli di Rocco, dall'arancione acceso, ora virano sul mogano chiaro. Lui è sempre più contrariato.

«Sembro uno di quei vecchi freschi di tinta.»

«Ma va'... almeno puoi uscire di casa... prima... non farmici pensare che muoio, eh, eh, ah, ah, aaah! Pel di Carota...»

«Per fortuna non mi ha visto nessuno.»

«Io sarei nessuno?»

«Tu sei tu...»

«Ora però concentriamoci sul da farsi, che la partenza si avvicina.»

«In effetti ci siamo, è dopodomani... e io devo ancora fare la valigia!»

«E soprattutto dobbiamo controllare la macchina di mia madre.»

«Andiamoci subito!»

All'ingresso del garage dove la madre di Giulia ha lasciato la sua Y10, il custode non li lascia neanche parlare.

«La signora Eleonora mi aveva avvisato. Ho controllato tutto, la macchina sta bene, dovete solo fare benzina.»

Rocco si preoccupa di ispezionare assicurazione e libretto. Giulia ringrazia il custode, e se ne vanno.

Il giorno dopo, nelle rispettive case, entrambi sono impegnati a fare i bagagli. Giulia ha quasi svuotato tutto il suo guardaroba sopra il letto, sempre più indecisa su cosa portare. Ha già riempito la valigia ma ancora, secondo lei, manca tutto.

«Siamo alle solite» si palesa sarcastica sulla porta Marta, che è venuta a trovarla per darle, in teoria, sostegno. Ma la sua voce è subito coperta dal suono del telefono. «Vado io.»

Dopo qualche istante annuncia: «Giù, c'è Rocco e... mi sembra un po' nel panico!».

Giulia si precipita in soggiorno, prende la cornetta.

«Rò, che succede?»

«Giulia, i capelli...»

«Cioè?»

«Ho fatto la doccia e con lo shampoo il fottuto bagno di colore di quel cazzo di Gino è andato a puttane...»

«Intanto calmati e non prendertela con Gino, che ci ha pure fatto una cortesia. Fammi capire bene.»

«In pratica non sono più arancioni e neanche come li avevo ieri... i capelli sono... come te lo spiego? Sono, tipo, rossastri.»

«Rossastri come?»

«Hai presente, che so... il cantante dei Simply Red?»

«Dài, figooo, ah, ah, ah!»

«Figo un cazzo... sto peggio di prima!»

«Tranquillo, adesso vieni qui e capiamo cosa fare.»

«Ok, anche perché non posso presentarmi dai miei così... arrivo.»

Poco dopo si ritrovano tra gli scaffali della Upim di via del Tritone alla ricerca di una di tintura per capelli. Optano per un nero intenso e Giulia, in un colpo solo, riesce a rimediare al pasticcio combinato da Mamadou e al fallimento di Gino. Improvvisata parrucchiera a domicilio, dopo aver rispettato alla lettera istruzioni e tempi di messa in posa, restituisce a Rocco un colore quasi normale.

«Be', se tutto va male hai un futuro in un salone!»

«Cos'è, ora fai pure il figo? Guarda che se non era per me...»

«Sì, come farei senza di te...»

«Puoi dirlo forte!»

«Vieni qui.»

Lui la tira a sé e comincia a baciarla. Sulla bocca, sulle

guance, sugli occhi. Si baciano, si annusano, finiscono avvinghiati sul letto.

«Sono contenta di partire con te.»

«Io di più, non vedo l'ora di portarti in giro per Ortigia.» Poi esclama: «Cazzo, siamo sdraiati sui tuoi vestiti!».

«Tranquillo, sono quelli che ho scartato. La vedi la valigia? È pronta.»

Rocco si volta verso un grosso trolley, con sopra un borsone voluminoso della stessa trama.

«Ma cosa c'è dentro? Manco stessimo espatriando...»

«Ma che ne vuoi sapere tu? Ci sono i vari cambi, le scarpe, i beauty...»

«Non ti serve nessun beauty, tu sei già bellissima così.»

A bordo della Y10 4WD nuova di zecca, comprata dalla signora Eleonora poco prima di partire per gli Stati Uniti, Rocco e Giulia prendono l'uscita del raccordo anulare in direzione di Napoli. Alla radio passano *What Is Love* di Haddaway, che loro cantano a squarciagola con i finestrini abbassati. Rocco accende una sigaretta attento a non rovinare i sedili-poltrona Frau scelti dalla mamma di Giulia.

«Non capirò mai che senso ha comprare una macchina nuova un mese prima di partire... mia madre è unica.»

Mentre Giulia riflette ad alta voce Rocco pensa che sia giunto il momento di tirare fuori una questione che lo attanaglia da giorni. Prende fiato e finalmente le chiede: «Quindi cosa diciamo ai tuoi nonni? Che io sono...?».

«Che sei Rocco.»

«Sì, ma sono un amico, o sono... il tuo fidanzato?»

«Fidanzato? Come sei antico... diciamo che... tu cosa dirai a tuoi?»

«Dirò: "Ecco, mamma e papà, vi presento Giulia, la mia ragazza, la donna della mia vita!".»

«Bene, allora dirò così anche ai miei nonni. Eviterei però di spingermi a dire che sei l'uomo della mia vita, eh, eh, ah, ah, aaah!»

«Ma il tuo ragazzo sì?»

«Be', sì. Mica bacio il primo che incontro per strada.»
«Quindi noi... stiamo insieme?»
«Be'... sì.»
Rocco preme sull'acceleratore con tutta la forza che ha. La macchina vibra come se dovesse esplodere da un momento all'altro. Così si sente Rocco, e così si sente Giulia, posando la sua mano su quella di Rocco, appoggiata sul cambio.
«Ora però rallenta, amore mio... ah, ah, ah!»
«Hai detto "amore mio"?»
Per tutta risposta, Rocco accelera ancora di più.
«Scherzavooo!» gli urla Giulia.
Qualche minuto dopo sono in sosta all'autogrill Alemagna. Giulia compra di tutto, una collana di ciucci di caramella, un multipack di Mars che poco dopo si scioglieranno sui sedili immacolati di Eleonora, due Sprite, tre pacchetti di Center Fresh alla menta, e una musicassetta del Festivalbar che sarà la colonna sonora del resto del viaggio.
Sono in autostrada da cinque ore, quando compare il cartello bianco con la scritta nera "Basilicata" barrata di rosso. Finalmente, sono arrivati in Calabria.
Entrambi esultano come dopo il gol di Altobelli alla finale dei Mondiali dell'82. Anche se ancora c'è un bel pezzo di strada da fare.
«Quanto manca?» chiede Rocco esausto e accaldato.
«Se non ricordo male un paio d'ore» dice Giulia.
«Cooosa?» sbuffa Rocco.
«Mettiti calmo e non farmi distrarre, che se no sbaglio strada!»

La casa dei nonni di Giulia è in un posto che a stento si trova sulla cartina del Touring Club Italiano di cui si erano muniti prima di partire. È in località Vallecchio, in aperta campagna, a pochi chilometri dal comune di Montauro, provincia di Catanzaro.
Salita una ripida strada asfaltata, in fondo a un viale sterrato un grande cancello verde annuncia l'arrivo a Villa degli Ulivi, proprietà dell'ingegner Ettore Mancuso.

Giulia scende dall'auto, suona il citofono. Una voce gentile e affettata chiede chi è.

«Nonna, sono io, Giulia!»

«Giulia, amore della nonna, veniamo subito ad aprirti.»

Poco dopo un signore alto dalla figura imponente, con folti capelli bianchi, si palesa al cancello. Più indietro una donna bionda, dall'aspetto curato e signorile, con indosso un abito lungo e al polso rumorosi bracciali d'oro. Dev'essere la signora Elsa, pensa Rocco.

«Ciao, nonno, come stai?»

«Sto bene e tu? Fatti vedere...»

Giulia è scesa dalla macchina per salutarli. Il nonno le prende la testa tra le mani e le dà un bacio sulla fronte, mentre Rocco accosta l'auto e spegne il motore. Al che l'ingegner Mancuso si affretta a dirgli: «Guardi, può parcheggiare qui sotto quell'ulivo... e faccia attenzione a non rovinare il prato!».

Ecco, siamo alle solite, pensa Giulia. Neanche siamo arrivati e il nonno sta già cazziando Rocco.

«Nonna, nonna!»

«Giulia, amore mio, vieni qui.»

Giulia le corre incontro e la signora Elsa la riempie di baci.

Due accoglienze che non potevano essere più diverse, pensa Rocco. E ora, sceso anche lui dall'auto, è arrivato il momento delle presentazioni.

«Ecco, lui è Rocco, il mio... sì, il mio fidanzato.»

La signora Elsa gli si avvicina: «Ben arrivato, Rocco».

«Ettore Mancuso, molto lieto» lo saluta formalmente il nonno. «Seguitemi, le valigie dobbiamo trasportarle a mano fino a casa, altrimenti il prato si distrugge.»

Giulia lancia un'occhiata complice in direzione di Rocco, già ampiamente istruito sulle dinamiche familiari.

Alla fine di un lungo viale delimitato da muri di pietra, oltre cui si staglia una vegetazione fitta e rigogliosa, si erge una villa bianca e bordeaux con il tetto a spiovente di tegole rosse.

«Che bello qui!» esclama Rocco.

All'interno li accoglie una grande sala con al centro un

camino rivestito di legno e mattoni. C'è anche una veranda, da cui si gode una vista inaspettata. Appena fuori, oltre il prato curato e verdissimo, che quasi pare un quadro a tempera, al di là di una ringhiera bianca di ferro che circonda il giardino e protegge dallo strapiombo, infatti, ecco il mare a perdita d'occhio.

«È il mio piccolo angolo di paradiso, pensi che ho acquistato questa proprietà nel 1960.»

Il nonno Ettore comincia a magnificare le meraviglie del luogo.

«Guardi laggiù, quello è l'oliveto, e a valle c'è l'agrumeto, lì sulla destra l'allevamento di api, qui sui terrazzamenti a sinistra l'orto...»

Rocco è estasiato. «In pratica è come essere al mare senza essere sul mare, e con in più tutta questa natura intorno... magnifico!»

«Proprio così, e la spiaggia è a tre minuti di macchina, meno di un chilometro.»

Giulia e sua nonna, nel frattempo, si sono rifugiate in cucina per raccontarsi le ultime novità.

«Ho pensato di sistemarvi su nella mansarda, nella tua vecchia casetta, magari ti fa piacere.»

«Non speravo altro, nonnina, non vedo l'ora di mostrarla a Rocco.»

«Mi sembra perbene questo tuo fidanzato, e poi ha gli occhi buoni.»

«È vero, nonna, mi vuole un sacco di bene.»

«Amore mio, non c'è cosa più bella e importante nella vita. Non fare come me... anzi, non sai cosa ho scoperto due settimane fa. Poi con calma ti racconto...»

«Ancora? Un'altra? E stavolta chi è?»

«È una vedova di Treviso. Si sono conosciuti in montagna, sai che a me non piace andarci, ma tant'è... anche nella vecchiaia non cambierà mai.»

«E tu come stai?»

«Mah, che vuoi? Vado avanti... ma ora non parliamo di me. Tua madre, piuttosto?»

«Ecco, lasciamo stare che è meglio...»
In quel momento il nonno e Rocco le raggiungono.
«Elsa, cosa possiamo offrire ai ragazzi?»
«Tè freddo alla menta fatto in casa, caffè freddo, caffè normale? O una bibita?»
«Io prendo il tuo tè freddo buonissimo, nonna!»
«Anche per me, grazie.»
Dopo qualche ulteriore convenevole, Ettore si fa di colpo serio e, rivolgendosi a Rocco, dice: «Come forse Giulia le ha anticipato, qui ci sono regole da rispettare. Si pranza tutti insieme alle tredici e la sera alle venti e trenta. Un tempo c'era anche l'orario per rincasare, ma la signorina ormai è grande, quindi fate come volete, senza esagerare...».
Elsa alza gli occhi al cielo, come a voler ridimensionare le parole del marito.
«Venite, andiamo su nella vostra stanza.»
Preceduto da Elsa e Giulia, Rocco trascina a fatica, e madido di sudore, l'ingombrante valigia della sua ragazza su per una scala a chiocciola di ferro che gli sembra non finire mai. Una volta in cima, però, la vista è da perdere la testa, ancora più suggestiva di quella che si gode dal giardino.
«Questa è la vostra stanza, lì c'è il bagno, nell'altra porta l'armadio» spiega la signora Elsa. «Ma tanto Giulia sa già ogni cosa...»
«È tutto come lo avevo lasciato...»
«Quasi tutto... nel frattempo abbiamo rifatto il bagno e tinteggiato. Per questo abbiamo levato i tuoi poster. Ora vi lascio, ci vediamo più tardi. Qualsiasi cosa vi serva, tu sai dov'è.»
«Grazie, nonnina, a dopo.»
Quando rimangono da soli, per prima cosa Giulia esce sul terrazzo e, immobile, si mette a fissare l'orizzonte. Rocco le si avvicina e si accorge che una lacrima le riga la guancia. La stringe da dietro e la bacia sul collo.
«Cosa c'è?»
«Nulla... li senti questi suoni? Il verso delle cicale, il cinguettio, il sottofondo ovattato della statale?»

«Sì, le cicale sono quasi assordanti...»

«Ecco, mi bastano questi suoni per... per farmi provare qualcosa di inspiegabile.»

«Che vuoi dire?»

«Come arrivo qui, come mi guardo intorno, i suoni, i colori, l'ineffabile sapore dell'aria, la grande quercia del giardino, gli ulivi secolari, persino le poche case che dominano la valle come quella casa colonica giù in fondo con le imposte celesti... persino l'azzurro del mare, del mio mare... ecco, tutto questo mi riporta alle origini... mi fa sentire a casa. Non so se riesci a capire...»

«Be', in un certo senso sì.»

«Forse per te non è così... ma io qui mi sento a casa, io che una casa non ce l'ho, io che non so dove sia mio padre e che ho una madre in giro per il mondo con il suo uomo di turno.»

Rocco le accarezza il profilo, osservandola in silenzio.

«Questo luogo mi ricorda giorni felici, quando i miei stavano insieme... non era tutto rose e fiori, sia chiaro, mio nonno non ha mai sopportato mio padre e non si sbagliava... qui è come se la tempesta che ho dentro, e che tengo a bada, esplodesse. È bello, eh, non fraintendermi, ma anche faticoso, e per questo sono felice che tu sia qui con me.»

«E io sono felice che tu condivida tutto questo con me. Io ci sono...»

Si guardano come incantati per qualche istante prima di rientrare.

Rocco si spoglia per fare la doccia, Giulia apre la porta della cabina armadio per disfare i bagagli.

«Non ci credo... guarda!»

«Cosa?»

«C'è ancora tutta la mia collezione di lattine... saranno centinaia, tutte diverse, le cercavo ovunque... pazzesco.»

Adagiati sul lettone dove Giulia ha trascorso le sue estati da teenager, si addormentano abbracciati.

Giulia è la prima a riaprire gli occhi dopo quel breve riposo, e a suon di baci sul collo sveglia anche Rocco.

«Vuoi venire in un posto pazzesco?»

«Ehm... solo se mi fai dormire altri cinque minuti...»

«Eddài, andiamo» insiste lei continuando a baciarlo.

E così, armati di un bastone di legno a testa, si avventurano per i sentieri della campagna dei Mancuso. Ettari ed ettari di terra coltivata.

«In pratica tutta la collina è vostra?»

«Sì, fino a giù a valle... proprio dove stiamo andando adesso.»

Come una scout esperta, Giulia guida Rocco tra ulivi, gigantesche piante di fichi d'India, alberi di frutta, fino al grande aranceto circondato da un muro di pietra.

«Vieni con me.»

Giulia ci si arrampica e poi salta giù dall'altra parte sparendo alla vista di Rocco, che si precipita a vedere dove sia finita. Al di là del muro scorre un torrente. Giulia gli fa segno di seguirla. Dietro un fitto canneto, tra grossi massi e arbusti, si nasconde una piscina naturale con delle cascatelle, sembra una sorgente.

Senza dire nulla, Giulia si toglie i vestiti di dosso e si immerge in quell'acqua cristallina.

«Vieni, è bellissimo.»

Rocco non se lo lascia dire due volte.

Divertiti e rinfrescati, cominciano a baciarsi nell'acqua gelata.

«Tranquillo, qui non viene nessuno, non ci vede nessuno» lo rassicura Giulia.

Si abbracciano, si toccano. Lei è seduta sopra di lui.

«Fermati» sussurra Giulia.

«Ti voglio da impazzire.»

«Lo so, e ti voglio anche io... ma non qui.»

«Ok. Però io voglio farlo, io ti voglio.»

«Sono già tua, mi avrai.»

Rocco si butta sott'acqua con la testa.

«Tu così mi fai diventare pazzo...» dice riemergendo.

«A un certo punto sembrava una scena di *Laguna blu*...» ride lei.

Risaliti a casa, ad accoglierli è un profumo che risveglia d'un colpo il loro appetito.

«Potrei già dirti cosa sta preparando la nonna...»

«Non rovinarmi la sorpresa!»

Alle otto e mezza in punto sono tutti a tavola. L'ingegner Mancuso siede al centro, a dominare la scena. Sua moglie a un capo del tavolo, Rocco all'altro, Giulia di fronte a suo nonno.

«In ordine sparso» comincia a spiegare nonna Elsa «parmigiana di melanzane, frittelle di fiori di zucca, patate e peperoni, pomodori ripieni di riso, fagiolini saltati, ratatouille di verdure, e poi insalata di pomodori e cipolla, ricotta fresca del contadino, pecorino con miele locale... insomma, spero di non aver dimenticato nulla. A questo punto, si mangia!»

Giulia ha gli occhi che le brillano. «Lo sapevo, il mio menu preferito...» Alla vista di tutto quel ben di Dio anche Rocco è in visibilio. A ristabilire l'ordine ci pensa Ettore.

«Giulia, cosa ti ho sempre detto? Come diceva mia madre, a tavola, e a tavolino, si vede il signorino. Dunque, mi raccomando, composta.»

«Nonno, non ho più dieci anni» replica spazientita lei.

«Lasciala stare!» interviene con tono deciso Elsa.

«Allora, giovanotto, mi dica... anche lei studia Giurisprudenza come mia nipote, giusto? E per dopo che progetti ha?»

Rocco cerca Giulia con lo sguardo e lei gli fa segno di rispondere.

«Be', io in verità non lo so...»

«Come sarebbe a dire che non lo sa?»

«Dài, Ettore, lasciali stare, sono ragazzi... farà quello che desidera.»

«Elsa, ti prego, sento odore di bruciato. Vai a vedere piuttosto che non ci sia qualcosa nel forno...»

Lei si alza di scatto e si dirige verso la cucina. Giulia la segue.

«Nonna, lascialo perdere, è il solito.»

«Sì, sì, lo so, è che… guarda, un giorno o l'altro lo mollo e me ne torno in città.»

A tavola, intanto, prosegue l'intervista a un Rocco sempre più a disagio.

«I miei avrebbero voluto che facessi Economia per poi occuparmi delle aziende di famiglia, io invece… insomma, alla fine ho scelto Legge, poi si vedrà.»

«Avvocato, notaio, magistrato, diplomatico… tante strade si aprono, basta saperle percorrere.»

Il pranzo prosegue. Alla fine, dopo essere andata di là, Elsa rientra reggendo un grande vassoio con sopra un profiterole su un unico strato, sormontato da ciuffi di panna.

«Il dolce è servito!»

«Nonna!» esclama Giulia stupita, non si aspettava perfino quello.

«So che è il tuo preferito.»

«Sei la nonna migliore del mondo, grazie!»

Effettivamente, il dessert addolcisce l'atmosfera. Per il caffè e l'amaro Ettore guida tutti nel suo studio, dove tra libri, pubblicazioni ed enciclopedie, dietro a una imponente scrivania di legno massello, spicca un grande quadro.

«Lei si intende di arte?» chiede Ettore notando quanto Rocco ne sia rimasto colpito.

«In verità sì e no…»

«Conosce questo artista?»

«Credo di aver visto qualche altra sua opera, sì, ma non saprei dire chi sia.»

«È Mimmo Rotella, il più grande artista della nostra città, uno dei più quotati del momento. Io sono un appassionato e ho varie sue cose…»

«Ti ricordi che mi hai promesso che la *Marilyn* la regalerai a me, vero nonnino?»

Giulia non perde occasione per sfidare suo nonno, che però a questo punto della serata sembra più malleabile di prima e si limita a sorriderle.

«Ragazzi, stasera avete in mente di uscire?»

«Mah, forse domani…» risponde Giulia. «Stasera ce ne

stiamo tranquilli qui. Siamo ancora stanchi per il viaggio, e poi domani voglio portarlo presto al mare, prima a Caminia, poi al Glauco.»

Salutati i nonni, Giulia e Rocco si ritirano nella mansarda al terzo piano.

«Certo che tuo nonno è un personaggio.»

«E che santa, mia nonna… prima o poi lo manda a fanculo.»

«Dici?»

«Tra l'altro la riempie di corna…»

«A quest'età?»

«Sì, lo fa da una vita e continua… il bello è che lei lo sgama sempre!»

«Ah, ah, ah! Ma poi lei è bellissima, così elegante.»

«Sì, è bellissima e io la amo.»

«Mai quanto io amo te.»

«Cosa?»

«Ebbene sì, io ti amo.»

«Eh, eh, ah, ah, aaah!»

«Vieni qui. Te lo ripeto, io ti amo, Giulia, come non ho mai amato prima in vita mia.»

«E perché dovrei crederti?»

«Perché è la verità. Perché amo tutto di te. Amo i tuoi occhi che parlano anche quando sei muta, amo lo spazietto che hai fra i denti, la tua bocca, amo il tuo neo sotto al seno destro, amo il tuo odore, i tuoi fianchi, le tue caviglie sottili, amo la tua risata, il fare da diva, amo la tua testa, la tua forza e le tue fragilità. Amo il tuo respiro. Io, Giulia, ti amo.»

Giulia non dice una parola. Poi, come di scatto, comincia a baciarlo su ogni angolo del viso, tranne che sulla bocca. Neanche Rocco le cerca le labbra. Inizia a toglierle i vestiti. Le sgancia il reggiseno, le sfila le mutande. I loro respiri si fanno a mano a mano più pesanti. Lui le sfiora la bocca con le dita, la sfiora ovunque, ne delinea i contorni. Indugia sulla sua pelle liscia, creando disegni immaginari. Poi le infila la mano tra le gambe, la sente bagnata. La tocca, si inumidisce le dita con la saliva. Le si mette sopra e, lentamente, fa per entrare.

«Piano, fai piano...»

«Faccio pianissimo.»

«Non farmi male, sai che non l'ho mai fatto...»

«Non ti farò mai del male, sei la cosa più importante che ho.»

Quando finalmente lui entra, Giulia vorrebbe urlare. Non sa se è più forte il dolore o il piacere, di sicuro sa che ha aspettato tanto quel momento. Sa di aver fatto bene, Rocco è quello giusto, Rocco è il suo grande amore.

Insieme ansimano di piacere. Più di una volta sono costretti a tapparsi la bocca a vicenda, per evitare che i nonni, giù da basso, li sentano urlare.

Poi, restano avvinghiati per un tempo indefinito, grondanti. Desiderosi di prolungare la sensazione di avere il piacere dell'altro addosso, come spalmato su di sé.

Rocco chiude gli occhi, ripensa a tutte le volte che ha fatto l'amore, ad Agata, ed è consapevole che non è mai stato così. Si sente esausto, e al tempo stesso pieno di vita.

All'improvviso Giulia si alza, trascina il lenzuolo dietro di sé, non si accorge che c'è una leggera chiazza di sangue.

«Vieni fuori con me?»

Lo spettacolo che li attende è difficile da dimenticare. Stesi su un materassino di fortuna, entrambi contemplano il cielo.

«Lo facevo tutte le sere, a volte mi addormentavo qui con mio fratello.»

«Non ho mai visto un cielo simile, c'è praticamente tutto...»

«Io so distinguere solo il Grande Carro e l'Orsa Minore.»

«La vedi quella stella che finisce, l'ultima del Piccolo Carro?»

«Sì, la vedo.»

«Quella è la Stella Polare, quella sei tu per me.»

17

8 agosto 1993

La luce dell'alba li sveglia prepotente. Giulia si fionda subito sul terrazzo, è sempre stata affascinata dal sole che sorge. E la vista dell'aurora in mezzo al mare, quel fascio dorato che sembra una lama, nella baia tra Calalunga e Soverato, le riporta alla mente quando, qualche anno prima, rincasava a notte fonda con la complicità di nonna Elsa che, di nascosto dal nonno, le lasciava socchiusa la portafinestra della cucina. Tornata a letto da Rocco, comincia a baciarlo, finché lui non riapre gli occhi.

«Che ore sono? Rimettiti a dormire...»

«È l'alba... ormai sono sveglissima» sussurra lei continuando a baciarlo ovunque.

«Dài, dormiamo un altro po'...»

«Svegliati, su, ti porto in un posto bellissimo.»

Con gli occhi ancora socchiusi, Rocco accetta suo malgrado. Il tempo di infilarsi un costume e una maglietta e sono già sul vecchio Sì di lei, miracolosamente partito al primo colpo. Alla guida di quel motorino color grigio topo, con l'adesivo di Woodstock attaccato sul paraurti posteriore, Giulia percorre la statale 106 con Rocco ancora mezzo addormentato avvinghiato alla sua schiena, accelera. Come quando era ragazzina percorre quei sentieri, l'attesa del treno, il passaggio a livello che si alza e spalanca la via per il mare. A tratti sente il cuore scoppiarle dentro il petto. Una valanga di ricordi le affolla la mente. Ogni tornante, le insegne, i nomi delle spiagge, i lidi sono i set del suo personale videoclip: il primo bacio sulla spiaggia di Muscettola, i falò fino all'alba, i tuffi dalla punta della scogliera, le serate in discoteca a Pietragrande. A distanza di anni ogni cosa le appare più piccola. Anche il suo amato motorino, complice di tante avventure solitarie, le sembra all'improvviso esile, un triciclo su cui stanno a stento, in due quasi non entrano sul sellino stretto e lungo.

Tutto è diverso adesso, anche perché con lei c'è Rocco. Il suo ragazzo, il primo con cui ha fatto l'amore. In fondo doveva accadere proprio qui, nel posto delle mie emozioni più profonde, riflette.

«Ehi, ma sai dove stiamo andando?» protesta lui con la voce ancora impastata.

«In realtà... ecco, mi sono distratta. Ma come vedi tutte le strade portano al mare, qui.»

«Che ne dici se ci fermiamo al primo bar? Urge un caffè...»

«Aspetta, prima ti porto in un posto.»

Alla fine di una discesa stretta e piuttosto tortuosa, in un groviglio di case bianche, cancelli di ferro, muretti ricoperti di edera e persiane celesti, oltre il ponte della statale si spalanca ai piedi della montagna una lunga spiaggia di sabbia bianchissima.

«Eccoci, questa è la baia di Caminia, vieni con me!»

«Questa spiaggia è uno spettacolo.»

Giulia e Rocco corrono verso il mare, che è di un verde chiarissimo. L'acqua è talmente limpida che il fondale si può ammirare come dietro a un vetro appena lucidato. Giulia è la prima a tuffarsi, Rocco la segue un attimo dopo.

«È gelata... però è una bella sensazione, finalmente mi sono svegliato.»

Qualche bracciata e, oltrepassata la scogliera, si ritrovano su una spiaggetta incastonata tra le rocce. Una lingua di sabbia che sembra fuoriuscire dalla gola alta e profonda che sorge alle sue spalle.

«Questa è la grotta di San Gregorio, il mio posto sicuro.»
«In che senso "posto sicuro"?»
«Quando sono in ansia per qualcosa, chiudo gli occhi, mi immagino qui e mi calmo subito.»
«E funziona?»
«Sì, è una tecnica, me lo ha spiegato una mia amica psicologa.»
«Tipo, prima di un esame tu pensi di trovarti qui e ti passa l'ansia?»
«Proprio così.»
«Se lo dici tu... comunque, è davvero magico 'sto posto!»
«Dài, entriamo.»

Circondati dalle pareti di roccia, Rocco e Giulia si stendono sulla sabbia. Davanti a loro solo il verde smeraldo dell'acqua. Non c'è nessuno. Gli unici rumori, la risacca del mare e il rimbombo della grotta.

Lì dentro, si amano con ancora più foga della notte precedente. Per strade diverse, entrambi hanno aspettato quel momento. Entrambi hanno la sensazione netta di essersi trovati. E ora Giulia è finalmente libera di rivelare tutto il suo piacere.

«Ti amo, io ti amooo» urla Rocco, e le sue parole riecheggiano nell'antro. Lei lo stringe così forte da affondargli le unghie nella pelle. Lui fa per morderla, poi la succhia forte sul collo. Quando ritrae la bocca, vede impresso il suo segno.

«Ti ho riconosciuta tra mille.»
«Promettimi che ci sarai sempre, per me.»
«Certo che ci sarò. Di cosa hai paura?»
«Ho paura che, come tutti nella mia vita, anche tu mi lascerai.»
«Io non ti lascio, io sono qui e sto qui con te.»
«Anche io credo... sì, insomma, credo di amarti.»
«In che senso "credi"?»
«Credo, nel senso che... ora è troppo complicato...»
«Non ti preoccupare, io mi accontento, e ti aspetto.»

Si stringono di nuovo. Restano ancora un po' ad ascoltare l'onda leggera che si infrange sulla battigia.

«Che dici, ora me lo sono guadagnato un caffè?»

«Ti sei guadagnato molto di più di un caffè.»

Con il sale sulla pelle, e i capelli ancora umidi, mentre le famiglie con le auto cariche di ombrelloni, sedie-sdraio e borse frigo scendono verso il mare, Rocco e Giulia risalgono su per la strada. Ma sono troppo pesanti per il vecchio Sì, e Rocco è costretto a pedalare un po'. Uno sforzo ripagato poco dopo dalla granita al caffè e dalla brioche con il tuppo di Enzo, a Montepaone Lido.

«Te lo avevo detto che è da perdere la testa.»

«Guardati, hai la panna ovunque...»

Giulia gli riempie la bocca con un cucchiaio pieno di cremolata alle mandorle, lui la bacia e le ruba la panna ai bordi del labbro.

Poi di colpo lei comincia a ridere: «Mi sa che abbiamo un piccolo problema!».

«Che problema?»

«Non so come dirtelo...» ride ancora lei fissandogli la testa.

«Dirmi cosa?»

«No, giuro, non ho il coraggio...»

«Dài, che mi devi dire?»

«Guardati un po' nello specchietto del motorino...»

«Cazzo, no.»

«Eh, eh, ah, ah, aaah!»

«Ma... ma... ho i capelli... rosso fuoco...!»

«Evidentemente il sole e l'acqua di mare te li hanno di nuovo schiariti.»

«Ma così, di colpo?»

«Eh, che ne so... però non stai male, a me piaci!»

«Cazzo ridi? Ah, ah, ah... be', in effetti, ah, ah, ah! Sai che ti dico? A 'sto punto chi se ne frega!»

«Sei la mia popstar, ah, ah, ah!»

«L'unica cosa è che i miei mi romperanno le palle, vedrai.»

«Vabbè, puoi sempre dire che è colpa di una scommessa.»

«Ma sì!»

Il resto dei giorni scorre veloce, e Rocco ha l'occasione di festeggiare il suo compleanno insieme a Giulia, nella sua amata Calabria, che ora ama anche lui, poi in un attimo è già tempo di ripartire alla volta di Siracusa. Il commiato da Elsa ed Ettore è praticamente la fotocopia del benvenuto: l'affetto e le dolci raccomandazioni di lei, il rigoroso e formale arrivederci di lui.

«Mia nonna ti adora» gli dice Giulia con gli occhi pieni di amore.

«Alla fine sono piaciuto anche a lui, mi sa» dice Rocco con una punta di spavalderia.

Nell'euforia di mostrare tutto o quasi a Rocco, pochi minuti dopo la partenza lei gli chiede di fermarsi per un ultimo scatto-ricordo di quei giorni calabresi.

Si fermano di fronte all'insegna HOTEL HAMILTON, poco prima di una galleria, e Giulia lo guida all'interno fino a una terrazza a picco sul mare con vista sulla spiaggia di Copanello, uno dei suoi tanti posti preferiti. Il proprietario si offre di fotografarli. Sul piccolo schermo della Panasonic acquistata da Rocco qualche anno prima in America, ci sono lui e lei abbracciati, immersi nel blu del cielo e nel verde del mare, anche se a risaltare davvero, nella foto, è il rosso carminio dei suoi capelli.

Sulla nave *Caronte* che li traghetta verso la Sicilia, Rocco e Giulia contemplano il sole che tramonta sullo Stretto di Messina, alle loro spalle la Calabria, i giorni vissuti a casa di lei, la loro prima volta, qualcosa che ricorderanno per sempre.

«Tu sai riconoscere la felicità?» chiede Rocco.

«In che senso?»

«Sai riconoscere un momento di felicità mentre lo stai vivendo?»

«Forse, non ci ho mai pensato... e tu?»

«Sì. E, esattamente in questo momento, io sento di essere felice.»

«A volte questa tua sicurezza mi fa impressione.»

«In fondo è una domanda semplice...»

«Che io non mi sono mai fatta.»

«Allora te la faccio di nuovo. Sei felice?»

«Ora che ci penso... in questo preciso momento anche io sono felice.»

Lo sguardo di Giulia è filtrato da un paio di grandi occhiali da sole. Lui la abbraccia. Entrambi indossano un panama, con una conchiglia cucita sulla falda, acquistato poco prima in un bazar lungo la strada. Un regalo che Giulia aveva voluto fare a tutti e due.

Un suono come di sirena avvisa che manca poco all'arrivo. In macchina, pronti a ripartire, Giulia e Rocco osservano il grande portellone che si apre, un movimento lento e sincronizzato accompagnato da un rumore di catene fino al tonfo finale, quando la lastra di ferro tocca terra. I palazzi di Messina sono così vicini che, quando le auto si mettono in moto, sembra quasi di finirci dentro.

«*Welcome to Sicily!*» urla Rocco abbassando per un momento il volume della radio.

Giulia gli si avvicina e gli appoggia la testa sulle gambe. Con i finestrini spalancati e la radio tornata a tutto volume, insieme sfrecciano verso Siracusa.

«Che macchina assurda è questa Y10» fa Rocco con aria di sufficienza all'imbocco dell'autostrada per Catania. «È proprio una cosa da femmine.»

«Ecco, giusto il tempo di toccare il suolo siculo che già ti sei immedesimato nella parte del Gallo... di nome e di fatto!»

«Ma no, è solo che qui lo noto di più. Ti farò vedere io il vero gallo che è in me... ah, ah, ah!»

«Non vedo l'ora... piuttosto, ricordati che dobbiamo prendere un regalo a tua madre.»

«Sì, sì...»

«Sei pronto ad affrontarla?»

«In che senso?»

«Be', non credo sarà felice di vedere suo figlio in versione Pel di Carota!» ride lei.

«Cazzo, me n'ero dimenticato! Vabbè, mi terrò su il panama, poi vediamo...»

Se il nonno di Giulia si era limitato a un beffardo: «È una nuova moda?», e nonna Elsa gli aveva affettuosamente detto: «Dài, non si nota tanto...», Rocco sapeva che con sua madre, la signora Adele, non avrebbe avuto scampo.

Presa la statale in direzione di Siracusa, ben presto si ritrovano imbottigliati nel traffico. La strada è affollata di mezzi pesanti e di auto di villeggianti o di famiglie cariche di borsoni, e con portabagagli pieni di valigie, biciclette e chi più ne ha più ne metta. Di fronte a loro c'è una roulotte a rimorchio di una Opel Kadett. All'interno due bambini che ogni tanto spuntano festosi dai finestrini.

«Una volta anche noi siamo stati in campeggio» racconta Giulia. «È l'unica vacanza che ricordo di aver fatto con i miei, tutti assieme.»

«Dài, e quanti anni avevi?»

«Cinque, credo, o forse sette. Eravamo in Calabria. Mamma aveva litigato con nonno Ettore per colpa di lui, che non è mai stato ben visto in famiglia, e allora per ripicca lui aveva preso una roulotte e siamo stati lì più o meno un mese. Uno dei pochi ricordi felici, forse l'unica estate in cui siamo stati una famiglia... ma lasciamo perdere...»

«*Lui* sarebbe tuo padre?»

«Sì, lui.» Giulia si rabbuia all'improvviso.

«Come si chiama? Non me lo hai mai detto.»

«Non te l'ho mai detto perché non c'è motivo di dirlo. E non so perché siamo finiti a parlare di lui, non voglio rovinarmi questo momento...»

«Non volevo farti intristire. Ti amo.»

«Anche io... anche io ti amo. E mi dispiace se ogni tanto mi perdo... nei pensieri, intendo. Era un po' che non andavo dai nonni, ed è evidente che vederli, vedere quel posto, stare in Calabria... insomma, qualcosa si è mosso dentro di me.»

«Dài, ora per farti tornare il buonumore ti presento i miei.»

«Non vedo l'ora...»

«Ah, ah, ah!»

«Tu scherzi? Sono un po' agitata... è la prima volta che conosco i miei suoceri!»

«I suoceri, sì... vedrai, mia madre ti squadrerà da cima a fondo.»

«Smettila che mi viene l'ansia sul serio.»

La villa dei Gallo è circondata da un recinto di cemento bianco e rampicanti verdi, e dal cancello si scorge soltanto il tetto.

«Mamma, papà, siamo arrivati!» comincia a urlare Rocco dal giardino, curatissimo e con il prato all'inglese.

Pochi istanti dopo, Adele e Antonio sono sulla porta di casa.

«Uggesù, e che cosa hai fatto ai capelli?!» sbotta lei senza neanche bisogno di avvicinarsi, e solo in quel momento Rocco si accorge che dal panama spuntano alcuni ciuffi, irrimediabilmente rosso fuoco.

«Ciao, mamma... ehm, una scommessa alla fine degli esami...»

«Fatti vedere, vieni qua» interviene suo padre.

Rocco si toglie il cappello. «Dài, tanto ora li taglio...»

«Ma come *ti cumbinasti*? Roma ti ha dato alla testa?»

«Te l'ho detto, papà, domani vado dal barbiere... con il mare si sono schiariti.»

«Tu sei impazzito... ma come ti viene in mente?»

«E ora come fai ad *andare girando* qui che ti conoscono tutti?» rincara la dose lei.

Adele e Antonio sono inarrestabili. Giulia osserva in silenzio la scena. Per la prima volta da quando lo conosce, Rocco le sembra un pugile messo all'angolo, suonato. Così si limita a starsene lì ferma, le mani allacciate dietro la schiena. Con il suo abito lungo di pizzo bianco e le espadrillas con le zeppe dello stesso colore si sente un fantasma, si sente di troppo.

«E comunque lei è Giulia» fa Rocco, come per venirle in soccorso, ma anche cogliendo la palla al balzo per liberarsi dall'attacco incrociato dei suoi.

«Giulia, carissima, benvenuta!» esclama Adele. «Scusaci, ma questo figlio ci fa diventare matti. Fatti vedere... quanto sei bella!»

Dall'essere quasi un fantasma, Giulia si ritrova direttamente a dover subire una radiografia istantanea.

Adele è vestita di bianco, come lei. Indossa un lungo camicione di lino e due orecchini, bianchi anche loro. Ha i capelli neri raccolti in uno chignon e un filo di trucco. È bellissima, pensa Giulia, subito affascinata dal suo charme. Il bianco, su di lei, ha tutto un altro effetto.

«Benvenuta Giulia, io sono Antonio, il papà. Scusaci, ma tutto mi aspettavo tranne che vedere il mio primogenito conciato così...»

«Be', in effetti... diciamo che è la conseguenza di una scommessa, anche se il risultato lascia a desiderare... Comunque, Rocco mi ha parlato tanto di voi.»

«E lui ci ha parlato tanto di te. Ma forza, accomodiamoci. Mica vogliamo passare le ore qui in giardino. Prego, Giulia... cosa vuoi bere? Maria, Maria, sono arrivati i ragazzi!»

Adele si muove da una parte all'altra della stanza, è iperattiva. Giulia e Rocco si scambiano un'occhiata complice.

«È già pazza di te» le sussurra lui.

«Smettila, stupido!»

«Roccuzzo, Roccuzzo... *sciatuzzu*, fatti vedere!»

Tata Maria si è appena precipitata in soggiorno e per prima cosa ha stretto Rocco in un abbraccio, cominciando a sbaciucchiarselo tutto. Poi è il turno di Giulia.

«*Figghia mia, quanto si beddrha...* Gioiuzza, che piacere... Giulia...»

«Come avrai capito lei è la famosa tata Maria!»

«Sì, confermo: famosissima!»

Adele, intanto, continua ad aggirarsi per la casa.

«Tata, hai chiesto ai ragazzi cosa gradiscono? Ho appena fatto il tè freddo con limone e menta.»

«Mamma, dài, sono a casa mia, non essere formale.»

«Amore di mamma, fai come vuoi, certo...»

«Venite, vi mostro la vostra stanza» interviene Antonio «abbiamo finito i lavori. Vedrai, amore, che bello.»

I Gallo avevano acquistato quella villa all'Isola, nella penisola della Maddalena, affacciata sul grande porto di Siracusa, un paio di anni prima, e i lavori di ristrutturazione erano stati ultimati qualche mese prima dell'estate. Praticamente sulla spiaggia, è una costruzione bianca a due piani, con grandi terrazze di pietre di Modica e imposte azzurre. La vista dal terrazzo lascia Giulia senza fiato.

«Ma questo posto è uno spettacolo!»

«Guarda, là c'è Ortigia, si vede benissimo, e quello sulla punta è il castello Maniace.»

«E laggiù, quel profilo che si intravede?»

«È l'Etna. Incredibile, vero?»

«Sì.»

«Aspetta qui, tra poco vedrai che meraviglia... prendo due birre ghiacciate.»

«Di che si tratta?»

«Aspetta e vedrai... sono sicuro che non lo dimenticherai mai.»

Al piano di sotto, intanto, Adele è intenta a imbandire la tavola per la cena della notte di Ferragosto, mentre Antonio traffica sulla spiaggia alle prese con la barca in vista dell'uscita dell'indomani.

Quando Rocco risale, Giulia non si è mossa dal terrazzo, e il tramonto li sbalordisce entrambi mentre sorseggiano, abbracciati, le loro birre. In sottofondo, lo stereo che va.

«Conosci questa canzone?» fa Rocco.

«L'ho già sentita, ma non so come si intitola.»

«È *Corcovado*, di João e Astrud Gilberto. È forse la mia canzone preferita.»

«Corcovado come il monte del Cristo Redentore a Rio de Janeiro?»

«Sì, loro lo guardano dalla finestra, l'uno accanto all'altra, come noi in questo momento.»

E, quasi per magia, il cielo comincia a tingersi di rosa. L'isola di Ortigia è ancora più luminosa, i palazzi d'epoca, incastonati l'uno nell'altro, sono circondati da un'aura dorata. E a incorniciare il tutto, sullo sfondo, c'è l'Etna, stavolta nitido, con il fumo bianco che fuoriesce dalla cima, mischiandosi al cielo.

«Ho visto tutto questo decine di volte, ma con te è diverso.»

Rocco brilla anche lui di una luce mai vista. Giulia gli accarezza i capelli, che hanno di nuovo cambiato colore.

«È pazzesco. Sembra irreale.»

«In realtà l'ho fatto accadere io per te. È un tramonto africano. Guarda il cielo, che va dal giallo al rosa.»

«Sì, e il mare... di questo azzurro così insolito.»

«Sapevo che lo avresti amato...»

«Non mi aspettavo niente di simile.» Giulia gli sorride, un vento caldo e leggero le muove i capelli. «Sai che non mi sono mai sentita così?»

«Così come?»

«Così leggera e al tempo stesso piena di emozioni.»

«Non ci avrei scommesso, ma in fondo lo sapevo...»

«Cosa sapevi?»

«Che dietro quell'aria da diva si nascondeva un cuore romantico...»

«O un cuore di panna, ah, ah, ah!»

«Sì, un cuore di panna come il mio...»

«Rocco, Rocco, tra mezz'ora tutti a tavola!»

La voce della signora Adele, che irrompe dalle scale, infrange di colpo l'incantesimo. I due si guardano e ridono ancora una volta.

Poco dopo sono seduti in quattro per la cena di Ferragosto sotto al porticato affacciato sul mare. La tavola è quella delle grandi occasioni. Al centro, in un grosso vaso di ceramica bianco, un bouquet di frangipani e bougainvillea. Due candelabri d'argento illuminano i piatti e fanno scintillare i sottopiatti d'argento.

Il bianco è il colore dominante. Bianca è la villa, e di bianco sono, per un puro caso, vestiti tutti e quattro. Adele indossa un caftano acquistato l'anno prima a Positano, Giulia una maglietta e una minigonna, Rocco una polo, e suo papà Antonio una camicia di lino.

«Sembrate in divisa» ride tata Maria appena li vede.

La cena, annuncia Adele, è un omaggio a Rocco e alle sue pietanze preferite. Un modo per festeggiare, con qualche giorno di ritardo, anche il suo compleanno.

«Mamma, dimmi che c'è...» fa lui.

«Certo, la parmigiana con la ricetta di nonna Luisa, che fra parentesi sarà qui dopodomani! Così potrai passare un po' di tempo insieme a lei!»

«E presentarle Giulia! Che meraviglia!» esclama Rocco, doppiamente contento.

«Ho fatto poi due cose semplici» riprende a illustrare la signora Adele «il tonno con i peperoni fritti e la ruota di pesce spada impanato con i capperi.»

«Wow, la ruota! Posso impazzire...» esclama Rocco, che poi chiede: «Notizie di Elena?».

Elena, la sorella minore di Rocco, è negli Stati Uniti dalla stessa famiglia dov'era andato a stare lui.

«Sì, l'abbiamo sentita prima. Ti manda un sacco di bacioni, sta benissimo, e anche June ti saluta» risponde la signora Adele. «Magari domani li chiamiamo, così ci parli.»

La cena prosegue in un clima di cordiale formalità, papà Antonio interroga Giulia sulle sue ultime letture, le consiglia un paio di libri e di autori. Il padre di Rocco è un signore dall'aria mite e al tempo stesso austera, ha i capelli brizzolati e un paio di occhi chiari, tra il verde e il celeste, che per tutta la serata non hanno smesso di osservarla.

«Sono sicuro che ti potrebbe piacere *La musica del caso* di Paul Auster. Ho appena finito di leggerlo.»

«Io allora le consiglio, se non lo ha ancora letto, *Inganno* di Philip Roth, la storia di...»

«Due amanti nel loro rifugio.»

«Deduco che lo abbia letto...! Allora, a proposito di amori contrastati, le suggerisco *La voce delle onde* di Yukio Mishima.»

«Di Mishima ho letto *Confessioni di una maschera*. Una sorta di autobiografia...»

«Di un ragazzino che nasconde la propria omosessualità e poi...»

«E poi io ti devo fare i miei complimenti. Caro figlio mio, questa ragazza è un capolavoro... tienitela stretta!»

«Eh, eh, ah, ah, aaah! Non esageriamo...» risponde lei ridendo imbarazzata.

Ma Adele rilancia: «Mio marito ha ragione. Siete una bellissima coppia e noi siamo felici di vedere il nostro Rocco così, come posso dire... raggiante».

«Facciamo un brindisi, a voi e al vostro futuro luminoso. Salute!»

Poco dopo, Antonio prende suo figlio in disparte.

«Roccuzzo, parlo sul serio, non fartela scappare, questa Giulia è una ragazza d'oro. Bella, educata, colta, intelligente. E poi è innamorata persa. Glielo si legge negli occhi. Vedi di non fare minchiate come al solito, ah...»

«Ma quali minchiate, papà. Dài...»

«Guarda che non sto scherzando... è vero che sei giovane, ma una così non ti ricapita più.»

«Lo so, lo so.»

La serata prosegue a Fontane Bianche, dove Rocco ha appuntamento con tutti i suoi amici.

«Non vedo l'ora di presentarteli.»

«Finalmente conoscerò il mitico Salvo.»

Giulia non sta nella pelle all'idea di entrare nel mondo del suo fidanzato che, per l'occasione, ha tirato fuori dal garage la Honda Paris Dakar 125 con la quale scorrazzava quando non utilizzava il Vespone.

Al loro arrivo in moto, fuori dalla discoteca Le Piscine, il posto più in voga del momento, Rocco e Giulia hanno gli occhi di tutti addosso, e non solo per il rosso fuoco che spicca anche di sera sulla testa di Rocco. Insieme, sono bellissimi. Dalla folla si stacca un ragazzo moro con gli occhi scurissimi, si avvicina a loro.

«Salvuzzo *beddu*.»

«Roccuzzo, amico mio, ma che minchia *facisti* ai capelli?»

«Una minchiata, appunto...»

«Ah, ah, ah!»
I due si abbracciano a lungo.
«Vieni, ti presento Giulia. Lui è Salvo...»
«Ciao, Salvo, ho sentito tanto parlare di te.»
«Piacere, Giulia, e lei è Rosa, la mia ragazza.»
«Ti aspettavo, sai...» le fa lei. «Loro due insieme sono insopportabili» aggiunge indicando Rocco e Salvo.
«Posso solo immaginare!»
In un attimo Giulia e Rosa hanno già solidarizzato. Quella tra Salvo e Rocco è più di un'amicizia, è quasi una fratellanza. Sono stati compagni di banco dalle medie a tutto il liceo. Anche Salvo, come la maggior parte dei ragazzi qui, studia Giurisprudenza a Catania. Rocco è uno dei pochi che se ne sono andati lontano.
«Bene, che ne dite di buttarci nella mischia, anzi, nella samba?»
Gli sguardi di tutti non si staccano da Rocco e Giulia anche dopo il loro ingresso in discoteca, dove vanno per la maggiore le serate a tema Brazil. Salvo si muove come se il locale fosse suo, lì lo conoscono tutti. Qualche drink, e poi la pista decolla: con le loro coreografie, un gruppo di brasiliani arrivati da Roma per l'animazione fanno impazzire tutti. A un certo punto uno di loro, Italo, si piazza al centro e nella sua danza sfrenata coinvolge subito Giulia, la vera novità della festa.
Rocco li osserva guardingo, con una certa irritazione, ma non vuole fare la figura del fidanzato geloso. La situazione precipita però quando, dopo svariati passi di samba, Italo si lancia in una simil-lambada con Giulia. A quel punto non ci vede più, li raggiunge e la strappa letteralmente dalle braccia del ballerino.
Per qualche secondo cala il gelo, poi Italo sfodera un sorriso smagliante e riprende a muoversi come se nulla fosse accaduto.
Chi non l'ha presa altrettanto bene è Giulia.
«Ma che cazzo fai?»
«*Tu* che fai?»

«Stavo solo ballando...»

«E quello sarebbe ballare? E poi davanti a tutti i miei amici... che figura di merda mi fai fare?»

«Ah, quindi il punto è che ho osato ballare con un altro davanti ai tuoi amici?»

«Be', sì, e non solo...»

«Quindi ho ferito il tuo orgoglio di maschio siculo, vero?»

«Ma che minchia dici?»

«E sei pure geloso? Di un ragazzo dell'animazione, poi... che stava facendo solo il suo lavoro.»

«Minchia, Giulia.»

«Tu non hai capito proprio un cazzo.»

«Ok, sì, sono geloso... geloso, sì, tu sei mia, mia e basta.»

«Guarda che io non sono di nessuno.»

«Minchia, Giulia.»

«E poi tu mica sai ballare come lui... che devi fare, tu?»

Giulia lo sta sfidando? Senza pensarci due volte, Rocco l'afferra per un braccio e la porta fuori dal locale.

«Che devo fare io? Che devo fare? Vieni con me.»

Giulia lo segue, nessuno dei due si rivolge la parola. Sulla spiaggia, usciti dal cono di luce della discoteca, con l'eco della samba in lontananza, Rocco comincia a baciarla. Poi, di colpo, la prende in braccio, la porta dietro una barca ormeggiata sulla sabbia e, senza troppi preamboli, si distende su di lei. È dentro di lei. Giulia sospira. Lui le si muove dentro, lo fa come mai prima.

Stavolta è differente, c'è in lui come un vigore diverso, che cresce sempre di più. Per Giulia il piacere è talmente forte che una lacrima le riga la guancia.

Lui va avanti, non si ferma, in preda a un furore che sorprende entrambi. Ansimano. Finché Rocco non si scosta all'improvviso, urlando di piacere.

Da quel momento non si dicono più nulla. Non ci sono parole, dopo quello che è successo fra loro.

Tornati a casa, Giulia subito si spoglia e si infila sotto le lenzuola. Rocco fa lo stesso, ancora in silenzio. Lei gli dà le spalle. Lui le si accosta e la cinge da dietro. È di nuovo duro. Giulia finge di dormire. Non vuole dargliela vinta, anche se sa che lui ha già vinto.

E che lei, ormai, è totalmente sua.

L'indomani di buon mattino Antonio ha già preparato tutto per l'escursione in barca. Ha riempito il serbatoio del gasolio, pulito e messo in acqua il gozzo. Adele poi, con l'aiuto di tata Maria, ha preparato la pasta con il pesto fatto usando il basilico del suo orto e ordinato la torta con fragole di bosco, panna e crema di Cassarino.

Quando i ragazzi, ancora assonnati, si presentano sulla spiaggia lei è semplicemente perfetta: una fascia turchese sui capelli, copricostume dello stesso colore abbinato a vistosi orecchini in pendant, e un paio di occhiali scuri. Antonio, in versione mozzo, aiuta tutti a salire a bordo, destinazione Porto Grande. Lì li aspetta Tano, il marinaio che li porterà a fare il giro della costa.

Rocco e Giulia sono poco loquaci, comunicano a sguardi mentre lui cerca di assolvere ai suoi doveri di maschio primogenito e aiuta il padre a gestire al meglio l'escursione.

«Che eleganza tua madre, un look per ogni occasione» commenta Giulia.

«Ah, ah, dillo che ti sembra una Marta Marzotto in versione sicula!»

«Come hai fatto a capirlo?»

«Ormai ti leggo nel pensiero...»

«Eh, eh, ah, ah, aaah!»

Angela, la barca da diporto di legno bianco, è un vecchio peschereccio riadattato degli anni Sessanta, con due cabine e una dinette, il regno di Tano, che appena arrivati offre loro un aperitivo. Antonio comincia a descrivere a Giulia le tante bellezze di Ortigia, da quando l'ha conosciuta sembra avere occhi solo per lei.

«Vedi, Giulia, questo è il lungomare, quei palazzi ora dismessi hanno visto fasti importanti. Quello era l'albergo Miramare, accanto il Des Étrangers.»

Giulia annuisce rapita, mentre Adele ne approfitta per

abbracciare il suo Rocco che, nonostante lei lo abbia sempre dissimulato, è evidentemente il suo figlio preferito a discapito della piccola Elena.

«Che ne dite di un bel tuffo?» propone Antonio.

Sono arrivati intanto a una serie di calette con alle spalle alte rocce giallastre e davanti un mare cristallino e calmo.

«Siamo alla Pillirina, che in siciliano significa "la pellegrina". La leggenda narra che nei pressi della grotta vivesse questa giovane bellissima, la *pillirina* appunto, che si era perdutamente innamorata di un marinaio. Il loro letto d'amore era un tappeto di alghe trasportato dalla corrente. Poi, dopo una tempesta, il marinaio non fece più ritorno alla spiaggia e lei, distrutta dal dolore, decise di gettarsi in mare e raggiungere così l'uomo che amava.»

«Che storia…» mormora Giulia.

«Papà, l'avrai raccontata mille volte… la posso ripetere a memoria parola per parola.»

«Hai ragione» interviene suo padre «ma Giulia ancora non la conosceva. Anzi, sai che, sempre secondo la leggenda, nelle notti di luna piena i pescatori scorgono nella grotta il profilo di una donna? Ma, leggenda a parte, questo è anche un luogo storico perché qui, nel 415 a.C., gli ateniesi attaccarono per la prima volta Siracusa per conquistarla.»

Mentre suo padre continua a magnificare quel luogo e la sua storia, Rocco pensa a tutte le volte che su quegli scogli del Plemmirio ha fatto l'amore con Agata, e non solo.

«Tesoro, direi che adesso basta così» interviene Adele. «Tano, che ne dici se allestiamo per il pranzo?»

«Signora, è già tutto pronto.»

Sulla via del ritorno, il giro attorno a Ortigia fino allo scoglio dei Du' Frati, i "due fratelli", mostra a Giulia, sempre più affascinata dai miti e dalla magia di quel posto, un borgo bellissimo e decadente. Una sensazione che si rafforza in lei quando Rocco la porta alla scoperta dell'architettura della città.

Dopo l'immancabile panino al Troubadour, i due camminano lungo corso Umberto I, unica via con ristoranti e bar. Giulia però è curiosa, vuole andare nelle stradine, nei vicoli. Rocco prova a farla desistere, perché è una zona malfamata. Poi, arreso, guardandosi continuamente le spalle e con il passo accelerato, la porta allora fino alla Giudecca. E lì, affacciati sulla terrazza a picco sul mare, si baciano. Il vento soffia forte e loro si stringono l'uno all'altra, come per proteggersi.

«Quando soffia il libeccio è così...»

«Pensavo fosse lo scirocco, come in Calabria.»

«Questo è libeccio, viene da sudovest e si presenta in questo modo, a raffiche. Altrimenti qui soffia il grecale.»

La passeggiata attraverso il centro prosegue.

«Quanta bellezza, che spreco queste case abbandonate...» commenta Giulia osservando la decadenza di quello che un tempo doveva essere stato un gioiello di architettura e storia.

«Lo so, nel corso degli anni la gente si è trasferita a Siracusa città e ha abbandonato Ortigia.»

«Che peccato...»

«Sì, anche se dopo il terremoto di tre anni fa la città ha cominciato a rinascere.»

«Questo posto mi emoziona, mi rende triste e felice al tempo stesso. Ora capisco tante cose anche di te.»

«E quali?» domanda Rocco, sinceramente incuriosito.

«I posti dove siamo cresciuti raccontano di noi, non credi? In fondo durante questo viaggio ci stiamo conoscendo davvero.»

«Sì, lo credo anche io.»

«Un giorno ci tornerai?»

«Che domanda... forse sì, amo questo posto, a volte penso che vorrei fare qualcosa per la sua rinascita.»

«Allora ci trasferiamo qui, ah, ah, ah!»

«Sei pronta?»

«Per cosa?»

«Chiudi gli occhi, e lasciati guidare... Ora guarda! Sua maestà il duomo.»

Da via del Crocefisso a piazza della Minerva, affollata di

persone che passeggiano, il profilo del duomo si palesa ai loro occhi. Giulia resta a bocca aperta.

«Ti va un gelato?» domanda Rocco.

«Da pazzi...»

«Ti porto da Viola, *simply the best*.»

Mentre si fanno largo tra la folla, sulla sinistra, vicino alla cassa, Rocco riconosce all'istante la sagoma di una ragazza. Per un istante gli si gela il sangue.

«Cazzo, c'è Agata.»

«Agata?»

«Sì, la mia ex.»

Giusto il tempo di avvisare Giulia, e Agata, una salopette di jeans strettissima, il décolleté in evidenza e tacchi vertiginosi, è di fronte a loro. Accanto a lei, un ragazzo muscoloso con al collo una vistosa catena d'oro e parecchio abbronzato. Ma Agata nemmeno lo saluta, distoglie lo sguardo e cerca di cambiare direzione.

«Agata!» la ferma Rocco.

«Ah, ciao.»

«Che fai? Manco mi saluti?»

«Be', con questi capelli non ti avevo riconosciuto.»

Rocco finge di crederci. «Quanto tempo...»

«Ti presento Saro, il mio ragazzo. Lui è Rocco... è... un vecchio amico.»

«Ciao, Saro, piacere, e lei è Giulia... ehm...»

«Piacere, sono Giulia.»

Messa a fuoco Giulia, lei accenna una smorfia. «Piacere, Agata.»

«Sai, Rocco mi ha parlato tanto di te...» continua Giulia.

«Ah sì? E che ti ha detto?»

La tensione è palpabile.

«Allora Agata, come stai? Che combini?» interviene Rocco recuperata un po' di lucidità.

«Tutto bene.»

«Sono contento...»

«Nel frattempo mi sono iscritta a Medicina a Messina, sai, lì c'è mia zia.»

«Dài, brava!»
«E tu?»
«Be', sì... tutto bene...»
«Lei è, insomma... la tua ragazza?»
Rocco annuisce.
«Tesoro, ora dobbiamo andare che ci aspettano.» Saro interrompe in modo brusco la conversazione, visibilmente infastidito.
«Ciao, Rocco, devo andare...» fa lei.
«Ciao, Agata, mi ha fatto piacere rivederti.»
Rocco si avvicina per baciarla, lei si ritrae e gli porge la mano. Si lasciano così. Agata, abbracciata a Saro, gli dà le spalle e velocemente si incamminano. Neanche un cenno di saluto a Giulia. Rocco li osserva allontanarsi e per un attimo pensa a tutte le volte che hanno fatto l'amore. Ora al suo posto c'è Saro, li immagina avvinghiati sugli scogli, lui sopra di lei. Fantastica di quel corpo robusto e muscoloso intento a dimenarsi in un tutt'uno con quella che era stata la sua ragazza, lei spogliata della sua salopette di jeans che lo guarda voluttuosa mentre Saro se ne impossessa.
L'idea non lo disturba, anzi, sorprendentemente gli piace.
«A che pensi?» gli chiede Giulia, ha l'aria infastidita. È perché Agata e Saro se ne sono andati senza nemmeno salutarla, o c'è altro?
«A nulla...»
«Dài, te lo leggo in faccia che stai pensando a lei.»
«Ma no, è solo che...»
«Tranquillo, lo capisco, eh.»
«Lo giuro, non me ne frega nulla di lei. È solo che non la vedevo da un bel po' e...»
«Tranquillo, tranquillo. In fondo sei un cuore di panna siculo, ah, ah, ah!»
«Ecco, era un po' che non mi chiamavi così, ma ci sta. Dài amore, vieni qui, ti porto a casa.»
Giulia, come sempre, non si è sbagliata. Quell'incontro ha smosso qualcosa in Rocco. Ma lui sa che non può confidare a nessuno i pensieri che lo attraversano. Non può

dire a Giulia che nella sua testa si riaffacciano inarrestabili i momenti di intimità con Agata, le perversioni che era riuscito a sfogare con lei. Il sesso rubato, consumato voracemente ovunque. Quell'ossessione che gli aveva impedito di troncare la storia nonostante non la amasse più da un pezzo. Con Giulia è diverso, riflette Rocco, lei è l'amore, il mio più grande amore.

Il giorno dopo è di nuovo festa in casa Gallo, è il giorno di san Rocco e, come da tradizione, dai tempi del nonno, si comincia a gozzovigliare già di buon mattino. Il patriarca artefice dell'impero alimentare che lo aveva reso uno degli imprenditori più fortunati e conosciuti, non solo in Sicilia, aveva origini calabresi, suo padre era di Palmi, un paese in provincia di Reggio Calabria dove la festa di san Rocco è un vero e proprio evento. Una volta, da bambino, ci era stato anche Rocco.

La giornata scorre tra telefonate di auguri, brindisi, granite al caffè o al limone con brioche, e soprattutto preparativi per i festeggiamenti dai Gallo.

Concetto, il giardiniere, ha ripulito tutta la spiaggia di fronte a casa, sistemato i fari sul muretto esterno per illuminare il mare, posizionato i cavi e lo stereo. La festa, di fatto, sarà doppia: da una parte gli adulti sotto al porticato; dall'altra i giovani tra il giardino e la spiaggia.

Come promesso c'è anche la nonna Luisa, una signora elegante e curata, che non manca di fare tanti complimenti al suo adorato Rocco per la bellissima ragazza che ha portato lì in Sicilia. Giulia è subito colpita dalla sua affabilità e dalla parure in avorio che indossa: collana, orecchini e bracciali.

Adele ha imbandito uno dei suoi famosi buffet. Dall'aperitivo con le scacce modicane e l'immancabile focaccia di tuma e acciughe, fino al grande classico: il gelato di gianduia del Circolo Unione, un cono gigante ricoperto di cioccolato per il quale Giulia, nei giorni precedenti, è letteralmente impazzita. Lei, che dopo aver conquistato tutti in casa, ha concluso l'opera entrando anche nel cuore di Adele, rendendosi disponibile fin dalle prime ore del mattino per aiutarla nell'organizzazione della serata.

Rocco è raggiante e per l'occasione è anche andato dal suo barbiere di fiducia per un taglio drastico: obiettivo, ripristinare il suo colore originario.

«Così sei ancora più bello» lo accoglie in casa Giulia.

«No, tu sei bellissima, e io sembro bello solo perché ci sei tu accanto a me» le risponde lui.

Ancora una volta sono i più ammirati della serata. E se la maggior parte dei presenti si sperticano in complimenti alla coppia, qualche dama della Siracusa borghese sotto sotto ha il rimpianto di non essere riuscita a "sistemare" la propria figlia con il rampollo di casa Gallo.

In spiaggia si balla fino a notte fonda. E, mentre tutti in casa già dormono, Salvo e Rosa sono gli ultimi ad andare via.

Spenta la musica e le luci, Rocco e Giulia si ritrovano finalmente da soli in riva al mare.

«Contento della festa?»

«Sono contento, sì... ma quest'anno è tutto diverso... perché ci sei tu.»

Giulia si stringe a lui.

«Hai conquistato anche mia madre alla fine... come fai? Sono tutti pazzi di te.»

«Eh, eh, ah, ah, aaah! Non ti svelerò il mio segreto...»

«Vieni qui, fatti baciare... e poi che ne dici di un bagno?»

«Vado su a prendere il costume.»

«Non serve.»

Rocco inizia subito a spogliarsi e comincia a spogliare anche Giulia. Nudi, al buio, con il flebile riflesso delle luci distanti sul mare, si tuffano alla fine di una corsa. Nuotano felici, si abbracciano, si stringono, cominciano a fare l'amore sulla battigia seguendo il ritmo dell'acqua che si infrange sui loro corpi. Questa sera non è come ieri, tutto è più dolce.

«Sono pazzo di te.»

«E io di te.»
«Ti amo.»
«Anche io ti amo.»
«Sei, sei... tu sei la vitamia.»

18

10 ottobre 1993

Quasi ogni fine settimana, Rocco e Giulia dormono insieme a casa di lei. Il sabato e la domenica se la prendono estremamente comoda, si svegliano verso l'una e cominciano a pensare al da farsi.

Stamattina, però, Giulia ha messo la sveglia, che è suonata alle undici tra le proteste di Rocco. Hanno un appuntamento importante: finalmente porterà il suo ragazzo a casa di Lilli, una delle più care amiche di sua madre, e una sorta di vicemamma per lei, dal momento che la sua è da sempre in giro per il mondo. Rocco aveva accettato di buon grado l'invito, anche se la cosa gli procura una lieve ansia.

Due ore dopo sono sul Vespone, vestiti di tutto punto e con un vassoio di bignè crema e cioccolato preso da Regoli, l'antica pasticceria di via dello Stato vicino a piazza Vittorio.

Lilli li accoglie sulla porta di casa sua, in un palazzo in una traversa di via Cassia. È una bellissima donna di cinquant'anni, bionda e curata. È argentina, ma vive a Roma ormai da tanto tempo e parla perfettamente italiano, solo con un lieve accetto spagnolo che Rocco trova subito irresistibile.

«*Hola, amor* Giulia, come stai?»

«Bene, lui è Rocco, il mio ragazzo...»

«Benvenuto, Rocco, Giulia mi ha parlato tanto di te.»

«Anche a me Giulia ha parlato tanto di lei...»

«Di lei? E ora chi sarebbe lei? *Por favor*, non darmi del lei... io sono Lilli e ciao, ok?»

«Va bene, signora Lilli...»

«Signora? Mi vuoi prendere in giro? Lilli e basta, *vale*?»

«Ok.»

«Eh, eh, ah, ah, aaah! Guarda che lui è un timidone!» interviene Giulia.

«Sarà pure un timidone, ma ha un'aria furbetta» commenta Lilli divertita.

L'accoglienza è calorosa, la tavola imbandita. Lilli ha preparato, tra le altre cose, le *empanadas*, le preferite di Giulia, e un'insalata russa che Rocco prende per ben tre volte. La casa è in tipico stile borghese di Roma Nord, con grandi divani, cristalli ovunque, un'immensa vetrata che affaccia su un campo verde e un balcone pieno di piante.

Le ore passano veloci, complici la simpatia di Lilli e le decine di aneddoti e consigli con cui li intrattiene Giulia. A un certo punto, in sottofondo suona un cd di Astor Piazzolla, e Lilli si offre di dare lezioni di tango a Rocco. Lui accetta, imbarazzato, ma solo per non essere scortese. Mentre lo osserva muoversi a scatti, Giulia non smette di ridere, finché, tra un passo e un tentativo di riprodurre una *baldosa*, la figura con cui si disegna un rettangolo, è lui a lanciare un'occhiataccia a Giulia, agitando nervosamente l'orologio: alle sei hanno appuntamento al cinema Holiday con Davide e Marta.

All'uscita dal film, *Tina – What's Love Got to Do with It*, su Tina Turner, i due migliori amici coinquilini, insieme alle due amiche del cuore e vicine di casa, formano il quartetto perfetto.

Da qualche tempo, infatti, Davide e Marta hanno cominciato a frequentarsi, e i quattro sono inseparabili.

«Che storia pazzesca.»

«E poi la musica... la colonna sonora...»

Giulia e Davide sono entusiasti.

«Che ne dite se andiamo a farci un drink?» propone Davide.

«Ok... però scelgo io!» dice Marta.

«Tutto quello che vuoi! Vero, ragazzi?»

Rocco e Giulia annuiscono divertiti. A loro basta ormai uno sguardo per intendersi.

«Ci facciamo una birra all'Orsetto Elettrico?»

«Non è un po' presto per cominciare a bere?»

«Allora facciamo un salto al Gianfornaio?»

È Davide a prendere in mano la situazione: «Andiamo in centro, magari ci mangiamo una pizza alla Montecarlo e poi andiamo alle Cornacchie, che dite?».

«Marta...?» la incalza Giulia.

«Sì, buona idea...» fa lei. «Ho già fame. Andrei direttamente al Governo Vecchio per una bella pizza farcita!»

«Andata!» dicono in coro Giulia e Davide.

Come avviene ormai regolarmente, eccoli tutti e quattro in motorino, spensierati a rincorrersi tra un semaforo e l'altro. Davide – che non vuole saperne di perdere – ogni tanto passa col rosso, pratica che qualche settimana fa gli è costata una multa salata e il sequestro del mezzo. Ma alla fine è sempre Rocco ad avere la meglio.

«Aó, anvedi chi se rivede... bella, Giuliè!»

Carlo, il proprietario della Montecarlo li accoglie così. Come in tanti altri posti, è Giulia il passepartout.

Il suo passato mondano si rivela sempre utile quando c'è da saltare una fila o superare la selezione all'ingresso dei locali.

Poco dopo sono seduti al tavolo con davanti una bella pizza e una pinta di birra.

«Certo che non si batte, questa pizza...»

«È proprio come piace a me, sottilissima e croccante. Il piatto di metallo, poi, è la ciliegina sulla torta.»

Giulia e Marta sono sedute l'una di fronte all'altra, stanno bisbigliando.

«Non posso neanche pensare che tra dieci giorni te ne vai...»

«Giuli, non fare così, altrimenti mi rimetto a piangere.»

Spesso accade che in queste cene a quattro la conversazione si divida in due, da una parte i ragazzi, dall'altra le ragazze.

«In fondo è solo per nove mesi» aggiunge Marta.

«Sì, ma l'idea che non ti sentirò più suonare il campanello...»

«Non dirlo a me...»

«Beviamoci su.»

«Sì, è meglio. E poi dài, sono felice per te e Rocco, per voi.»

«Anche io, speriamo bene...»

«Sicuro! Alla tua, *sister*!»

«Alla nostra...!»

Davide, che nel frattempo rideva con Rocco di chissà che cosa, si accorge dell'espressione malinconica di Marta.

«Ohi, stai andando a fare l'Erasmus a Porto, mica a lavorare in miniera!»

«Ma che c'entra? Non posso essere dispiaciuta di lasciare la mia Giuli?»

«Ma è una figata pazzesca... e soprattutto tornerai!»

«Sei il solito cuore di pietra, che ne sai tu? Piuttosto, verrai a trovarmi?»

«Verrò, verrò... solo se mi fai bere il Porto a Porto... ah, ah, ah!»

«Ah-ah, che battutone...»

«Dài, non fare la *strulla*, sto scherzando!»

«Allora facciamo un brindisi a Marta e al Portogallo!» interviene Rocco per placare gli animi.

«A Marta!»

«In bocca al lupo!»

«Salute!»

Dlin dlin dlin. Giulia, battendo la forchetta sul bicchiere, richiama l'attenzione di tutti.

«Come ai matrimoni... eh, eh, ah, ah, aaah! Ho una cosa da dire... ehm, una cosa importante.»

Davide sgrana gli occhi, Marta la osserva quasi commossa, mentre un brivido di terrore attraversa Rocco. Ha come il sentore di ciò che sta per accadere.

«Ecco il punto è che... io e Rocco... ah, ah, ah!»

«Tu e Rocco cosa?» dice Davide, che non riesce a trattenersi mentre l'amico comincia a sudare freddo.

«Io e Rocco... abbiamo deciso di andare a vivere insieme!»

Rocco resta in silenzio, con un sorriso stampato sulla faccia, senza mai voltarsi verso Davide, che invece lo fissa interdetto.

«Be', siete rimasti senza parole?»

«Sono troppo felice per te.» Marta si alza e va ad abbracciare l'amica.

Anche Davide si alza. «Bene, mi sembra una gran notizia. Vado a chiedere una bottiglia, che siamo rimasti a secco.»

Senza pensarci, Rocco lo segue all'interno della pizzeria e lo afferra per un braccio.

«Ehi.»

«Ehi un cazzo. Te ne vai e non mi dici niente? E io chi cazzo sono? Non conto un cazzo? Un cazzo.»

«Calmati ora. Ci stanno guardando tutti.»

«Non me ne frega un cazzo.»

«Te ne avrei parlato, è ovvio, non pensavo Giulia se ne uscisse così... mi ha spiazzato.»

«Sapessi a me.»

Rocco gli prende la mano, gliela stringe forte. «Niente e nessuno ci separerà, lo sai? Lo sai?»

«Promettimelo.»

«Sì. Te lo prometto.»

«Chiediamo il vino e torniamo la tavolo.»

I due si risiedono ai loro posti.

«Eccoci!»

«Tutto bene?» domanda Giulia.

«Sì, sì, è che c'è sempre questa sfida Toscana-Sicilia anche per la scelta dei vini...»

«E quindi? Chi ha vinto? Che si beve?» fa Marta.

«Come sempre ha vinto Rocco...»

Il cameriere li interrompe: «Ecco a voi un bel bianco dell'Etna ghiacciato».

Davide afferra la bottiglia, riempie i calici. E propone un brindisi dal sapore profetico: «Allora brindiamo a... ai cambiamenti!».

«Ai cambiamenti!»

«Ai cambiamenti!»

19

15 gennaio 1994

«Cazzo, quanta roba!»

«Be', in fondo sono tre anni di vita.»

«Tre anni, incredibile... sai che... vabbè, lasciamo stare che se mi parte la *saudade* siamo fottuti.»

Rocco tace. Gli occhi gli si stanno facendo liquidi, e per cacciare indietro le lacrime addenta il nastro adesivo, ne strappa un pezzo e sigilla l'ennesimo scatolone.

Ci sono pacchi ovunque. L'ingresso è una distesa di borsoni, valigie, sacchi pieni di libri e cd. Ma il grosso è fatto. Anche la scrivania è stata portata via. Mancano gli ultimi viaggi. L'indomani, con l'aiuto di Giulia e di altri amici, finiranno l'opera.

«Certo che fanno proprio cagare 'sti quadretti...»

«Ti facevano talmente schifo che ci hai dormito sopra.»

«Che poi, uno che viene a Roma le vede dal vivo queste cose, mica in 'sti disegni del cazzo.»

«A proposito, dobbiamo far sparire quelli coi vetri frantumati.»

«Mettiamoli lassù, in cima alla scaffalatura del ripostiglio.»

«Sai che mi fa effetto vedere l'armadio vuoto?»

«E il terrazzo allora? Mi fa tristezza senza le nostre piante...»

«"Tristezza" mi sembra la parola giusta, Dà.»

«Sai che ti dico? Persino la signora Pizzi mi mancherà.»

«Esagerato, dài... quella è davvero una spaccacazzi!»

«Certo che quando sei incazzato non ti trattieni proprio, eh.»

«Ora non fare il puritano che pure te ne liberi, di parolacce... una al minuto.»

Armato di stucco bianco, Davide ricopre i buchi sulle pareti. Spariti i poster, la foto di New York, la locandina dell'*Attimo fuggente*, anche Rita Hayworth in *Gilda* è finita arrotolata in mezzo agli scatoloni coi libri di Davide. Insieme spostano i mobili nel tentativo, maldestro, di ripristinarli nella posizione iniziale.

«Che palle, 'sto Petrolini, un vero rompicoglioni!»

«In effetti peggio di così, col padrone di casa, non ci poteva andare.»

«Domani viene a fare 'sto controllo finale, manco fosse la reggia di Versailles.»

«Ti ricordo che tu per lui sei ancora un fantasma.»

«Eh già, sono cazzi tuoi... ah, ah, ah!»

«Beato te che te la puoi evitare!»

Rocco va in camera sua, è tutta vuota adesso. Ripensa alla prima volta in cui era entrato in quella casa. Gli viene un groppo in gola. Gli occhi tornano a farsi liquidi, ma stavolta non si trattiene.

«Vado giù io da Gino a prendere le pizze» gli urla Davide dalla cucina.

«Ok, ok...»

Rimasto solo, Rocco fa il giro della casa, continuando a singhiozzare mentre rivive tutti i momenti passati lì. Dal saluto con suo papà, ai primi giorni da solo, e poi l'arrivo di Davide, le giornate insieme, le paure, le prove superate, fino alla nascita dell'amore con Giulia.

Come sente la chiave girare nella porta si asciuga rapidamente il viso e si precipita in bagno a sciacquarsi la faccia con l'acqua gelata. È la loro ultima sera lì e non vuole rovinarla.

«Pizza calda in arrivo!» annuncia Davide con due cartoni fumanti in mano. Margherita con doppia mozzarella per lui, bianca con prosciutto crudo e basilico per Rocco, che intanto ha apparecchiato fuori sul terrazzo nonostante sia gennaio: d'altronde è l'ultima volta, possono sopportare anche il freddo. Ha sistemato sul pavimento un telo e due cuscini, e messo quattro birre in una pentola colma di ghiaccio.

«Aspetta, manca qualcosa.»

Davide va in cucina, recupera un mozzicone di candela, fa cadere la cera su un piattino da caffè e la posiziona al centro di quella tavola improvvisata.

«Alla tua, alla nostra...»

«A noi! Mai avrei pensato che mi sarei attaccato così a te, Roccuzzo.»

«E io a te... toscanaccio mio, anzi scusa, orbetellano... sennò chi ti sente?»

«Quindi da domani vita nuova... con la tua Giulia.»

«Eh, già... e tu vita da single nel tuo bel monolocale!»

«Sarò triste e solo... ah, ah, ah!»

«Ma figurati, sarà il tuo scannatoio, conoscendoti...»

«Be', devo dire che dopo Marta voglio solo divertirmi.»

«Non ti manca neanche un po'?»

«In realtà no... ah, ah, ah! E poi è giusto così...»

«Cioè?»

«Be', fare Roma-Porto non era proprio cosa... ora mi diverto sul serio!»

«Beato te!»

«Senti chi parla... lui con la sua bella casetta borghese e la sua mogliettina.»

«Ma smettila!»

«Sì sì, guarda se tra un po' non metti su famiglia e mi fai diventare zio...»

«Ma figurati!»

«Che farai quest'estate?»

«Già all'estate pensi che è appena passato Natale?»

«Sai che io mi porto sempre avanti. Magari poi tu sparisci e non ti fai più sentire!»

«Esagerato, che dici? Boh… dopo l'appello di luglio pensavamo di andare al mare, in Sicilia, vediamo… dipende dalla mamma di Giulia. Con lei non si sa mai quando viene e cosa vuole fare… e tu?»

«Io come sempre a casa a Orbetello, e sai che quando vuoi la mi' mamma ti aspetta…»

«Verrò. Dopo magari la chiamiamo, così la saluto.»

«Ah, io e la mia amica Adele ci siamo già congedati, e le ho promesso che tornerò a Ortigia.»

«Perché non vieni? Sarebbe fantastico…»

Davide fa spallucce, come a dire: chi lo sa? «Prima che mi dimentico, devo darti una cosa.»

Quando torna, ha in mano un pacchetto della Ricordi.

«Anche io ho qualcosa per te» fa Rocco.

«Prima però apri il tuo!»

Rocco lo scarta, è entusiasta.

«Wow! Non ci credo… lo volevo proprio, questo disco.» È *Red Hot + Blue: A Tribute to Cole Porter*. «Ci sono tutti: Annie Lennox, k.d. lang, gli U2… grazie! Tu sei l'unico che non sbaglia mai un regalo, cazzo.» Poi, da dietro la schiena, estrae un tubo. «E questo invece è per te!»

«Cos'è?»

Davide ne srotola curioso il contenuto.

«Che meraviglia! *Gli amanti* di Magritte! Neanche tu sbagli mai.»

«Ho pensato che potrebbe starci bene, nella tua nuova casa.»

«Direi che ci starà perfettamente.»

«Così mi pensi, ogni tanto…»

«Certo che ti penso, non ti libererai di me.»

«In fondo siamo a poche fermate di autobus, cinque minuti in moto…»

Rocco strizza l'occhio, Davide lo colpisce con un pugno sulla spalla.

«Sai cosa mi fa più strano di tutto questo?»

«Cosa?»

«Questo silenzio… in questi anni abbiamo sempre tenuto la musica a palla, e ora che ce ne stiamo andando per sempre è tutto zitto.»

«Puoi cantare tu allora... sei intonato, direi.»

«Ok, mi hai provocato...»

Davide impugna la bottiglia di Peroni Nastro Azzurro come fosse un microfono. Si alza in piedi e, col fare dinoccolato che lo contraddistingue, comincia la sua performance.

«*Night and day... you are the one, only you beneath the moon and under the sun...*»

Senza alzarsi da terra, Rocco lo segue a ruota: «*Whether near to me or far, it's no matter darlin' where you are...*».

E insieme per finire: «*I think of you night and day...*».

Attorno è buio. Anche le plafoniere sul balcone della signora Pizzi sono spente. La luce della candela, arrivata ormai quasi alla fine, si specchia nei loro sorrisi appena accennati. A disturbare il cielo stellato sono soltanto i bagliori, in lontananza, della città.

Rocco si allunga sul telo, reprime un brivido di freddo. «Chiudi gli occhi.»

Anche Davide si stende. «Ti ricordi di quando siamo stati insieme a Stromboli?»

«Certo che mi ricordo.»

«Vorrei tornare lì ora...»

«Anche io.»

«Vorrei che domani non arrivasse mai.»

«Ti ricordi la stella cadente sulla spiaggia allo Scalo dei Balordi?»

«Sì...»

«Vuoi sapere qual era il desiderio?»

Davide resta un secondo in silenzio. «Perché, si è avverato?»

Rocco abbassa gli occhi. «No, in realtà ancora no.»

«Neanche il mio.»

Per qualche minuto restano in silenzio.

«Guarda, vedi lì, sulla sinistra?» riprende Rocco.

«Sì, è una stella luminosissima.»

«Non è una stella, è un pianeta, Giove. E se guardi bene, là allineato sulla destra, c'è anche Saturno.»

«Wow, si vedono benissimo...»

Con lo sguardo fisso sul cielo, Rocco trova il coraggio di spingersi laddove non era riuscito a fare quando erano a Stromboli.

«Ho pensato...»

«Sentiamo...»

«Perché non dormiamo insieme stasera? È la nostra ultima sera qui e non lo abbiamo mai fatto.»

Appena pronunciate quelle parole, Rocco si sente come liberato, elettrizzato da un'audacia fino ad allora sopita.

«Ok, si può fare» risponde Davide, solleticato dall'idea. «Allora spostiamo il tuo letto da me.»

Passando dalla porta in comune spalancata, insieme trasportano la rete e il materasso da una stanza all'altra.

Ora i due letti singoli sono uniti in un grosso letto matrimoniale. Oltre a quello, lì nella stanza di Davide, ci sono solo l'armadio con le ante aperte, la scrivania bonificata di tutte le sue cose, per terra uno scatolone ancora da chiudere con gli ultimi cd e lo stereo scollegato.

«Certo che questa stanza non è mai stata così in ordine» ride Rocco.

«Piantala, Mister Precisino.»

Rocco è il primo a adagiarsi sulla sua parte di letto. Davide intanto fruga tra i pacchi, sistema i cavi del lettore cd. Finché, a volume bassissimo, tra le parcti risuona *Wicked Game*. Una delle loro canzoni. Avevano perso il conto delle volte che avevano visto su Videomusic il video, ambientato su una spiaggia delle Hawaii con il cantante Chris Isaak e la top model Helena Christensen.

«Alla fine non ce l'hai fatta a stare senza colonna sonora, eh.»

«Non rovinare tutto. Godiamocela insieme per l'ultima volta.»

Davide la fa ripartire dall'inizio e si sdraia anche lui sul letto.

«Eh no, il momento *saudade* avevamo detto di no, cazzo» protesta Rocco.

«Dài, voglio dirti una cosa seria invece... come sai non sono tanto bravo a tirar fuori le cose... Però ti voglio dire che... 'sti tre anni sono stati... insomma... cazzo, lo sapevo, 'un gliela fo.»

Di colpo inizia a piangere. D'istinto Rocco gli si avvicina, lo abbraccia. Mentre Davide inspira e prova a trattenere i singhiozzi, Rocco gli cinge la testa con il braccio, la mano destra gli tiene il viso.

Davide resta inerme, gli occhi chiusi.

Rimangono così per qualche secondo, forse qualche minuto.

Poi Rocco si allunga, distendendosi sopra di lui. I loro piedi si sfiorano.

Davide sente su di sé la pressione del corpo del suo amico, le fasce muscolari, il suo peso. Il respiro di entrambi si fa pesante. Davide comincia ad accarezzarlo dalle spalle fino alle natiche. Sono entrambi eccitati.

Rocco sente la mano di Davide su di sé e comincia a vibrare come un ramo nel vento, poi con fare deciso infila la propria nelle sue mutande. Lo tocca. Davide non lo ferma, anzi, fa lo stesso. Gemono, si muovono veloci, arrivano insieme. Rocco urla di piacere. Il godimento di Davide è un sussurro. Rocco prova a baciarlo, l'altro si scosta. Nessuno dei due parla. Ascoltano i respiri reciproci e si addormentano esausti, finalmente vinti.

In quel momento, il desiderio che avevano espresso a Stromboli si è avverato per entrambi.

20

26 ottobre 1994

>UNIVERSITÀ DEGLI STUDI DI ROMA "LA SAPIENZA"
>LINEA ATTIVA – CODICE TERMINALE G/5
>PIANO DI STUDIO DI GALLO ROCCO
>MATRICOLA 0714550
>FACOLTÀ: GIURISPRUDENZA
>ESAME – DATA – VOTO – STATO
>ROMA 26/10/94
>NON VALIDO COME CERTIFICAZIONE

Minchia, ho quasi finito! Il terminale elettronico ha appena sputato lo scontrino con la lista degli esami, quelli sostenuti con i relativi voti, e in fondo alla lista i due che mancano: Diritto amministrativo e Procedura civile.

Rocco, che ha giusto giusto superato Procedura penale con un ventisei, si sente come un ladro di ritorno da una rapina in banca. Era sicuro di non farcela. E invece vedere nero su bianco i venti esami fatti gli provoca quasi uno stato di ebbrezza, che a stento riesce a contenere. Non vede l'ora di tornare a casa e urlare tutta la sua gioia.

Esce di corsa dall'atrio della facoltà e monta sul Vespone. Mentre sfreccia a tutta velocità lungo via Catania, gli sembra di aver bevuto una bottiglia di gin tonic a stomaco vuoto. Pensa a tutte le volte che ha temuto di non farcela. A tutte le volte in cui durante l'esame ha immaginato di arrampicarsi su un palazzo come un supereroe. Gli tornano in mente anche le volte in cui ha mentito ai suoi. Come quando si era inventato di aver rifiutato un voto basso a Commerciale o di aver già superato Penale, che invece avrebbe sostenuto mesi dopo.

I ricordi lo fanno sorridere, quattro anni sono passati e tante cose sono cambiate. Mentre fa i conti con questo misto di felicità e malinconia, si ferma da Marinari a comprare un profiterole, il dolce preferito di Giulia, e anche il suo.

«Amoreee, sono tornato!»
«Sono in docciaaa, com'è andata?»
«Bene! Ventisei!»
«Bravooo, due minuti e arrivo.»
«Ok, ti aspetto in soggiorno.»

Mediamente le sedute di bellezza di Giulia, chiusa in bagno, durano un'ora. Ogni volta che esce da quella porta è raggiante, truccata e pettinata come se dovesse sfilare su un red carpet. La moda è il suo pallino, e in casa ci sono ovunque riviste patinate, anche internazionali.

«Amore, sei bellissima!»
«E tu bravissimo.»
«Vieni qui, fatti baciare.»
«Mi sono restaurata perché stamattina ero uno straccio... ho il processo e gli articoli del codice che mi escono da tutte le parti. Che ti hanno chiesto?»
«Ora ti racconto... prima mangiamo?»
«Wow, *profittegliol*... che *bbeglio*!!!»
«Ah, ah, ah, sai perché ti amo?»
«*Pengheccosa?*»
«*Penghé* sei più pazza di me.»
«Eh, eh, ah, ah, aaah!»

Nel tempo tra Rocco e Giulia si è sviluppata e consolidata un'intesa che va oltre lo stare insieme. Hanno anche sviluppato quella specie di slang tutto loro, e si divertono a fare le imitazioni, a partire da quella della portiera, la signora Rosa Russo, che loro hanno ribattezzato Russaba, inventandoci su un altro loro bizzarro codice linguistico. Sono diventati simbiotici, complici. Quando Giulia ha i suoi momenti no, Rocco sa come prenderla. Quando lui è attraversato dalle sue insicurezze, lei è l'unica in grado di infondergli fiducia.

Con l'arrivo di Rocco, poi, la casa di Giulia ha un po' cambiato volto. Lo stile romantico e borghese impresso da sua madre è stato annacquato da innesti vintage e da qualche pezzo shabby chic. Alcuni mobili bianchi, come il tavolino del soggiorno, sono stati rivestiti con della carta adesiva nera in modo da farli diventare a scacchi. Rocco si è fatto spedire, dalla cantina di sua nonna Luisa in Sicilia, un salottino anni Cinquanta e altri oggetti, che con Giulia ha rimesso a nuovo.

Lo scenario perfetto per i servizi fotografici che prendono forma tra un articolo e l'altro del codice di Procedura civile, con Giulia in versione Kylie Minogue in *Confide in Me* e Rocco nei panni di Peter Lindbergh. Era stato lui ad aver avuto, per esempio, l'idea di fotografarla su un pavimento composto con le copertine delle sue riviste di moda, e lei poi si era sbizzarrita in una serie di cambi look da fargli girare la testa.

La televisione è sempre accesa, fissa su MTV, e a un volume così alto che puntualmente i signori del piano di sopra protestano con l'amministratore. Una sera, durante una festa in maschera, era arrivata anche la polizia e Rocco aveva dovuto placare l'ira degli agenti vestito come uno dei Take That nel video di *Sure*.

«Allora, mi dici cosa ti hanno chiesto?» Giulia avrà l'appello l'indomani.

«Sì, ora ti interrogo e sarò spietato… ah, ah, ah!»

«Voglio proprio vedere…»

«Senti, piuttosto, ti va di andare al cinema sabato?»

«A vedere cosa?»

«In università ho incontrato Monica. Propone *Pulp Fiction* di Quentin Tarantino, esce questa settimana.»

«Ah sì, ho visto al telegiornale la scena in cui Travolta balla il twist con Uma Thurman.»

«Quindi... ti va?»

«Sì, di andare al cinema sì...»

«Però?»

«Be', questa Monica a volte è un po' troppo invadente.»

«Dài, non dirmi che sei gelosa di lei...»

«Gelosa? Ma va'... però sta sempre azzeccata.»

«Ma figurati... con lei ho avuto una storia di sì e no un mese, non ce la ricordiamo nemmeno. Eravamo amici e siamo tornati a essere amici, lo sai» risponde Rocco. Le sorride. «Quindi?»

«Va bene, andiamo... ora però mi interroghi?»

«Ok. Allora, signorina, mi parli del dibattimento.»

«Certo. Il dibattimento è quella fase in cui si forma la prova nel contraddittorio tra le parti...»

I mesi che li separano dalla fine degli esami passano veloci, in un'altalena di studio, serate fuori o in casa e trovate fra loro costanti e quotidiane. Non finiscono mai di ridere e di stupirsi a vicenda.

La sera dopo aver dato l'ultimo esame, al suo ritorno a casa Giulia trova la tavola apparecchiata a lume di candela, una bottiglia di champagne ghiacciato in una glacette, e un biglietto con scritto "Vieni fuori sul balcone". Di Rocco, però, nessuna traccia.

Esce, si affaccia e in quel momento una luce la abbaglia, guarda meglio: è Rocco con una torcia in una mano e nell'altra lo stereo. *Serenata rap* di Jovanotti rimbomba a tutto volume. Neanche il tempo di rendersi conto di cosa sta succedendo, che lui comincia a cantare e ballare sul marciapiede.

Per qualche istante Giulia resta senza parole, poi arrivano le risate e alle fine comincia a cantare e ballare anche lei.

«Ti amooo, io ti amooo» le urla Rocco.

«Aó, che è 'sto casino... daje un po', 'a volete fà finita che qui la gente dorme?»

Dalla finestra del piano terra sbuca Rosa, la Russaba. Alla vista della portiera, entrambi scoppiano a ridere a crepapelle, ma poi Rocco blocca la musica e si precipita su per le scale. Quando rientra in casa deve aver cambiato cd perché adesso, ad accompagnarlo, c'è *The Most Beautiful Girl in the World* di Prince, e lui ha un pacchetto della gioielleria Raggi in mano.

«Questo è per te, amore mio, per ricordarci questa giornata, la fine degli esami, la nostra vita insieme.»

Con gli occhi lucidi, Giulia apre lo scatolino, all'interno c'è un bracciale d'oro sottile con due ciondoli, due lettere: la G e la R.

«È bellissimo. Ti amo.»

«Ti amo anche io, da impazzire.»

Si stringono, si abbracciano, brindano insieme.

«A noi, amore.»

«A noi, a quello che sarà.»

21

18 febbraio 1995

La luce del lampione filtra attraverso i fori della tapparella, disegnando un firmamento di buchi sulla parete. Rocco li conta uno per uno, poi ricomincia daccapo. Non riesce a prendere sonno.

Sposta lo sguardo su Davide, sdraiato accanto a lui. Ascolta il suo respiro, osserva la sua sagoma che si alza e si abbassa piano. Vorrebbe toccarlo, quasi lo sfiora, poi si ritrae. È sveglio?

Sì, neanche Davide dorme. Sta pensando che vorrebbe girarsi verso Rocco, guardarlo negli occhi, ma non ci riesce.

In quel letto, non sono mai stati al tempo stesso così vicini e lontani. Ognuno ha il suo tumulto dentro, nessuno è capace di esternarlo, condividerlo.

Rocco si sente ardere, è una sensazione che gli ricorda lo Stromboli in eruzione, come quando insieme avevano ammirato i giochi di fuoco dall'osservatorio. Davide ha la testa piena: di impulsi, frenate, e di tutta una tempesta di paure che gli fa venire in mente il mare che si infrange infuriato sugli scogli di Ansedonia.

Rocco ha lo sguardo rivolto al soffitto. Davide gli dà le spalle e tiene gli occhi chiusi. Anche i loro corpi parlano, come se non fosse bastato quanto si sono detti prima di sprofondare nell'abisso in cui si trovano ora, prima che per l'ennesima volta Davide si ritraesse di fronte al tentativo, da parte di Rocco, di baciarlo.

«Ma mi vuoi dire perché non mi baci?» gli aveva chiesto.
«Perché non ci riesco e non so come ce la fai tu.»
«Non so come faccio, ma so che sono pronto.»
«Pronto a cosa? Ma smettila, non dire cazzate.»
«Pronto a tutto.»
«Piantala, ho detto!»
«Davide, sono pronto, voglio vivere questa cosa.»
«Vivere cosa? Ma per favore…»
«E allora quello che è appena successo cos'è?»
«Non lo so e non lo voglio sapere. Succede e basta.»
«Davide, non puoi continuare a negare.»
«Dài, Rocco…»
«Minchia, lo vuoi vedere o no quello che c'è tra noi?»

A quel punto Davide se n'era stato in silenzio qualche istante, poi si era alzato in piedi e aveva cominciato a camminare nervosamente di fronte al letto scuotendo la testa con quel fare dinoccolato che a Rocco era rimasto subito impresso la prima volta che si erano visti.

«Davide, ti prego… chiamalo come ti pare, non mi importa definirlo, ma c'è e tu lo sai.»
«Io non so un cazzo, so che ogni tanto ci piace divertirci e amen.»
«Tutto qui? Non provi nulla?»
«Sì, mi piace, ma poi finisce lì.»
«Finisce, però poi continua…»
«Ma che cazzo ne so? Mi scoppia la testa.»

Anche a Rocco ogni tanto scoppiava la testa. Ci pensava e ci ripensava, a questa cosa che succedeva ogni tanto con Davide, e sentiva dentro di sé una confusione incontrollabile, che lo portava dappertutto. A desiderare prima una cosa, e poi l'esatto opposto. E adesso gli sembrava che Davide fosse la cosa più importante del mondo.

«Allora dimmi che non provi nulla… non provi nulla per me?»
«Che c'entra? Io… certo che ti voglio bene, lo sai.»

«Solo questo?»

«Cazzo, Rocco, non rovinare tutto con 'sto troiaio.»

«Dài, siediti qui un attimo.»

Rocco lo aveva afferrato per un braccio, Davide si era adagiato accanto lui con le mani fra i capelli. Aveva sospirato, chiuso gli occhi.

«Ma perché fai così? Neanche per me è facile. Però sono mesi, anzi anni che... non riesco a fare finta di niente, mi sento esplodere dentro.»

«Così roviniamo tutto...»

«Ma non voglio rovinare tutto, anzi...»

Davide si era rialzato di scatto, fissandolo negli occhi, la voce tremante. «E Giulia? La tua Giulia?»

«Che minchia c'entra lei? Che c'entra ora Giulia? Lasciala stare, lascia stare Giulia.»

«Lascio stare un cazzo... dimmi, allora, lei cos'è?»

«Minchia, Davide.»

«Minchia, Davide, minchia... rispondimi.»

«E che ti devo dire? Non lo so.»

«Ecco, non lo sai.»

«No, non lo so, e non mi interessa, adesso.»

«Ah, non ti interessa? Te sei matto...»

Rocco era rimasto in silenzio, imbambolato con lo sguardo nel poster degli *Amanti* di Magritte appeso sopra al letto. Davide era sempre più agitato.

«La ami o no? Dillo! Avanti, la ami o no? Sempre lì a dire che è il tuo amore... ci sei pure andato a vivere insieme.»

«Certo che la amo. Ma non c'entra, è un'altra cosa.»

«Lo vedi, Rocco? Non sai di cosa parli.»

«Certo che lo so, ma non mettere in mezzo lei.»

«Sei tu che hai cominciato.»

«Io? Allora dimmi, perché quella volta alla festa l'hai baciata?»

«Ancora 'sta storia, sono passati anni...»

«Sì, ma non me lo hai mai spiegato.»

«Alla fine state insieme, no? Ci sei riuscito? Questo conta...»

«Dimmi, perché lo hai fatto? Sapevi che mi piaceva, sapevi tutto.»

«Vuoi proprio saperlo?»

«Sì.»

«L'ho baciata per farti dispetto.»

«Dispetto?»

«Sì, ero geloso marcio.»

«Geloso?»

«Sì, geloso di te.»

«Geloso di me...»

«Sì. Soddisfatto ora?»

Rocco era rimasto per qualche secondo senza parole, sbigottito, aveva provato ad avvicinarsi a Davide, che si era subito ritratto, scoppiando a piangere come non aveva mai fatto prima.

«Calmati per favore...»

«Lasciami. Lasciami stare.»

«Dài, vieni qui, non volevo...»

Davide si era alzato di scatto, era andato in bagno. Al suo ritorno, ancora nudo, si era infilato sotto al lenzuolo, si era voltato di spalle e aveva chiuso gli occhi.

E ora eccoli lì. A non parlarsi.

Finché Rocco, nudo anche lui, sfinito da tutto quel rimuginare gli si avvicina, lo abbraccia. E si addormentano così, avvinghiati l'uno all'altro.

Al risveglio, il primo ad aprire gli occhi è Rocco. Per qualche minuto fissa Davide che dorme ancora. Percorre con lo sguardo la sagoma del suo corpo avvolto nel lenzuolo. Poi lentamente si infila con la testa sotto, sa lui come svegliarlo. Seguendo quello che ormai si è trasformato in un rituale capace di aprire una porta magica che si richiuderà fino alla volta successiva. Come se il litigio della sera prima non ci fosse mai stato. Come se le parole che si sono lanciati l'uno contro l'altro non fossero mai state pronunciate.

Come se tutta la confusione, alla luce del giorno, si fosse dissipata. E in fondo andasse bene tutto così com'era.

«Buongiorno e buon compleanno, Mister David.»
«Buongiorno... grazie! Vieni qui, abbracciami.»
Rocco gli si accuccia sul petto. Restano così a lungo. Si accarezzano, si sfiorano.
Finché Rocco si alza, traffica qualche minuto in cucina, e quando torna ha fra le mani una torta di frutta piena di candeline accese.
«Tanti auguri a teee, tanti auguri a teee...»
«Grazie... la mia torta preferita.»
«Lo so...»
Davide, con gli occhi luccicanti e il suo inconfondibile sorrisone, ci soffia sopra con tutto il fiato che ha.
«Cazzo, sono ventidue!»
«Ventidue.»
«E questo è per te.»
«Cos'è?»
«Aprilo!»
Nel biglietto, con l'Uniposca blu, c'è scritto "Per sempre".
Davide scarta il pacchetto, dentro c'è un cd con la copertina blu. *Dummy* dei Portishead.
«Questo ti manca. Io non ascolto altro.»
«Lo ascoltiamo subito?»
«Ok, però mettiamoci subito al lavoro per stasera...»
La nuova casa di Davide è diventata il loro porto franco, un luogo in cui entrambi si sentono protetti, come avvolti da una permanente immunità. Il teatro del loro rapporto clandestino che, dopo l'ultima sera nella casa di via Cernaia, è proseguito in un crescendo di desiderio misto a senso di colpa. E in una confusione che ogni volta si generava e si dissipava, come in un ciclo continuo.
In quel piccolo appartamento in una traversa di via Nomentana, poco distante da piazza Sempione, Davide ha creato la sua tana ideale. Neanche troppo lontana dal centro, e a poche fermate di autobus dal nuovo indirizzo di Rocco.
Una casa moderna, con un pavimento di ceramica bianco, lucido, le porte e gli infissi dello stesso colore. Un sog-

giorno ampio con una cucina nascosta dietro una grande porta scorrevole, una stanza da letto e il bagno. Il poster di Gilda dà il benvenuto all'ingresso.

«Ci sto da Dio» gli dice Davide di continuo.

Rocco va spesso a trovarlo. Ci passa interi pomeriggi e ogni tanto si ferma a dormire.

Così ha fatto anche in vista del compleanno di Davide e della cena che hanno organizzato per quella sera.

«Alla fine quanti siamo?» fa Rocco, già in modalità operativa.

«Lasciami pensare… io, tu, Giulia, Nuria, Laura e Marco, e Nicola… alla fine viene anche lui?»

«Sì sì, è tornato l'altroieri e mi ha detto che viene. Ah, poi l'ho detto anche a Monica, ovviamente…»

«Immancabile Monica… ah, ah, ah!»

«Allora, mentre lo chef si cimenta ai fornelli io vado a prendere da bere. Giulia farà il tiramisù…»

«E Nuria una tortilla di patate.»

«A proposito, come va con lei?»

«Bene, dài… è divertente. Questi spagnoli sono davvero imprevedibili…»

La discussione della notte prima sembra lontana anni luce adesso.

«Quando finisce l'Erasmus?» chiede Rocco.

«Finisce tra un mese, torna a Siviglia… vedremo.»

«Vabbè, intanto divertiti.»

«¡*Claro que sí*! Ah, ah, ah!»

In quel momento suonano alla porta.

«Non mi dire che è già lei… vai tu ad aprire» fa Davide, quasi infastidito.

«¡*Hola*!» Appese ai polsi ha due buste della spesa con dentro gli ingredienti per la sua frittata.

Rocco la accoglie con un abbraccio. La prima volta che l'ha vista ha subito pensato a un gatto selvatico. I suoi occhi celesti e all'insù, la bocca carnosa e a forma di cuore, i capelli mossi. Gli aveva ricordato uno dei quadri di Novella Parigini che sua zia Sandra collezionava.

Passano la giornata così, a preparare, a chiacchierare, e come sempre ad ascoltare musica ad altissimo volume.

Alle sette in punto, con in mano una teglia gigante di tiramisù, la prima ad arrivare è Giulia, seguita da Laura e Marco, i dirimpettai di Davide, calabresi, pure loro studenti fuori sede. Poco dopo si unisce al gruppo anche Nicola, appena tornato da un lungo viaggio in Canada. L'ultima a raggiungerli è Monica, che per l'occasione è in *total white*: dalle Superga candide agli occhiali da sole dalla spessa montatura bianca, fino alla fascia elastica che le tiene indietro i capelli.

La serata scorre tra litri di vino rosso, affettati e formaggi maremmani spediti dalla mamma di Davide, la parmigiana preparata da Laura e Marco, e qualche spinello confezionato dalle sapienti mani di Monica. Da buon padrone di casa, per tutta la cena Davide si divide tra il soggiorno e la cucina: più che il festeggiato, a tratti sembra un'anima in pena.

«Tutto bene, Dà?» gli chiede Rocco aiutandolo a sparecchiare. Ora manca soltanto la torta.

«Sì, più o meno, è che Nuria con la sua cazzo di frittata ha fatto un casino in cucina e poi...»

«E poi?»

«E poi... lasciamo stare, dài.»

«Che c'è? È la tua cena di compleanno!»

«Sì sì, infatti... torniamo in soggiorno.»

La torta è servita, e alla fine tutti si risiedono, dividendosi tra il pavimento, il divano e le due poltrone, posizionati in modo da formare un semicerchio. Giulia, abbracciata a Rocco, interroga Nuria sulla tecnica per realizzare la tortilla perfetta. Monica, seduta per terra, sta invece intervistando Nicola sul suo viaggio a Montréal. Al suo arrivo tutti hanno notato qualcosa di strano nel suo abbigliamento, ma nessuno se ne è poi preoccupato più di tanto. Sarà la moda canadese, aveva pensato Rocco quando, aprendo la porta, aveva ritrovato il suo compagno di studi vestito con un paio di jeans strettissimi, una maglietta attillata e una cartella di stoffa a tracolla. E Nicola non si era mai vestito in quel modo.

All'improvviso, però, è proprio lui a richiamare l'attenzione.

«Scusate, vorrei dire due parole...»

Tutti, Rocco compreso, pensano che voglia fare l'ennesimo brindisi in onore di Davide.

«Ho notato che stasera mi avete tutti guardato un po' stupiti, e sì, è vero, ho cambiato modo di vestire... ma non è solo questo...»

Gli altri lo osservano in attesa che si spieghi. I più perplessi sono Laura e Marco, che lo hanno appena conosciuto.

«Ho capito... Nic, cosa ci vuoi dire?» Come al solito, Monica non si trattiene. «Aó, sembra il messaggio di Scalfaro a Capodanno!»

Senza fare una piega, Nicola prosegue: «Dài Mò, è vero che abbiamo fumato, ma questa è una cosa seria...».

«Aó, mica t'ho detto stronzo... comunque scusa, Nic, non volevo.»

«Non ti preoccupare...» Nicola sorride, ma è un sorriso nervoso. «Quello che volevo dirvi è... sì... è che in Canada ho conosciuto una persona e mi sono innamorato.»

«Ah, che bella notizia! Evviva l'amore, brindiamo!» Rocco invita tutti ad alzare i calici.

«Aspetta, non ho finito» lo gela Nicola. «Il punto è che la persona in questione...»

Fa una pausa, sospira, poi manda giù tutto in un sorso il vino che ha nel bicchiere tra lo stupore crescente degli altri.

«Insomma, la persona di cui mi sono innamorato... ehm, si chiama... Noah.»

«E quindi?» saltano su all'unisono Rocco e Monica.

«È un bel nome!» aggiunge Nuria, tanto per dire qualcosa.

«Sì, ma Noah, con l'acca finale...»

«Aó. Ma davvero, che te sei fumato? No, perché ti ha preso di brutto!» esclama Monica.

Nicola sospira di nuovo, un po' spazientito.

«Insomma, Noah è un ragazzo, mi sono innamorato di un ragazzo» dice poi tutto d'un fiato.

All'improvviso in sala scende il gelo. Un silenzio così forte che pure lo stereo con il cd dei Cranberries sembra essersi messo in pausa.

«Aó, e che sarà mai!» si lancia risoluta Monica. «A me frega cazzi, anzi vieni qua, fatte abbraccià...»

Con la scusa di prendere lo spumante, Davide si rintana in cucina, seguito da Nuria che gli chiede spiegazioni.

Giulia si avvicina invece a Nicola, che ha gli occhi lucidi e l'espressione felice: «Ma è una cosa bellissima, bravo Nic. Sono contenta che tu ce l'abbia raccontato».

«Grazie Giulia, grazie.»

Rocco è rimasto immobile. Nicola gli lancia uno sguardo furtivo, come a controllare la sua reazione. Al che Rocco li raggiunge con la bottiglia di vino in mano, riempie i calici e tutti brindano senza aggiungere una parola.

All'improvviso, le luci si spengono. Dalla cucina spunta Nuria, regge un profiterole pieno di candeline.

«*Cumpleaños feliz... cumpleaños feliz...*»

«Tanti auguri a te, tanti auguri a te, tanti auguri, Davide, tanti auguri a te!»

22

27 aprile 1995

«Mi fai impazzire.»
 «Anche tu...»
 «Minchia, Giulia.»
 «Dimmi... parla...»
 «Sono tuo, sono tuo, sono tuo.»
 «E io sono tua.»
 «Sei solo mia?»
 «Sì, solo tua, tua, tua. Continua, non ti fermare...»
 «Eccomi, tutto per te, tutto.»
 «Non ti fermare.»
 «No, no...»
 «Ti amo, ti amo.»
 «Amore mio, anche io...»
 «...»
 «Eccomi, cazzo, eccomi amore.»
 Rocco e Giulia ansimano, urlano di piacere. Il grande tavolo del soggiorno è l'alcova dove si stanno amando.
 «Minchia, Giulia, minchia!» esclama Rocco, poi si sposta di scatto. «Minchia!» ripete e il tono è tutto diverso, adesso.
 «Che succede?» fa lei allarmata.
 «Succede che si è rotto, cazzo.»
 «Come si è rotto?»
 «Si è rotto, non so come, ma si è rotto, cazzo.»

«E ora? Proprio ora che ho smesso di prendere la pillola...»
«Sì e... sono venuto dentro.»
«Cazzo.»
«Ok, non perdiamo la calma. Stai tranquilla.»
Rocco la abbraccia, si stringono. Giulia, però, sente montare dentro di sé la paura.
«E se resto incinta?»
«Dài, amore, non è così facile...»
«Che ne sai tu?»
«Ma figurati, sarebbe assurdo, è la prima volta che ci succede. Vuoi che siamo così sfortunati?»
«Appunto, non ci è mai successo, cioè, non mi sei mai venuto dentro così.»
«Sì, è vero, ma minchia, non credo che...»
«Non possiamo correre il rischio. Non esiste.»
«Ok ok, adesso calmiamoci. Che ne dici di una doccia?»
«Va bene, amore.»
Per tutta la notte Giulia fissa il soffitto, non riesce a chiudere occhio. Si immagina incinta, così, all'improvviso, alla sua età. Non posso permettermelo ora, rimugina. Certo, in futuro vorrò dei figli, ma ora no, ho troppe cose da fare ancora, la laurea, il lavoro, il mio futuro. Si volta verso Rocco, che si agita nel sonno.
«Amore, Rocco...»
«Ehi, vieni qui, fatti abbracciare.»
«Non riesco a dormire, ho un chiodo fisso...»
«Amore, non perdiamo la calma, ferma i pensieri.»
«Non ci riesco.»
«Ci sono io qui, in qualche modo risolviamo.»
«Ma perché dovevo interrompere la pillola proprio ora?» La sua mente sembra senza freni.
«Adesso cerca di non pensarci. Domattina, appena ci svegliamo, vedremo cosa fare.»
«Va bene, amore, abbracciami. Abbracciami forte.»
«Vieni qui, ci sono io» le ripete Rocco, fino a addormentarsi.

Con gli occhi ancora chiusi, Rocco cerca Giulia allungando la mano, ma niente. Li spalanca, la sveglia segna le sei e, lì sul letto, lei non c'è.

La trova in soggiorno, sul divano, con una sigaretta accesa fra le labbra intenta a sfogliare l'elenco telefonico.

«Amore, tutto bene?»

«Non direi.»

«Sono le sei... torna a letto.»

«Dobbiamo sbrigarci.»

«Sbrigarci per cosa?»

«Cazzo Rocco, ti sei scordato di cosa è successo ieri sera?»

«Certo che no, ma...»

«"Ma" un cazzo, dobbiamo fare in fretta.»

«Hai già preso il caffè?»

«No.»

«Ok, ci penso io.»

Qualche minuto dopo, Rocco torna con un vassoio, sopra due tazzine fumanti e una ciotola piena di biscotti.

«Ecco qua.»

«Allora, potremmo andare qui... è dietro l'università, è il più vicino.»

«Il più vicino cosa?»

«Il più vicino consultorio familiare, dobbiamo sbrigarci, apre alle otto.»

«Consultorio per...?»

«Per capire cosa fare. Ti ricordo che mi sei venuto dentro, il preservativo si è rotto, io ho smesso di prendere la pillola e sono anche in quei giorni...»

«Va bene, amore, facciamo come dici tu, ma ti prego, stai tranquilla.»

«Tranquilla un cazzo, ho una paura fottuta.»

«Dài, amore.»

«Rocco, per favore.»

«Va bene, va bene.»

Rocco le prende l'elenco telefonico dalle mani.

«Ho già chiamato io» lo blocca Giulia. «C'è la segreteria telefonica, dice che apre alle otto.»

Qualche minuto prima dell'apertura dei cancelli, Rocco e Giulia sono già lì. Lei continua a fissare la targa di marmo affissa sul pilastro di mattoni:

> ASL ROMA 1. Consultorio familiare

Sono entrambi impauriti, si tengono per mano. Rocco tenta di nascondere l'ansia che piano piano lo sta assalendo, ma spesso si ritrovano a tremare entrambi.

«Buongiorno, ragazzi, prego...»

Un uomo dai modi gentili apre il cancello e li invita a entrare.

All'interno, in un atrio con le pareti tappezzate di avvisi e cartelli, dietro una vetrata, una signora di mezza età con i capelli bicolore, neri e grigi, trascurati come lei, li osserva sospettosa mentre aspira a pieni polmoni da una sigaretta già consumata fino al filtro.

«Eccallà, manco amo aperto che già stanno qua...» dice espirando, e una nuvola di fumo la avvolge tutta.

«Buongiorno...» mormora Rocco.

«Allora regà, diteme 'n po'?»

«Be', noi vorremmo...»

«Sì sì... come no... che dovemo fà?»

«Dovremmo parlare con un medico... o con un assistente sociale... per...»

«Te pareva...»

«Be'...»

«Ho capito, avete fatto un guaio... no?»

«Be', in un certo senso sì.» A rispondere è ogni volta solo Rocco, sempre più imbarazzato.

«Ho capito. Aspettate lì in fondo... Giacomooo, ce stanno i primi due, chiama la dottoressa!»

Accucciati su due sedie in un lungo e angusto corridoio, Rocco e Giulia non parlano.

Lui la tiene a sé come a proteggerla, lei è terrea, paralizzata. Tiene la mano chiusa in quella del suo fidanzato, la stringe forte come a volerla stritolare. Ha lo stomaco bloccato.

«Andrà tutto bene, amore, tranquilla, andrà tutto bene» le ripete lui come una nenia.

D'improvviso, un rumore di serratura riempie il vuoto di quel luogo spettrale e spoglio. Una signora di mezza età con i capelli raccolti e un paio di spessi occhiali da vista fa capolino dalla porta.

«Prego...»

Rocco e Giulia si alzano di scatto.

«No, solo la signorina, per favore, lei aspetti qui.»

Si scambiano un ultimo sguardo, poi Giulia la segue nell'ambulatorio, mentre Rocco comincia a passeggiare nervosamente.

All'improvviso si sente come quando da adolescente si chiudeva nella sua stanza a Siracusa in preda alle crisi più nere. Tanto che inizia a mangiarsi le unghie, cosa che non gli capita mai.

«Aó, tutt'apposto?» urla dall'altro capo del corridoio la signora dell'accoglienza, che rapidamente lo raggiunge in quella sala d'attesa rimediata.

«Be', veramente...»

«Vie' qua, tiè, fatte du' tiri, così te calmi.»

Rocco accetta di buon grado la sigaretta, nonostante sia una multifilter rossa, che lui ha sempre snobbato, e fuma insieme a lei. Chissà quando lo racconterò a Giulia, pensa, e per un attimo, ma solo un attimo, riesce perfino a ritrovare il sorriso.

Giulia, nel frattempo, è seduta di fronte alla dottoressa Sinibaldi.

«Mi dica...»

«Niente... ieri sera dopo averlo fatto ci siamo resi conto, in verità il mio fidanzato si è reso conto... insomma, che il preservativo si era rotto e quindi...»

«Lei ha mai assunto la pillola anticoncezionale?»

«Sì, ma l'ho sospesa...»

«Da quando?»

«Un paio di mesi.»

«Quanti anni ha?»

«Ventitré.»
«Ha mai avuto interruzioni di gravidanza?»
«No, mai.»
«Cosa vorrebbe fare?»
«Be', vorrei evitare... sì, insomma di correre rischi, di rimanere incinta.»
«Correre rischi... ora siamo a questo? Perché, secondo lei avere un figlio è un rischio?»
«No, non intendevo questo...»
«Ma voi vi rendete conto di cosa dite?»
«Ehm...» Giulia sente un groppo in gola, che non riesce a mandare giù. Un attimo dopo è scoppiata a piangere.
«Prego, prenda questo, non c'è bisogno di piangere. Risolveremo tutto...»
«Grazie» sussurra Giulia soffiandosi il naso nel fazzoletto offertole dalla dottoressa.
«Il punto è che bisogna essere consapevoli, sempre. Lei è giovane, ma non così giovane da non sapere che se si hanno rapporti sessuali non protetti ci si sottopone all'eventualità, non al rischio, di rimanere incinte. Senza considerare, questi sì, i rischi delle malattie sessualmente trasmissibili.»
«Lo so, ha ragione...»
«Ora, premesso questo, le darò un farmaco che al novanta per cento la metterà al sicuro dall'eventualità di una gravidanza.»
«Grazie, dottoressa.»

Nel viaggio di ritorno Giulia lo abbraccia forte come sempre. Ma adesso nessuno dei due è felice e spensierato come lo sono di solito durante quei tragitti sul Vespone. Il vento in faccia non placa le lacrime di Giulia, che si perdono nell'aria, e non lenisce l'inquietudine di Rocco.
Arrivati a casa, dopo una doccia calda e una camomilla preparata da Rocco, lei avverte subito un senso di nausea e si mette a letto, sotto le lenzuola. Nessuno dei due ha il coraggio di parlare. Rocco prova ad abbracciarla più volte,

ma lei si ritrae e infila la testa sotto al cuscino. Così, in preda a un'angoscia senza precedenti, esce un attimo per andare in farmacia a comprare il Plasil. Si prende quello per la nausea, giusto? E chissà se glielo daranno senza ricetta.

Al suo ritorno Giulia dorme ancora. Lui le si stende accanto, veglia su di lei fino a quando non riapre gli occhi.

«Come ti senti?»

«Abbastanza di merda...»

«Sono andato in farmacia a prenderti qualcosa per lo stomaco.»

Alla fine gli hanno dato un semplice farmaco da banco.

«Ho vomitato l'anima...»

«Chiamo la guardia medica?»

«No, credo sia normale, al consultorio mi hanno spiegato che... insomma, sì, è normale.»

«La nausea e il resto?»

«Sì. Piuttosto...»

«Dimmi...»

«E se avessimo fatto una cazzata?»

«Cosa vuoi dire, amore?»

«Ad andare lì stamattina... magari sarei rimasta incinta... sarebbe stato così terribile?»

«Dài, ora non pensiamoci...»

«Lo so che ci stai pensando anche tu.»

«Non posso mentirti, come sempre... non penso ad altro.»

«Sai che saremmo due genitori fantastici, vero?»

«Io so che tu saresti una mamma fantastica.»

Una lacrima riga la guancia di Giulia, Rocco la stringe forte a sé.

«Ho ancora un po' di nausea, ma forse è colpa anche dello stress.»

«È normale, lo hai detto pure tu... ora stai tranquilla, io non mi muovo da qui.»

«Neanche io.»

«Ti amo.»

«Anche io ti amo.»

«Nulla accade per caso e... ora so una cosa, amore, so che

con te farei tutto, con te voglio fare tutto. Perché tu, Giulia, tu... sei la vitamia.»

Glielo ha detto in uno dei loro primi momenti di massima felicità, e glielo dice anche oggi, asciugando le sue lacrime. E glielo ripeterebbe ogni giorno, ogni attimo. Per sempre.

23

19 ottobre 1995

Nella foto di laurea scattata nell'atrio di Giurisprudenza, Rocco stringe Giulia a sé. Lui, abito grigio scuro, camicia bianca e cravatta giallo oro, brilla di felicità. Anche lei, elegantissima nel suo tailleur pantalone gessato, è commossa ma ha l'aria provata. L'indomani, infatti, tocca a lei.

Per una strana coincidenza che si era ripetuta quasi in tutti gli ultimi esami, Rocco precedeva sempre Giulia di un giorno. Erano arrivati a quel traguardo insieme scegliendo per la tesi la stessa materia, Diritto del lavoro, e lo stesso professore, Matteo Dell'Olio, un uomo mite e accogliente che aveva da subito conquistato entrambi. *L'onere della prova*, il titolo discusso da Rocco, *Ius varianti e il trasferimento del lavoratore*, quello di Giulia.

Avevano trascorso i mesi precedenti in una totale simbiosi. Rocco dettava un brano a Giulia e lei faceva altrettanto con lui, usando una macchina da scrivere elettrica presa in prestito da Lilli. Il testo sarebbe poi stato battuto al computer e rilegato in stamperia. Il tutto tra una puntata di "Melrose Place", un cd di Anita Baker, e una pasta ai quattro formaggi che Giulia preparava nel cuore della notte quando si rendevano conto di aver saltato la cena, o in uno dei tanti attacchi di fame che li prendeva dopo aver fatto l'amore.

Non c'era giorno, o momento della giornata, in cui non potesse capitare che finissero arrotolati sotto le lenzuola in una specie di estasi totale che li aveva portati, in quei mesi, a isolarsi dagli altri con la scusa della tesi da consegnare in tempi record.

I festeggiamenti per la doppia laurea erano stati degni di quelli per un matrimonio indiano: prima la cena con la famiglia di Rocco al Barroccio, un ristorante tipico dietro al Pantheon, e a seguire quella di Giulia poco lontano, nel più famoso Due Ladroni; il sabato sera, poi, la festa per Rocco all'Akab, una ex falegnameria a Testaccio diventata un locale molto popolare, come tutto il quartiere, mentre Giulia aveva optato per l'esclusivo Gilda dietro a piazza di Spagna, con una lista degli invitati che si era allungata a dismisura.

Per l'occasione il clan Gallo al completo, compresa la nonna Luisa, era arrivato a Roma, e così la madre di Giulia, tornata dagli Stati Uniti con il suo compagno. Il regalo di laurea per Rocco era stata la nuova Golf della Volkswagen, quello per Giulia un lungo viaggio a New York con sua madre e suo fratello; lì avrebbero trascorso anche le vacanze di Natale.

Al ritorno, lei avrebbe cominciato a collaborare con lo studio di un notaio calabrese amico di famiglia, mentre Rocco stava giusto aspettando l'esito di un colloquio sostenuto per insegnare in un istituto privato per studenti lavoratori.

«Sai che mi fa un po' strano separarmi da te...»

Sdraiati a letto, dopo aver fatto l'amore, Giulia ha l'aria malinconica.

«Sapessi a me, non ci voglio neanche pensare.»

«Vorrei tanto che venissi in America con me.»

«Anche io, ma tua madre ha voluto questa riunione di famiglia e in fondo è giusto così.»

«Sì sì, però... che farai senza di me?»

«Boh, vedrò Davide, Nicola, forse Monica...»

«Ecco, sempre Monica!»

«Dài, non essere gelosa, sai come stanno le cose... siamo amici dal primo giorno, e a parte quella parentesi siamo solo amici... quante volte te lo devo ripetere?»

«Dal primo giorno amici come noi due... eh, eh, ah, ah, aaah!»
«Io di te sono stato innamorato, dal primo giorno che ti ho vista.»
«Sei proprio un batuffolo...!» ride lei.
«E tu sei la vitamia, ricordatelo sempre.»
«Lo so. E mi sembra pazzesco quello che abbiamo fatto... insieme.»
«Insieme... alla fine però sei stata più secchiona di me!»
«Lasciamo stare, che sono ancora incazzata per questo voto!»
«Dài, hai preso centocinque... che dovrei dire io, allora, col mio novantanove?»
«Be', ma io avevo la media più alta.»
«Ah, ah, ah! Sei la solita.»
Rocco afferra un cuscino e glielo lancia sulla faccia, lei risponde saltandogli addosso.
«Tanto vinco io!» fa lui.
«Non credo proprio... ah, ah, ah!»
«Allora? Cosa mi porti da New York?»
«Che vorresti?»
«Non saprei... quasi mi conosci meglio di me: decidi tu.»
«Ok... se poi non ti *piaceba* ti *attaccaba* e *tiraba*.»
«Ah, ah, ah! Se non mi *piaceba* ti, ti... ti *amaba* lo stesso.»
«Rimani qui con Russaba!»
«Cretina.»
«Magari puoi chiederle di farti compagnia... ah, ah, ah!»

Il giorno della partenza Rocco la accompagna fino all'aeroporto. Agli imbarchi sono avvinghiati come i due amanti nel *Bacio* di Klimt, il poster appeso sopra il loro letto. Neanche i grandi occhiali da sole riescono a mascherare le lacrime di Giulia, che le scorrono per tutto il viso. Anche Rocco è commosso, ma in un impeto di mascolinità sicula non lo lascia trapelare.

Poco dopo, però, sull'autobus che lo riporta a Roma, piange senza contegno. Ha pure dimenticato il walkman a casa, l'unica cosa che può ascoltare sono le sue emozioni. Quel distacco da Giulia gli fa sentire come un senso di vuoto, ma in fondo è anche felice. È consapevole che un ciclo di vita è finito, e uno nuovo sta cominciando. Estrae dallo zaino il quaderno che porta sempre con sé e comincia a scrivere.

> Strani movimenti mi attraversano. Forze centripete verso un nucleo che non conosco. All'improvviso sono da solo, io a trovare la strada. La corazza di metallo è diventata sottile come un foglio di seta, ed è impossibile ignorare le gocce che arrivano copiose... Non so cosa sarà, ma so che non posso più aspettare il prossimo temporale. Sono nudo, vero e non più straniero come nella vita di un'altra persona.
>
> Thoughts, 2 dicembre '95

Rientrando a casa, si accorge che la spia rossa della segreteria telefonica è accesa: ci sono dei messaggi.

"Rocco, amore, sono la mamma, come va? Giulia è partita? Tutto bene? Dammi notizie..."

"Aó scapolone... che stai a fà? Ti va di andare al cinema d'essai venerdì, così recuperiamo *Lisbon Story* di Wenders? Chiamami, Moni."

"Ciao bello, sono Nicola, pensavo... visto che sei solo in città, be', magari ci possiamo vedere... anche stasera. Fatti sentire, sono a casa."

"Amore mio, sono io, sto partendo... ci siamo appena salutati e già mi manchi... aspettami, torno prestissimo. Ti amo."

La voce di Giulia risuona nel silenzio dell'appartamento. Rocco riavvolge il nastro almeno cinque o sei volte per riascoltarla. Si guarda intorno e la casa gli sembra vuota. Tutto è pulito, tutto al suo posto, prima di partire lei ha straordinariamente dato una sistemata. All'improvviso, si sente come quando suo padre era ritornato in Sicilia lasciandolo da solo in via Cernaia al suo arrivo a Roma, ormai cinque anni prima. Gli manca tutto di Giulia, la sua inconfondibile risata, il suo disordine, il suo simpatico armeggiare in giro per le stanze, i libri lasciati sul tavolo e persino i piatti sporchi dentro al lavandino. Forse è meglio se mi organizzo ed esco da qui, altrimenti impazzisco. Per un momento pensa di chiamare Davide, chiedergli di poter dormire da lui, ma poi si ritrova a comporre il numero di casa di Nicola.

«Ciao, Nicò.»

«Ohi, Roc.»

«Che combini?»

«Tutto bene. Solo un po' così... ho appena lasciato Giulia a Fiumicino.»

«Immagino...»

«Perciò se ti va ci vediamo, così mi distraggo un attimo.»

«Ecco, a proposito di distrazioni, questa sera ho una cena, ma se ti va puoi accompagnarmi. Non penso ci siano problemi se dico che vengo con qualcuno.»

«Una cena? Sì, dài...» Non era a quello che Rocco stava pensando, ma l'idea gli piace.

«È una cena un po' speciale...»

«Speciale? In che senso?»

«Be', sì, nel senso che... siamo solo uomini... ma una cosa tranquillissima, eh.»

«Solo uomini? Ok, ma... mica c'è la partita, non capisco.»

«Che c'entra la partita? Siamo solo uomini, stop. Ti va o no?»

«Sì sì, mi va, mi va...»

«Ok, allora passi tu da me e poi andiamo insieme?»

«Va bene, alle otto e mezza da te?»

«Perfetto.»

Appena fuori dal palazzo in cui si svolgerà la cena, un condominio borghese del quartiere Prati, Nicola gli lancia un'occhiata sorniona prima di suonare il citofono: «Sei pronto?».

«Sono sempre pronto ma... minchia, Nicò. Di che si tratta?»

«Rilassati, ti divertirai...»

«Chi è?» chiede una voce impostata al citofono.

«Nicola e Rocco» risponde lui.

«Nicola e Rocco... preeego!»

In ascensore, tutto d'un tratto, Rocco si sente a disagio, comincia a sudare.

«Ma buonasera, accomodatevi!» li accoglie sulla porta un uomo sui quarantacinque anni con un accento del Nord, testa rasata, occhi chiari, con indosso una maglietta bianca attillata che fa risaltare un bel fisico.

Entrati in casa, Rocco si ritrova immerso in un arredamento barocco, tra divani damascati con dettagli oro. Ai muri una tappezzeria rosso cardinalizio alternata a una boiserie bianca, con mensole colme di vasi e cornici. Ma ciò che lo colpisce di più, facendolo arrossire, è l'infilata di sguardi degli altri ospiti seduti in soggiorno.

«Minchia, tipo plotone d'esecuzione» sussurra nell'orecchio di Nicola, che senza rispondergli prima consegna al padrone di casa il vino che ha portato e poi va a baciare e abbracciare gli altri presenti.

«Lui è il mio amico Rocco.»

«Benvenuto, Rocco» dice qualcuno.

«Salve a tutti...»

«Oh, Cristo santo... erano anni che non sentivo dire "salve"» lo raggela un signore sui cinquant'anni con la carnagione scura, il pizzetto e una sigaretta in bocca. «Non sei de Roma, vero?»

«Ehm, no, sono di Siracusa...»

«Ah, la Sicilia... quanti ricordi e che maschi! *Pardon*... che terra meravigliosa!»

«Lui è Giorgio» interviene Nicola indicando il più giovane del gruppo. «Lui invece è Massimo, e il padrone di casa si chiama Gino.»

«Molto piacere, Rocco» dicono tutti in coro.

«Rocco come quel pornoattore bonissimo e dotatissimo!» esclama uscendo dalla cucina un ragazzo con un vassoio di rustici in mano.

«Ecco, è arrivato 007! Rocco, come potrai notare, lui è il più figo di tutti, il nostro sex symbol, Pietro» commenta Gino.

«Be', se lo dici tu... Cosa bevete? Bianco? Rosso? Rosé o bollicine?»

Con il calice di vino in una mano e l'altra madida di sudore, Rocco cerca di dissimulare l'imbarazzo che serpeggia dentro di lui. Dalla punta dei piedi all'ultimo capello dritto che ha in testa. Ogni tanto prova a fulminare Nicola con lo sguardo. Anche se, ora che ci pensa, doveva immaginarlo che con "siamo solo uomini" Nicola intendesse proprio quello.

«La cena è servita, accomodiamoci» annuncia a un certo punto Gino.

Alla vista della tavola imbandita e apparecchiata, a Rocco scappa un sorriso. Per un attimo gli sembra di essere nella sala da pranzo dei suoi a Siracusa, manca solo la voce di sua madre che chiama tata Maria. La tovaglia è bianca, perfettamente stirata e inamidata, al centro c'è un grande candelabro con le candele bianche accese, i piattini del pane sono d'argento, come i sottopiatti, e le posate in *silver plate*; ai due lati del tavolo, poi, fanno bella mostra di sé due bouquet di fiori, bianchi anche questi.

Rocco è seduto accanto a Nicola, accomodato alla destra del capotavola, dove siede il padrone di casa. Di fronte a loro Pietro e Giorgio, mentre Massimo occupa l'altro capotavola. Si comincia a chiacchierare. Massimo è deputato di un partito di sinistra, Pietro fa l'assistente di volo, Gino è un antiquario, e Rocco non se ne stupisce, vista la quantità di mobili d'epoca presenti in casa, mentre Giorgio fa il commesso in un famoso negozio di scarpe in via Condotti.

«E tu cosa fai di bello?» chiede Gino rivolto a Rocco.

«Mi sono appena laureato in Giurisprudenza...»

«Ma che bravo, così giovane!»

«Be', ho ventitré anni.»

«Appunto, un pupo!»

«E pure figo» interviene Pietro.

«Non farti subito riconoscere!» lo redarguisce Massimo con la sua espressione vispa e furba. «Piuttosto... tu, Nic? Quanto ti manca? Non dovevi laurearti entro l'anno?»

«In effetti sì, ma poi, con il viaggio in Canada e il resto, alla fine mi laureo in primavera.»

«E voi due? Vi siete conosciuti all'università?» continua Massimo.

«Be', sì... ci siamo conosciuti a lezione e poi...»

«E poi meglio non indagare... però siete una gran bella coppia!»

Per poco a Rocco non va di traverso il sorso di vino.

«Quando due froci si incontrano a vent'anni può succedere di tutto!» salta su Pietro.

«Cicci, non esagerare!»

«Hai ragione, cicci... ogni tanto mi parte la brocca.»

«Ecco, fai attenzione, cicci...» interviene anche Gino.

Ma per Rocco la misura è già colma, tanto che ha appena dato a Nicola un calcio sotto al tavolo. Vorrebbe alzarsi e andarsene, ma per educazione non riesce a farlo.

Dice: «Be', io... insomma, io non sono...».

«Eh sì, scusate, lui non è...» gli viene in soccorso Nicola. «E soprattutto non siamo una coppia.»

«Tranquillo, Rocco... Nicola, non ci devi spiegare nulla» lo ferma Gino. «Ci mancherebbe...»

«Be', se pensi che alla mia età io ancora sono velato... i miei non lo sanno» si fa avanti Giorgio, che finora è rimasto in silenzio.

«Se è per questo, di me non lo sa nessuno, o quasi, e io ho qualche anno più di te» aggiunge Massimo.

«Sì, ma con il tuo ruolo ci manca solo che si sappia! Qui col Vaticano e il resto... se potessi emigrerei a San Francisco.» Gino sospira, poi accendendosi platealmente una sigaretta si rivolge a Rocco: «Caspita, mi hai fatto ricordare di quando sono arrivato a Roma da Padova, mi sembra ieri, e invece sono passati più di vent'anni...». Ha l'aria malinconica.

«Ecco, ora cominciamo con la nostalgia... te prego!» esclama Pietro.

«Qualcuno vuole ancora tortellini in brodo?» chiede Gino.

Anche i piatti sono presentati in stile gourmet, guarniti e decorati di tutto punto.

«Ed ecco a voi il soufflé e il vitel tonné!»

«Hai fatto pure rima... ah, ah, ah! Ma che ne dite de levà 'sta rottura de cojoni de musica barocca e di mettere un bel cd dance?»

«Ma come? È Haydn, il suo quartetto d'archi, il mio preferito... sei proprio *grossier*!»

Pietro però, evidentemente il guastafeste del gruppo, non vuole saperne e in un attimo cambia il corso della serata. «Questa mi fa impazzire» dice agitandosi al ritmo di *Gangsta's Paradise* di Coolio. «Chi viene a ballare dopo?»

«Ora vediamo... intanto propongo un brindisi a Rocco e al suo futuro!» Massimo solleva il calice e tutti lo seguono.

È il primo a congedarsi qualche minuto più tardi e, nel salutare Rocco, gli porge il suo biglietto da visita stringendogli forte il braccio.

«Caspita, che bicipite... per qualsiasi cosa, un consiglio o altro, qui ci sono i miei numeri.»

Dopo è un trionfo di dolci e di amari, grappe e superalcolici. Rocco fa segno a Nicola che è ora di andare, si mettono in disparte.

«Lo so che mi hai odiato tutto il tempo...» gli sussurra lui.

«Be', all'inizio un po', lo ammetto, ma poi da un certo punto in avanti mi sono divertito.»

«Sono un gruppo di matti, vero?»

«Perché noi, invece...?»

«Sai una cosa?»

«Dimmi, Nicò.»

«Be', voglio dirti... grazie.»

«Per cosa?»

«Per aver condiviso con me questa serata, questo mio nuovo mondo... a volte mi sembra di vivere una vita parallela.»

«Dài, Nicò, non fare il romantico ora...»

«Non faccio il romantico... vabbè, non puoi capire, però grazie.»

«Dài, basta "grazie"... grazie a te, grazie a me... grazie a 'sta minchia! Oddio, scusa, non volevo, è che dopo questa serata... ci sta!»

«Ci sta!»

La cena con gli amici di Nicola sarebbe stata solo la prima di una serie di serate che, in assenza di Giulia, avrebbero trascorso insieme. Senza la sua fidanzata e senza l'impegno dell'università, Rocco si sarebbe lasciato andare a settimane in cui avrebbe dormito di giorno e vissuto di notte, come mai aveva fatto prima.

24

9 dicembre 1995

«Eh, eh, ah, ah, aaah! Da ora in poi ti chiamerò professor Gallo.»

La risata di Giulia risuona nella cornetta. Ora è dall'altra parte dall'oceano, ma per un momento a Rocco sembra di averla di nuovo accanto a sé.

La raccomandata è arrivata il giorno prima, con la comunicazione che il colloquio è andato bene e che da gennaio lui comincerà le lezioni serali di Diritto ed Economia all'istituto Kennedy. L'idea di insegnare a studenti lavoratori lo diverte, e a quanto pare diverte un sacco anche Giulia.

«E che altro mi racconti di bello?»

«Ma no, niente...»

Rocco non le ha ancora detto nulla delle infinite nottate in discoteca insieme a Nicola, che già in quei pochi giorni si sono susseguite una dopo l'altra. A loro si è unita nel frattempo Linda, una ragazza di Civitavecchia, laureata in Statistica, alta e biondissima. Lei e Nicola si erano conosciuti una sera al Caffè Latino e da quel momento erano diventati inseparabili. Due veri animali notturni, entrambi strizzati in look a tratti improbabili, lui con magliette o canottiere attillatissime, nonostante l'inverno alle porte, lei con pantaloni in latex, maglie traforate senza niente sotto, e gli immancabili stivali di vernice nera con le zeppe che le arrivano al ginocchio.

Una notte, dopo la serata in discoteca all'Alien e l'irrinunciabile sosta per la bomba alla crema ai Professionisti di piazza Cavour, i due erano troppo brilli per guidare fino a casa e Rocco si era offerto di ospitarli. Linda si era addormentata vestita sul divano del soggiorno, e la cosa più complicata era stata levarle quegli stivali.

Rocco non l'avrebbe mai detto, ma Nicola si era trasformato in una specie di Lucignolo che lo guidava nella vita notturna di Roma, e lui si lasciava tentare senza opporre alcuna resistenza. Come se in realtà non avesse aspettato altro.

«Stasera dobbiamo assolutamente andare a Testaccio, Linda dice che c'è una serata fighissima» annuncia un giorno al telefono.

«Ok, stavolta però passate voi a prendermi.»

«Affare fatto, alle undici da te.»

Sulla piazza di monte Testaccio, sotto un piccolo tendone rotondo, tra l'edera che si arrampica sul muro, una piccola insegna a caratteri neri su sfondo nero svela il nome di un locale: L'ALIBI. Fuori, in coda, decine di persone dai look stravaganti, per lo più uomini.

Alla vista di Linda, le persone si fanno da parte, e lei attraversa la folla come una star tra due ali di fan, seguita da Rocco e Nicola. Strizza l'occhio al ragazzo all'ingresso: «Loro due sono con me».

«Anvedi che bei bocconcini...» le risponde lui.

Rocco e Nicola la seguono come due paggetti impegnati a reggerle lo strascico, che in effetti ha, dal momento che indossa un lunghissimo mantello nero sopra al solito abito di latex.

Una volta dentro, Rocco si rende subito conto di un particolare: al novanta per cento i presenti sono uomini.

«Minchia, Nicò, ma questa è una discoteca per...»

«Dài, Roc, non ci pensare, andiamo a farci un gin tonic, lasciati andare...»

Il locale è un piccolo, grande labirinto. Ci sono due sale separate da un arco centrale di pietra. Poi, attraversato un lungo e stretto corridoio, superata una serie di angolini con divanetti illuminati di rosso, si arriva a un'altra grande sala con un ampio bar sul fondo. Al bancone, neanche il tempo di ordinare, e Nicola sta già ammiccando a un tipo, che gli si avvicina all'istante, mentre Linda, con un paio di occhiali da sole fosforescenti sul naso, si sta dimenando accanto alla consolle del dj.

Rimasto da solo, Rocco si aggira per il locale con il drink in mano. Si muove con circospezione, non è a suo agio, in qualche modo sente di avere gli occhi di tutti addosso. Ed è una sensazione che non ha mai provato prima.

L'istinto è fuggire. Che minchia ci faccio qui? pensa mentre, camminando lungo il corridoio, con la coda dell'occhio vede Nicola baciarsi con il tipo di prima. Neanche la musica, che pure gli piace, lo placa.

Finisce il suo gin tonic, ne beve altri due. Appena riconosce le note di *The Bomb* dei The Bucketheads, forse perché adora quella canzone, forse per tutto l'alcol che ormai gli circola in corpo, si lancia in pista a ballare. L'ansia di prima ha lasciato d'improvviso il posto a una sensazione di leggerezza, si accende una sigaretta e si lascia trasportare dalla musica.

All'altro lato della pista vede Linda, lei gli fa il pollice all'insù, lui ricambia. E, più balla, più sente che attorno a lui si sta creando un cerchio di persone che ballano insieme a lui. Un ragazzo rossiccio, con una camicia a quadri tenuta fuori dai pantaloni e gli occhi allungati come quelli di un gatto, comincia a sorridergli, ad avvicinarsi sempre di più.

Di colpo la leggerezza viene sommersa dall'imbarazzo, Rocco distoglie lo sguardo, chiude gli occhi, si dimena al ritmo della musica.

Finché l'altro non gli si piazza proprio davanti, e Rocco è praticamente costretto a sorridergli.

«Ti va un drink?»

«Cosa?»

In realtà ha sentito benissimo, ma in qualche modo vuole prendere tempo.

Il ragazzo gli accosta le labbra all'orecchio: «Ti ho chiesto se ti va un drink».

«Ah, ok!»

Insieme si allontanano dalla pista. Hanno quasi raggiunto il bancone, quando il tizio si volta verso di lui.

«Mi sono rotto di stare qui» gli dice. «Ti va se il drink ce lo prendiamo fuori?»

Rocco sente come una lama che lo attraversa, il cuore comincia a battergli forte. Lo guarda meglio. È alto quasi quanto lui, un fisico sportivo, la camicia sbottonata lascia intravedere un pettorale tonico. Rocco sente di esserne attratto, e la cosa, in quel momento, non gli dispiace né lo preoccupa.

«Ci sto.»

Poco dopo sono sul 75 notturno. E soltanto lì, sotto le luci al neon dell'autobus, Rocco lo vede finalmente bene in faccia. Ha due occhi grigio-verdi accesissimi e un sorriso bianco luccicante.

«Sono Alessandro, e tu?»

«Rocco.»

«Rocco...»

Si stringono la mano e non se la lasciano più. Un signore li guarda con aria contrariata, quindi scende. Ora sono soli sull'autobus. Seduti in fondo, su un sedile doppio, Alessandro continua a fissarlo. Rocco anche. Si sorridono. Poi Alessandro comincia a sfiorargli il viso e, mentre Rocco chiude gli occhi, lui gli si avvicina e lo bacia. Prima piano, poi gli afferra la nuca, lo spinge a sé e tira fuori la lingua. All'inizio Rocco dischiude appena le labbra, quindi ricambia con altrettanto vigore. Sente il cuore che gli scoppia, e così i pantaloni.

«Capolinea! A belli, semo arivati... muoversi!» annuncia il conducente.

«Dobbiamo scendere» fa Alessandro.

«Sì.»

Pochi passi e si ritrovano in una piazza San Pietro deserta.

«Così vuota è ancora più bella» mormora Rocco.

«Sì, è bellissima.»

Per qualche istante restano in silenzio.

«Caspita, ci siamo baciati e non so quasi nulla di te» dice Rocco.

«E io non so nulla di te.»

«Faccio l'attore. È appena uscito un mio film. Tra qualche giorno parto per una tournée teatrale. E tu?»

«Io mi sono laureato da poco in Legge.»

«Avvocato…»

«Vedremo, credo di no… per ora mi prendo un po' di tempo per capire.»

«Ti ho notato appena sei entrato. Ehi… ti va se andiamo da me?»

Il cuore di Rocco riprendere a martellargli nel petto.

«In realtà, sì, mi andrebbe, non sai quanto…» dice alla fine. «Ma… meglio di no.»

«Che vuol dire?»

«Vuol dire che è meglio così…»

«Mi piaci, eh…»

«Dài, è meglio così.»

Alessandro si avvicina e fa per baciarlo, ma Rocco sposta la testa e lo abbraccia.

«Che succede, tutto ok?»

«Sì sì… più o meno… però scusami, è meglio se vado.»

«Ho forse fatto qualcosa di sbagliato?»

«No, no, tranquillo… sono io che…»

«Che…?»

«Scusami, ora devo andare…» insiste Rocco.

«Almeno dimmi se ci rivediamo. Non ho neanche una penna per lasciarti il mio numero…»

«Ci rivediamo in giro…»

«Cercami sull'elenco telefonico, Alessandro…»

Rocco lo interrompe: «Devo proprio andare. Perdonami».

«Ok, come vuoi.»

Rocco indietreggia, poi prima di voltarsi dice: «Sappi che il bacio che ci siamo dati non lo dimenticherò mai».

Alessandro stringe i suoi occhi da gatto. «Certo che sei proprio strano, te.»

«Lo so.»

«Allora... ciao?»

«Ciao.»

Rocco accelera il passo, un paio di volte si gira per salutarlo, e lui è ancora lì, immobile, che lo guarda. Poi basta, non si gira più, non vuole più vedere.

Arrivato alla fine di via della Conciliazione, mentre attraversa ponte Vittorio Emanuele, osserva alla sua sinistra Castel Sant'Angelo, per un attimo gli sembra di sentire Cavaradossi che urla la sua disperazione: "Svanì per sempre il sogno mio d'amore, l'ora è fuggita...", la sua aria preferita della *Tosca*.

Anche lui vorrebbe urlare in quel preciso momento. Non sa bene se di gioia o di disperazione. Su corso Vittorio comincia a correre, corre senza fermarsi. A largo di Torre Argentina sale al volo sul notturno. Ha il fiatone, il battito accelerato. In realtà è tutto accelerato. Ha appena baciato un ragazzo. Nel caleidoscopio di emozioni che lo assale, alla fine prevale l'euforia. È la prima volta, Davide si è sempre negato. Il primo bacio, come quello con Betty a quattordici anni sulla spiaggia di Fontane Bianche. Mentre l'autobus attraversa la città vuota, il suo respiro si acquieta così, e insieme al respiro anche i pensieri, che però sono confusi, inafferrabili.

Poi, nei pochi metri a piedi che deve percorrere dalla fermata fino a casa, tra di essi si affaccia prepotente l'immagine di Giulia. Lui subito la scaccia, fa le scale due, tre gradini alla volta. Si butta sotto la doccia, ma quasi non vorrebbe lavarsi per trattenere il sapore di quel bacio. Un bacio che non dimenticherà, mai.

25

23 dicembre 1995

È la sera prima della vigilia di Natale, e Rocco è chiuso nella sua stanza a Siracusa. In casa non c'è nessuno. I suoi sono a una cena di gala al Circolo Unione, sua sorella Elena è fuori con le amiche e tata Maria ha la serata libera. Un silenzio irreale, rotto ora dal suono del telefono, che continua a squillare a vuoto: lui lo sente ma non risponde. Anche se potrebbe essere Giulia dall'America, o i suoi amici che lo aspettano invano in piazza Adda per l'aperitivo. Non ha voglia di sentirli. È lì da giorni e non ha ancora incontrato nessuno.

È tornato a casa dei suoi in cerca di un po' di pace. Invece, arrivato a Siracusa, tutto gli è esploso tra le mani come una bomba Molotov. E mentre ovunque c'è aria di festa, di attesa, lui non ha proprio nulla da festeggiare. Al punto che, ogni volta che passa dall'ingresso dove si staglia il grande albero di Natale di casa Gallo, un abete vero, arrivato direttamente della val di Fiemme e addobbato da Adele con l'aiuto di tata Maria e altre sue amiche accorse per l'occasione, gli verrebbe voglia di rompere, a una a una, tutte le palline di cristallo. L'intera casa è un trionfo di lucine, decorazioni e ghirlande. Anche quelle, se potesse, Rocco le staccherebbe pezzo dopo pezzo. Non è da lui avere quel tipo di impulso, ma è ciò che sente adesso. E quel maledetto telefono che continua a squillare lo infastidisce così tanto che si infila le grosse cuffie in testa, le collega allo stereo e fa partire un cd live di David Bowie a tutto volume nelle orecchie. E se fosse un'emergenza? pensa per un istante. Non me ne frega una minchia, si risponde un attimo dopo.

Da quando è rimasto da solo a Roma è successo di tutto e ora fa fatica a rimettere insieme i pezzi. Sì, perché il suo mondo, la sua storia, la sua essenza stanno andando in frantumi e lui non sa cosa fare. Dopo quella notte a Testaccio finita col bacio sul bus notturno, nulla è più stato come prima. I giorni successivi li ha trascorsi in uno stato di ansia perenne, di totale confusione: senza distinguere più il giorno dalla notte, saltando i pasti, consumando interi pacchetti di sigarette e non solo. Era così visibilmente malconcio, quando è tornato dai suoi, che per placare la loro preoccupazione ha persino finto di essere influenzato. Da quel momento, attingendo alle sue più recondite doti di Actors Studio, ha trascorso tre giorni senza mai alzarsi dal letto, mentendo spudoratamente su quella febbre immaginaria e attirando su di sé le attenzioni di tutta la famiglia.

Ora, per la prima volta in vita sua, si trova a fare i conti con una realtà fino ad allora sconosciuta. A cominciare dalla consapevolezza che l'eccitazione di quella notte non era stata un episodio sporadico. Già dall'indomani, aveva iniziato a cercare situazioni analoghe. Ma, soddisfatto il desiderio e il piacere immediato, sprofondava puntualmente in un baratro di sconforto e inquietudine.

E ora, mentre ascolta *Heroes* di Bowie, ripensa ad alcune scene di *Christiane F. – Noi, i ragazzi dello zoo di Berlino*, e si sente talmente sottosopra che in una sorta di delirio comincia a desiderare qualcosa, una sostanza, che possa stordirlo come avviene ai giovani del film. In preda a uno stato di ansia si mette a frugare tra le medicine nel bagno dei suoi, alla ricerca di una qualsiasi compressa in grado di attenuare quel dolore sordo che, ormai da giorni, lo tormenta. Poco dopo in salone si attacca a una delle bottiglie di whisky della collezione di suo padre Antonio. Alticcio e confuso, si ritrova con gli occhi sbarrati, sdraiato nel suo letto. Poi si ricorda di aver lasciato, mesi addietro, un pezzo di fumo nel cassetto della sua scrivania. Il fumo in realtà non c'è ma, mentre rovista frettolosamente tra le carte, all'improvviso si ritrova fra le mani una lettera che Davide gli aveva spedito lo scorso anno, proprio durante le vacanze di Natale mentre era a Orbetello a casa dei suoi.

In realtà sono dei versi in inglese che Davide aveva scritto di suo pugno:

> I did what should be done,
> I tried with so much will
> I loved what should be hated,
> I shouted what should be hidden
> I cried with screaming tears
> And now I feel alone
> Because I had everything
> Everything but you.
> To Rocco with pieces of my life.
> D.
> Christmas 1994

Di nuovo sdraiato sul letto, Rocco legge e rilegge quei versi. Pensa a Davide, a quello che hanno condiviso, a ciò che ha provato per lui. Rivive alcuni dei loro momenti insieme e, stranamente, prova quasi tenerezza. Ora lui desidera solo indagare, capire, vivere e soprattutto accettare quello che gli sta succedendo. Ma mentre riavvolge il nastro del loro rapporto, si sente in colpa per averlo trascurato in quel periodo, preferendogli le notti folli in giro per i club di Roma. Guarda l'orologio, sono le dieci e dieci. Lo chiama.

«Buonasera, signora, sono Rocco, mi scusi per l'ora ma...»

«Buonasera Rocco, che sorpresa, da quanto tempo... come stai, figliolo?»

«Tutto bene, grazie.»

«So che ti sei laureato, Davide m'ha detto... complimenti!»

«Sì, grazie. Davide per caso è lì...?»

«Sì, è appena rincasato. Te lo passo, eh, allora tante cose belle!»

«Anche a lei, e auguri di buon Natale anche a suo marito.»
«Buon Natale a te e famiglia!»
Qualche istante dopo Davide è al telefono.
«Oh Rò, come va? Che racconti?»
«Ciao, tutto bene... più o meno... è che avevo voglia di sentirti...»
«Dài, mi fa piacere, sai... sei un po' sparito in 'sto periodo. Io sono tanto incasinato con la tesi, doveva essere la cosa più facile del mondo e invece...»
«Caspita, mi dispiace. Ti manca tanto?»
«A 'sto punto non lo so più, dopo le vacanze ho appuntamento col prof, vediamo... Te che dici? La Giulia quando torna?»
«Tra un paio di settimane... io, a dirti la verità, sto abbastanza uno schifo. Per come mi sono comportato.»
«Cazzo, mi dispiace. In fondo sai che non hai fatto niente di male, no?»
Per un attimo, Rocco pensa di raccontargli ogni cosa, delle sue notti folli a Roma e tutto il resto. Ma poi dice soltanto: «Sì, lo so, ma sono devastato dai sensi di colpa...».
«...»
«La verità è che è un casino, Dà, non capisco più niente. Non so più chi sono, non so che fare...»
«Non essere frettoloso. Non precipitare le cose. Aspetta. Quando torni a Roma?»
«Pensavo subito dopo Capodanno. Qui c'è la solita festa il trentuno, ma minchia, non ho voglia di fare niente.»
«Io torno il due. Se ti va quella sera stiamo insieme, così ci raccontiamo un po'.»
«Sì, sarebbe bello. Ho bisogno di parlare con qualcuno, sennò impazzisco.»
«Io ci sono sempre, lo sai...»
«Lo so. Grazie.»
«Sai una cosa?»
«Dimmi.»
«Non mi aspettavo questa chiamata, sono contento.»
«Anche io.»

«In realtà ci ero rimasto di merda che non ci siamo visti prima di Natale. Ho una cosa per te, a 'sto punto sarà il regalo di inizio anno...»

«Tipo la Befana, ah, ah, ah! Anche io ho una cosa per te» dice Rocco.

«Dài, allora il due stiamo da me.»

«Ok.»

«E comunque...»

«Sì?»

«Mi sei mancato...»

«...»

«Tanto.»

«Anche tu.»

«Ciao, Rò.»

«Ciao, Dà.»

Chiusa la telefonata, Rocco si mette le mani fra i capelli. La chiamata a Davide, anziché rincuorarlo, ha soffiato sul fuoco della sua irrequietezza. Gli ha mentito due volte, non solo per il regalo, che ora dovrà affrettarsi a comprare, ma soprattutto perché Davide non gli è mancato affatto.

«Rocco, Roccuzzo, siamo noi, siamo a casa!»

Sua madre, dall'ingresso, annuncia che lei e suo padre sono tornati. Di scatto, Rocco si precipita a spegnere la luce in camera sua e ancora una volta finge. Finge di dormire, anche se già sa che, quella notte, farà molta fatica a prendere sonno.

26

9 gennaio 1996

Sulla Roma-Fiumicino, a bordo della sua Golf nera che Giulia non ha ancora avuto modo di vedere, le dita di Rocco cercano il comando per azionare i tergicristalli come in un riflesso condizionato. Non sta piovendo, ma il suo sguardo è appannato dalle lacrime, mentre l'autoradio suona gli Everything but the Girl, *Missing*.

Sul sedile del passeggero un mazzo di peonie, le preferite di Giulia.

Fermo nel parcheggio dell'aeroporto, Rocco continua a singhiozzare. Tutte le emozioni che aveva trattenuto dentro di sé sono esplose in quell'ora scarsa di tragitto verso Fiumicino.

Lancia un'occhiata all'orologio, il volo dovrebbe atterrare a minuti.

Si dà una sistemata e scende. Al primo bagno che trova si infila dentro, butta la faccia sotto l'acqua gelata e, raddrizzandosi, quasi non si riconosce nello specchio. Da giorni e giorni le sue notti sono insonni. Anche dopo il suo ritorno a Roma ha continuato a uscire e ubriacarsi, soprattutto nel weekend, vivendo come in una sorta di frullatore, cercando di scacciare i pensieri, di svuotare la testa, di sentirsi libero. Ha fumato pacchetti di sigarette come mai prima, e anche qualche canna. Ha frequentato party e serate a tema, una sera ha perfino rischiato di essere portato in questura durante i controlli della polizia in un after hour alla periferia est di Roma. Ha fatto sesso con un paio di ragazzi; con uno, Claudio, si sono anche rivisti, ma ha evitato di dargli il numero di telefono per paura che Giulia, al suo rientro, lo scoprisse. Con Davide, alla fine, non aveva parlato di nulla. Erano stati insieme, ma Rocco aveva avuto per tutto il tempo la testa altrove.

Il giorno prima dell'arrivo di Giulia ha rimesso in piedi la casa, cambiato le lenzuola, passato l'aspirapolvere, lavato la montagna di piatti accatastati nel lavandino e soprattutto eliminato ogni traccia di quelle settimane di totale sregolatezza. Litri e litri di Fabuloso alla lavanda e un incalcolabile numero di lavatrici per eliminare da camicie, magliette e pantaloni l'odore di fumo, e giacche e cappotti lasciati notte e giorno a prendere aria sul balcone.

Rocco si strofina il viso, solleva gli occhi verso il tabellone:

> Volo Alitalia AZ 6954 New York JFK – Roma Fiumicino landed/atterrato.

Quaranta minuti dopo Giulia fa capolino dalla porta degli arrivi internazionali. Ha stampato in faccia un grosso sorriso mentre, con la schiena piegata appena dal voluminoso zaino che ha sulle spalle, trascina due gigantesche valigie.

Rocco le corre incontro, si abbracciano a lungo. Il bouquet di peonie quasi finisce stritolato in mezzo a loro.

«Bentornata, amore.»

«Ciaooo, *ammoglieee*, eh, eh, ah, ah, aaah!»

«Vieni, ti aiuto. Vedo che il bagaglio è raddoppiato.»

«Se consideri lo zaino, è triplicato... ho temuto che mi fermassero alla dogana. Con tutto quello che ho comprato, se mi aprivano il trolley ero fritta.»

«Fatti guardare. Sei bellissima e... ciccionissima, ah, ah, ah!»

«Simpatico... non è vero! Anche se, a furia di double cheeseburger e french fries sono tutta un brufolo, quello sì. E tu come stai, amore mio?»

«Io ok, dài.»

Giulia lo fissa un attimo. «Sicuro che stai bene? Sembri uno che ha appena visto un fantasma...»

«Sì, è che ieri sono andato con Nicola alla Pace, sai il cinese di Madonna dei Monti, e non ho digerito.»

«Strano... è il mio preferito.»

«La verità è che sono emozionato per il tuo ritorno.»

«Sì sì sì, ma smettila di dire cagate!» Giulia si fa più seria. «Scherzi a parte, hai una cera che non mi piace per niente.»

«Ma no... eccoci arrivati. Sei pronta a fare una nuova conoscenza?»

Lei ha già capito. «Sempre... lo sai.»

«Allora ti presento Jack, la mia, anzi nostra, nuova Golf.»

«Ma una Golf non si può chiamare Jack, è femmina!»

«E cosa proponi?»

«Io la chiamerei... fammi pensare... Rosina!»

«Rosina? Ah, ah, ah, ma che minchia di nome è?»

«Eh, eh, ah, ah, aaah! Dài, lei è Rosina!»

«Mmh, non sono convinto ma... vada per Rosina! Ah, ah, ah!»

«Ed è superaccessoriata!»

«Eh, sai, noi Gallo non badiamo a spese... ah, ah, ah!»

«Che meraviglia. Mi piace.»

«Sono contento. Che poi, l'abbiamo scelta insieme...»

«Sì, sì, ma con noi dentro è tutta un'altra cosa... ah, ah, ah!»

«Ma dimmi, com'è andata a New York? È una figata, vero?»

«Sì, è stato tutto bellissimo. A parte mia madre e la sua follia... ci ha fatto girare come i pazzi, non riesce mai a stare ferma. Io sarei rimasta tutto il mese a New York. Lei ha insistito per portarci anche a Chicago... meraviglioso, in effetti. Ha voluto a tutti i costi passare il giorno di Natale lì.»

«Siete stati bene?»

«Sì, e per una volta siamo andati tutti d'accordo, non abbiamo mai litigato o quasi... mi ha fatto piacere anche ritrovarmi con mio fratello, io e Luca non ci vediamo mai.»

«Immagino lo shopping, poi...»

«Shopping matto e compulsivo! Ho svaligiato Victoria's Secret, non so quante creme per il corpo ho comprato... e poi il periodo di Natale a New York è qualcosa di veramente unico... ho fatto un sacco di foto, non vedo l'ora di svilupparle.»
«...»
«Un rullino intero solo per l'albero del Rockefeller Center!»
Dopo la concitazione di quei primi minuti, il viaggio di ritorno verso casa è segnato anche da lunghi silenzi. Rocco è più impacciato e malinconico del solito, e questo a Giulia non sfugge.
«Sei stanco, amore?»
«No, no, tranquilla, amore. Piuttosto, mi devi raccontare tutto... qual è la cosa più figa che hai visto?»
«Be', di sicuro l'Empire State Building, ma anche salire sulle Twin Towers è stata un'esperienza, anche se poi siamo stati sulla Sears Tower di Chicago, che è il grattacielo più alto del mondo. Sai che a un certo punto ho avuto paura?»
«Cioè?»
«Be', sì, all'improvviso l'ascensore accelera così tanto che ti sembra di balzare in un attimo fino al piano 110, o 108, non mi ricordo...»
«Che figata!»
«Sì, davvero... ho pensato che ci voglio tornare con te.»
«Certo...»
«Ammazza che entusiasmo... tutto a posto?»
«Sì, te l'ho detto, solo un po' di pesantezza di stomaco.»
«Sarà...»
«Fidati.»
«Ok.»
«...»
«E insomma, tu che hai fatto tutto questo tempo senza di me?»
«Be', me la sono presa comoda. Sveglia tardi, zero pensieri...»
«Avrai visto Monica, immagino...»
«Sì, siamo andati al cinema un paio di volte.»
«E Davide?»

«L'ho visto una volta soltanto. Sta finendo la tesi, è un po' nel caos.»

«Mh-mmh» fa lei senza togliergli gli occhi di dosso.

«Ho visto Nicola, siamo usciti un po' di volte... siamo stati a ballare.»

«A ballare? Ma se non vuoi mai andarci!»

«Ma sì, dài... ogni tanto va bene. Qualche drink, qualche minchiata e via... Piuttosto, non mi hai detto niente delle peonie.»

«Stupende, non vedo l'ora di metterle in soggiorno sul tavolo.»

«Ah, non credo potrai farlo...»

«Cioè?»

«Il tavolo si è rotto, le sedie sono andate a fuoco e il divano è marcito.»

«Sì sì, e l'asino vola... Eh, eh, ah, ah, aaah!»

Entrati in casa, Giulia nota subito l'ordine e la pulizia diffusa.

«Che profumo di pulito, hai fatto venire un'impresa di pulizie?»

«No, in realtà ieri ho sistemato tutto il giorno... per vossia sua altezza reale!»

Lei scoppia a ridere. «Ma senti, non vuoi sapere cosa ti ho portato?»

«Sono curioso come una scimmia, ma prima...»

«Prima...?»

Di colpo Rocco comincia a baciarla, in pochi secondi sono già nudi. Sul letto ancora intonso e profumato di pulito fanno l'amore. Più a lungo del solito, più impetuosamente del solito. Lui sembra famelico, a tratti prepotente. Lei ne è sorpresa, gli sarà mancato fare l'amore con me, pensa. Ma in fondo c'è qualcosa che non la convince. Come un retrogusto amaro dopo aver mangiato una coppa di gelato alla stracciatella, il suo preferito...

Alla fine si ritrovano abbracciati e nudi, a fumare sul letto.

«Allora? Ti sono mancata?»

«Mi pare evidente, no?»

«Sì, ma tu rispondimi.»
«Certo che sì. Perché fai così?»
«Non so… tutto bene?»
«Sì, direi che… sì, tutto bene.»
«È che ti vedo strano, ti ho sentito strano.»
«Ma no…»
«Anche poco fa, mentre lo facevamo…»
«Non mi pare che non ti sia piaciuto.»
«Che c'entra? Certo che mi è piaciuto, ma non so… sarà una mia sensazione, però sei strano.»
«…»
«Sai che sono una strega e non sbaglio mai.»
«Secondo me è il fuso orario.»
«Sarà il fuso orario…»
«Allora, questi regali?»
«Stai morendo di curiosità, eh?»
«Sì!»
Da una delle due valigie aperte in soggiorno, Giulia comincia a estrarre una serie di buste e pacchetti: un paio di Ray-Ban Aviator dorati con le lenti verdi, un giubbotto di pelle nera Levi's, un lettore cd portatile della Sony, una confezione di Obsession di Calvin Klein.
«Mi sembra sia tornato Natale! Grazieee!»
«Ecco, e tu con questi occhiali sembri Tom Cruise in *Top Gun*.»
«Ah, ah, ah, e poi questo profumo, sai che mi fa impazzire… non sbagli mai!»
«Eh, ti conosco troppo bene, mascherina.»
A quel punto Giulia tira fuori un sacchetto blu di Tiffany & Co.
«Questo è per te, per noi…»
Rocco lo apre. Dentro c'è una catena d'argento sottilissima con due ciondoli: una lettera R e una G. Per qualche istante resta senza parole.
«Così fa pendant col braccialetto che mi hai regalato tu. Ne ho prese due uguali, la tua catenina è soltanto un po' più lunga.»

«Mi aiuti?» le chiede Rocco con un filo di voce.

«Vieni...»

Mentre Giulia gli allaccia il gancio della catenina, Rocco sente le lacrime che si riaffacciano, annacquandogli gli occhi.

«È bellissima» farfuglia tentando di ricacciare indietro il pianto.

«Sono contenta.»

«...»

«Da quando sono tornata non me lo hai ancora detto...»

«Detto cosa?»

«Che mi ami. Non mi hai ancora detto che mi ami.»

«Lo sai, be', insomma, lo sai quanto ti amo.»

«Se è per questo non mi hai neanche detto spontaneamente che ti sono mancata... anzi ridimmelo, ti sono mancata?»

Rocco si ridà immediatamente un tono. «Ho capito, sei in cerca di conferme. Allora lo posso dire, dottoressa Giulia Marzi: lei mi è mancata tantissimo e io la amo ancora di più di prima. Va bene così?»

Lei accenna un sorriso. «Va bene, ma non mi hai convinto...»

«Che ne dici di una bella carbonara? Cucino io!»

«Ok, io vado in doccia, sono un po' rincoglionita dal fuso.»

«Prima però il mio regalo di Natale!»

Rocco apre l'armadio e ne estrae un voluminoso, ma sottile, pacco incartato di bianco, sormontato da un gigantesco fiocco rosso.

«Wow, cosa sarà mai?»

«Aprilo e vedrai...»

«È un quadro?»

«Apri, apri...»

Giulia comincia a scartare curiosa, con un paio di forbici Rocco la aiuta a tagliare il pluriball che avvolge il suo regalo.

All'interno di una grande cornice nera ci sono tante foto di loro due, frutto dei servizi fotografici che hanno realizzato per gioco, ognuna accompagnata da balloon o strampalate didascalie, come in un fumetto. Il tutto stampato in bianco e nero.

Al centro del quadro, scritto a mano da Rocco: "Vitamia". Tutto attaccato.

«Eccoci qua.»

«Ma è... è... *beglissimooooo*, ah, ah, ah!»

«Sì.»

«*Beglissimooo*» continua Giulia mentre la risata si trasforma in pianto e le lacrime le riempiono gli occhi.

Anche Rocco è commosso. «Che minchioni, siamo due minchioni...»

«È che ci sono tutti questi anni messi insieme... la nostra storia. Guarda, qui è quando ci siamo dati il primo bacio...»

«Sì.»

«Mi sembra ieri.»

«Vero...»

«Oddio, guarda qui che look... come mi ero conciata!»

«Qui è quando ci eravamo entrambi comprati le lenti colorate azzurre.»

«Oddio, che ridere!»

«Ti ricordi gli occhi incartapecoriti, poi?»

«E chi se lo scorda?! E per la bellezza di duecentomila lire a paio!»

«Eh, già...»

«Se ci penso mi fa effetto...»

«Anche a me.»

«Ok gli esami, l'università... ma eravamo così spensierati e... innamorati. Non so perché mi sta prendendo così... è che in queste settimane mi sei mancato da pazzi, come se non potessi fare a meno di te.»

«Vieni qui, abbracciami.»

Rocco la stringe forte a sé. Le bacia i capelli, sente il suo odore. Giulia è mancata tanto anche a lui, in effetti. Ma non riesce a dirglielo: non riesce a dirle che la ama. Si sente in colpa e prova un senso di angoscia finora sconosciuto.

Una sensazione che si riaffaccerà sempre di più nei mesi

successivi. Le settimane scorrono in una routine nuova per entrambi. Lei ha iniziato a collaborare con lo studio del notaio Apolloni, lui a insegnare alla scuola serale, in attesa di cominciare entrambi la pratica forense e di partecipare alle udienze in tribunale.

Più volte Giulia nota qualcosa di strano nel suo fidanzato, un cambiamento, più volte gli chiede cos'abbia, tutte le volte lui minimizza. La verità è che, dentro Rocco, è in atto qualcosa di simile allo scioglimento dei ghiacciai. Interi blocchi di materia che si staccano e si fondono dentro di lui. Non ne ha parlato con nessuno. Neanche con Nicola, che pure ha contribuito a dare il via a questo processo.

Giulia, invece, in preda all'inquietudine, un giorno chiama Lilli, a cui si rivolge sempre, specialmente nei momenti più difficili. Alza la cornetta, compone il suo numero.

«Posso venire a trovarti?»

E, di fronte a un tè coi pasticcini nell'accogliente salone della sua casa in zona via Cassia, le confida i suoi tormenti. Lilli, dall'alto dei suoi cinquant'anni vissuti pericolosamente, la rassicura dicendole che entrambi, lei e Rocco, devono semplicemente abituarsi alla nuova vita "adulta". Le consiglia anche di riempire un bicchiere di acqua e sale e di nasconderlo in un angolo dell'appartamento, e poi di attaccare un fiocco rosso in bagno: questo, secondo i dettami del feng-shui, per ristabilire le energie o qualcosa del genere.

Tutte cose che Giulia, appena rincasa, esegue prontamente. E, spostando il divano per posizionare il bicchiere con l'acqua e sale, si ritrova fra le mani un volantino piegato a metà.

Lo apre, lo legge:

> Circolo omosessuale Mario Mieli Muccassassina Roma Palladium ore 22.20.

Cosa vorrà dire? È un locale? Circolo omosessuale? Chi lo ha dimenticato? Forse Nicola...

A quel punto, incuriosita, cerca più a fondo. Scoperchia il rivestimento del divano e, nascosto sotto ai cuscini, trova un sacchetto di velluto nero. Lo apre, dentro ci sono delle cartine e, avvolto in un pezzo di pellicola, un cubetto marrone poco più grande di un'unghia.

Subito le è chiaro che, in sua assenza, Rocco si è dato alla pazza gioia... ma perché non dirglielo? Perché farlo di nascosto?

I dubbi la assalgono. Non sa che fare. Decide di aspettare. Quando il suo fidanzato torna a casa non gli dice nulla. Ma, da quel momento, un chiodo fisso comincia a pungere dentro di lei.

C'è qualcos'altro che le sta nascondendo?

27

28 maggio 1996

Sono le quattro del mattino e Rocco non riesce a dormire. Si gira e si rigira, ha gli occhi sbarrati, è un'anima in pena. Finché, a un certo punto, scatta in piedi e si butta sotto la doccia. Prova a calmarsi, vaga per casa, si accende una sigaretta.

Quando torna a letto, Giulia, ancora mezza addormentata, gli si avvicina e lo abbraccia. Lui ricambia e le accarezza la testa. La stringe a sé e, mentre lei riprende a dormire, lui comincia a piangere in silenzio. Sa che forse quella sarà la loro ultima notte insieme. Prova a restare sveglio più che può. Vorrebbe cristallizzare quel momento, fermare il tempo, conservare per sempre il calore del corpo di Giulia avvolto nel suo. Registrare il suo respiro, mettere sottovuoto il suo odore.

Ormai ha deciso, vuole dirglielo, aprirsi con lei, vuotare il sacco. Non riesce più a sostenere il peso, quegli ultimi mesi sono stati faticosissimi, e in più sente di dover andare a fondo, indagare, capire. Non può fare a meno di ascoltare quella voce. Ha provato a silenziarla, annientarla, ignorarla, ma non ci riesce, ogni volta si riaffaccia. Come quando, anni prima, aveva deciso di lasciare la sua città, i suoi affetti, la sua casa, per seguire la vita nuova a cui aveva sempre anelato.

E, sconfitto da quei pensieri, alla fine si riaddormenta anche lui.

Quando si risvegliano sono avvinghiati. Rocco è eccitato, Giulia sorride, cominciano a giocare sotto le lenzuola.

Lui la bacia ovunque, dai piedi agli occhi, il ventre, l'interno coscia, le ascelle. Si baciano per un tempo indefinito. Si rotolano nel letto, fanno a lungo l'amore, Rocco sembra quasi insaziabile. Come se non volesse finire mai.

Ancora una volta, Giulia è come sospesa. Negli ultimi tempi il sesso tra loro è stato diverso, passionale, sì, a tratti perfino impetuoso, ma più distaccato. È una sensazione che lei stessa fatica a definire. Però in quel momento decide di lasciarsi andare, avvolta da qualcosa che sembrava perso, inondata da un senso di amore ritrovato che la fa sentire di nuovo al sicuro. Per un attimo i timori e i sospetti che hanno segnato gli ultimi mesi la abbandonano. Lei e Rocco restano sotto le coperte fino all'ora di pranzo. È sabato mattina, l'unico impegno fissato per lei è il parrucchiere alle quattro.

Per entrambi sono stati mesi intensi. Le lezioni serali all'istituto Kennedy di via del Corso sono aumentate, il che consente a Rocco di avere una piccola autonomia economica per togliersi qualche sfizio. Per Giulia, la collaborazione dal notaio si è rivelata più impegnativa del previsto. Entrambi, poi, hanno iniziato la pratica presso lo studio dell'avvocato Mannino e Associati, dove si alternano tra la mattina e il pomeriggio.

E mentre Giulia ha già tracciato il suo cammino futuro, Rocco ha intrapreso questi lavori quasi per inerzia, in attesa di capire sul serio il da farsi. Si è dato tempo fino all'estate.

«Io comincio ad avere una certa fame, e tu?»

«Be', anche io... a meno che...»

«A meno che cosa?»

«Vieni qui...»

«Dài, è quasi l'una. Mica vorrai passare tutta la giornata a letto?»

«No... però...»

«Ma stamattina cos'hai? Sembri posseduto, ah, ah, ah!»

«Dimmi che non ti piace...»

«Mi pare evidente il contrario!» ride lei. «Però ora bisogna alzarsi.»

«Mmh...»

«Dài, io vado in doccia e tu intanto metti l'acqua per la pasta.»

«Agli ordini!»

Rocco in realtà si ferma qualche minuto a letto. Chiude gli occhi, respira a fondo. La mente lo riporta indietro, scorrono le immagini di loro due, quasi si stesse riavvolgendo un nastro. Poi tutto comincia a girargli intorno. Come quando da bambino premeva sulla trottola per farla roteare all'impazzata.

Poco dopo, entrambi in accappatoio, stanno mangiando la pasta ai quattro formaggi, specialità di Giulia. Rocco apre anche una bottiglia di vino rosso. A vederli dall'esterno, mentre brindano, sembrano una coppia felice e innamorata.

Poco dopo Giulia esce per andare dal parrucchiere, Rocco, si precipita a chiamare Davide.

In quei mesi si sono visti meno del solito, ma senza mai rinunciare ai loro momenti rubati di intimità. Davide, tra le altre cose, è sempre più preso con la tesi, che sembra non finire più.

«Ehi, Dà, tutto bene?»

«Sì, dài, in verità sono un po' nella merda, ieri il prof mi ha cambiato il titolo.»

«In che senso? Non è sempre sul teatro dell'assurdo?»

«Sì, ma ora vuole un focus su Samuel Beckett, mentre prima, per quasi metà, era anche su Ionesco.»

«Minchia, e adesso il titolo qual è?»

«*Il teatro di Samuel Beckett: tra assurdo ed esistenzialismo*. Perciò nuovi capitoli e un focus su *Aspettando Godot*. Per fortuna il lavoro fatto finora è salvo...»

«Quindi quando finisci?»

«A 'sto punto a ottobre... è andata così... amen. Tu, piuttosto? C'hai 'na voce... tutto bene?»

«Insomma...»

«Che succede?»

«Be', niente... o meglio...»
«Dài, non fare il grullo... ti conosco troppo bene.»
«Dimmi solo una cosa...»
«Spara!»
«Se serve posso venire a stare da te per qualche giorno?»
«Sì, ma...»
«Ok.»
«Ma dimmi, che sta succedendo?»
«Succede che... be', insomma...»
«Hai litigato con Giulia?»
«...»
Gli occhi di Rocco si fanno liquidi, la voce rotta.
«Rò? Rò? Perché non parli? Tutto bene? Così mi fai preoccupare.»
«No, no, tranquillo.»
«Le chiavi di casa le hai. Vieni quando vuoi, ma...»
«Va bene, dài. A meno che la situazione non precipiti, nel caso ti avviso prima.»
«Ok, come vuoi. Ma sicuro che stai bene? Mi infilo una cosa e ti raggiungo?»
«No, no, tranqui, dài.» Rocco prende un respiro. «Ho deciso di dirglielo...»
«Dire cosa?»
«Be', di parlarci, non ce la faccio più, non dormo più, non è giusto.»
«Ma sei sicuro?»
«...»
«Ci hai pensato bene?»
«Sì. Devo farlo, altrimenti impazzisco.»
«Ma le vuoi dire... tutto?»
«Dà...»
«Ok, ma non fare cazzate.»
«Vado... grazie per esserci, è importante.»
«Lo sai... oh, mi raccomando.»
«Sì. Allora ciao.»
«Ciao, Rò.»
Rocco si guarda intorno. Scorge le loro cose, gli ogget-

ti comprati insieme a Giulia, il quadro con le loro foto che le ha regalato al suo ritorno da New York. Non sa che fare. Vorrebbe scappare, sparire. Questa è la mia vita e non posso mettere la testa sotto al cuscino, si ripete mentre vaga tra una stanza e l'altra.

Quando, due ore dopo, Giulia rientra, in mano ha un'enorme busta di Gente, la sua boutique preferita in centro, e un nuovo taglio di capelli.

«Wow, che look!» esclama Rocco.

«Che dici? Ti piace? Avevo voglia di cambiare ancora...»

Ha i capelli corti fino alle orecchie, con un taglio squadrato.

«Mi piace, mi ci devo abituare...»

Giulia va in bagno, si specchia. Da dietro, Rocco la osserva incantato.

«Li ho tagliati troppo, che dici?»

«Mi piacciono, sono... moderni.»

«Moderni, bah... che vuol dire?»

«Moderni... cioè alla moda. Stai bene, comunque.»

«Ma tu piuttosto? Tutto bene? Hai un'aria strana.»

«Sì, sì, in verità oggi è come se non mi fossi mai svegliato...»

«Anche io sono un po' rincoglionita.»

«Ci facciamo un caffè?»

«Ok.»

«Ho chiamato il ristorante, abbiamo il tavolo prenotato alle nove.»

«A Campo?»

«Sì, a Campo.»

«Non vedo l'ora... stasera niente dieta!»

«Ci sta un bel piatto di tonnarelli alla gricia.»

Qualche ora dopo sono al centro della piazza, con il profilo di Giordano Bruno che li osserva. Entrambi amano quel ristorante, che nel tempo era diventato il *loro posto*. Per Rocco si era quasi trasformato in un surrogato di casa, e il calore dei proprietari, specialmente quella sera, lo rassicura non poco.

Durante la cena Rocco e Giulia brindano, apparentemente spensierati. Lei, che pure in quei mesi ha avuto i suoi pensieri, ora non immagina neanche lontanamente cosa stia provando lui.

Rocco si sente come attraversato da un vortice. Ogni boccone di saltimbocca alla romana è un'onda sulla nave notturna per le Eolie quando il mare è a forza nove. Cerca di sorridere, non sa nemmeno più se sta bevendo vino rosso o acqua frizzante.

«Non hai fame?» chiede Giulia sorpresa.

«Ho esagerato con l'antipasto, troppi fritti... e temo troppo vino.»

«Ma se di solito ti mangi anche il tavolo!»

«A regà, un bel dolcetto? Panna cotta? Zuppa inglese? Tiramisù?» interviene Aldo, il cameriere.

«Per me un tiramisù» dice Giulia.

«E tu, Rocchè?»

«Solo un caffè doppio, grazie Aldo.»

Mentre camminano verso il Lungotevere, dove hanno parcheggiato, Rocco propone di fare due passi. Giulia accetta di buon grado.

«Così smaltisco la cena. Saranno stati trecento grammi di pasta, sto scoppiando.»

Mano nella mano percorrono via dei Pettinari, scorgono l'Arco Farnese con la sua inconfondibile edera rampicante e sbucano di fronte a Ponte Sisto. Fermi al semaforo, circondati da decine di giovani festanti, Rocco ha il cuore in gola. Lo sente talmente forte che gli pulsano anche le tempie. Non ha più salivazione. Teme che non gli esca la voce.

«Ti va se ci fermiamo qui?» dice quasi sussurrando, interrotto da un filo di tosse.

«Sì, ma tutto bene?»

«In realtà no. Ti devo parlare.»

«Oddio, mi devo preoccupare?»

L'espressione di Rocco, però, già tradisce che è una cosa seria. Ma istintivamente Giulia cerca di sdrammatizzare.

«Vuoi dirmi che... hai deciso di aprire un chiosco di cannoli a Ortigia?»

«...»

«Eh, eh, ah, ah, aaah!» Ma la sua risata non risuona cristallina come al solito.

«In verità devo dirti una cosa importante, sempre che io riesca a farlo, perché, credimi, non è facile...»

Giulia sgrana gli occhi, si ferma. Si è fermato tutto. All'improvviso non sentono più la frenesia del sabato sera, non vedono più la folla che li circonda. Ci sono soltanto loro due. Giulia seduta su un muretto, con alle spalle il fiume che scorre inconsapevole di tutto, Rocco di fronte lei, illuminati da un cono di luce, sotto un lampione schermato dai maestosi platani secolari. Per uno strano paradosso, sono a pochi passi dal luogo in cui si sono dati il primo bacio.

«Ok, ci provo, anche se davvero non so se ce la faccio... perché... perché tu lo sai vero? Lo sai?»

«So cosa...?»

«Tu sai? Sai che sei, sei la vitamia.»

«Rocco, che succede? Mi stai facendo preoccupare sul serio...»

«No, non ti devi preoccupare. Tu sai quanto ti amo, vero? Sai che sei la cosa più importante per me. Lo sai, *vero*?»

«Certo che lo so, quindi?»

«Quindi questo è importante dirselo. È la cosa più importante.»

«...»

«Per me questi anni insieme sono stati i più belli della mia vita. Dal primo momento, su quella scala antincendio, sei stata un raggio di sole, un colpo al cuore, qualcosa che, se ci penso, non riesco neanche a descrivere, sei stata, sei...»

A quel punto un groppo in gola quasi gli impedisce di continuare, Rocco tenta di non piangere, anche se le lacrime escono prepotenti. Giulia è come impietrita, incredula, immobile.

«Rocco, non capisco. Che sta succedendo? Che discorso è? Hai un'altra?»

«No, non c'è nessun'altra, nessun'altra.»

Rocco chiude gli occhi, china la testa, per qualche secondo resta con il pollice e l'indice premuto sopra al naso.

Giulia gli prende le mani. «Ehi, ma che succede?»
«Il fatto è che... caspita, come faccio a spiegarti...?»
«Provaci.»
«Ho capito che...» Poi si ferma.
«Cosa hai capito?» lo incoraggia Giulia.
«Ho capito che... che devo indagare dentro di me. Che devo capire cosa mi sta succedendo. Devo capire cosa mi piace, cosa desidero, cosa voglio essere. È come se io stessi incubando qualcosa...»
«Che vuoi dire?»
«Credo, sì, insomma... di essere... attratto anche dai ragazzi.» Di fronte al silenzio di Giulia, lui prosegue: «Tu dirai, com'è possibile? Non lo so com'è possibile, ma è così. E, siccome ti amo, non posso mentirti, non dirti la verità. Non posso. Non posso più».
«Cioè? Non ho capito. Sei attratto anche dai ragazzi? Anche?»
«Sì... anche.»
«In che senso anche?»
«Nel senso che sì, mi sono reso conto che... è come se fossi diviso a metà. E per questo ho bisogno di capire, di indagare questa parte di me.»
Giulia lo fissa in silenzio. Ha le pupille offuscate. È tutta offuscata. Blackout, buio improvviso. Dov'è il contatore? Dov'è la leva per far tornare la luce? Non lo sa. Un gelo polare si impadronisce di lei. Ha freddo, vorrebbe una coperta per scaldarsi. Vorrebbe scappare lontano. Subito si riaffaccia quella voragine interiore che prova quando pensa a suo padre, all'abbandono, alla sua assenza. A quel punto non controlla più nulla. Non sa più nulla. Rocco la abbraccia, lei resta inerme.
«Ti prego, non avercela con me, non odiarmi, non giudicarmi. Io...»
«Non è questo... è che... be', questo proprio no, non me lo aspettavo.»
«Lo so, lo immagino...»
«Ora portami a casa, ti prego.»

In macchina, procedendo a passo d'uomo sul Lungotevere intasato dalla movida del sabato sera, Rocco e Giulia non si parlano. Lui la guarda di continuo. Lei ha la faccia rivolta verso il finestrino. Là fuori la vita degli altri scorre frenetica mentre la sua ha appena subito una sterzata improvvisa che non sa dove la porterà. E intanto dalla radio, dopo una serie di hit da discoteca, parte *Killing Me Softly with His Song*, i Fugees, una specie di colpo di grazia in quell'atmosfera già così grave.

Entrambi, infatti, stanno piangendo in un mutismo assordante. A un certo punto Rocco le poggia la mano sulla gamba nuda. Lei sente subito il suo calore, per qualche istante sembra lenire il freddo che ha dentro. Ricambia. Si stringono le mani, si guardano in lacrime.

In quel momento lei non lo odia affatto, anzi lo ama come non ha mai amato nessuno in vita sua. In testa ha solo Rocco che le dice "devo indagare dentro di me, devo capire…", e sa che dovrà rinunciare a lui. Che quello è un addio, che loro due insieme, già non ci sono più.

28

Più tardi

Quella notte nessuno dorme. Non dorme Giulia, chiusa in camera da sola. E non dorme Rocco, infreddolito sul divano del soggiorno.

Tornati a casa, Giulia si è spogliata, si è infilata sotto le lenzuola e ha sbattuto la porta talmente forte che lui non ha più avuto il coraggio di entrare. La rabbia ha cominciato a impadronirsi di lei già in ascensore. Lo sguardo da cane bastonato di Rocco le ha fatto salire il sangue alla testa. Dopo lo choc della prima ora, adesso Giulia vorrebbe prenderlo a schiaffi, tirargli i capelli, insultarlo.

«Mi ha mentito, mi ha preso per il culo, mi ha ingannata. Chissà da quanto aveva questi grilli per la testa...» ripete sottovoce, incapace di controllare il pianto.

Si morde il labbro inferiore, stringe il lenzuolo. Le torna in mente il volantino del circolo omosessuale trovato sotto al divano. Rimugina su tutte le stranezze di Rocco nelle ultime settimane. È un'altalena di emozioni. Un misto di incredulità, risentimento e compassione. Per qualche istante prevale il dispiacere, immagina il travaglio di Rocco, vorrebbe correre nell'altra stanza e abbracciarlo. Poi, non appena la mente torna ai loro momenti intimi, si sente improvvisamente a disagio. Il pensiero che qualche ora prima in quello stesso letto stavano facendo l'amore la fa impazzire. Le è stato strappato il cuore. Il pianto le monta dentro, insieme al rimpianto di essersi fidata, di aver lasciato che Rocco entrasse dentro di lei, abitasse la sua casa, il suo corpo, il suo cuore. Come ha potuto? Si sente sola in mezzo al nulla, quasi fosse a Berlino in pieno inverno al centro di Potsdamer Platz prima del crollo del Muro. Quello che la separa da Rocco è molto di più di una semplice parete.

Lui, intanto, dopo aver fissato il soffitto con gli occhi spalancati per ore, in preda alla disperazione, si è addormentato sul divano con una tovaglia da tavola ad avvolgerlo al posto del lenzuolo, vinto da un senso di liberazione.

A qualche chilometro di distanza, poi, anche Davide ha fatto i conti con la sua notte dell'Innominato. Fino a tardi ha aspettato l'arrivo di Rocco, ansioso di sapere cosa fosse successo. La sua chiamata lo aveva scombussolato nel profondo. L'idea che Giulia fosse stata messa al corrente del loro segreto lo agitava non poco. Ma, ancora di più, per la prima volta dopo tutti quegli anni aveva cominciato ad accarezzare l'idea di iniziare una vera storia con Rocco.

Come se l'uscita di scena di Giulia potesse trasformarsi in un detonatore del loro rapporto.

Poi anche lui, da solo nel letto, aveva finalmente chiuso gli occhi.

Sono le otto del mattino, e Giulia sta per uscire di casa. Si ferma per un istante a guardare Rocco che dorme avvolto nella tovaglia a quadri. Le fa quasi tenerezza, così indifeso e raggomitolato sul divano. Non le è mai apparso così... piccolo. Vorrebbe svegliarlo, accarezzarlo, cancellare tutto e ricominciare come se nulla fosse successo. Lo fissa per un minuto, forse due. E un brivido la attraversa, perché sente che quella potrebbe anche essere l'ultima volta che lo vede. Appena capisce di non poter più controllare il pianto, si precipita fuori.

Poco dopo, al suo risveglio, sul tavolo della cucina Rocco trova un post-it:

> Stasera gradirei non trovarti più qui.

Senza neanche lavarsi la faccia, senza neanche pensare, Rocco si arrampica sul soppalco del corridoio, recupera due valigie e un paio di borsoni, che comincia a riempire meccanicamente. Con sé porta qualche libro, la tesi rilegata, le cornici con le foto dei suoi familiari, l'orologio di Cartier appartenuto a suo nonno che la nonna Luisa gli ha regalato per la laurea, i suoi documenti. Come un ladro riempie alla rinfusa bagagli e sacchetti della spesa. Prova a non piangere, prova a ignorare le foto di lui e Giulia felici, i loro oggetti, la loro casa. Ha l'istinto di lasciarle un messaggio, ma poi rinuncia. Chiama Davide.

«Sto arrivando.»

Un'ora dopo è già sotto casa sua. Lui lo raggiunge in strada per aiutarlo a scaricare i bagagli.

«Che cazzo è successo?»

«Eh...»

«C'hai 'na faccia...»

«Minchia, sono a pezzi.»

Accatastata tutta la roba nell'ingresso, Rocco va a fare una doccia mentre Davide prepara il caffè. Sotto il getto dell'acqua volutamente gelata, Rocco trema, ha i brividi. Poi, all'improvviso, nel fondo di sé avverte come una voce flebile, che lo calma, che gli dice di non aver paura, di non temere quel senso di vuoto. Al tempo stesso, si sente perso e libero.

In cucina Davide ha apparecchiato per la colazione. Si muove nervosamente, a scatti.

«Allora? Mi vuoi raccontare?»

«Eccomi, sì.»

«Glielo hai detto?»

«Be', sì...»

«Che le hai detto?»

«Le ho detto che voglio capire... che devo indagare.»

«Sì, ma glielo hai detto?»

«Detto cosa, Dà?»

«Di noi, quello che c'è tra noi...»

«Di noi?»

«Sì, be', di noi...»
«Ma di noi cosa?»
«...»
«Ma sei matto? Come di noi? Noi, cosa? Minchia, Dà...»
«Ah, ok, ok... tranquillo, tranquillo. È che stanotte non ho quasi dormito perché pensavo le avessi raccontato tutto quanto.»
«Ecco, siamo in due. Manco io ho chiuso occhio. Anzi, sai che ti dico? Mi butto a letto, sono distrutto.»
«Ok, dài, magari dormiamo un po'.»
Rocco lancia un'occhiata verso l'ingresso. «Riguardo a tutta quella roba, non ti preoccupare, non mi sto trasferendo qui, devo capire che minchia fare. Non ho la testa adesso. Magari me ne torno in Sicilia e poi vediamo. Sono a pezzi.»
«Questa è casa tua, puoi fare come minchia ti pare.»
Davide lo abbraccia, lo stringe forte. Rocco resta inerme.
«Mi butto a letto» dice soltanto.
Quando, un paio di ore dopo, riapre gli occhi, Davide è steso accanto a lui.
«Allora, mi vuoi raccontare?»
«Minchia, Dà, ti ho già detto...»
«In realtà non mi hai detto un tubo.»
«Mi scoppia la testa, mi sento come se mi avessero strizzato tipo mocio Vileda.»
Davide gli si avvicina, comincia ad accarezzarlo. All'inizio Rocco lo lascia fare, poi lo blocca.
«Non mi va ora, sto sottosopra, te l'ho detto.»
«Ok, tranqui.» Davide resta un attimo in silenzio. «Sai cosa ho pensato?»
«Dimmi...»
Rocco si alza, in mutande va in cucina a bere, Davide lo segue.
«Stanotte. Mentre non riuscivo a dormire, avevo paura che tu raccontassi tutto a Giulia, poi però stamattina ho pensato che a questo punto noi possiamo...»
«Possiamo cosa?»
«Possiamo...»

«Non sto capendo...»
«Be' sì, possiamo viverci la nostra cosa.»
«...»
«Ho pensato che io sono pronto, che possiamo provarci, che voglio stare con te.»

Rocco solleva le braccia, si mette le mani tra i capelli. Osserva Davide con indosso solo i suoi jeans attillati, il suo fisico asciutto leggermente abbronzato. Lo guarda ma con occhi diversi, come se fosse una stampa o una fotografia. Non sa cosa dire, è spiazzato. La sua urgenza, in quel momento, è un'altra e Davide non ne fa parte.

«Be', non mi dici nulla?»
«Cosa vuoi che ti dica? Sai come mi sento? Come se fossi sulle montagne russe di Cedar Point... così mi sento. Con la differenza che, quando ci sono stato anni fa, ero felice e ora invece sto di merda.»

Davide comincia a camminare nervosamente su e giù per il soggiorno. Rocco si accende una sigaretta. *Older* di George Michael risuona nella stanza e rende tutto ancora più solenne, definitivo.

«Ti vuoi calmare?» sbotta Rocco. «Invece di aiutarmi mi stai mettendo ansia.»
«Ecco il solito drammatico.»
«Ma cosa ti devo dire?»
«Be', cazzo, ti sto dicendo che ho finalmente capito di voler stare con te, di volere te.»
«Minchia, Davide, ti giuro che... cioè, mi sono appena mollato con Giulia, sono sotto un treno, vengo da te in cerca di aiuto e tu ti aspetti... ma che minchia... io sto impazzendo.»
«Quindi mi stai dicendo che non vuoi? Non vuoi stare con me?»
«Ti sto dicendo che dentro di me c'è un terremoto. Ti sto dicendo che devo capire, mi devo ricostruire.»
«Ma se sei stato tu a insistere, a dirmi che dovevamo avere le palle di stare insieme, di viverci 'sta cosa? Te lo ricordi? Ora non vuoi più?»
«...»

«Ora che finalmente sei libero, cazzo, sei libero.»
«Minchia, Davide, ti prego.» Rocco si accende la seconda sigaretta.
«Dammene una.»
«Da quando fumi?»
«Da adesso.»
«Minchia, Dà.»
Davide fa un tiro, comincia a tossire, non riesce a fermarsi. Per un istante a Rocco viene quasi da ridere. Poi si fa più serio che mai.
«Vorrei farti comprendere una cosa. Io ho bisogno di capire, ho bisogno di vivermi questa cosa da solo. Ho bisogno di essere libero proprio per questo.»
«Quindi mi stai dicendo che puoi fare a meno di me?»
«Non è questo...»
«Cioè, all'improvviso non mi vuoi più? Non ti piaccio più?»
«Ma che minchia dici? Non è così, lo sai. Ma in questo momento devo stare da solo. È troppo presto per...»
Davide si avvicina a lui, gli infila le mani nelle mutande. E, come già altre innumerevoli volte, finiscono sul divano, anche se Rocco ha la testa altrove.

L'indomani prende il primo treno per Siracusa nel tentativo di lasciarsi tutto alle spalle. Non sa ancora bene cosa racconterà ai suoi, e neanche gli interessa.
Giulia, nel frattempo, ha riempito un'altra valigia con le cose che nella fretta Rocco non si è portato via da casa. Ora ha bisogno di cancellare ogni sua minima traccia da quella casa. Ha spostato i mobili in soggiorno, buttato nella spazzatura le lenzuola in cui avevano fatto l'amore solo due giorni prima, messo nel soppalco la cornice con le loro foto, ultimo regalo di Rocco, e tolto anche tutte le altre. Vedere i loro momenti felici la faceva sprofondare in un abisso senza via d'uscita.
Poi si ferma un istante a osservare le cose accumulate nell'ingresso. Ha bisogno che qualcuno faccia sparire tutto quanto. Prende il telefono.
«Ciao, Davide.»

«Ehi, Giulia, come... come stai?»

Dal suo tono è chiaro che lui sa già tutto.

«Come vuoi che stia? Una schifezza. È come se mi fosse passato sopra un trattore.»

«Be', ci credo, cavolo...»

«Senti, immagino che lui sia lì da te.»

«No, veramente è partito ieri per la Sicilia.»

«Ecco, va bene, posso chiederti un favore?»

«Tutto quello che vuoi.»

«Non è che verresti a recuperare una valigia e un paio di cose che ha lasciato qui?»

«Va bene.»

«Quando riesci?»

«Anche più tardi.»

«Ok, ti aspetto.»

Due ore dopo sono seduti nel soggiorno di Giulia davanti a due caffè bollenti. A Davide basta un'occhiata per accorgersi che in casa non c'è più alcuna traccia di Rocco. Lei ha un'aria dimessa, non l'aveva mai vista così. Ha i capelli tirati all'insù fermati da un mollettone, gli occhiali da vista, è completamente struccata. Davide cerca di nascondere la sua ansia. Fa quasi finta di sorseggiare il caffè. Prima di uscire di casa si è preso un paio di compresse di valeriana che di solito – almeno così si è convinto – lo rasserenavano prima di un esame. Giulia va subito al punto.

«Credo ci sia ben poco da dire...»

«Be', in effetti...»

«Immagino tu sapessi tutto.»

«...»

«Be', su, non dirmi che non si è confidato con te!»

«Per caso hai una sigaretta?»

«Certo... ma da quando fumi?»

«Una ogni tanto...»

Davide si accende goffamente la sigaretta, attento a non inspirare più di tanto per non tossire.

«Allora? Dài, non fare l'ignavo con me, il sipario è venuto giù.»

«Hai ragione...»

«Perché sai una cosa? Io non penso che lui non mi abbia amato, non posso credere di aver vissuto tutti questi anni nella finzione. Però lo stesso non posso accettare che non me ne abbia parlato per tempo, che non si sia aperto con me... per questo ti chiedo se almeno con te lo ha fatto, se ha avuto qualcuno con cui parlarne, se mi ha tradita.»

«Veramente...»

«Scusami, non pensavo che il discorso avrebbe preso questa piega, non voglio metterti in difficoltà, Davide. Però ho bisogno di capire per non impazzire. Perché, per quanto io mi sforzi, arrivo solo fino a un certo punto.»

Davide si sente spalle al muro. Gli occhi di Giulia comunicano un bisogno di verità che lo disarma. Senza riflettere più di tanto, lui comincia parlare.

«Rocco se n'è andato e ci ha lasciati entrambi qui, spiazzati, soli, in qualche modo disperati.»

«Ci ha lasciati? In che senso ci ha lasciati?»

«Nel senso che ha lasciato te e ha lasciato pure me. Con la storia che deve capire, deve indagare...»

Giulia socchiude gli occhi. «Scusa, non ti sto seguendo...»

A quel punto Davide è un fiume in piena e, anche se a un certo punto vorrebbe fermarsi, continua, quasi fosse in uno stato di trance.

«Non ha più senso mentirsi... perché in qualche modo questa storia riguarda anche me.»

«In che senso, scusa?»

«Be', nel senso che... tra me e lui sono cominciate a succedere delle cose... prima per scherzo, poi la faccenda si è fatta più seria, abbiamo iniziato, sì, insomma, a stare insieme... qualcosa di più di due semplici coinquilini e amici.»

Giulia prende a fumare nervosamente. Con la mano destra prende ad arrotolarsi una ciocca di capelli, lo fissa esterrefatta, scuote appena la testa. Ma cosa sta sentendo?

«Mi spiace, ma io non ce la faccio più» farfuglia Davide, sta singhiozzando adesso. «La verità è che, quando vi siete messi insieme, tra noi già c'era un sentimento, credo...

dopo ha cominciato a succedere qualcosa di più, ma non ci siamo mai baciati, eh. Però in qualche modo... sì, in qualche modo ci siamo... amati.» Di fronte al silenzio di lei, Davide sente il cuore battergli ancora più forte nel petto. «Forse ho sbagliato a dirtelo, forse sto solo peggiorando le cose, ma a questo punto non ha senso continuare così...»

Giulia ha la sensazione di essere dentro a un film. Spettatrice di una scena della sua vita proiettata sul grande schermo. Poi si schiarisce la voce e, con fare deciso, si avvicina a Davide. Gli si avvicina così tanto che entrambi perdono i contorni l'uno nell'altro.

«Cioè, tu mi stai dicendo che voi siete stati... amanti? O cosa?»

«Be', in un certo senso...»

«E questa cosa andava avanti da anni?»

«Sì.»

«Ma che cazzo... che cogliona io, non mi sono mai accorta di nulla, mai!»

«Mi dispiace, non sai quanto.»

«Quindi è stata tutta una recita. Quel cazzo di bacio la prima sera da voi, tu volevi soltanto farlo ingelosire... hai fatto di tutto per esserci sempre, in mezzo a noi, anche con la storia di Marta, l'ho sempre pensato che non te ne fregasse un cazzo di lei... tutto studiato, tutto.»

«Non dire così, non è così... Anche perché ora siamo sulla stessa barca. Io e te siamo sulla stessa barca.»

«Sulla stessa barca? Non direi proprio. Io sono stata tradita e presa per il culo dall'uomo che amo, che ho amato più di ogni altra cosa nella mia vita. E tu mi dici che siamo sulla stessa barca. Ma fammi il favore...»

«Invece sì, lo dico. Perché anche io lo amo più di ogni altra cosa e ora che se n'è andato sto di merda e non so cosa fare.»

«È tutto surreale, tutto questo è surreale, è troppo per me. Ti aspetti pure che io ti consoli? O che provi pietà per te? Be', in effetti un po' di pena me la fate tutti e due.»

Gli occhi azzurri di Davide sono come annacquati.

«Mi dispiace, Giulia, mi dispiace, ma anche io lo amo. Non voleva ferirti, non ti ha tradita, ha solo cercato di capire chi è, di capire chi siamo... E io, ora che l'ho capito, sto di merda, di merda.»

«Ti prego, Davide, basta. La borsa e le altre cose sono nell'ingresso.»

«Ok, vado. Però, ti prego, non odiarmi, non avercela con...»

«Basta, basta. Vattene e basta!»

Ignaro di tutto, in quelle ventiquattro ore a Siracusa Rocco non aveva raccontato nulla ai suoi, che dopo lo stupore iniziale di vederlo piombare a casa all'improvviso si erano mostrati felicissimi del suo ritorno.

Svuotato dentro e apparentemente normale all'esterno, quella sera si era immerso nella vita notturna della sua città. Era rimasto fino a tardi in piazza Adda, e aveva bevuto perdendo il conto dei drink. Era tornato a casa barcollando, e si era subito chiuso in camera sua.

Dopo la resa dei conti con Giulia non aveva mai smesso di pensare a lei. Come starà? Cosa starà provando?

E ora, seduto sul letto come quando da adolescente ci si piazzava per leggere le ultime pagine del manuale prima dell'interrogazione, comincia a scrivere su un vecchio quaderno: è un fiume in piena, un flusso di coscienza. E ciò che ne esce è una lettera indirizzata a Giulia. Deve spedirgliela, vuole che quelle parole le arrivino subito. Ma poi, in preda a un vero e proprio uragano emotivo, sente che ha bisogno di parlarle, parlarle subito. Prende il telefono, compone il numero di casa, di quello che fino a due giorni prima era stato il loro nido d'amore. Ogni squillo è un tuffo al cuore, come quando anni prima l'aveva chiamata per invitarla alla festa in terrazza. Al settimo squillo, finalmente, Giulia risponde.

«Pronto.»

«Pronto, ciao, sono io...»

Tu tu tu.

Neanche il tempo di finire la frase, che Giulia ha già riagganciato. Forse è caduta la linea, pensa Rocco. E richiama: una, due, tre volte.

Tu tu tu.

Alla quarta Giulia risponde, senza però lasciarlo nemmeno fiatare.

«Si può sapere cosa cazzo vuoi? Con che coraggio osi chiamarmi? Dopo tutto quello che hai fatto alle mie spalle. Dopo che mi hai mentito per anni? Come hai potuto farmi questo? Come hai potuto?»

Un pianto disperato le impedisce quasi di parlare. Rocco prova a dire qualcosa, ma non riesce a fermarla.

«Ma cosa dici? Io… io…»

«Tu cosa? Tu cosa? So tutto, Davide mi ha raccontato di voi due. Altro che devo indagare, capire. E io la solita cogliona che mi stavo preoccupando per te. Altro che "vitamia". Non voglio vederti mai più, non cercarmi mai più.»

«Ma…»

«'Fanculo, Rocco, vattene a 'fanculo!»

Giulia riaggancia ancora. Rocco prova a richiamarla, ma il telefono dà occupato, sempre, come se la cornetta fosse sganciata.

In preda al panico esce di casa, recupera la sua moto in garage e comincia a vagare senza meta per le strade di Siracusa. Più volte il pianto gli offusca la vista. Quando rincasa è già mattina. Tata Maria lo sorprende all'ingresso, lui le fa segno di non dire nulla e si chiude in camera. È talmente esausto che si addormenta vestito.

Anche Giulia, a chilometri e chilometri di distanza, sta dormendo. Dopo la telefonata ha preso dieci gocce di sonnifero che si era procurata il giorno prima alla farmacia sotto casa.

Entrambi sanno che non si rivedranno più, anche se Rocco, addormentandosi con il volto bagnato dal pianto, ha continuato a ripetere fino all'ultimo: «Giulia, tu sei la vitamia. La vitamia».

29

Siracusa, 9 giugno 1996

Cara Giulia,
  finalmente ho il coraggio di guardarti in faccia. Ho fatto un sogno, ho visto il mare. Camminavo, improvvisamente non ero più io, e la spiaggia era un'altra. Era un anno fa, io e te correvamo bagnandoci con l'onda lenta che si infrangeva sul bagnasciuga, cercavamo il sole, volevamo vedere cosa ci fosse dietro al promontorio, arrivare al fiume. Poi ho guardato il mio orologio e ho capito che non ero lì, non c'era nessun fiume che sfociava nel mare, non c'eri tu. La realtà brutale sono le immagini che mi ballano in testa: attimi, istanti, di una fusione, di un'unione indissolubile, di una comunione permanente, di un respiro solo in due. Forse oggi posso guardarti in faccia, o non potrò farlo mai più. Ora mi conosci, sai chi sono, ogni tuo dubbio trova una spiegazione, non avrei mai immaginato tutto questo. Non sapevo cosa significasse non trovare le parole, avere il sangue ghiacciato, sentire miliardi di pulsioni e non sentirne alcuna.
  L'altra sera il fiume scorreva alle tue spalle, tu non lo vedevi, io sì. E ti ho detto che faceva un po' paura. La verità è che ho paura. Non sono qui a domandarmi se tutto questo sia giusto, se e cosa mi aspetta dopo, ma sono qui a dirti che ho il cuore in mille pezzi, che in quel fiume mi ci sarei voluto buttare. Che in un solo colpo tutta la vita mi si è sgretolata tra le mani come un castello di sabbia. E io non ho fatto nulla per impedirlo, anzi, l'ho

provocato io, tutto questo. In poche ore ho abbattuto ciò che avevo costruito così abilmente nel corso di questi anni. Il nostro amore, quella fusione, quella cosa che sappiamo solo noi e che rimarrà sempre dentro di me.

Qualche piccola, o forse grande, bugia, ma nulla che abbia sporcato ciò che provo. Lo so che non lo capisci, che non lo accetti. Tutto è crollato inesorabilmente. E adesso eccomi qui, senza più difese, senza muri, spogliato di un'armatura di plastica che si è disciolta con il calore. E adesso... adesso non vorrei che fossimo già a adesso. Perché è come rifare tutto, camminare, ripartire, questa volta da solo. Solo contro la corrente del fiume che continua a scorrere e a fare da sottofondo alle nostre parole, alle tue domande senza risposta. Fino a che non mi ritroverò nel pugno di una mano soltanto granelli che si perdono tra lacrime che mi bagnano e che tu asciughi. Perché? Tutto ciò poteva essere evitato. Adesso questo silenzio mi uccide, e fa rumore, anche se inaspettatamente, nel turbinio di emozioni, di vibrazioni, di disperazione, solitudine, sento una voce muta che mi rassicura. Ma è ancora troppo lieve. Ho paura, Giulia, paura di non essere sveglio, di non avere tutti i sensori accesi. Quello che è successo è stato incontrollabile, una forza superiore si è come impadronita di me, spingendomi laddove non avevo mai pensato di inoltrarmi. Spero tu riesca a perdonarmi. Non sai cosa darei per sentire la tua risata, quella che mi ha fatto voltare la prima volta che ti ho visto sulle scale dell'università. Per riavvolgere tutto. Ma so che non puoi aiutarmi, Giulia, so che devo continuare senza di te. Non so se ci riuscirò. Ma so che ti ho amato, che ti amo come non ho mai amato prima e come non so se mi ricapiterà mai. Ciò che so è che sarai sempre la vitamia.

Tuo, Rocco

SECONDA PARTE

30

3 giugno 2022

«*Amor…*»

Javier lo sveglia con un bacio sulla fronte.

«Sì?»

«Svegliati, *ya casi llegamos…* stiamo arrivando.»

Appena salito sull'aliscafo, Rocco si era addormentato. Un classico per lui, che in pochi secondi riesce ad appisolarsi su qualsiasi mezzo: auto, aereo, treno. Tutto gli fa un effetto culla e, ormai, Javier lo sa bene.

«Sei contento di tornare qui?» gli chiede.

«Sono contento, sì, super *feliz…* perché ci torno insieme a te.»

«*¿Cuántos años han pasado desde que llegaste aquí, más o menos?*»

«Allora, fammi pensare… è dal 2007 che non vengo, quindi sono quindici anni che non torno… quanti ricordi, troppi!»

«*No te preocupes amor, conmigo no te pasará nada*, eh, eh, eh.»

«Lo so, lo so, con te non succederà nulla, altrimenti non saremmo qui.»

Da quell'estate di quindici anni prima Rocco non era più tornato a Stromboli. Lì, dopo una notte da incubo, era finita la sua storia con Sergio. Una notte cominciata con un litigio a un party sulla spiaggia di Scari e conclusasi con il suo ragazzo che, in preda all'ira, metteva a soqquadro il patio e il giardino di casa Gallo lanciando per aria sedie, tavolini e qualsiasi oggetto gli capitasse tra le mani. All'alba, infine, si era diretto al porto e i due non si erano mai più visti.

«Se ci ripenso, una roba da film.»

«Sì, un film horror, *amor*... eh, eh, eh.»

«*Verdad, una pesadilla*... un incubo.»

«Ora non ci pensare.»

«Stromboli, siamo a Stromboli...»

Un signore dalla corporatura robusta invita i passeggeri a recuperare le proprie valigie.

Sono le cinque del pomeriggio e l'isola li accoglie con un sole tiepido e abbagliante che sembra sfiorare la bocca del vulcano. Sul molo il solito trambusto di persone, motorini, e tanti golf cart, che in quegli anni sembrano aver quasi soppiantato le caratteristiche Apecar. Tanti hanno il logo delle strutture a cui appartengono, Rocco li passa in rassegna con lo sguardo.

«Eccolo, "La Sirenetta"... è il nostro hotel.»

Quando intercetta il loro sguardo, il ragazzo con la polo bianca appoggiato alla carrozzeria gli fa segno con la mano.

«E lui è il nostro transfert... *vámonos*.»

A bordo della piccola macchinetta elettrica, Rocco e Javier sembrano due novelli sposi in giro per l'isola. Entrambi vestiti di bianco, entrambi con shorts e Stan Smith, Javier indossa una maglietta che gli lascia i grossi bicipiti in bella mostra, Rocco ha una camicia di lino sbottonata oltremisura. Tutti li guardano.

«*¡Todos te están mirando!*»

«Guardano te, non me...»

Rocco ci è abituato. Quando sono insieme tutti, uomini e donne, non riescono a non soffermare lo sguardo sul suo compagno. Era successo anche a lui, cinque anni prima, sulla spiaggia di Elia a Mykonos. Appena si era trovato di fronte a quest'uomo alto, con due occhi blu cobalto e i capelli castani ondulati, il tutto unito a un sorriso irresistibile, Rocco non aveva capito più nulla. I loro sguardi si erano incrociati per qualche secondo, poi Rocco si era messo a inseguirlo e, con la solita scusa dell'accendino, lo aveva fermato. Da quel momento non si erano più separati e Javier, pochi mesi più tardi, aveva lasciato la sua Barcellona per trasferirsi in Sicilia da lui.

«Allora, che te ne pare?»

«*¡Es fenomenal!*»

«Ti piace, eh?» Rocco si lascia andare a un sospiro. «Che effetto mi fa… caspita, non me la ricordavo così.»

«Te l'eri dimenticata?»

«Sì, cioè, no… mi ricordo tutto, è che me la ricordavo meno verde, invece questa parte della montagna che si affaccia sul porto è verdissima. Ah, guarda, quella è la spiaggia di Scari, lì sulla sinistra dove ci sono quegli ombrelloni…»

Mentre il golf cart si fa strada spedito, in uno slalom impossibile tra persone, monopattini, motorini e altre minivetture, Rocco continua a illustrare il paesaggio a Javier: «Vedi, *amor*, quell'isolotto laggiù in fondo è Strombolicchio, domani ci andiamo in barca», «Questa è Punta Lena, stasera ti porto a cena qui, c'è un posto che mi piaceva tanto…», «Eccoci, questa è la spiaggia di Ficogrande. Siamo arrivati».

Appena scende dalla minivettura, zaino in spalla, Rocco si guarda intorno. Pochi secondi gli bastano per sentire affiorare un mix di ricordi e di energia, quella di Iddu, il vulcano che non ti perde mai di vista.

Javier, che capisce quasi sempre cosa gli passa per la testa, gli assesta una pacca sul sedere.

«*Vámonos, llorón.*»

«*Vámonos, maricón…*»

Ad accoglierli alla reception c'è una delle proprietarie.

«Quando ho visto il tuo nome sulla prenotazione, non potevo crederci. Sei proprio tu, Rocco! Quanto tempo, eh?!»

«Angela!» esclama lui allargando le braccia. «Davvero… come stai?»

«Sto bene, e tu? Fatti vedere, sei sempre bellissimo!»

«Grazie, anche tu sei sempre uguale… come quando ballavamo alla Tartana!»

«Eh, bei tempi… Maddalena, vieni, guarda chi c'è!»

Dal retro fa capolino un'altra donna. «Oddio Rocco, ma non ci credo... che fine hai fatto? Non sei più venuto sull'isola!»

«Eh no, mancavo da quindici anni... poi abbiamo venduto la casa.»

«Ah, quella casa... per me la più bella di tutta Stromboli. Ora ci hanno fatto un piccolo boutique-hotel, devi andarci.»

«Ah, scusate, lui è Javier, il mio compagno... è la sua prima volta sull'isola, anzi ha insistito lui per venire.»

«*Hola. Encantado*... molto piacere.»

«Benvenuto, Javier... quindi è la tua prima volta qui? Che te ne pare di Stromboli?»

«È bellissima!»

«Continua ad avere il suo fascino, sì, anche se è molto cambiata negli anni...» sospira Angela.

«E voi? Come state?» chiede Rocco con grande enfasi.

«Tutto bene, cerchiamo di portare avanti le nostre cose, di seguire le orme di nostro papà Domenico, te lo ricordi?»

«Certo che me lo ricordo... quante volte venivo qui a telefonare. Accanto c'era la Pro Loco, bei tempi... e la Tartana? Funziona ancora?»

«Sì, facciamo aperitivo e poi discoteca, dopo l'una più o meno. Prima tutti vanno alla libreria.»

«Alla libreria?!» fa Rocco un po' stupito. «Ma quella dopo casa nostra?»

«Sì, qui sopra, prima della chiesa di San Bartolomeo. Ora l'ha presa un ragazzo di Milano e l'ha trasformata in un locale... magari ci potete andare stasera.»

«Sì, prima per cena abbiamo prenotato a Punta Lena.»

«C'è un nuovo chef, dicono che si mangia molto bene...»

«Ho chiesto di riservarci il terrazzino in cima... mi piace tanto quel posto.»

«Insomma, che meraviglia che sei tornato!» esclama Maddalena. «Ora non aspettare altri quindici anni, eh... mi raccomando!»

«Sono quindici tondi tondi, in effetti... e dire che mi sembra ieri. Per la barca c'è sempre Pippo?»

«Sempre Pippo, una garanzia. Come vedi alcune cose non sono cambiate.»

«Che bello, sì!»

«Anzi» fa Angela con tono diverso «ma tu lo sai chi viene sempre qui?»

«Chi?»

«Ti ricordi quel tuo amico toscano, simpatico, con cui eri venuto tanti anni fa? Noi stavamo alla cassa della Tartana, ricordo, e lui aveva fato il cretino con una nostra amica.»

Per un attimo Rocco smette di respirare. «Ma chi? Davide?» chiede poi, anche se sa benissimo che è quella, l'unica risposta possibile.

«Esatto, Davide! È venuto per anni qui da noi, quasi ogni estate. Quando gli abbiamo chiesto di te, ci ha detto che vi siete persi di vista.»

Di colpo gli si è seccata la gola. Guarda Javier, che però stavolta non capisce. Poi cerca di recuperare e, abbozzando un sorriso di circostanza, prova a dissimulare.

«Davide, certo... e come sta?»

«Sta bene... possiamo dire che da una decina di anni, forse dodici, è diventato un nostro cliente abituale. Anzi, ora è qui.»

«Qui? Cioè, in che senso? Qui in albergo?» domanda Rocco sempre più terreo.

«No, no, è stato da noi per tanti anni, veniva con la famiglia... invece ora ha preso una casa a Piscità» spiega Angela.

«Ma è passato a salutarci... sempre così carino!» interviene Maddalena. «È vero, come ci ha detto, che vi siete persi di vista?»

«Sì, non lo sento da anni, più di venti credo...»

«Ah, quindi non sei aggiornato su nulla... vuol dire che possiamo fare un po' di *cuttigghiu*...»

«*Cu*...?» interviene Javier stranito.

«*Cuttigghiu*, pettegolezzo» spiega Rocco forzando un sorriso, che però non gli esce.

«Eh sì, perché c'è molto da dire» riprende Angela.

«Ma ci vogliamo accomodare fuori? Vi offriamo una bella granita?» propone Maddalena.

«Volentieri...» In verità a Rocco si è chiuso lo stomaco, ma è più forte il desiderio di avere informazioni su Davide.

«*Amor, yo me voy a la habitación*» interviene Javier con l'aria annoiata. «Ho bisogno di fare una doccia.»

«Certo, *amor*... ti raggiungo tra poco.»

«Allora, la stanza è la numero 411, vi abbiamo dato la suite in cima con la vista migliore su Strombolicchio. Pino, puoi accompagnare il signore?» chiede Angela al ragazzo che li ha portati fin là sul golf cart.

«Io invece mi fermo con voi e accetto un bel caffè strombolano... anzi, meglio un gin tonic!» dice Rocco. «In fondo è già ora di aperitivo.»

«Volentieri... poi vi mostriamo la piscina, l'abbiamo appena ristrutturata.»

Mentre Javier si dirige in camera, Rocco e le due sorelle si accomodano sui divanetti nel patio dell'hotel. Di fronte a loro lo spiaggione di Ficogrande con lo Strombolicchio in mezzo al mare azzurro a dominare l'orizzonte. L'ora del tramonto si avvicina e il cielo cambia improvvisamente tinta.

Rocco è spiazzato. Tutto si aspettava, tornando sull'isola dopo tanti anni, tranne di aver notizie su Davide, il primo ragazzo che abbia amato, quello per il quale venticinque anni prima, a un certo punto, sarebbe stato pronto a mollare ogni cosa.

La stessa persona, però, che qualche tempo dopo aveva fatto sì che Giulia non gli rivolgesse più la parola. Ma poi perché è tornato qui? Con tutti i posti del mondo in cui andare, perché ha scelto Stromboli? È incredibile, pensa Rocco, come quest'isola, suo malgrado, sia una sorta di crocevia degli eventi della sua vita.

«Qua è sempre magnifico, questo albergo è un piccolo gioiello. Poi la spiaggia ora è in parte attrezzata...»

«Eh sì, piccoli progressi... che vuoi, ce la mettiamo tutta noi isolani.»

«A quest'ora poi, con il tramonto e il cielo che si tinge di rosa, è sublime, sempre una grande emozione.»

Esauriti i complimenti di rito e il doppio gin tonic offerto dalle padrone di casa, Rocco ha un solo obiettivo: sapere tutto di lui, di Davide.

Ma Maddalena ha ancora una domanda: «E donna Adele come sta? Anche lei non l'abbiamo più vista».

«Sta bene, sta bene. Ora è a Ortigia, ma d'estate lei e mio padre passano un mese intero sulle Dolomiti, vicino a Canazei. Non sopportano più tanto il caldo e amano fare lunghe escursioni tra i passi di montagna. Piuttosto, mi dicevate di Davide...»

«Giusto, di lui parlavamo.»

«Allora» riprende la parola Angela «ha cominciato a venire, dicevo, dodici anni fa con una ragazza inglese... come si chiamava?»

«Oddio, ora mi sfugge... mi pare Olivia?»

«Sì, sì, Olivia.»

«Non sai neanche che vive a Londra ed è diventato un famoso giornalista di moda?»

Rocco scuote la testa.

«Aspetta, dovrei avere il suo biglietto da visita.»

Angela si alza e qualche secondo dopo è di ritorno con quanto cercava.

«Eccolo, Davide Fanciulli... Editor in chief "Vogue Runway".»

«Ogni tanto ci manda su WhatsApp anche il file della rivista e le foto di lui alle sfilate di Parigi o New York con vari personaggi famosi.»

«Ne ha un sacco, di amici famosi: Naomi Campbell, sai, la modella... e Madonna lo invita alle sue feste, l'anno scorso è stato in Puglia al suo compleanno.»

«Che vuoi? Siamo diventati quasi di famiglia, va'...»

Rocco osserva il biglietto con un misto di stupore e curiosità. Le sorelle continuano a parlargli di Davide, alternandosi, ma lui quasi non si rende conto di chi gli stia dicendo cosa, tanto è incredulo.

«Per fartela breve, dopo un paio di anni, con questa Olivia si sono lasciati e lui ha cominciato a venire con una ragazza trevigiana, Rachele. L'anno dopo sono arrivati con una sorpresa, il piccolo Liam, un bambino bellissimo.»

«Poi sono venuti per tanti anni, sempre ad agosto, figurati che lasciavano qui addirittura le biciclette, la canoa, il canotto, e le cose del mare del bambino... insomma, venivano sempre.»

«Il bambino un amore, bellissimo: biondo cu' 'sti occhi chiari...»

«Poi a un certo punto, due anni fa, lui ha chiamato per dire che non sarebbero più venuti perché c'erano dei problemi. In effetti era l'anno del Covid, dopo il primo lockdown, e noi abbiamo pensato che era per questo... insomma, non ci siamo allarmate, in tanti non sono venuti quell'anno. E ancora adesso qualche cliente storico manca...»

«E poi cosa è successo?» domanda Rocco sempre più interessato.

«L'anno scorso è tornato, ma stavolta da solo.»

«Eh sì» prosegue Angela. «E ci ha spiegato cos'è successo. In pratica si sono lasciati, la compagna se n'è tornata a Treviso e lui è rimasto a Londra.»

«Povero, era molto provato quando è venuto da solo. Tante volte gli abbiamo fatto compagnia noi a cena perché pareva un cane bastonato...»

«Sì, tutti in famiglia ci siamo tanto dispiaciuti.»

Rocco si sente come se una diga avesse ceduto di fronte a lui, come se uno tsunami gli si stesse per abbattere addosso. A tratti gli pare quasi di vedere l'onda anomala avanzare minacciosa dallo scoglio fino al tavolino della Sirenetta.

«Che storia!» dice ad alta voce.

«Ma il bello deve ancora venire!»

A quel punto Angela spalanca i suoi occhi celesti. È talmente eccitata che Maddalena le fa segno di abbassare la voce.

«Quest'anno ci ha chiamato verso aprile dicendo che avrebbe preferito prendere una casa, e noi lo abbiamo aiutato. Infatti ora è lì, in questa bella villa a Piscità con la piscina e tutto il resto.»

«Quindi ora è qui sull'isola, ho capito bene?»

Rocco è sempre più incredulo. Allora c'è davvero la possibilità che lo incontri, lì a Stromboli, a distanza di tutti quegli anni. Forse non è neanche pronto.

Il romanzo delle due proprietarie dell'hotel, però, non è ancora terminato.

«Esatto, e sai perché non è venuto qui alla Sirenetta? Perché c'è una novità...» dice Angela.

«E che novità!» le fa eco Maddalena.

«Insomma... come si può dire? Ora ha... un fidanzato.»

«Un fidanzato? Come, un fidanzato?»

«Sì sì, sta con un ragazzo, più giovane... carino, anche lui biondino. Sono venuti insieme a fare colazione l'altro giorno.»

«Ma come? Non aveva avuto un figlio?»

Rocco a quel punto si alza in piedi, come se gli stesse bruciando la poltrona sotto le gambe. E chiede al cameriere se può procurargli una sigaretta. Nella testa gli rimbombano solo queste poche parole: "Davide ha un fidanzato".

«In effetti anche noi siamo rimaste, come dire... stupite» dice Maddalena. «Non ce lo aspettavamo, ma sia chiaro, senza giudicare nessuno, ci mancherebbe.»

«L'importante è essere felici. E in effetti, a vederlo ora, sembra felice.»

«Più che felice, tranquillo, direi... anche perché negli ultimi anni con la compagna litigavano assai!»

«Un anno lei ha preso il figlio mentre lui era a nuotare e se n'è andata all'improvviso... mi ricordo di urla, pianti... sceneggiate varie.»

«Insomma... ma che dobbiamo fare?» sospira Maddalena.

«È la vita...»

«Eh sì, è la vita.»

«Lei non si è più fatta viva qui... qualcuno dice che ha un altro, che hanno visto delle foto su Facebook» insiste Angela scuotendo la testa.

«L'importante è che stiano tutti bene, specialmente quel bambino con quegli occhioni azzurri come quelli del padre...»

Mentre le sorelle proseguono coi loro commenti, Rocco deve, ancora una volta, arginare il suo caos interiore.

«Dicevate della piscina...»

«Certo, l'abbiamo appena ingrandita. Vai a farti un tuffo, che merita!»

«Allora ne approfitterei... ci vediamo dopo.»

«A dopo. E bentornato a Stromboli.»

«Grazie, siete sempre speciali, voi...»

Javier lo aspetta sul patio della camera. Ha già tra le mani una birra Messina Cristalli di Sale, la sua preferita, e in bocca una sigaretta.

«*Hola amor, ¿qué tal? ¿Todo bien?*»

«Sì, *amor*, tutto benissimo» risponde Rocco con una punta di ironia, che Javier però non coglie.

«Vi siete raccontati gli ultimi quindici anni di vita o cosa?»

«Più o meno... non so se ti avevo mai parlato di Davide, il mio amico dell'università.»

«Boh, onestamente non mi ricordo.»

«Ok, non è importante... insomma, lui è sull'isola e non lo vedo da parecchi anni.»

«Quindi lo vediamo? Me lo presenti?»

«Bah, non credo proprio, è una storia lunga...»

«*Pero, ¿qué pasa con esta isla?* Sembra "C'è posta per te"... manca solo Maria De Filippi!»

«Ah, ah, ah! Un po' è vero, ma non lo faccio apposta... le cose succedono, come nei film. Anche se stavolta è il film della mia vita.»

«Ah, il film della mia vita... come *me gustas* quando fai così il romanticone, vieni qui...» Javier gli infila le mani nelle mutande.

«Dài, smettila, che ci vedono...»

«Non rompere i coglioni, siamo in alto e non ci vede nessuno.»

«Javi, *por fa*...»

«Vieni qui, *que tengo gana*...»

«Sapessi io...»

«Mmh... *quero chupartela aquí mismo*...»

«*Es toda tuya...*»

Il patio di quella piccola oasi con vista su Strombolicchio si trasforma così nella loro nuova alcova. Poi, dopo un tuffo in piscina, Rocco e Javier si lanciano nella vita isolana. La cena a lume di candela con gli imperdibili spaghetti alla strombolana, il dopocena alcolico alla Libreria con una serie infinita di gin tonic e qualche ammiccamento tra la folla, quindi per finire un salto alla Tartana, evergreen del posto che Rocco ritrova esattamente come l'aveva lasciata. Di Davide neanche l'ombra, pensa Rocco sollevato, mentre alle tre del mattino si addormenta avvinghiato al suo compagno.

Le giornate successive scorrono lente e piene. In barca si spingono fino a Panarea, nuotano nella piscina naturale di Basiluzzo, si addormentano ancorati dietro allo Scoglio la Nave, ammirano a distanza la Sciara del Fuoco con i fumi e i borbottii del vulcano. Impossibile avvicinarsi, pena una multa salata, e con la guardia di finanza lì a vigilare non è certo il caso di rischiare.

«*Esta isla me encanta.*»

Javier è completamente rapito da Stromboli. Lo è anche Rocco, sempre più pentito di aver venduto la casa dopo la rottura con il suo ex. In famiglia però nessuno lo aveva dissuaso dal farlo. Neanche sua sorella Elena, infatti, ci era più andata. Lei, con due figli piccoli, per i quali Rocco stravede, aveva preferito una villa sul mare a San Lorenzo, vicino a Noto.

A Stromboli Rocco sta ritrovando il suo piccolo mondo. Su un motorino riconosce Piera, la proprietaria del rifugio Ingrid, che nel frattempo ha aperto un altro bistrot vicino alla Spiaggia Lunga, l'ultima lingua dell'isola raggiungibile a piedi, dove si fermano per pranzo in quel loro ultimo giorno sull'isola.

Nel cammino a ritroso verso l'albergo scattano foto su foto. Javier è letteralmente rapito dalle edicole votive con la Madonna che compaiono in piccoli anfratti tra una casa e l'altra. Fotografa anche un paio di cartelli VENDESI.

«*Me encantaría una casita aquí.*»

«Sai che ci ho pensato anch'io... ma con tutte le case che abbiamo, *amor*.»

«Sì, però qui è diverso. Possiamo sempre affittarla quando non ci veniamo, da Siracusa è così vicino.»

«*Vale amor, como quieres...*»

Si baciano a lungo sotto un porticato di bougainvillea bianca e lì si scattano un selfie che due minuti dopo è già sulla pagina Instagram di Javier.

«Vieni con me, voglio mostrarti questo posto» dice poi Rocco dirigendosi verso una scaletta che sale tra due muretti bianchi.

Qualche gradino, pochi passi nella sabbia, e sono allo Scalo dei Balordi, lì dove lui e Davide avevano nuotato di notte e si erano promessi di essere amici per sempre. Ci sono un paio di coppiette che fanno il bagno e un gruppo di uomini che prendono il sole.

«Questo è uno dei miei posti del cuore, e sono felice di condividerlo con te.»

Javier osserva estasiato la spiaggetta incastonata tra due massi giganti di pietra lavica.

«Sai la cosa strana? Che nella mia mente, nei miei ricordi, tutto è più grande, mentre ora ogni posto mi sembra piccolissimo.» Resta qualche secondo in silenzio. «Qui ho fatto il bagno nudo decine di volte, un tempo non ci veniva nessuno... ci tuffiamo?»

«Sì.»

«Nudi?»

«Sì, nudi, ma il costume ce lo togliamo in acqua.»

«¡*Vale!*»

Stanno nuotando felici quando, a un certo punto, Rocco sente come una scossa elettrica sul braccio.

«Minchia, una medusa!»

«Fa male?»

«Un dolore assurdo!»

«Aspetta, ti aiuto...»

«No, no, non toccarmi, il filamento si è arrotolato sul braccio. Minchia, non riesco a toglierla... che cazzo!»

Dopo vari tentativi, finalmente Rocco riesce a staccarsi la medusa dal braccio. Sulla spiaggia un signore gli offre uno stick postpuntura, ma lui ha in mente un'altra idea. Dopo aver provato a togliere i residui strofinandosi con una carta di credito, va a nascondersi dietro uno scoglio e comincia urinarsi sul braccio.

«È un rimedio infallibile» dice mentre Javier assiste alla scena sbalordito.

«Ora ho un bel tatuaggio-ricordo di Stromboli...»

Sul braccio di Rocco, in effetti, sono comparse una serie di sottili strisce rosse, quasi a comporre una M maiuscola.

«Ora sbrighiamoci, perché prima di partire devo portarti ad assaggiare la migliore granita del mondo.»

«L'aliscafo è tra due ore. Il tempo di una doccia... ¡y listos!»

Salutate le sorelle della Sirenetta e saliti sul golf cart, Rocco e Javier si lasciano alle spalle Strombolicchio e si inerpicano fino a piazza San Vincenzo, dove Javier chiede all'autista di fermarsi per un'ultima foto dal belvedere, poi giù per la via dei negozi. Lì dove c'era il bazar di Marina con tutti i suoi parei pieni di gechi colorati ora vendono ceramiche siciliane. Quando la vettura si ferma di fronte al Canneto, Rocco ha ancora sulla lingua il sapore della nostalgia.

«Eccoci qua, fate buon viaggio.»

«Grazie, e questi sono per te.»

Il tempo di lasciare la mancia al ragazzo dell'hotel e di recuperare gli zaini, e in pochi passi sono all'ingresso del locale.

Ed è lì che Rocco, con la coda dell'occhio, scorge una sagoma che gli è subito familiare.

È un uomo alto, robusto, con i capelli brizzolati, a tratti completamente bianchi. Indossa una camicia di lino chiara e un paio di bermuda. Si muove goffamente, con fare dinoccolato. Sembra agitato, scuote la testa nervoso, poi si volta. Rocco lo guarda, cerca i suoi occhi ma non li incontra.

Minchia, è lui, è Davide.

Per qualche secondo, Rocco è paralizzato. Vorrebbe chiamarlo, ma è come se la voce non gli uscisse dalla bocca. Vorrebbe andare verso di lui, ma non riesce a muoversi.

Continua a osservarlo. Per un istante scorge i suoi occhi, sono di un azzurro meno acceso di quello che aveva impresso nei suoi ricordi. Un ragazzo con la paglietta in testa e l'aria scanzonata, anche lui di spalle, lo raggiunge. Davide gli farfuglia qualcosa vicino all'orecchio e poi gli fa come segno di allontanarsi.

Rocco resta a fissarlo. Davide deve averlo visto e riconosciuto, si rende conto, e ha guadagnato ormai l'uscita. Nel frattempo lo ha raggiunto anche Javier, che non si è accorto di nulla. Si siede a un tavolino e si mette a studiare il menu delle granite e dei dolci del Canneto.

«Minchia, sapevo che lo avrei incontrato, lo sapevo. Lo sapevo.»

«Ma chi, *amor*? *¿Qué dices?*»

«E sapevo che sarebbe stato così, con i capelli grigi, un po' imbolsito e con quegli occhi da gatto, lo riconoscerei tra un milione. Sono il solito stregone.»

Rocco continua a parlare, in una sorta di soliloquio. Javier ordina un paio di granite di caffè con panna e due brioche. Quando Patrizia, la proprietaria, si avvicina per salutarli, Rocco è come in trance.

«Questa granita è da Oscar!» esclama Javier. «La panna con poco zucchero e poi la brioche calda appena sfornata...»

«È la ricetta di mio papà Stefano» gli svela Patrizia con un filo di commozione. Poi si rivolge a Rocco: «Ti ricordi quando venivi qui a cena, il tuo piatto preferito era l'involtino arrotolato di maccheroni».

Lui le sorride. «Certo che mi ricordo. Che bontà, sei brava tu, che continui la tradizione.»

Si salutano con affetto, e con l'immancabile selfie che Javier ha già postato su Instagram insieme alla foto della granita, taggando ovviamente il locale.

Rocco, intanto, non ha smesso di pensare un istante all'incontro di qualche minuto prima.

Mi ha riconosciuto, sono sicuro. Mi ha visto ed è scappato. Ma perché scappare? Perché non salutarmi? Ha ancora la coscienza sporca dopo venticinque anni? O si è vergognato perché ha un compagno? Perché non l'ho chiamato? Perché non l'ho inseguito?

Sull'aliscafo della sera per Messina, ogni onda di quel mare increspato corrisponde, nella sua testa, a un soprassalto.

All'improvviso, venticinque anni dopo, tutto si riaffaccia prepotentemente. L'allegria dei momenti trascorsi insieme, la passione, la prima consapevolezza, lo strappo, il distacco violento, il vuoto.

In quell'ora e cinquanta di viaggio, Rocco non apre mai gli occhi. Finge di dormire così da non dover dare spiegazioni a Javier, che ignaro di ogni cosa ascolta la sua playlist scaricata da Spotify. Troppo complicato condividere tutto questo con lui, impossibile spiegarlo a chiunque. Solo una persona può capirmi, pensa, solo una persona vorrei sentire ora: Giulia.

31

9 giugno 2022

Il primo pensiero di Rocco, rientrato da Stromboli, è stato per Mario. Vederlo mi aiuterà ad allontanare dalla mente l'incontro con Davide e l'amarezza che mi ha lasciato, rimugina mentre entra nel lungo e stretto ascensore che lo porterà al terzo piano. Ogni volta prova la stessa sensazione. Il cuore che batte forte, come la cassa di un impianto stereo, e un brivido che lo percorre dalla testa fino ai piedi, senza considerare l'erezione, che comincia a farsi avanti già prima, appena suona il citofono: interno 18.

Sono più di vent'anni che lui e Mario si incontrano così, clandestinamente, nella stessa casa e più o meno alla stessa ora. Il giorno varia a seconda degli impegni reciproci, ma a non cambiare mai, a non venire mai meno, è la voglia di stare insieme.

Quella è la loro oasi. Quella che si crea, una dimensione quasi irreale. Per entrambi è come aprire un cassetto, frugare all'interno, con la bramosia di trovare l'oggetto del desiderio, per poi chiuderlo di nuovo fino alla volta successiva. All'inizio, Rocco aveva anche pensato di essere scisso.

Ma tra lui e Mario c'è qualcosa di unico e irrinunciabile. Una liturgia immutabile di gesti e abitudini che ormai fa parte della loro vita.

Mario, come sempre già in mutande, apre la porta di casa attento a non farsi vedere dai vicini.

«Mmh, buongiorno...»
«Buongiorno...»
«Ci siamo svegliati carichi, vedo...»
«Be', direi di si. Anche tu però...»

Rocco non fa neanche in tempo a chiudere la porta che già cominciano a baciarsi, quindi una rapida verifica del livello di eccitazione l'uno dell'altro, qualche pacca sul sedere e poi via subito in cucina a prendere il caffè.

«Prima o poi ti regalo una Nespresso.»
«Ma smettila, la moka è un'altra cosa. Vuoi mettere un bel caffè nel vetro... poi che ne sai cosa ci mettono in quelle capsule?»
«Ah, dimenticavo il tuo spirito ecologista-complottista.»
«Ma non sparare minchiate e chiamami, va'...»

La frase di rito pronunciata da Mario dà inizio, come sempre, al tutto. A quel punto, con entrambi i telefoni occupati, sono finalmente liberi di amarsi. Era stato Mario a escogitare lo stratagemma per fronteggiare la gelosia morbosa del suo compagno Giulio e sfuggire così ai suoi continui controlli.

Rocco, al contrario, non aveva mai avuto di questi problemi. Senza bisogno di dare troppe spiegazioni, gli bastava dire di essere al lavoro.

«Andiamo in camera, prima che quello scassaminchia di Giulio cominci a bombardarmi di messaggi da Palermo... Tu sei fortunato, almeno lo spagnolo ti lascia in pace e ogni tanto si leva pure dalla minchia.»
«Vieni qua, che oggi ho più voglia del solito.»
«Mi', come sei duro!»
«Te l'ho detto...»
«*Fammi sentiri chi c'è ca...*»
«C'è il tesoro ed è solo tuo.»
«Minchia, ora me lo prendo tutto 'sto tesoro...»

Nudi, Rocco e Mario si annusano e si toccano a lungo. Poi si abbandonano sul letto e cominciano a fare sesso in uno stato di estasi condivisa. Non ci sono ruoli né posizioni prestabilite. Il loro non-amore è un perfetto incastro di corpi. A tratti dolce, a tratti violento. Con Mario che tende a prevaricare e Rocco che volutamente glielo lascia fare. E in una perfetta alchimia si abbandona a quest'uomo così diverso e lontano da lui, ma del quale non riesce a fare a meno. Gli piace tutto di Mario, la sua pelle olivastra che d'estate diventa scurissima, lo smalto luccicante dei denti, le labbra scolpite, i boccoli che gli incastonano il viso, il petto sculoreo che gli ricorda l'Apollo Parnopio di Fidia, il suo odore talvolta acre, persino le sue ascelle trova irresistibili.

«Minchia, quanto mi piaci...» mormora Mario.

«Tu mi fai diventare pazzo pazzo pazzo.»

«Tu fazzu vidiri iu comu ti fazzu 'mpazziri...»

«Continua, non ti fermare.»

«E chi si ferma? Poi quando mi parli *accussì* con l'accento romanesco, minchia, mi ecciti ancora di più.»

«Ma come? Dopo tutti questi anni...»

«Tu si' ancora più spacchiusu cu' 'stu fisico ca ti facisti...»

Nonostante gli anni, la passione tra loro è viva più del primo giorno. Era bastato uno sguardo al market di proprietà della famiglia di Mario per riconoscersi. All'epoca Rocco si era appena ritrasferito a Siracusa ed era a tutti gli effetti un forestiero. E da quella volta in cui Mario aveva mollato la cassa per appartarsi con Rocco a casa sua non avevano mai smesso di vedersi.

«Com'è andata a Stromboli?»

«Bene, sempre bella considerando che mancavo da una vita.»

«Hai fatto il bravo?»

«Altroché... sai che ho incontrato quel mio ex coinquilino dei tempi dell'università?»

«Ma chi? Il tuo primo...»

«Sì, lui.»

«Minchia! Incredibile... e che vi siete detti? Non lo avevi più visto, vero?»

«In realtà non ci siamo parlati. Lui, appena mi ha visto, come dire... è scappato.»

«Ma ti ha riconosciuto?»

«Secondo me sì, quando io mi sono accorto che era lì, lui si era già girato di spalle.»

«Addirittura... un minchione, insomma.»

«Che ti devo dire?!»

«Minchia, oggi starei tutto il giorno a letto con te.»

«A chi lo dici? Però più tardi ho un appuntamento per una casa in via della Maestranza.»

«Ti sta andando alla grande eh, 'sto business... bravo, bravo.»

«E pensare che non sei ancora venuto alla Chiusa.»

«Minchia, vero è... *cu tutti 'sti camurrii*... prima o poi vengo.»

«Ci facciamo un altro caffè?»

«Certo, che fai, me lo chiedi pure? Tu questa casa la conosci meglio di me, io mi butto sotto la doccia.»

Quando Mario lo raggiunge in cucina, fresco e profumato, Rocco è ancora nudo. Bevono un sorso di caffè, poi Rocco gli infila una mano sotto l'accappatoio.

«Minchia, ho ancora voglia.»

«Basta dirlo...»

Rocco lo cinge da dietro, comincia ad accarezzargli il petto. Si baciano. Mario si inginocchia. Rocco ansima, a voce sempre più alta. Con una mano Mario gli tappa la bocca. Non vuole che la vicina li senta, e poi sa che quel gesto lo fa impazzire. Lo fanno sul pavimento. A tratti sembrano lottare, in quel loro scambio continuo. Arrivano all'unisono, aggrovigliati l'uno all'altro, fino a quando il respiro non si acquieta.

«È tardissimo, mi devo dare una mossa» dice Rocco.

«Ciao, *spacchiusu*.»

«Ciao.»

In bagno, Rocco si asciuga con l'accappatoio di Mario, nel tempo si è guadagnato anche questo privilegio. Quindi in fretta si riveste e scappa, ma non prima di avergli dato un ultimo bacio.

Uscito da lì, comincia la giornata con lo spirito libero e la testa leggera. Vedere Mario ha un effetto quasi terapeutico sul suo umore e sul suo corpo, che all'improvviso è morbido ed elastico come dopo un'ora di massaggio shiatsu.

«Minchia, sono in ritardo!» esclama a voce alta sbattendo con forza il portone.

Cinque minuti dopo è in via della Maestranza, per vedere un intero palazzo in vendita, compreso di corte interna, sulla carta perfetto per posizione e metratura.

Acquistare immobili, ristrutturarli per poi rivenderli, da passione si era trasformato nel business principale di Rocco che, da quando era tornato in Sicilia dopo l'università e una piccola pausa newyorkese, aveva preso in mano la gestione del patrimonio di famiglia.

Col tempo le quote dell'azienda di prodotti alimentari portata al successo da don Rocco Gallo, il capostipite, erano state totalmente cedute. Dello storico marchio di conserve e olio extravergine made in Sicilia era rimasto soltanto il nome. Al punto che il logo con l'albero di carrube era stato ripreso da Rocco per la sua società immobiliare. Un piccolo impero di case e ville inaugurato alla fine degli anni Novanta a Ortigia che a mano a mano si era sempre più arricchito nella zona di Noto e Modica. Proprio tra quelle due località, insieme a Javier, Rocco aveva creato il suo rifugio. Ed è lì che è diretto, in autostrada, dopo aver sbrigato le sue cose a Ortigia.

«*Amor, ¿qué tal?*»

«*Estoy llegando...* sono all'uscita di Noto.»

«Ti aspetto, c'è già lo chef per il catering.»

«Arrivo.»

Appena svolta sulla provinciale Favarotta-Ritillini, un coacervo di pensieri si affastellano dentro la sua testa. Quella strada ha sempre avuto un che di magico, per lui. Dalla prima volta in cui l'aveva percorsa, quando lui e Javier erano andati a vedere il baglio che poi sarebbe diventato, appunto, il loro rifugio, La Chiusa.

Tra i tornanti costeggiati da muretti a secco e campi di carrube, Rocco incontra il suo stesso sguardo nello specchietto retrovisore. E si interroga. In quei dieci chilometri che lo separano da casa riflette sulla sua vita alla vigilia di una data importante: i suoi cinquant'anni.

Sono felice? «Sì, sono felice» si risponde ad alta voce mentre ascolta *Summertime Sadness* di Lana Del Rey e assapora la serenità che ora alberga dentro di lui e che sa riconoscere. Una consapevolezza nuova e inebriante. Ha realizzato ciò che desiderava. Vive da cinque anni con Javier, sono innamorati, è riuscito a stabilire un nuovo equilibro con la sua famiglia, ha girato il mondo, vissuto esperienze di ogni tipo, amato donne, uomini, quindi ancora donne e poi uomini. Dopo l'incontro con Davide a Stromboli, però, c'è un buco nero che lo tormenta, un pensiero fisso e lungo venticinque anni: Giulia.

Nei giorni precedenti ne aveva parlato anche con Marilù, la sua migliore amica.

«Non so che minchia fare, so solo che fa il notaio, a Milano, ma non ho mai avuto il coraggio di cercare altre informazioni... però mi piacerebbe tanto rivederla. Dici che dovrei provare a contattarla?»

«Be', se hai questo pensiero ricorrente sì.»

«In realtà non ho mai smesso di pensarci. Non un giorno della mia vita non ho pensato a lei... magari mi manda affanculo e dice: "Questo che minchia vuole dopo quello che mi ha combinato?"...»

Marilù gli aveva accarezzato la testa. «Sei proprio tenero a volte...»

«Dico solo la verità... almeno a te.»

«Lo so.»

«Immagino come sarà, che vita fa, se è felice... l'ho amata tanto. Ora me ne rendo conto più di prima.»

«Ormai con Internet immagino che sarà facile trovare il numero del suo studio, no? Non hai che da chiamarla, se vuoi.»

«Ci penserò.»

A qualche centinaio di metri dal cancello di casa, un gregge di pecore gli sbarra la strada. Mentre la sua auto viene circondata, lui prende il cellulare e manda un WhatsApp a Javier:

"*Estoy cerca...*"

Giunto finalmente a destinazione, Coppolo lo accoglie riempiendolo come al solito di feste. È un meticcio trovato, ancora cucciolo, nella vicina campagna di un'amica. Javier lo aspetta nel grande salone, seduto al tavolo con lo chef e il suo assistente.

«*Amor, aquí estamos...* ho già spiegato che vogliamo un catering di dolci e beverage con open bar per quattrocento persone, e aperitivo e cena privata per una quarantina di invitati, giusto?»

«Giusto.»

«Bene, dottor Gallo, abbiamo fatto il sopralluogo con suo marito, è tutto a posto. Manca solo la data...»

«Vediamo che giorno è...»

«Martedì...»

«*Amor, ¿qué dices? Mejor el sábado no?*»

«Sì, forse hai ragione. Facciamo sabato 13 agosto? No, dài, il 13 no... facciamo direttamente il 9, il giorno del mio compleanno, tanto è la settimana di Ferragosto e si festeggia tutti i giorni, no?»

«Sì.»

«Tra due mesi giusti giusti.»

«Sì, due mesi.»

32

1° luglio 2022

Appena sveglio, senza ancora niente addosso, Rocco apre la porta di casa, e la luce riflessa del lastricato lo abbaglia. Socchiude gli occhi e, scalzo, si dirige verso la piscina. Un bel tuffo è quello che ci vuole, si dice, mentre la testa gli scoppia. Quella notte non ha chiuso occhio, e a suonare la sveglia è stato il solito concerto di galli e cani dalle proprietà vicine. Al più tardi saranno le sette, Javier dorme e Pietro, il custode, non si è ancora visto.

Il sole tiepido del mattino si è come adagiato sulle pareti della Chiusa. Il piazzale splende di un bianco dorato, la luce definisce i bordi del baglio rivestito di pietre di Modica e le ombre disegnano sul suo profilo geometrie variabili a seconda della prospettiva. Al centro, un grande albero di carrube incastonato in un muretto di pietre a secco. Tutt'intorno, una siepe di fichi d'India e due rigogliosi cespugli di bougainvillea.

Rocco respira a pieni polmoni. Talvolta quasi non gli sembra vero di aver realizzato tutto questo. Di avere finalmente un posto sicuro, il suo posto, suo e di Javier.

Una sensazione di pace interiore che aveva avvertito subito, quando insieme si erano imbattuti in questa fattoria in dismissione, messa in vendita dai nipoti del vecchio proprietario, un contadino della vicina Frigintini che a sua volta l'aveva ereditata dal proprio datore di lavoro, un nobile della zona. Un paio di ettari di terra delimitati da un alto muro di cinta con al centro una costruzione a ferro di cavallo. Una sorta di fortino, accessibile attraverso un groviglio di stradine di terra battuta costeggiate da muri a secco; in siciliano *trazzere*, "via diritta". Un punto nel nulla della campagna tra Noto e Modica, che spesso neanche Google Maps riesce a identificare con precisione. E dove ancora adesso è più facile incontrare un gregge che un'auto.

Quello che un tempo era il feudo di aristocratici e latifondisti, ora è la sua casa. Ma quella mattina neanche l'impatto con l'acqua gelata e trenta vasche a nuoto fino a perdere il fiato riescono a placare la sua inquietudine.

Col fiato corto, Rocco emerge dall'acqua. Per un attimo gli viene in mente Juliette Binoche, quando in *Film Blu* di Kieślowski nuota per non pensare. Riprende con le braccia. E sott'acqua, come flash, riemergono pezzi di vita: il periodo newyorkese, le estati folli a Ibiza, il ritorno a Siracusa, il complicato momento della verità con la sua famiglia e con il resto delle persone, l'inizio di tutto con Davide, l'incontro con Javier a Mykonos, e poi lei, il suo pensiero costante, Giulia. Come trailer di film, gli sembra di vederli proiettati tra le fughe del colonnato che delimita la piscina.

«Forse sto impazzendo...» dice a voce alta.

Mentre si infila nella vasca dell'idromassaggio osserva la sua sagoma nell'acqua ancora tranquilla. Le spalle possenti, il braccio tornito, la vita tonica, le gambe allenate. Caspita, compio cinquant'anni, e mai avrei pensato di viverli così, si dice in una sorta di incontro con se stesso allo specchio. L'armonia e il bello che lo circondano sembrano riflettere il suo stato d'animo profondo.

Poi si guarda intorno come fosse planato di nuovo in una dimensione terrena, e alla fine lo sguardo si fissa sul suo grande orgoglio: la piscina. Costruita dopo lunghe peripezie, tra permessi negati e architetti inconcludenti, ora quella che fino a quattro anni prima era una stalla abitata da balle di fieno e almeno otto mucche è uno specchio d'acqua lungo e stretto con il tetto scoperchiato e le mura rivestite di ferro nero. Un vago richiamo a un tempio dell'antica Grecia, che gli era valso la copertina di un'importante rivista di design.

Grondante d'acqua, esce dalla vasca, il suono soffice di *Medellin* di Sofiane Pamart si impadronisce del baglio e oscura il suono della fontanella, l'unico, fino a quel momento, che accompagnava il garrire delle rondini.

Javier si è svegliato, e lui ama annunciarsi così, ogni giorno con una canzone diversa.

Rocco lo raggiunge in cucina mentre è intento a preparare la colazione. Lo bacia sul collo.

«*Buenos días, mi amor.*»

«Buongiorno, amore.»

«*Estás todo mojado...*»

«Sì, ho fatto un tuffo in piscina.»

«*Pero, ¿qué te ha pasado por la noche?* Ti agitavi tanto nel sonno.»

«Be', sì, qualche pensiero, la festa, i cinquanta... *tonterías.*»

«*¡Tortillas listas!*» annuncia Javier.

«Mmh, che bontà! Caspita, dove ho lasciato il telefono?»

«Credo in camera da letto, *amor.*»

Alle nove del mattino, il suo iPhone già scoppia di messaggi.

«Minchia, quanto scassano...»

Poi si accorge che tra i tanti WhatsApp di lavoro c'è anche un messaggio di Marilù.

"Allora, alla fine l'hai chiamata Giulia? Se non ti sei ancora scomodato a fare qualche ricerca in Internet, l'ho fatta io per te. Perché ti conosco e so che hai bisogno di una spinta dalla tua amica del cuore. Ho recuperato il numero dello studio a Milano, questo è il link con l'indirizzo. Dài, chiamala, è arrivato il momento."

Rocco si siede di scatto. Come al solito Marilù gli sa leggere dentro. È vero, qualcosa lo aveva sempre bloccato dal fare quella semplice ricerca che gli avrebbe permesso di rintracciare Giulia. E ora la sola vista di quel link sul suo cellulare gli procura un sussulto. Come se all'improvviso tutto ciò che era stato gli stesse ripiombando addosso. D'istinto cerca su Spotify *Constant Craving* di k.d. lang e si sdraia sul letto. Chiude gli occhi. Pensa all'ultima volta che ha visto Giulia sorridere, sul muretto del Lungotevere. È proprio vero che il passato si riaffaccia all'improvviso e farci i conti è inesorabile. Javier lo trova lì, sdraiato.

«*¿Qué pasa, amor? ¿Todo bien?*»

«Sì sì, è che proprio non riesco a svegliarmi stamattina...»

«Ok, *yo me voy* a Frigintini a fare acquisti, ti serve qualcosa?»

«Sì, magari un pacchetto di sigarette...»

«Di sicuro ce ne sono in giro... da quand'è che fumi la mattina?»

«Ma no, dicevo per stasera, se usciamo... una ogni tanto, lo sai...»

«Winston Blue?»

«Sì.»

«A dopo, *amor* mio, riposati.»

«A dopo. Oggi ti ho già detto che ti amo?»

«No. Lo stavo aspettando.»

È arrivato il momento.

Rocco si guarda intorno, sono le dieci e mezza. Poi, senza pensarci più, clicca sul link che gli ha inviato Marilù, e la telefonata parte. Ogni squillo è un colpo al cuore.

«Studio notaio Marzi, buongiorno.»

«Sì, buongiorno... potrei parlare con il notaio, per favore?»

«Mi scusi, con chi parlo?»

«Ah giusto, mi perdoni, sono Rocco Gallo.»

«Buongiorno, signor Gallo, aveva un appuntamento?»

«Be', in verità... no.»

«Di cosa si tratta? Deve stipulare? Vediamo come posso aiutarla...»

«No, ecco... in verità... sono un vecchio, diciamo, amico... e...»

«Mi dispiace, ma il notaio in questo momento è impegnato. Può provare più tardi, grazie.»

«Grazie a lei.»

Rocco lancia stancamente il cellulare sopra il letto.

«Minchia...»

Le sue labbra si aprono in un sorriso. Ripensa alla prima volta che aveva cercato Giulia per invitarla alla festa sul terrazzo di via Cernaia. Ripensa a quel ragazzo così puro e disarmato, in pieno delirio amoroso. Gli fa quasi tenerezza.

«Rocco, ma davvero dici?»

Al telefono, Marilù lo prende in giro.

«E che devo fare? Mi è presa così.»

«Riprova a chiamare dopo.»

«Minchia, io mi sa che lascio stare... mi viene l'ansia.»

«Ma va', non fare il minchione. Guarda che, se non la chiami tu, la chiamo io.»

«Ok, hai ragione, come al solito... 'sta cosa la devo affrontare.»

Riprova nel pomeriggio.

«Buongiorno, sono di nuovo Rocco Gallo, un vecchio amico del notaio, è possibile salutarla?»

«Sì, ecco, dottor Gallo, il notaio in questo momento è con delle persone. Se magari riprova tra un'ora, oppure vuole lasciarmi un suo recapito, provo a contattarla io non appena possibile.»

«Grazie infinite.»

«Mi dica pure.»

Rocco le detta il suo numero di cellulare.

«Perfetto.»

«In ogni caso riprovo più tardi. Può solo riferire al notaio che l'ho cercata io... Rocco Gallo, appunto.»

«Certamente.»

«Grazie, a più tardi.»

«A dopo.»

E ora che faccio? Se continua a negarsi giuro che non chiamo più... O forse è davvero impegnata... In fondo fa il notaio... Minchia, che *camurria*...

Sempre più in confusione, Rocco non riesce a fare altro, la giornata è scandita dalle chiamate allo studio di Giulia. E ogni volta lei non può venire a rispondere.

Ma al terzo nuovo tentativo la musica cambia.
«Dottore, le passo il notaio.»
Ed ecco finalmente la voce di Giulia.
«Sì, pronto?»
«Ehm, Giulia... sono Rocco.»
«Non ci credo, Rocco...! Cioè, Rocco Rocco? Eh, eh, ah, ah, aaah!»
«Eh eh, sì... come stai? Quanto tempo... immagino lo stupore.»
«Davvero, quanto tempo...!»
«Vedo che la risata è rimasta identica...»
«Be', e non solo la risata... eh, eh, ah, ah, aaah!»
«Come stai? Ti disturbo?»
«No, no, figurati... è che qui non si finisce mai. Quando prima la segretaria mi ha detto delle tue chiamate mi è venuto così da ridere... sono contenta di sentirti.»
«Anche io, non sai quanto e... be', in effetti è passato un bel po' di tempo.»
«Altroché... dimmi un po', che fai di bello? Dove vivi?»
«Sono tornato in Sicilia da vent'anni, faccio l'imprenditore, gestisco il patrimonio di un fondo e ho una mia società immobiliare... e tu, signora notaio?»
«Io faccio il notaio appunto, a Milano da una vita, ho un compagno e...»
«Figli?»
«No, niente figli...»
All'improvviso la voce di Giulia si è incrinata.
«Siamo in due» prova a sdrammatizzare Rocco. «In compenso ho un cane bellissimo... e due gatti siamesi.»
«Ah, ah, ah! Sei il solito cretino...»
«Sai che all'idea di chiamarti mi è venuta un po' di ansia...?»
«Lo credo bene, dopo tutti questi anni... e dopo...»
«Dài, non infierire ora.»
«Ma figurati, ah, ah, ah! Eravamo dei ragazzini...»
«Sì.»
«Piuttosto, sei felice ora?»

«Be', sì, sono sereno, ed è già una cosa.»

«...»

«Ti chiederai come mai questo si fa vivo dopo, per l'esattezza, ventisei anni così all'improvviso.»

«In effetti sono stata sorpresa di questa chiamata.»

«Spero felicemente sorpresa.»

«Direi di sì... eh, eh, ah, ah, aaah!»

«Io sono stato sorpreso della tua reazione adesso, anzi, ne sono proprio felice.»

«...»

«Allora, come saprai si avvicina una ricorrenza importante. Tra un mese e mezzo...»

«Sono cinquanta.»

«Esatto. Perché anche tu tra non molto...»

«Sì, non ricordarmelo!»

«Insomma, faccio una festa e ho pensato che non sarebbe stata festa fino in fondo senza di te. Non so dirti perché, ma con l'avvicinarsi di questa data tonda qualcosa si è mosso dentro di me. Ho cominciato a guardarmi indietro come mai avevo fatto prima e... odio i bilanci ma...»

«Dài, ora non fare l'introspettivo che non ti si addice proprio!»

«E se ti dicessi che mi sono fatto prete?»

«Sì, vabbè, e io ballerina di flamenco... insomma, mi stai invitando alla festa?»

«Be', sì.»

«Ok, vengo.»

«Vieni?!»

«Sì, perché sei così stupito?»

«No, è che non mi aspettavo...»

«Ok, se vuoi ti attacco il telefono in faccia e addio, eh, eh, ah, ah, aaah!»

«Ma lei, signora notaio, non lo farebbe mai...»

«Non provocarmi, eh.»

«Ah, ah, ah, sei sempre la stessa.»

«Molto peggio di quanto ricordi... piuttosto, quand'è la festa?»

«La festa è il 9 agosto qui nel mio baglio vicino a Modica.»

«Un baglio addirittura...»

«Bellissimo, sarei felce di averti qui, davvero...»

«Allora, lasciami controllare... devo fare un check e ti dico. Perché partiamo per la Grecia la settimana dopo Ferragosto, quindi in teoria... ok, sento Francesco e ti dico.»

«Ok.»

Francesco dev'essere il compagno di cui ha parlato, pensa Rocco, ma non si spinge a chiederle di più.

Poi la sua voce risuona forte nel telefono: «Sì, un minuto e sono da voi... scusa, mi aspettano in sala riunioni. Ti scrivo su WhatsApp, ho qui una nota della segretaria con il tuo cellulare». Glielo ripete.

«Sì, è corretto.»

«Ok, allora a presto.»

«A presto e grazie...»

«Ah, ah, ah, ma grazie di cosa?»

«Grazie, tu sai.»

«Grazie a te.»

Chiusa la conversazione entrambi sono pervasi da una lieve allegria. Non era scontato ritrovarsi come se non si fossero mai lasciati, come se non fosse successo nulla, Rocco rimugina tra sé e sé seduto nello studio al piano di sopra. Attorno a lui tutti i suoi oggetti preferiti e la sua inestimabile collezione di cd. Nonostante sia un accanito fruitore di musica digitale, negli anni non ha mai perso il gusto di mettere su un disco, sia esso un vinile o un cd.

Neanche a farlo apposta, sceglie *1996* di Ryuichi Sakamoto, il disco che lo aveva accompagnato per tutta quella prima estate senza Giulia. Le colonne sonore di film culto che vi sono contenute si erano trasformate nella colonna sonora di un momento di passaggio fondamentale della sua vita.

Giulia, intanto, seduta nella sala riunioni di fronte ai clienti pronti a stipulare una importante compravendita, fasciata nel suo tailleur gessato Dolce & Gabbana, continua a rigirarsi divertita i cinque tennis di brillanti che indossa sul polso destro. Sulle labbra ha stampato un sorriso di cui non è consapevole, lo sguardo è allegro, l'aria scanzonata. Al punto che Marina, la sua collaboratrice, la osserva sospettosa. La chiamata di Rocco, contrariamente alle aspettative che si era fatta, le ha portato come un raggio di sole in quella giornata grigia e austera, qualcosa che le evoca nella mente la fioritura dei ciliegi a Kyoto, uno dei suoi luoghi del cuore.

33

6 agosto 2022

Ogni volta che le porte automatiche degli arrivi si aprono, Rocco prova una scossa, una fitta, un sussulto. Il tragitto fino all'aeroporto è stato un continuo immaginare come potrà essere quell'incontro e un ripassare il tempo che fu.

È arrivato con largo anticipo, nonostante ci abbia messo un po' a decidere cosa indossare: una camicia bianca con il collo alla coreana nuova di zecca e stirata alla perfezione, un pantalone blu, largo. E per finire un paio di occhiali scuri per nascondere, almeno al primo impatto, gli occhi gonfi per la sveglia involontaria alle quattro del mattino, proprio come gli accadeva da ragazzo prima di un esame universitario. I ricci sono stati domati anche stavolta, il gel però aveva dovuto cedere il passo a una cera creata ad hoc per lui dal suo parrucchiere di Modica.

Tutti, Javier incluso, sapevano quanto lui tenesse a quell'incontro. Tutti, lui per primo, parlandone avevano però minimizzato l'impatto che quell'appuntamento poteva avere dopo tanti anni. Come per sdrammatizzare la situazione.

Su una cosa, di sicuro, Rocco non si era regolato: la quantità di profumo. Prima di uscire di casa, e poi ancora in auto, si era cosparso ovunque di Lamar Kajal, con il solito *voile nuageux* intorno alla testa, come gli aveva insegnato la sua amica Laura, creatrice di essenze, uno dei nasi più famosi d'Italia. Poi, non contento, aveva continuato sulla nuca, i lobi delle orecchie, l'interno degli avambracci, il petto e persino tra la gamba e il polpaccio.

Anche Giulia ha dormito poco, ma solo perché prima di una partenza ha sempre l'ansia di non svegliarsi in tempo. È felice di rivedere Rocco, e soprattutto divertita all'idea di ritrovarlo. Nella sua vita così istituzionale e regolare quella telefonata, il successivo invito e il viaggio alla volta della Sicilia hanno avuto il sapore di una ventata, come quando, nel deserto, all'improvviso si era ritrovata nel mezzo di un principio di haboob e aveva cominciato a ridere prima di trovare riparo da quella tempesta di polvere e sabbia. Giulia era rimasta così, rigorosa e tosta, ma al tempo stesso ironica e imprevedibile.

All'incontro con quello che è stato il suo primo amore si presenta leggera e consapevole, con qualche fallimento sentimentale alle spalle, ma con un vissuto pieno e compiuto, e un unico rimpianto: non aver avuto figli.

Appena le porte degli arrivi si aprono di nuovo e, qualche secondo più tardi, lei compare tra la folla dei viaggiatori, Rocco la riconosce all'istante. Come se ventisei anni non fossero passati, come se loro due si fossero lasciati la sera prima.

Senza rendersene conto, lui ha la stessa espressione che ha nella foto incorniciata nel salone dei suoi, un'immagine scattata il giorno della sua prima comunione, quando insieme a sua sorella Elena sfilava per la navata centrale della chiesa di Santa Rita.

Ha un sorriso che sembra stampato sul viso, gli occhi che luccicano, e il cuore si fa sentire potente nel petto muscoloso, frutto di anni di allenamenti quotidiani. Osserva Giulia incedere con la sua inconfondibile leggiadria un po' da vamp che lo aveva rapito la prima volta che l'aveva vista, sulla scalinata della Sapienza. Indossa una tuta di seta chiara che le evidenzia il punto vita, e ha il décolleté leggermente in vista; ai piedi un paio di sandali con il tacco che la fanno sembrare altissima. Sembra una modella che sta girando lo spot di uno shampoo più balsamo, di quelli che lasciano i capelli perfetti.

Rocco la fissa incantato, quasi paralizzato, tanto che è lei a sollevare la mano per farsi notare.

«Ma ciaooo, eh, eh, ah, ah, aaah!»

Lui le va incontro. «Questa risata, la riconoscerei tra un milione...»

Un attimo dopo sono stretti in un abbraccio ed entrambi, per qualche istante, perdono il contatto con il mondo esterno.

Poi, di colpo, Giulia comincia a ridere e tossire: «Ah, ah, ah! Scusa, ma il tuo profumo mi ha quasi soffocata!».

«Ah, ah, ah, sei sempre tu...»

«Scherzi a parte, il profumo è buonissimo, però forse hai un po' esagerato!»

Rocco ride, come darle torto? «Anche tu hai un buonissimo profumo addosso...»

«Sì, è...»

«Original Vetiver di Creed.»

«Giusto! Hai sempre avuto un olfatto sopraffino, tu» dice Giulia, e Rocco non riesce a fare a meno di notare una lieve inflessione del Nord.

«Anche tu.... Dai a me, porto io il trolley.»

«Grazie.»

«Fa caldissimo, eh.»

«Sì, e per fortuna c'è l'anticiclone e questa settimana fa meno caldo, le temperature sono scese di quattro-cinque gradi.»

Camminano a passo veloce, si scrutano a vicenda, si sorridono.

«Che effetto strano mi fa essere qui con te» riprende Giulia.

«Non dirlo a me...»

«Sai una cosa? Sei diverso. Cioè, sei sempre tu, sia chiaro, ma...»

«Vuoi dire che sono vecchio?»

«Eh, eh, ah, ah, aaah! Ma no, anzi...»

«Anzi?»

«Ti trovo più... più... be', mi aspettavo un panzone rattrappito e invece...»

Rocco ride di nuovo.

«Come posso dire?» prosegue lei. «Sei... più adulto, ah, ah, ah!»

«Be', in effetti...»

«Ma no, voglio dire più figo, cioè, più vissuto, e poi più massiccio. Non avevi questo fisico vent'anni fa!»

«Tanta palestra, eh.»

«In realtà lo sapevo che non eri un panzone rattrappito. Quando mi hai scritto ho subito ingrandito la tua foto di WhatsApp e poi ti ho googlato e ho visto il profilo di Instagram... be', be', be'...»

«Ah, ah, ah, dài... in realtà anche io, dopo averti chiamata, ti ho cercata ovunque.»

«Su Instagram non ci sono, o meglio, ho un altro nick.»

«Infatti solo foto posate nel tuo studio galattico o in eventi pubblici.»

«Eh, eh, ah, ah, aaaah! *Noblesse oblige*...»

«Signora notaio... in fondo era quello che volevi.»

«Be', diciamo di sì...»

«Però devo dire che anche tu sei... sei, sì, sei ancora più bella.»

«Merito del chirurgo plastico, eh.»

Rocco resta un attimo in silenzio.

«Scherzo!»

«Sai che mi sembri anche più alta?»

«Ho i tacchi!»

«Sì, ma li hai sempre portati. Ti ricordi quando hai comprato quel paio di zoccoli altissimi con cui pretendevi di camminare sulla sabbia?»

Giulia ride. «Vuoi dire quando sono caduta come una pera cotta? Aspetta, dove eravamo?»

Anche Rocco ride. «Mi ricordo benissimo, a Gaeta con tua madre e il fidanzato.»

Lei ride di nuovo.

«Comunque, sul serio, sei bellissima! Poi questo lieve accento milanese...»

«Ah, ah, ah! Bene, dov'è ora la polpetta avvelenata dopo tutte queste sviolinate?»

«Minchia, non sei cambiata, eh.»

«Eh, eh, ah, ah, aaah!»

«Sai che a volte incontro amici del liceo e non li riconosco?»

«Eh sì, ti capisco... almeno noi ci siamo riconosciuti al primo colpo!»

Per diversi minuti parlano come dentro a un incantesimo, senza mai fermarsi, con una familiarità quasi disarmante. Come se tutto quel tempo non fosse passato.

«Allora, dimmi bene di te» fa Giulia a un certo punto, mentre si dirigono verso l'auto di lui. «Hai un compagno, giusto?»

«Sì, si chiama Javier, è di Madrid ma ormai viviamo insieme qui da anni.»

«E sei felice?»

«Sì, sto bene, tanto, con lui. E tu? Il tuo compagno hai detto che si chiama...»

«Francesco.»

«Non siete sposati...»

«Eh, incredibilmente no.»

«E non ti sei mai sposata?»

«No. Ah, ah, ah! Ma ho avuto una bella convivenza di quindici anni, poi è finita...»

«Però mi sembri contenta.»

«Sì, molto. E vissero felici e contenti... eh, eh, ah, ah, aaah!»

«Come nelle belle favole, vero?»

«*Beglissime*, ah, ah, ah!»

«*Pengheccosa?*»

«Ah, ah, ah! Oddio, e ti ricordi la portiera Rosa!»

«Ah, ah, ah! Certo! La Russaba!»

«Che ridere... sto male!»

«Sei mai tornata in Sicilia?» chiede Rocco.

«Sì, tante volte, Egadi, Pantelleria, Palermo. Da queste parti non sono venuta mai, neanche con mia madre prima di conoscerti.»

«Ti porto in un posto speciale allora, a Marzamemi.»

«Sai che te lo volevo chiedere?»

«Dài...»

«Sì, ne sento parlare un sacco, vedo post pazzeschi su Instagram e ho sempre pensato di andarci. Abbiamo fatto bene a prenderci questa giornata solo per noi.»

«Sì, davvero. Penso sia il più bel regalo per il mio compleanno.»

Giulia lo guarda e sorride. Rocco è pazzo di gioia, al punto che ha bisogno di voltarsi di continuo verso di lei, perché a tratti gli sembra irreale, non ci crede, vuole convincersi di averla davvero lì al suo fianco.

Lei sembra molto più a suo agio.

«Quanto mi piace questa Mercedes GLE!»

«Sì, è fantastica, per me che quasi ogni giorno faccio Modica-Siracusa.»

«Mi devi raccontare bene... non mi stupisce, in fondo siamo sempre stati dei buongustai.»

«Sempre... infatti già dopo le prime due settimane del mese eravamo senza un soldo, ma vuoi mettere? Meglio un giorno da leoni...»

«È ancora il mio motto!»

«Dimmi un po', e i tuoi?»

«Aspetta, prima che mi dimentico: Francesco arriva domattina con il volo delle 9.50. Mi avevi detto...»

«Sì sì, è tutto a posto, andrà a prenderlo un mio collaboratore.»

«Ok, perfetto, mi sta scrivendo ora... A proposito, ma questa foto da figo cosmico di WhatsApp? Quando l'ho vista ho detto: "Però... hai capito, Roccuzzo", eh, eh, ah, ah, aaah!»

«Sì sì, ora prendimi pure per il culo!»

«No, giuro, ah, ah, ah!»

«E i tuoi?» riprende il filo Rocco.

«Ecco, hai deciso di farmi passare subito il buonumore.»

«No, scusa, non volevo...»

«Tranquillo... Allora, mio padre è morto tanti anni fa, forse venti, ma insomma, per me non c'è mai stato, lo sai. Mamma vive anche lei a Milano: la solita, nonostante siano passati anni... ora però è più divertente.»

«E tuo fratello?»

«Siamo tutti a Milano, ci siamo un po' ritrovati.»

«Sono contento...»

«E i tuoi invece?»

«Dài, stanno bene, sono anziani ovviamente... però non ci lamentiamo. Vivono per i nipoti, i due figli di Elena, e in realtà anche io. Anzi, guarda, eccoli qua.»

Rocco mostra a Giulia lo sfondo del suo cellulare, un'immagine di lui abbracciato ai suoi due nipoti.

«Bellissimi... davvero, lui un po' ti somiglia, ha un casco di capelli ricci simile al tuo... ah, ah, ah!»

«Una volta, eh... E tu? Nipoti?»

«No, nessun bimbo in famiglia.»

All'improvviso Giulia si scurisce in volto e cambia subito discorso.

Un vento tiepido, leggero, li accoglie al loro arrivo sulla piazza del borgo marinaro di Marzamemi. Il cielo azzurrissimo incornicia le casette dei pescatori, con i loro tetti di tegole, e le pareti rustiche, ora trasformate in ristorantini che affacciano sulla grande piazza rettangolare.

«Wow, che bello!»

«Vieni, facciamoci un selfie.»

«Questa foto ce la ricorderemo...»

«Sì, anche perché è il primo selfie della nostra vita!»

«In effetti l'ultima volta che ci siamo visti non c'erano neanche i cellulari!»

«Ah, ah, ah, siamo due cariatidi!»

«Altroché, guarda qui che fighi!»

Con le loro facce così come sono state immortalate dal telefono di Rocco, divertite e raggianti, lui e Giulia si dirigono al centro della piazza, alla taverna La Cialoma. Un posto incantato fatto di tavoli e sedie di legno, tutto azzurro, tovaglie cucite a mano, piante fiorite e un'enorme vite che si arrampica su un pergolato. La proprietaria Lina li accoglie calorosamente, Rocco è di casa.

Seduti l'uno di fronte all'altra, lui e Giulia si guardano finalmente negli occhi dopo ventisei anni. Continuano a sorridersi, a scrutarsi, a scambiarsi sguardi rubati. Come la prima volta che l'aveva potuta osservare a distanza ravvicinata, Rocco si sofferma sui particolari, le labbra, il sorriso, il diastema che gli anni sembrano aver attenuato, gli zigomi pronunciati, il décolleté. Nonostante qualche segno del tempo, seppure molto lieve, la trova ancora affascinante, se possibile ancora più affascinante.

Anche Giulia riflette in silenzio sul volto di Rocco, è come se il tempo gli avesse regalato una maturità e una consapevolezza che lo rendono più affascinante. Anche secondo lei, ancora più affascinante.

Come sempre, al momento di ordinare rispondono all'unisono.

«Per me strozzapreti alla maritata.»

«Eh, eh, ah, ah, aaah! Tutto cambia, niente cambia» dice Giulia divertita. Quante volte, da ragazzi, si erano ritrovati a ordinare lo stesso piatto senza essersi prima detti nulla.

Rocco la osserva rapito. «Le melanzane sono la mia passione.»

«Anche la mia, lo sai...»

«Preparati, perché qui si mangia... ti prenderò per la gola!»

«Be', mi ricordo... sai cosa? Quella torta al formaggio...»

«Ah, sì, la focaccia con la tuma.»

«Sì, da impazzire...»

«Sai cosa pensavo?» dice Rocco facendosi di colpo più serio.

«Dimmi...»

«Perché abbiamo aspettato tutto questo tempo?»

«Davvero, perché?»

«Io non ho mai smesso di pensare a te. Sei stata una presenza assente in tutto questo tempo. Ma in ogni cosa che ho fatto ti ho sempre ritrovata.»

Giulia resta un attimo in silenzio. «Anche per me è stato così.»

«Chissà quante cose avremmo potuto condividere...»

«Pensiamo all'oggi, chissà quante ne condivideremo!»

Seduti sotto al pergolato, sorseggiando un caffè, Giulia

e Rocco ora fissano il mare, l'azzurro dell'acqua che si confonde col cielo, gli scogli arroventati dal sole, i gozzi con i bagnanti festanti e l'eco della musica che dalle barche arriva fino a loro. L'antica tonnara e il piccolo porticciolo sembrano quasi avvolgerli, insieme ai vasi con le piante di fichi d'India che li circondano.

«Certo non si può dire che non sia uno scenario siculo!» ride Giulia.

«Domani ti ci porto...»

«In barca o al mare?»

«Dove preferisci, ci sono un sacco di posti che voglio mostrarti.»

«Quindi, dicevi, ti sei spostato più a sud rispetto a Siracusa?»

«Sì, ho una casa a Ortigia. Lì c'è parte del mio business, però il mio cuore ormai è qui tra Noto e Modica: non vedo l'ora di portarti a casa, alla Chiusa.»

«Sono curiosissima... qualcosa ho intravisto su Instagram.»

«Sì ma... insomma, non ti dico nulla...»

Il vento di scirocco soffia su di loro, agitando i capelli di Giulia. Non quelli di Rocco, fissati dalla cera. Parlano come se il tempo non fosse trascorso. Tutto è così naturale che lo stupore della prima ora si è già trasformato in una familiarità ritrovata.

È Giulia, poi, a tornare a un certo punto sull'accaduto, la fine della loro storia, lo strappo violento e il buio successivo.

«E Davide? Lo hai più visto?»

«Non ci crederai, l'ho incontrato per caso un paio di mesi fa, dopo tutti questi anni.»

«Per caso? Cioè?»

«Sì, a Stromboli... incredibile, e pensare che l'estate scorsa sono stato dai miei amici Fabiola e Giuseppe ad Ansedonia, e più volte siamo andati a Orbetello. Ero convinto che lo avrei incontrato lì, e invece... a Stromboli.»

«E che ti ha detto?»

«In verità non mi ha detto niente... ma ho scoperto che

vive a Londra, è diventato un famoso giornalista di moda, ha un figlio, una ex e... un fidanzato!»

«Ma dài, ah, ah, ah!»

«Anche a me viene da ridere... non so perché, ma a ripensarci è stato anche comico. Cioè, lui come mi ha visto è scappato...»

«Scappato? Oddio, non mi dire, ah, ah, ah!»

«Sì, giuro.»

«Non mi stupisce... vuol dire che gli anni passano, ma alcune persone, come dire... forse è sempre stato in fuga da se stesso, e ha continuato a esserlo. Vabbè, dài, sono diventata buona, eh, eh, ah, ah, aaah!»

«Sì sì, *buognissima*, ah, ah!» Rocco sospira. «Ma alla fine anche sticazzi, non trovi?»

«Sì, proprio così... però sai una cosa?»

«Dimmi.»

«Sai cos'è che per un po' non sono riuscita a perdonarti?»

«Cosa?»

«I primi tempi il risentimento è stato tanto. La fine così forte, inaspettata. Lo svelamento. Un trauma, il vuoto. Poi quando ho cominciato a frequentare un altro ragazzo, Samuele, ho capito che quello che c'era stato con te era qualcosa di unico. Lo so ancora di più, oggi, ma proprio per questo avresti dovuto dirmelo, dirmi tutto, aprirti con me. Non so se le cose sarebbero andate diversamente, ma...»

«Non lo so neanche io, Giulia. Quando hai vent'anni pensi di avere tutta la vita davanti, pensi che l'amore che provi è sì forte, ma sei sicuro che ne incontrai un altro ancora più grande, più forte. Pensi che puoi sbagliare e rimediare, pensi che avrai comunque una seconda chance. Poi la vita ti sorprende e magari non come tu ti aspettavi.»

«Sì, è proprio così. E una cosa te la voglio dire. Penso che tu sia in assoluto la persona che mi ha capito di più. Ho incontrato gente fantastica, avuto storie lunghe e travolgenti, amo Francesco totalmente ma...»

«Ma io ti capisco perché vale lo stesso per me. Ho amato uomini, donne, e ora sono da anni felice con Javier, ma c'è qualcosa che non sono mai riuscito a ritrovare... non so se puoi...»

«So cosa vuoi dire, molto di più di quello che immagini.»

«Mi sono convinto con il tempo che nella vita accade qualcosa di magico, che uno dei misteri più grandi della nostra esistenza sia quello di incontrarsi e riconoscersi. Come è successo a noi su quella scala antincendio.»

«In realtà sei stato tu a riconoscere me, io ci ho messo un po' di più...»

«Sì, ma è il risultato quello che conta.»

Giulia e Rocco continuano a parlare, senza fermarsi. La giornata scorre veloce, al punto che si ritrovano sulla via di casa al tramonto e quasi non se ne accorgono. Quando imboccano la strada verso la Chiusa, nel tratto in cui Rocco rallenta ogni volta per assaporare il paesaggio, entrambi smettono di parlare. Senza volerlo. Il sole delicato della sera attraversa i campi di carrube e ne esalta i contorni. I muri a secco si colorano di luce nuova, i vigneti della vicina tenuta Giasira si tingono d'oro. Questo momento sì che lo ha atteso tanto, Rocco. L'idea di condividere con Giulia il suo posto del cuore, quello definitivo, della maturità, della consapevolezza, gli riempie il cuore. Per la prima volta in quella giornata con lei si sente emozionato e piccolo come un bambino. Maldestramente prova a selezionare una playlist dal suo telefono, ma le dita si confondono sullo schermo touch.

«Sei il solito imbranato, ah, ah, ah!»

Poi la voce di Astrud Gilberto risuona nell'aria, Rocco ha selezionato *Corcovado*. Il suo sguardo incrocia quello di Giulia, poi lei lo distoglie, lui le prende la mano e la stringe. L'ultima volta in cui si erano guardati negli occhi era stato prima di salire in macchina, in quella sera ormai lontanissima. Poi, un silenzio durato ventisei anni.

«Sono contento che tu sia qui.» La voce di Rocco trasuda da tenerezza.

«Anche io» risponde Giulia, che dopo qualche secondo

di pausa reagisce con la sua inconfondibile risata: «Eh, eh, ah, ah, aaah!».

La macchina si ferma. Su un cartello di legno, una scritta con la vernice bianca annuncia l'arrivo a destinazione: LA CHIUSA.

34

7 agosto 2022

Affacciata alla finestra della torre che domina la corte, con il suo grande albero di carrube al centro, Giulia si abbandona a un risveglio lento. Con gli occhi ancora socchiusi osserva i contorni del paesaggio oltre le mura di pietra, soffermandosi su ogni singolo particolare di quello scenario così insolito per lei, e affascinante.

In fondo, sulla sinistra, si vede anche il mare; prova a capire di quale costa si tratti orientando la mappa sul telefono, ma subito ci rinuncia. A giudicare dal silenzio, in casa dormono ancora tutti. L'unico sveglio, insieme a lei, è il gatto, si sta stiracchiando all'ombra della siepe di bougainvillea che riveste la parete sinistra della casa.

Giulia si volta un attimo verso l'interno. In quella che, più che una stanza, sembra a tutti gli effetti una suite, c'è anche la macchinetta del caffè. Un espresso è quello che ci vuole, pensa, mentre si raccoglie i capelli con un fermaglio. Ma per qualche minuto se ne starà ancora lì, alla finestra. Quel silenzio che la circonda, interrotto solo dai suoni tipici della campagna e ora da un gallo che canta in lontananza, corrisponde perfettamente al senso di pace che sente dentro di sé.

Rincontrando Rocco è come se avesse chiuso un cerchio. E il modo in cui quell'incontro è andato – così serenamente, così naturalmente – è la conferma che tutto il lavoro fatto su se stessa l'ha davvero resa una donna completa e appagata. Nel corso degli anni aveva provato ad ammorbidire gli spigoli del suo carattere, a ridurre i momenti di buio, a curare le ferite che si erano cronicizzate, ad accettare una serie di frustrazioni, prima fra tutte quella di non essere diventata madre. Ripensa alla giornata trascorsa con Rocco, a come, a distanza di tutti quegli anni, lui abbia il potere di farla sentire sollevata, leggera, compresa, proprio come quando stavano insieme. Le scappa un sorriso.

Poi, all'improvviso, qualcuno spalanca la porta d'ingresso di casa, riportandola con la mente al momento presente. È Javier, indossa una maglietta bianca e dei bermuda di jeans che mettono in risalto il suo fisico scultoreo. Giulia lo osserva qualche istante: ha un'aria sensuale, in ogni sua movenza. Lo aveva già notato la sera prima, facendo la sua conoscenza, ma ora le sembra che la luce del sole metta ancora più in risalto le sue caratteristiche.

Appena si accorge di lei affacciata alla finestra, Javier le rivolge una specie di inchino galante.

«Buongiorno, principessa.»

«Eh, eh, ah, ah, aaah! Buongiorno!»

«Si accomodi, la colazione è servita.»

«Arrivo.»

Qualche minuto dopo, con un filo di trucco invisibile sul viso e indosso un caftano bianco a motivi blu, lei lo raggiunge in cucina. Si ritrovano seduti l'uno di fronte all'altra al tavolo di maioliche già apparecchiato per tutti gli ospiti della Chiusa. Javier ha preparato pancake e tortillas di patate. Al centro, un grande vassoio con la frutta fresca di stagione, un piatto con varie marmellate biologiche del luogo, yogurt greco, e pane tostato caldo.

«Più che una colazione è un banchetto!» commenta divertita Giulia, che già durante la cena della sera prima aveva percepito un bel feeling con lui.

Quest'uomo solare e attento, con il suo temperamento latino, ma al tempo stesso gentile ed essenziale nei modi, l'aveva conquistata. Anche Javier, che aveva capito l'importanza di Giulia per Rocco, si era mostrato da subito affabile e ospitale.

Poco dopo, la cucina comincia a popolarsi. In casa ci sono altri ospiti, alcuni sono habitué in quelle settimane d'agosto, altri sono venuti per festeggiare Rocco. L'atmosfera fra tutti loro è decisamente frizzante, e se quello è solo un assaggio, pensa Giulia, alla festa ci sarà di certo da divertirsi. Fuori, intanto, decine di operai sono già al lavoro per l'allestimento.

Sono trascorsi diversi minuti quando Rocco, finalmente, annuncia il suo risveglio sparando a tutto volume la hit di Lizzo *About Damn Time*. Quella è anche la sua canzone preferita del momento, pensa Giulia, e involontariamente le scappa una risata.

«Buongiorno, dormito bene?» esordisce Rocco varcando la soglia della cucina.

«Sì, noi siamo svegli già da un po'. Javier ci sta deliziando con tortillas e ogni ben di Dio…»

«Eh, sì. Lui è un vero seduttore» dice Rocco avvicinandosi a lui per dargli un bacio. «A proposito di fidanzati, Francesco è atterrato?»

«Sì sì, è appena atterrato, non ha bagaglio, quindi…»

«Quindi tra un'oretta e mezza sarà qui» dice Javier.

«Allora» riprende la parola Rocco alzando la voce in modo che tutti possano sentirlo «vi va di andare in barca? Ho organizzato un giretto niente male…»

Qualche ora dopo sono tutti a bordo di un gozzo con cabinato che Rocco e i suoi amici noleggiano spesso. Tonino, il capitano, è ormai uno di famiglia e conosce alla perfezione le abitudini del gruppo: posti, specialità, musica. L'atmosfera a bordo è subito elettrica e festosa, complice il vino bianco ghiacciato che scorre come acqua fresca. Javier sovrintende ogni cosa, dalla playlist alle vettovaglie.

Nemmeno il tempo di ambientarsi, che anche Francesco si è trovato nel pieno dei festeggiamenti. È un uomo dall'aria nobile, di un paio di anni più giovane di Giulia, oggettivamente un bell'uomo. Insieme hanno un che di magico, all'apparenza il loro è un match perfetto. Tra lui e Javier si stabilisce subito una certa complicità. Rocco, al contrario, si mostra più scostante, almeno nelle prime ore. Ma, col tempo, quella era diventata una sua prerogativa quando si tratta di conoscere qualcuno di nuovo.

In barca è tutto un tuffarsi, scattarsi selfie, lanciarsi in balli strampalati, con intorno uno scenario mozzafiato. Finché la navigazione li porta nel punto in cui i due mari, lo Ionio e il Mediterraneo, si incontrano, la punta più a sud della Sicilia, l'Isola delle Correnti. Armati di sup, Javier e Francesco si sfidano a circumnavigare l'isolotto, scenario perfetto per le foto da postare sui social, con sullo sfondo il faro e una costruzione a ferro di cavallo, un tempo una caserma.

Dopo l'euforia delle prime ore, cambia la colonna sonora e cambia anche il mood sulla barca: è l'ora del relax, e tra prua e poppa tutti si lasciano cullare dalla navigazione lenta. Qualcuno si assopisce, le coppie ne approfittano per scambiarsi qualche effusione.

Rocco e Giulia si ritrovano da soli su un materassino gonfiabile assicurato alla barca da una lunga fune. Adagiati, a occhi chiusi, entrambi si lasciano trasportare dal moto del mare.

«Dormi?» le sussurra Rocco.

Lei non gli risponde. Lui allora si sposta appena e involontariamente la sfiora, lei apre gli occhi, gli sorride.

«Un po'... che beatitudine.»

«Sì, davvero...»

«Guarda quei due, dei ragazzini col sup!»

In lontananza, Javier e Francesco continuano a pagaiare divertiti sulle loro tavole.

«Sì, si sono trovati!»

«Non so chi dei due è più competitivo.»

«Javier non sa cosa vuol dire perdere.»

«Anche Francesco ha la gara nel sangue, è malato di sport.»

«Perché, Javier? A volte penso sia ipercinetico... si allena in continuazione, al mattino presto, corre, va in bici e, anche d'inverno, nuota in piscina!»

«Mi sembri felice con lui.»
«Sì...»
«Sai che ti dico? È un ragazzo speciale, devi tenertelo stretto. Poi è stato pieno di premure nei miei confronti.»
«Lo è, speciale. Con lui ho scoperto una pace interiore che non conoscevo.»
«E poi è di una bellezza!»
«Senti chi parla. Anche Francesco non scherza. Non ho mai visto un uomo così naturalmente sensuale.»
«Lo è, e al di là dell'aspetto fisico, che ha il suo perché, ovviamente, ah, ah, ah! È riuscito a... come posso dire... accogliermi.»
«Cosa intendi?»
«Come faccio a spiegarti...? Mi sono sentita letteralmente abbracciata in una fase della mia vita molto complessa.»
«In che senso?»
«Nel senso che per anni ho vissuto tutto in modo accelerato, ho investito tanto nel mio lavoro e in una relazione lunga che mi ero illusa potesse durare, nonostante non fossi appagata. Per un bel po' mi sono ostinata a portarla avanti, poi quando è finita mi sono sentita all'improvviso... svuotata. Non mi rassegnavo all'idea che fosse terminata, sentivo il peso del fallimento e vedevo un baratro davanti a me. Poi ho conosciuto lui. E da subito ho percepito una concretezza, una solidità, a cui mi ero come disabituata. Non so se riesci a capire...»
«Sì, perfettamente. Perché è la sensazione che ho avuto appena vi ho visti insieme.»
«Certo, ogni tanto qualche ombra si riaffaccia...»
«Tipo?»
«Be', l'idea di non essere riuscita a diventare madre, ho aspettato tanto, non è successo, e ora...»
«Non è ancora troppo tardi...»
«Sì, hai ragione e ne abbiamo parlato, ma sinceramente non me la sento di cominciare quel tipo di percorso.»
«Lo capisco, non sai quanto. Ho sempre pensato che nella vita, da grande, avrei voluto un amore importante, la casa

dei miei sogni, il lavoro che desideravo... insomma, sì, poter vivere seguendo le mie passioni, e poi, certo, un figlio.»

«...»

«Ecco, questo non è successo. Mi ricordo ancora una mattina, ero nella mia casa di Ortigia, mi sono svegliato e mi sono messo alla finestra a guardare il mare. E ho pensato che andava bene così. Perché c'è un prima e un dopo la nascita dei gemelli, Diego e Mia, i figli di Elena, mia sorella. Con il loro arrivo è come se, in parte, si fosse colmato quel vuoto interiore.»

«Dài, li voglio conoscere... due piccoli Galletti! Ti somigliano? Dalla foto mi sembra di sì, soprattutto lui.»

«Be', secondo me tantissimo, soprattutto Diego. Ha i capelli scuri e ricci come me, e poi... be', sì, i tratti sono quelli. E anche un po' il carattere, direi. A proposito, domani donna Adele ci vorrebbe a pranzo da loro. Se ti va ovviamente, li faremmo felici.»

«Certo che mi va, ho un bellissimo ricordo dei tuoi... soprattutto di tuo padre e del suo amore per la lettura.»

«Sì, ora oltre che sui libri vive su Netflix e Prime!»

«Dài, troppo figo.»

«Sì.»

«Ci pensi mai?»

«A cosa?»

«Al fatto che... eh, eh, ah, ah, aaah! se avessimo avuto un figlio, ora avrebbe più o meno venticinque anni?»

«Sai che ci penso spesso? Soprattutto quando incontro qualche ex compagno di liceo che ha già un figlio di quell'età.»

«Infatti. Ma nulla accade per caso, quindi...»

«Lo credo anche io.»

Giulia sospira rassegnata, poi cambia immediatamente espressione.

«Sai una cosa?» le dice Rocco. «Ti devo regalare un libro. Appena torniamo a casa.»

«E che libro è?»

«Si intitola *Un nuovo mondo*, è di Eckhart Tolle.»

«E di cosa parla?»
«Hai mai sentito parlare di *The Power of Now*?»
«*Il potere di adesso*... mi fa risuonare qualcosa.»
«Ecco, è sempre lui lo scrittore, che poi è una sorta di guru dell'illuminazione spirituale. Ci sono alcune parole chiave, nei suoi testi, che è come se mi avessero sbloccato qualcosa, o meglio, come se avessero definito alcune consapevolezze che ho maturato da solo.»
«Wow.»
«Sì, sono sicuro che ti piacerà.»
«Ma dimmi almeno qualcosa...!»
«Lui parla di vivere il presente e di non proiettarsi nel futuro o rivolgersi al passato. Di riconoscere il corpo di dolore che portiamo, frutto del nostro vissuto familiare...»
«Mmh, ora mi sei diventato pure asceta! Eh, eh, ah, ah, aaah!»
«Ah, ah, ah!»
«Scherzi a parte, mi interessa, grazie! Piuttosto, ti guardavo prima e... a giudicare dal fisico che hai messo su, anche tu ti alleni tanto.»
«Be', cerco di fare un'ora al giorno, da solo o con il trainer, ma non sono un invasato.»
«Quando ti ho conosciuto eri uno scricciolo, ah, ah! Ora invece...»
«Ma che minchia dici? Come, uno scricciolo?»
«Be', sì... ma tanto sai che a conquistarmi sono stati i tuoi ricci!» scoppia a ridere lei.
«Ah, ah, ah, sei la solita...!»
«Giuro! Anzi, più che i ricci, tutto il gel che ci mettevi: quella specie di cresta di gallo che al tatto era qualcosa di inimmaginabile!»
«Non mi provocare, eh...»
Lei continua a ridere.
«Anche perché neanche tu scherzi... anzi, si può sapere qual è il segreto di tanta grazia?»
«Te l'ho detto, il chirurgo plastico... eh, eh, ah, ah, aaah!»
«Dài, siamo seri, a me sembra tutta natura.»

«Be', devo dire che ho imparato a volermi bene di più, quindi stile di vita sano, alimentazione sana, ho ridotto al massimo carne e latticini e poi pilates, gyrotonic e yoga una volta a settimana.»

«Minchia... direi che si vede! Perché, ripeto, stai una favola...»

«Roccuzzo, Roccuzzo...» e ride di nuovo.

Mentre parlano, entrambi sdraiati al centro del materassino nel tentativo di non bagnarsi, sono così vicini che quasi possono sentire l'uno il respiro dell'altra. Ma non è l'unica cosa che Rocco sente: sotto il suo pantaloncino blu, infatti, sta avendo una reazione incontrollata.

Di scatto si gira, mettendosi a pancia in giù.

«Ehi, un terremoto... *qué pasa*, Roccuzzo? Eh, eh, ah, ah, aaah!»

Lui, non sapendo cosa altro fare, imbarazzato più che mai, comincia a dondolarsi sul materassino fino a quando entrambi non finiscono in acqua. Giulia ride talmente tanto da richiamare l'attenzione degli altri, che a uno a uno si tuffano in mare, dando vita a una sorta di carosello acquatico, tra acrobazie e schizzi vari.

A rovinare la festa, un motoscafo della guardia di finanza, che si avvicina.

«Lo sapete che è vietato trainare i gonfiabili?» Due giovani finanzieri si rivolgono a Tonino.

«Buongiorno, sì, lo so... ma siamo fermi, eh» risponde lui.

I finanzieri sono irremovibili. «È comunque vietato, e in più siete troppo lontani dalla costa.»

«Sì, ma...»

«"Sì, ma" niente, favorite i documenti, che dobbiamo procedere al verbale.»

A quel punto interviene Rocco, prontamente risalito a bordo.

«Buongiorno, sono Rocco Gallo, mi dispiace se abbiamo un po' esagerato con i materassini e i sup, ma è il mio compleanno... faccio cinquant'anni e così ci siamo un attimo scatenati.»

«Va bene, signor Gallo, facciamo finta che non sia successo nulla, però...»
«Però ora ritiriamo tutti i gonfiabili e ce ne stiamo tranquilli.»
«Intesi. Grazie... e auguri!»
«Grazie infinite e buon lavoro a voi.»
Una volta allontanatisi i due finanzieri, un applauso interrompe l'improvviso silenzio calato sul mezzo.
«Grande, Rocco.»
«Bravo, Roccuzzo.»
«Facciamo un brindisi al nostro comandante Gallo!»
Javier e Francesco stappano l'ennesima bottiglia di vino bianco ghiacciato. Tonino è pronto a servire un nuovo aperitivo e via così fino al tramonto, quando arriva l'ora di rientrare in porto.

«Uggesù, che bello, è tornata Giulia, che dolcezza! Fatti vedere, sei diventata ancora più bella, quanto sono contenta...»
L'indomani a pranzo, tata Maria li accoglie sul cancello della villa dei Gallo all'Isola.
Ventisei anni sono passati, e il giardino, la casa, la spiaggia sono ancora più curati di quando Giulia li aveva visti per la prima volta. La vegetazione rigogliosa, il nuovo colore dell'esterno, e i lavori fatti in tutto quel tempo hanno donato a quel luogo un che di contemporaneo.
Pochi istanti dopo, due bambini si palesano sulla porta e cominciano a correre all'impazzata. Una cascata di boccoli biondi e due occhi verdissimi lei; un cespuglio di ricci castani e uno sguardo altrettanto scuro lui. Sono talmente belli da sembrare appena usciti da uno spot pubblicitario.
«Zio Rorò!»
«C'è zio Rorò!»
«Eccoli, gli amori miei!» Rocco si precipita ad abbracciarli.
Mia e Diego gli si attaccano letteralmente al collo entrambi. Sembrano non avere occhi per nessun altro.
«Ciao, cuccioli, e a me neanche un *beso*?»

«Ciao, zio Javier.»

Mia si stacca da Rocco e salta addosso a Javier. Ora, ognuno con un bambino in braccio, percorrono il giardino. Qualche passo più indietro li segue Giulia, con un bouquet di fiori bianchi fra le mani, e qualche passo ancora più indietro Francesco.

In quel momento si palesano anche Adele e Antonio. Appena li vede, Giulia è colta come da un pizzicore, un'emozione che non si aspettava di provare. La madre di Rocco è sempre elegante e curata, il colore dei capelli leggermente schiarito, l'acconciatura perfetta.

«Giulia, che gioia rivederti dopo tutto questo tempo!» esclama, e la gioia le si legge in faccia.

Antonio si fa avanti, e senza dire niente l'abbraccia.

«Sono tanto felice anche io di rivedervi» mormora Giulia. «E... complimenti, vi trovo in splendida forma!»

«Eh sì, magari...! Come si dice da queste parti, ci siamo fatti vecchi» dice Antonio con aria rassegnata.

«Ma no, ve l'ho detto, io vi trovo in formissima, eh, eh, ah, ah, aaah!» ribatte Giulia. Poi: «Lui è il mio compagno Francesco».

«Francesco, che piacere, benvenuti!» Adele ha subito ripreso il suo tono cordialmente formale. «Accomodatevi. Javier, amore, come va?»

«Tutto bene, *mamá*, siamo stati in barca tutto il giorno ieri... *maravilloso*!»

Da quel *mamá* a Giulia è chiaro che il compagno di Rocco è a tutti gli effetti considerato parte integrante della famiglia.

Anche all'interno, la villa è trasformata. Tutto è più minimalista, e al tempo stesso sofisticato.

«La casa è ancora più bella di quanto me la ricordassi» osserva Giulia.

«Merito del nostro Roccuzzo che si è occupato personalmente della ristrutturazione. Devo dire che la laurea in Legge non gli è servita a granché, ma in quello che fa è davvero un fuoriclasse» annota Adele, assestando una carezza sulla testa del figlio.

«Mamma, che bello sentirtelo dire. Doveva venire Giulia dopo tanti anni per ricevere un complimento da parte tua...»
«Gioia, lo sai come sono fatta? Ma ho detto la verità... meglio tardi che mai!»
«Cosa gradiscono da bere? Bollicine? Un bianco dell'Etna?»
«Papà, non fare il formale, Giulia e Francesco sono praticamente di casa.» Rocco gli cinge la vita con un braccio, Antonio si fa avanti e senza dire niente l'abbraccia. Negli anni tra loro si è sviluppato un rapporto fatto di piccoli gesti di affetto.
«Eccoli arrivati.»
Dalla spiaggia li raggiungono Elena, la sorella di Rocco, e suo marito Edoardo. Dopo i convenevoli e le presentazioni di rito, tutti si ritrovano a tavola e, come da tradizione in casa Gallo, Antonio assegna i posti, anche se la sua unica preoccupazione è quella di avere Giulia alla sua destra.
Per un po', l'argomento principale di conversazione sono i gemelli. Giulia si complimenta con Elena, i nonni non fanno altro che parlare di loro, seduti accanto ai genitori composti e educati.
«Mi sembra di vederti nelle tue foto da bambino» dice Giulia a Rocco, che al solo sentirselo dire si riempie di orgoglio.
E in effetti, mentre Mia ha un incarnato più nordico, il piccolo Diego lo ricorda davvero tanto.
«Zio Javi, zio Javi, ci porti in spiaggia?» I bambini hanno finito i loro piatti e scalpitano per andare a divertirsi.
«Amori di nonna, tata Maria ha preparato il vostro dolce preferito, la pizza al cioccolato. Più tardi zio Javi vi porta, ok?»
«Va bene, nonna, che buona la pizza al cioccolato... io ne voglio due fette!»
«No, io due...!»
«No, io... posso, mamma?»
«Va bene, ma ora basta dare fastidio a zio Javi! Andate in cucina da tata.»
Inevitabilmente gli anni passati si leggono sui volti di tut-

ti, a cominciare da quello di tata Maria. Ora, infatti, in casa c'è anche una ragazza che l'aiuta. Giulia osserva meglio i genitori di Rocco, sono due splendidi settantacinquenni, sempre affabili e ospitali. Ma c'è una cosa che la colpisce più di ogni altra: in quella casa, tra le persone che la abitano, si percepisce un clima di armonia, e Rocco ne è diventato il collante.

«Rocco ci ha raccontato della tua carriera da notaio, complimenti!» Antonio è prodigo di attenzioni verso di lei.

«Sì, tanto lavoro, ma sono contenta... in fondo era quello che volevo fare fin dai tempi dell'università.»

«E tu, Francesco, di cosa ti occupi?» domanda Adele.

«Io lavoro per una società di servizi, sono direttore generale. Abbiamo contratti con diversi enti, a cominciare dal Comune di Milano.»

«Interessante...»

«Hai visto, Giulia? Il nostro Rocco alla fine ha fatto quello che voleva, e in fondo aveva ragione. Io ho delegato tutto, amministra tutto quanto lui... mentre io faccio il nonno a tempo pieno e ho tanto tempo per leggere.»

«A proposito, Antonio, mi devi consigliare un po' di letture!»

«Con piacere, ti faccio una piccola lista, ma un titolo te lo do subito: *La vita davanti a sé* di Romain Gary. L'ho scoperto per caso in libreria, un capolavoro...»

«Guarda, non solo letture, anche serie tv» lo interrompe Adele. «Potrebbe tenere una rubrica sul "Corriere della Sera", praticamente abbiamo in casa Mollica del Tg1!»

«A mia moglie non va bene mai niente... lei mi vorrebbe attaccato a lei ventiquattr'ore su ventiquattro.»

«Ma che dici? Io ho le mie cose da fare!»

«Sì, certo, ore e ore su WhatsApp a chattare e scambiare messaggi con le tue amiche.»

«Ma che ne vuoi sapere tu...?»

«Ecco, ora non cominciate a litigare» li ferma Rocco.

«Piuttosto, facciamo un brindisi!» interviene Javier.

Tutti sollevano i calici, Rocco si schiarisce la voce.

«Alla bellezza di ritrovarsi come se non ci si fosse mai lasciati.»

«Salute!»

«Salute!»

«Salute!»

Tutti si guardano negli occhi, che luccicano di felicità. Ma quelli di Giulia e di Rocco, a guardarli bene, luccicano più degli altri.

35

9 agosto 2022

Il giorno della festa, fin dalle prime ore del mattino, alla Chiusa è un viavai di mezzi che scaricano balle di fieno, luminarie, casse acustiche, casse di alcol e ghiaccio a volontà.

A occuparsi dell'allestimento, come un direttore del traffico, è Rocco, e con lui ci sono Susanna, la sua segretaria factotum, e Fabio, il capomastro che dirige l'impresa di costruzioni. Ogni tanto interpella anche Javier, che però nel frattempo si preoccupa della gestione degli ospiti e del pranzo, ordinato dal loro ristorante preferito di Frigintini, l'Osteria delle 5 Vie. Una chiamata alla proprietaria Maria, e nel giro di un'ora un trionfo di arancine, scacce modicane, parmigiana e caponata è servito in tavola. Spettatori divertiti della mobilitazione in atto intorno a loro, gli amici della casa trascorrono la giornata in piscina.

L'unica incuriosita da tutta quell'organizzazione, e pronta a dare una mano, è Giulia. Tanto che è un continuo: «Giulia, che dici?», «Giulia, ti piace?», «Aspetta, sentiamo cosa ne pensa Giulia...».

Rocco ancora non ci crede, l'idea di averla accanto gli procura un'euforia che, sommata all'attesa per la festa, lo fa sembrare spiritato. I preparativi si interrompono soltanto verso le due del pomeriggio, quando all'improvviso nella corte si diffonde una voce femminile, quella di Sonia, la cantante che suonerà più tardi, e che tra una prova microfono e l'altra intona "tanti auguri a te" in spagnolo. È il momento delle prime candeline, che Rocco spegne con gli ospiti della casa, è raggiante. E ancora di più lo è Javier, regista di quella sorpresa. Ad aiutarlo Simona e Luke, una coppia di amici, lei milanese, lui londinese, che hanno appena acquistato un baglio poco distante dal loro. Sì, perché nei dintorni di Cozzo Rose, la località in cui sorge la Chiusa, negli ultimi anni si è formata una piccola comunità di amici, che con l'aiuto di Rocco e di Fabio, il capomastro della sua impresa, riqualificano le costruzioni tipiche del posto.

Spegnendo le candeline, è come se Rocco avesse dato il via alle danze. Da quel momento, nel baglio addobbato a festa cominciano a scorrere fiumi di champagne, nonostante il party vero e proprio comincerà ore e ore più tardi.

E nonostante ci sia ancora molto lavoro da fare.

All'ingresso viene srotolata una guida rossa che arriva fino all'ampio spiazzo interno. Oltre il muro di cinta, nel campo sterrato confinante con la grande distesa di carrubi, una serie di barattoli di vetro trasparente, con al loro interno candele pronte per essere accese, delimitano il perimetro del parcheggio e segnano il percorso verso la festa. Al loro arrivo, gli ospiti troveranno un angolo addobbato per un primo scatto di rito, con tanto di fotografo professionista. Un'apoteosi di cesti pieni di bougainvillea, vecchie casse di legno con sopra adagiati vasi di vetro soffiato verde, ceste di paglia normalmente utilizzate per la raccolta degli ortaggi, un paio di poltrone vintage su un vecchio tappeto persiano. Qui, a coadiuvare Rocco, c'è un vero e proprio pool. Il vicino di casa Sebastiano e un regista di professione, Matteo, che d'estate, insieme al fidanzato Benedetto, passa parte delle vacanze alla Chiusa.

«Quanti saremo?» domanda Giulia divertita mentre sistema i fiori nei vasi.

«Sulla lista, più di quattrocento, hanno confermato quasi tutti.»

«Quattrocento? Caspita!»

«Sì, alla cena però saremo soltanto quaranta, gli altri arriveranno dopo.»

«Un botto!» scoppia a ridere lei.

«Eh sì, altrimenti che festa è?!»

«Certo, cinquant'anni si fanno una volta sola... sei un vecchietto, eh, eh, ah, ah, aaah!»

«Ah, ah, ah! Sei la solita... e poi ti ricordo che siamo coetanei» rilancia Rocco sempre più divertito.

Sistemato il set, il primo scatto del fotografo è per Giulia.

«Ovviamente è solo una prova, da non diffondere» gli intima lei. «Sono ancora vestita da piscina e non sono truccata, eh!» ride.

«Che ti metti stasera?» le chiede Rocco.

«Eh, eh, aspetta e vedrai...»

«Dài, dimmi almeno il colore!»

«No no... anzi, devo darti una cosa... prima che arrivino tutti.»

Rocco e Giulia si ritrovano nell'ampio salone triplo. Attorno a loro si sta allestendo la tavola, è gigantesca e ne attraversa l'intero perimetro in lungo, con alzatine piene di cesti di fiori di stagione.

Fra le mani Giulia ha una scatola rossa, rettangolare, con in cima un grande fiocco bianco. La porge a Rocco.

«Apro?» chiede lui.

«Direi proprio di sì...»

«Sai che sono emozionato come un bambino? Minchia, Giulia...»

«Sei rimasto il solito, eh, eh, ah, ah, aaah! Dentro questo corpo da sexy dilf batte un cuore di panna!»

«Ora sono pure un dilf?»

«Be', non sei certo più un teenager, Roccuzzo... oggi compi due volte venticinque!»

«Ok, milfona mia... apro allora.»

Rocco scarta lentamente il pacco. Dentro c'è una cornice e, al di sotto di un foglio di carta velina, un'opera di Banksy: vernice spray su tela, *Girl with Balloon*, con tanto di certificato di autenticità.

«Ma è stupendo, e io adoro Banksy! Grazieee!»

Rocco l'abbraccia forte, fa per baciarla sulla guancia, ma in quel momento tutti e due girano la testa. Le guance si sfiorano e, in quello sfiorarsi, finiscono per incontrarsi anche le loro labbra.

Pochi secondi, poi si scostano subito, entrambi pieni di un imbarazzo misto a eccitazione.

Giulia si tira su i capelli e li trattiene per qualche secondo sulla testa. Rocco si accorge che una zanzara gli sta ronzando attorno, e non esita a colpirla battendo forte le mani.

«Che riflessi... ah, ah, ah!» ride Giulia, poi schiarendosi la voce: «Sono contenta che ti sia piaciuto. Io adoro Banksy, sai che colleziono le sue opere?».

«Dài, che figataaa!» esclama Rocco, ma la sua mente è fissa ancora al bacio di qualche istante prima.

E così anche quella di Giulia. È stato solo un caso, però, si ripete lei. E se invece...?

«Allora, è qui la festa?»

«Eccolo, il *birthday boy*!!!»

«Sono arrivate!»

Due ragazze, una bionda e una mora, irrompono nella sala, spezzando in un attimo lo strano incantesimo che si era creato. Reggono in mano due giganteschi vassoi.

«Qualcuno ci dice dove piazzare questi dolci?»

Rocco va loro incontro. «Ci penso io... intanto mettimeli qui nella cucina di servizio, per favore.» Poi: «Vi posso presentare Giulia? Loro sono Nina e Nicol, due mie care amiche».

«Che piacere conoscerti, Giulia!» dicono le due all'unisono. «Rocco ci ha parlato tanto di te... sì, davvero tanto... ah, ah, ah!» aggiunge poi Nina.

«Ehi, ci sono pure io!» si fa sentire dall'ingresso Annarita, un'altra amica, anche lei con in mano un vassoio di dolci.

Verso le sette e mezza, la luce del tramonto tinge la Chiusa di una veste nuova. La pietra delle sue pareti riflette un misto di sfumature tra il giallo e il rosa, il cielo vira sul rosso con punte di azzurro, incorniciando il baglio in uno scenario quasi onirico. Uno spettacolo per la vista esaltato dai suoni dell'orchestra dal vivo che prova gli accordi. Tra un *L-O-V-E* di Nat King Cole e un *Desafinado* di Jobim, l'atmosfera è quella di una romantica attesa.

Nelle varie stanze del baglio, intanto, ognuno si sta preparando. Francesco è alle prese con la lampo del vestito di Giulia. Javier è già in giro, a controllare che tutto sia a posto. Rocco, dopo un paio di cambi, ha optato per una maglietta blu di cotone e seta e dei pantaloni larghi dello stesso colore. I due bar, uno in mezzo al piazzale, l'altro vicino alla pista da ballo adiacente alla piscina, hanno già cominciato a servire un gin tonic dopo l'altro.

Con il buio, lo scenario cambia radicalmente e la Chiusa risplende di un nuovo abito da gran sera. Delle mirror ball tra gli archi che circondano la piscina riflettono le loro luci colorate nel rettangolo d'acqua. Il solarium si è trasformato in una pista da ballo che aspetta a sua volta di trasformarsi in una distesa di persone festanti. Il dj è già posizionato al centro del colonnato.

La cena è servita all'altro lato del baglio dove, sotto un cielo di lucine che pendono tra un albero e l'altro, è stato allestito un tavolo a ferro di cavallo. Rocco siede al centro, alla sua destra c'è Giulia, alla sua sinistra la sorella Elena. Di fronte a loro Javier con Francesco e Edoardo. Il menu dei giovani chef David e Simone è un omaggio a quei luoghi e una celebrazione della Sicilia: iris catanese e gazpacho di lattuga e cuore di pomodoro; sandwich di gamberi bianchi e maionese al rafano; tacos con crudo di scampi di Ortigia, pollo crispy e maionese "special"; friggitelli alla trapanese; ostrica arrostita, salsa bernese e *muddica atturrata*; pizzette fritte *arraganate*; melanzane alla pullastriello; crudo di pesce fragolino; crudo di orata, nocepesca, yogurt e olio affumicato; cubo di patata al curry…

«Oddio, è peggio di un matrimonio! Sto scoppiando, ma voglio assaggiare tutto, eh, eh, ah, ah, aaah!» esclama Giulia.

«Tieni un po' di spazio per i dolci!» le dice Elena.

«E per l'alcol!» aggiunge Javier divertito.

Terminata la cena, gli ospiti si spostano all'interno, dove

nel frattempo sono arrivati già alcuni degli invitati al party. Nel grande salone triplo del baglio, sulla lunga tavola, ora apparecchiata di tutto punto, con tanto di enormi candelabri con candele di cera bianca, ecco il ricchissimo buffet di dolci: dai cannoli appena farciti alla ricotta di pecora fresca con gocce di cioccolato, dalla crema di pistacchio alle cassatine, e poi gelo di mandorle, gelo di limone, e per finire la torta: cinque profiterole al cioccolato fondente con cuore di crema pasticciera, disposti a formare le cinque lettere che compongono il nome del festeggiato. Sopra, cinquanta candeline, non una di meno.

Prima di spegnerle, cercando il giusto desiderio da esprimere, Rocco sente il cuore scoppiargli di felicità. Javier lo abbraccia e si danno un bacio, mentre tutti cantano "tanti auguri a te" e il riflesso delle piccole fiamme gli illumina il volto. Rocco solleva allora lo sguardo e incontra quello di tutte le persone che sono lì ad applaudirlo. Ognuno di loro rappresenta qualcosa di speciale, ognuno di loro occupa un posto più o meno grande nella sua vita. Javier, l'uomo che ama e che gli ha cambiato l'esistenza, l'amore atteso e consapevole. Sua sorella Elena, che lo ha aiutato a ritrovare l'armonia in famiglia e gli ha regalato i gemelli, che ama più di ogni cosa. Marilù, la sua amica, quasi una sorella acquisita. Con Enrico, ambasciatore, arrivato anche lui per la festa, lei e Rocco formano un trio indissolubile. E poi la sua famiglia allargata che è lì in casa con lui ogni estate, e i suoi amici di sempre.

Infine, sulla sinistra scorge Giulia, quasi defilata. Allunga la mano e l'avvicina a sé.

A quel punto soffia con tutto il fiato che ha, spegnendo fino all'ultima candelina. Mentre l'abbraccia, assediato dagli altri invitati desiderosi di avere anche loro un abbraccio, ha come la percezione che tutt'attorno ci sia soltanto un vociare di sottofondo, non un chiasso allegro e festante. Una sensazione imprevista e prepotente. Il contatto con la pelle di Giulia, i suoi capelli, il suo odore, quella sua risata unica al mondo, l'abbraccio: tutto fa parte di un incastro, un match perfetto, un'alchimia, di più, una magia.

In quel preciso istante si rende conto che non ha mai smesso di amarla, è come se lei fosse una parte di lui, un suo prolungamento vitale. Di colpo sente un calore che lo attraversa dall'alluce fino alle sopracciglia, è sicuro di essere arrossito, ma nella confusione nessuno se ne accorge.

Poco dopo, la festa prende il sopravvento, la Chiusa si popola di centinaia di persone che ballano, bevono, si sbottonano, in tutti i sensi; qualche signora impreparata allo scenario inciampa con i tacchi nella pavimentazione di pietra.

Il baglio ha di nuovo cambiato pelle. Ora è lo scenario perfetto per un divertimento sfrenato, in cui tutti sono parte di un moto collettivo, in cui tutti si scrutano, si perdono di vista.

Per poi, a volte, ritrovarsi.

Dopo qualche ora di balli e canzoni urlate a squarciagola, Rocco e Giulia si ritrovano a sorpresa nell'ingresso laterale della Chiusa. Un angolo lasciato volutamente poco illuminato. Un'entrata segreta, conosciuta solo dagli ospiti fissi.

L'accesso è dalla lavanderia, così da poter raggiungere indisturbati la cucina e fare rifornimento di gin tonic senza doversi accalcare ai bar esterni.

«Toh, guarda chi si vede... anche tu qui!» esclama Giulia. «Eh, eh, ah, ah, aaah!»

«Anche io, certo...»

«Lei è...?» ride ancora lei.

«Io sarei il festeggiato...»

«Ah, ecco... eh, eh, ah, ah, aaah!»

«Ok, sei ubriaca...»

«Ubriaca io? Come si permette? Ubriaco sarà lei...!»

Ma è evidente che hanno già entrambi superato il livello di guardia.

«Gin tonic?» chiede Rocco.

«Se proprio insisti...»

«Ecco qui il suo gin tonic, *madame*.»

«Sì sì, il gin tonic... tanto che devi fare, tu...?»

«Scusa?» domanda lui aggrottando la fronte.

Giulia lo ha già sfidato così. Sempre in Sicilia, una notte di tanti anni addietro, prima che lui la trascinasse sulla spiaggia di Fontane Bianche.

«Hai capito bene... tu che devi fare?» ripete lei fissandolo negli occhi.

Rocco sente scattare dentro di sé qualcosa di simile a una molla. Un impeto che non sa governare, proprio come quella notte. In un unico sorso finisce il suo gin tonic, sbatte il bicchiere vuoto sul bancone di marmo della cucina e prende Giulia per mano.

«Che devo fare?» le dice. «Vieni con me.»

Senza fare domande lei lo segue. Escono di casa, in quel lato del baglio rimasto al buio, e pochi passi oltre il cancello secondario si ritrovano all'interno di una piccola costruzione di pietra non ancora del tutto completata, in quello che nell'arco di qualche mese sarebbe stato l'alloggio del custode.

Rocco chiude furtivamente la porta. Neanche il tempo di cercare i rispettivi occhi nell'oscurità, che attira Giulia a sé e comincia a baciarla ovunque. Sul collo, nelle orecchie, le morde la lingua, la stringe. Anche Giulia gli morde il labbro fin quasi a farlo sanguinare, ma nessuno dei due ci fa caso. Non si parlano, il loro linguaggio è fatto solo di sospiri e di un ansimare continuo. Si baciano con ardore, quasi con violenza, per un tempo indefinito. Finché Rocco apre un'altra porta e lì, tra gli arredi accatastati, spinge un materasso ancora rivestito di cellophane per terra. Avvinghiati su quel giaciglio improvvisato, lui e Giulia sono un tutt'uno. Con un colpo solo, senza avere il timore di strappare la stoffa, Rocco le abbassa la lampo dell'abito, in un attimo la sua schiena, già in gran parte scoperta grazie alla scollatura vertiginosa, è ora quasi nuda. Con l'altra mano, si sbottona i pantaloni, si toglie le mutande.

Pochi istanti e sono entrambi nudi, altri istanti e lui è dentro di lei.

Rocco e Giulia si amano su quel materasso rivestito di plastica, lei aggrappata alle sue braccia, lui che le cinge i fianchi, prendendola. Si amano, urlano, gemono, in un miscuglio di respiri in cui persino il sudore dei loro corpi spalmati l'uno sopra l'altro diventa benzina sul fuoco che li pervade. Sicuri che nessuno possa ascoltarli, incapaci di arginare quella passione, arresi a qualcosa di unico, la cui essenza appartiene soltanto a loro due. Un luogo franco e segreto che non aveva mai smesso di esistere, nonostante quegli anni di silenzio e lo squarcio repentino con cui era finita la loro storia. Entrambi vinti e al tempo stesso sorpresi da quel piacere ritrovato.

Alla fine, senza dirsi nulla, si ricompongono. Un ultimo bacio ed è Giulia la prima a uscire e a raggiungere la pista da ballo. Poco dopo, ma seguendo la direzione opposta, anche Rocco torna in mezzo agli altri. Beyoncé con *Break My Soul* domina la festa. Mentre si muove tra la folla, Rocco si sente afferrare per un braccio. È Javier.

«Dov'eri? Ti ho cercato ovunque.»

«Eccomi, non ci crederai, mi sono buttato in doccia, ho esagerato con l'alcol e avevo bisogno di darmi una rinfrescata...»

«*Vale, ¿y ahora qué tal? ¿Todo bien?*»

«Sì, sì, *super bien*... Questa canzone mi fa impazzire...»

Ballano, si agitano, Rocco si scatena, finché, mentre Madonna ripete *Vogue* nell'ennesimo remix della sua canzone di ormai più di trent'anni prima, a un certo punto la musica si interrompe bruscamente.

«Buuuuuuuu!»

Gli invitati cominciano a rumoreggiare, ma il dj con un segno chiede a tutti di fare silenzio, quindi direziona la luce che utilizza per illuminare la consolle verso i presenti, fino a individuare qualcuno. È Francesco, si trova sullo scalone sotto al colonnato e in mano ha un microfono. Nello stupore generale comincia a parlare.

«Scusate, un momento di attenzione... ehm, ho un annuncio da fare... sono un po' emozionato, scusate... ma...»

Rocco e Javier si guardano stupiti. Gli invitati osservano la scena pieni di curiosità.

«Giulia, amore mio, puoi venire qui accanto a me?»

Lei, con l'espressione di chi non sa davvero cosa stia succedendo, entra piano nel cono di luce.

«Voglio chiederti una cosa, qui davanti a tutti.» Francesco estrae dalla tasca un piccolo astuccio, lo apre, si inginocchia e guardandola negli occhi le dice: «Giulia, amore mio, mi vuoi sposare?».

Rocco sente lo stomaco stringersi. Osserva Giulia, non sa cosa pensare.

Per qualche secondo lei rimane impassibile, ma il gesto della mano pronta ad accogliere l'anello che Francesco le sta per regalare tradisce già la sua risposta affermativa.

E infatti, un istante dopo, nel baglio risuona la sua risata.

«Eh, eh, ah, ah, aaah! Sì, ti voglio sposareeee!»

Francesco si rialza in piedi e la prende in braccio, poi la bacia appassionatamente, mentre dalla pista scatta un lunghissimo applauso, tra chi urla «Viva gli sposi!» e chi insiste con «Bacio, bacio».

Javier si precipita da loro per congratularsi, trascinandosi dietro Rocco. Javier è il primo ad abbracciare i nuovi futuri sposi. Quando è il turno di Rocco, i loro sguardi non si incrociano, ma Giulia lo stringe forte a sé, come a volergli dire qualcosa.

Parte *Reality*, dalla colonna sonora del *Tempo delle mele*. Rocco e Giulia si staccano, lei torna da Francesco, lui da Javier. Mentre tutti cominciano a muoversi sulle note di quel lento. Chi a coppie, chi a gruppi di tre o quattro, in una sorta di danza romantica collettiva.

«Che sorpresa, davvero... ¡*felicidades!*» si congratula di nuovo Javier qualche minuto dopo, quando si ritrova insieme alla coppia di futuri sposi sui divanetti sotto al porticato, insieme ad altre persone in cerca di una pausa dalla frenesia della musica.

«Congratulazioni! Una sorpresa bellissima!» gli fa eco, sorridente, Riccardo, un avvocato romano che insieme al marito Alberto, noto giornalista tv, e ospite fisso della casa.

La festa è ormai agli sgoccioli, le persone hanno già iniziato ad andarsene. Fino a che, è ormai quasi l'alba, si ritrovano, tutti insieme, gli amici più stretti di Rocco. Ci sono anche Sebastiano e Andrea, i proprietari della tenuta che confina con la Chiusa, a cui Rocco deve la scoperta di quel posto magico. Hanno recuperato in frigo una magnum di Laurent-Perrier.

«Che ne dite di un ultimo brindisi per i futuri sposi?» propone Sebastiano.

Giulia è raggiante, una felicità che non riesce a contenere, mentre Francesco, che non le toglie gli occhi di dosso, ha l'aria fiera, forse ancora non riesce a credere di aver fatto quel gesto, e che tutto sia andato bene.

Calici alla mano, tutti brindano al loro futuro insieme.

E, brindando, gli sguardi di Rocco e Giulia finalmente si rincontrano. Ma solo per un istante. Quante cose vorrebbe dirle lui... o forse non c'è niente da dire? La testa gli gira, e non sa se sia per l'alcol o per quello che è successo.

D'improvviso, tutti esplodono in un fragoroso applauso.

Rocco si volta. A sorpresa gli chef hanno preparato per i reduci una pasta al pomodoro o, per la precisione, un "fior di spaghetti allo scarpariello". E lui, con un certo stupore, si accorge di avere fame.

Non è l'unico. In un batter d'occhio la pasta sparisce dai piatti. Poi, le luci del baglio si spengono, nella sua ultima trasformazione.

È ora di andare a dormire, la festa è davvero finita.

36

10 agosto 2022

La mattina dopo, il risveglio alla Chiusa è lento e in ordine sparso. Il primo a farsi sentire nella chat degli ospiti del baglio è Rocco:

> Hola amigos! Buongiorno e grazie a tutti per aver condiviso una festa per me memorabile. Allora, l'appuntamento per oggi è alle 12 a Palazzolo Acreide. Vi mando la posizione, io sono già qui, poi capirete perché…

La verità è che Rocco non aveva chiuso occhio: troppa adrenalina, e poi, soprattutto, aveva continuato a ripensare a quello che era successo con Giulia. Mentre l'alcol scorreva ancora nel suo corpo – aveva perso il conto dei gin tonic bevuti – si era girato e rigirato nel letto, fino a quando non aveva preso mezza pasticca di un leggero tranquillante. Si era calmato per un paio d'ore, ma senza comunque riuscire a dormire, poi alle sette del mattino si era alzato, aveva preparato un caffè e si era messo in movimento, mentre nel baglio regnava il silenzio più totale.

Anche Giulia, nella sua stanza, aveva faticato a addormentarsi. Frastornata, spiazzata, ma soprattutto felice, per il gesto di Francesco, aveva proiettato sul soffitto il suo matrimonio. L'abito, il luogo, i testimoni… praticamente tutto, come un film. Fino a che il respiro le si era fatto pesante e aveva chiuso gli occhi.

Quando li riapre sono già le dieci. Legge il messaggio di Rocco, e subito le torna in mente ciò che è accaduto fra loro, si sente di colpo a disagio. Ora che è sobria tutto le appare nitidamente, fin nei minimi dettagli. Si infila subito sotto la doccia, mentre Francesco già la aspetta a colazione.

In cucina Javier, più vispo e splendente che mai, sta intrattenendo gli ospiti. A vederlo così perfetto, non sembra uno che ha dormito solo poche ore.

Giulia, invece, è talmente stravolta che si presenta con un paio di occhiali scuri, i capelli raccolti in uno chignon.

«Buongiorno a tutti, potrei avere un caffè lungo? In realtà ci vorrebbe una bomba... eh, eh, ah, ah, aaah!»

Francesco si alza per abbracciarla.

«E allora ancora viva i futuri sposi!» esclama Riccardo, l'avvocato romano, scatenando l'applauso di tutti gli altri presenti.

«Allora, Rocco è a Palazzolo Acreide» dice Javier. «Avrete già visto, ha mandato nel gruppo tutte le info. L'appuntamento è lì a mezzogiorno, da qui ci vorrà più o meno mezz'ora.»

In ordine sparso, il gruppo si riunisce di fronte alla basilica di San Sebastiano a Palazzolo Acreide, in piazza del Popolo. Non sono i soli, la folla comincia a radunarsi in una crescente attesa per lo spettacolo che di lì a poco cambierà il volto di quel luogo.

Gli ultimi ad arrivare sono Giulia e Francesco. Javier li scorge in quel mare di persone e fa loro segno di avvicinarsi.

Rocco, ritrovandosi davanti a Giulia, ha un sussulto. Lei lo saluta con un accenno di sorriso da dietro gli occhiali scuri che non ha ancora tolto. Nessuno fa caso a quel loro strano comportamento, anche perché adesso lo sguardo di tutti è rivolto verso la facciata della chiesa. Il suono delle campane si fa sempre più prepotente, mentre i devoti cominciano a inneggiare in attesa della *sciuta*, l'uscita del santo.

Alle tredici in punto, non appena la reliquia di san Sebastiano, sollevata sulle spalle da decine di portatori vestiti di bianco, appare sull'ingresso della chiesa per poi spostarsi verso la scalinata, ecco che la banda comincia a suonare, mentre una serie di spari colora il cielo di bianco. Ma è solo l'inizio, perché quella che seguirà sarà un'esplosione incredibile, che per sette minuti arriverà perfino a oscurare il sole: sono gli *nzareddi*, nastri di carta variopinti, che in un carosello di colori – rosso, giallo verde, e poi azzurro, blu, arancione – piovono insieme ai coriandoli sulle persone lì riunite, in una specie di cascata arcobaleno che ricopre la scalinata e la piazza intera. È spettacolare, unico.

A quel punto ha inizio la processione, con le donne a piedi scalzi e i neonati e i bambini che vengono simbolicamente spogliati e offerti al santo. Una magia che nessuno degli ospiti si aspettava.

«Adesso venite con me, le sorprese non sono finite» dice Rocco con l'aria compiaciuta di chi è riuscito a regalare un'emozione forte ai suoi amici. Lancia un'occhiata in direzione di Giulia, ma lei sta guardando altrove. Di colpo torna a farsi sentire la paura di aver rovinato tutto, di nuovo, proprio ora che l'ha ritrovata. Dentro ha una matassa di emozioni che non riesce a districare, non sa bene neanche più lui cosa sta provando.

Il gruppo si sposta compatto tra la folla, con Javier attento a non perdere di vista nessuno. Pochi passi su un corso Vittorio Emanuele gremito di persone, e insieme entrano in un palazzo in stile tardo-barocco, è palazzo Judica, appartenuto a una delle famiglie più ricche e influenti della città. La leggenda vuole che in origine l'edificio avesse trecentosessantacinque aperture, una per ogni giorno dell'anno.

Ad accogliere gli ospiti lungo le scale dalle pareti rivestite di marmo bianco e nero, risuona il primo movimento del concerto per archi in Sol maggiore *Alla rustica* di Vivaldi. Nel grande salone Sebastiano e Andrea ricevono gli ospiti incantati dalla bellezza di quelle sale, decorate con stucchi e affreschi, e dalla vista di cui si gode attraverso le inferriate in ferro battuto dei balconi. I vicini di Rocco alla Chiusa, infatti, hanno appena acquistato una parte del piano nobile e stanno per iniziare i lavori per riportare quel posto all'antico splendore. E quello che hanno organizzato è un rinfresco a sorpresa per festeggiare Rocco e i suoi cinquant'anni, un evento che somiglia sempre più a un matrimonio indiano, un po' come le loro feste di laurea, gli fa notare Giulia sorridendogli per la prima volta da quando si sono rivisti quella mattina.

Anche Rocco le sorride, è un sorriso che dura un attimo, ma gli basta per disciogliere un po' la paura. E si chiede se, anche nella testa di Giulia, ci sia la stessa matassa di pensieri che ora c'è nella sua. Loro sono gli unici, l'uno per l'altra, a poterla sbrogliare.

La giornata si conclude con una cena tipica in stile modicano-ibleo in un agriturismo a pochi chilometri dalla Chiusa, il Pirainito. In aperta campagna, la signora Gina e suo marito Sebastiano, insieme alle "comari" Grazia, Maria e Angela, hanno imbandito un banchetto che lascia tutti senza parole. Dalla caponata agli involtini di melanzane, dagli arancini alla pasta al finocchietto tirata a mano, fino alle ciambelle e ai biscotti fatti in casa. Tutto viene dall'orto della signora Gina, e ha un sapore così genuino, in cui traspare anche il suo amore per la cucina, che tutti gli ospiti, a cominciare da Giulia, vogliono una foto ricordo insieme a questa donna di altri tempi e a tutto il suo team.

Arrivati a casa, Rocco e Giulia hanno giusto il tempo di scambiarsi uno sguardo, prima che Javier e Francesco li prendano per mano per condurli nelle rispettive stanze. I pensieri tengono compagnia a Rocco per una mezz'ora, mentre Javier accanto a lui già dorme come un bambino, poi la stanchezza ha la meglio, e anche lui si addormenta.

L'indomani è già il giorno della partenza. Giulia, come sempre in ansia quando deve prendere un aereo, è sveglia fin dalle prime luci dell'alba. Ha aperto gli occhi alle cinque e ha cominciato a rimuginare su quelle ultime ventiquattr'ore, su Rocco. Dopo una prima reazione di distacco, e forse anche di imbarazzo, quella giornata di passaggio le è servita a far decantare il tutto. Ora comincia a vedere ogni cosa in maniera più nitida, ad accarezzare una cognizione insperata, a mitigare l'inquietudine, e soprattutto ad assolversi.

Anche Rocco si è svegliato presto, con l'idea di allenarsi per provare a svuotare la testa. Ma mentre si dirige alla porta, sente che in cucina c'è qualcuno. Forse è Donatella, la ragazza che si occupa della casa, pensa, che armeggia con le stoviglie. Invece, seduta a tavola, frastornata e con una tazza di caffè americano fumante tra le mani, c'è Giulia.

Il cuore comincia a battergli velocemente nel petto. Si schiarisce la voce.

«Ehi, buongiorno! Che ci fai già sveglia?»

«Sveglia? Veramente non ho quasi dormito... e tu? Sono solo le sei... perché già su?»

«Mi sono svegliato...» dice semplicemente lui. «E ho pensato di andare ad allenarmi un po'.»

Restano qualche attimo in silenzio.

«Mi dispiace se ti ho evitato ieri, ma...» riprende la parola Giulia.

«Tranquilla, ho capito e anche io... be', insomma...»

«Sì... Non abbiamo neanche commentato il colpo di scena, l'annuncio di Francesco... un film!»

«Be', sì, davvero un film... tutto.»

«Davvero... tutto.» Giulia deglutisce. «Ho pensato anche a noi, a quello che...»

Il tono con cui pronuncia quelle parole basta a Rocco per capire che, tra loro due, non si è aperta una nuova ferita. E questo già gli basta. «Non dire niente, forse non ce n'è bisogno...»

«Sì che ce n'è bisogno, ci ho pensato tanto, tutta la giornata di ieri e stamattina appena ho aperto gli occhi e...»

«Dimmi una cosa soltanto» la interrompe Rocco. «Sei felice?»

«Sì, tanto.» Giulia ha il tono di chi non ha dubbi. «Ho aspettato questo momento. È l'uomo giusto, al momento giusto.»

Rocco si sente sollevato, enormemente sollevato. «Lo penso anche io. E sono felice per te, meriti questo e molto di più.»

«Sai perché non sono quasi riuscita a dormire?»

«Perché?»

«Non è un caso che Francesco mi abbia chiesto di sposarlo proprio qui, proprio l'altra sera... dopo, be'...»

«...»

«Ho pensato che questo mio viaggio qui, i tuoi cinquant'anni, quello che è successo tra noi sono per me la chiusura di qualcosa, un passaggio necessario. È come se avessi fatto pace con un pezzo della mia vita.»

«Tu non immagini quanto ti capisco. Ancora adesso, mentre mi parli, mentre ti guardo, ecco, mi sembra irreale averti qui davanti a me... cioè, quasi non ci credo.»

Giulia lo fissa e lo sguardo le si appanna. Entrambi hanno gli occhi lucidi.

«L'altra sera» riprende Rocco «mentre facevamo l'amore, ho avuto la conferma che certi amori sono per sempre, che ci si può lasciare, si può cambiare strada come ho fatto io, si può deviare e poi sterzare ancora, ma alla fine quel sentimento vive dentro di noi. Quello che c'è tra di noi, Giulia, è qualcosa di inspiegabilmente unico.»

«Sì...»

«Tu sei la persona che mi capisce di più sulla faccia della terra, ti basta uno sguardo per leggermi dentro, mi basta averti accanto per sentirmi in pace.»

Giulia lo ascolta in silenzio, le lacrime si affacciano silenziose e lei non le ricaccia indietro.

«Scusami, forse non dovrei dirti queste cose neanche due giorni dopo che il tuo futuro marito ti ha chiesto di sposarlo. Ma è davvero quello che provo nel profondo, e non ti sto mica dicendo...»

«Capisco quello che mi stai dicendo, perché è esattamente quello che sento io. Quando ci siamo conosciuti, inseguiti, innamorati e poi lasciati, pensavamo di avere tutta la vita davanti, ed era vero. Ma pensavamo anche che, finito quell'amore, ne avremmo avuto un altro, magari ancora più grande e potente. Lo hai detto anche tu, l'altro giorno. E sicuramente è stato così. Ciò che non sapevamo, almeno io non lo sapevo, è che quell'amore che abbiamo condiviso resterà una cosa unica e per certi versi irripetibile. Una sorta di connessione interiore, una formula chimica... non so cosa sia, ma so che è così. E per questo voglio chiederti una cosa... aspetta.»

Giulia si alza e versa dell'acqua in due bicchieri di carta. Ne allunga uno a Rocco. Entrambi mandano giù un sorso.

«Ecco, allora, ho pensato che... eh, eh ah, ah, aaah! Mi viene da ridere, piango e rido...» Si asciuga le guance. «Insomma... ti va di sposarmi tu?»

Rocco spalanca gli occhi, inclina appena la testa. «Scusa, non ho capito...»

Lei scoppia a ridere, una risata più fragorosa che mai. «Sì, forse mi sono espressa male. Ti va di sposarci tu? Di celebrare tu il nostro matrimonio? Ho pensato che in quel momento così importante... ecco, io ti vorrei accanto a me. E Francesco ovviamente ne sarebbe felicissimo.»

Rocco si passa le mani sugli occhi, è sopraffatto dall'emozione. La fissa. Entrambi piangono, lui le asciuga le lacrime con le dita.

«Questo proprio non me lo aspettavo...» mormora lui.

«Se non vuoi... guarda che lo capisco...»

Rocco la ferma, le prende la mano.

«Certo che... certo che sì, è una cosa... è bellissimo e sì, ci sarò, lo farò. Sarò lì accanto a te. Perché la tua felicità è la mia, perché tu, Giulia, sei sempre la vitamia.»

Epilogo

27 maggio 2023

«Sono passati otto anni da quando, quella sera di settembre, i vostri sguardi si sono incontrati per la prima volta. E nulla è stato più come prima.»

Rocco si allenta la cravatta, si sistema la fascia tricolore, si schiarisce la voce. Di fronte a lui sono seduti Giulia e Francesco, incorniciati sotto un arco di fiori bianchi, rose, dalie, peonie, ranuncoli, nebbiolina, intrecciati tra loro con rami di ulivo. Sullo sfondo, un ampio viale costeggiato da cipressi, un campo di grano e un tratto di vigna. Uno scenario talmente suggestivo da evocare un dipinto del pittore seicentesco Claude Lorrain. Gli sposi sono raggianti.

«L'amore è riconoscersi, così è stato per voi» continua Rocco, e mentre parla prova a fissare un punto indefinito in mezzo alle due file di sedie degli invitati, come per mantenere la concentrazione o tenere a bada l'emozione che ha nel petto, nella voce.

«Come scrive Pedro Salinas: "Non ho bisogno di tempo per sapere come sei: conoscersi è luce improvvisa". Perché, se riconoscersi è la chiave della vita, amare significa anche saper aspettare.»

Mentre pronuncia quelle parole Rocco intercetta Javier, che annuisce in segno di approvazione. In quell'istante, all'improvviso, accarezza per la prima volta, sul serio, l'idea di sposarlo, di unirsi a quest'uomo che, tra le altre cose, riesce sempre a placarlo. Proprio come sta facendo in quel preciso momento. Respira, deglutisce e riprende a parlare.

«E allora, tra le oscillazioni che sono insite nei rapporti amorosi, arriva l'età della consapevolezza. Il tempo di scambiarsi le promesse. Qui accanto a voi ci sono i testimoni della sposa, Claudia e Stefano, e quelli dello sposo, Leonardo e Giovanna. Testimoni non a caso, perché vi hanno accompagnato in questi anni... e poi Claudia è stata il vostro gancio.»

Giulia si volta un attimo a guardare l'amica, sorride.

«Come dice un cantautore tanto amato dalla nostra Giulia: "La stagione dell'amore viene e va, all'improvviso senza accorgerti, la vivrai, ti sorprenderà".»

Rocco prova a non guardarla. Battiato è stato la loro prima colonna sonora. Ma adesso è il suo giorno, adesso è la sua, di felicità: tu devi accompagnarla, e in qualche modo annullarti, si era ripetuto prima della cerimonia.

«Dunque, è giunta l'ora di dare valenza pubblica a questo amore» scandisce con tono solenne. «È giunta l'ora di essere riconosciuti come nucleo, come famiglia. E non è vero che, con questo gesto, in fondo non cambia nulla. Perché è come se la casa, già esistente, ora avesse finalmente un tetto solido e un rivestimento nuovo.»

La madre di Giulia, suo fratello Luca e Marta, tornata per l'occasione dal Portogallo dove vive, lo osservano compiaciuti. Rocco si rende conto che in tanti, tra gli ospiti, sono commossi. E capisce che la commozione si riaffaccia anche per lui. Il tono si fa incerto, tremante.

Ma deve proseguire.

«Lei è il signor Francesco Vitale, ehm... nato a Milano il 30 aprile 1975?»

«Sì, sono io.»

«Lei è la signora Giulia Marzi, nata a Lamezia Terme il 4 ottobre 1972?»

Lei si gira verso Francesco, è talmente piena di felicità

che lo guarda come ipnotizzata, al punto che il suo «Sì» è poco più di un sussurro.

«Non ho capito, Giulia Marzi è lei?» le chiede Rocco, scatenando qualche risata.

«Sì, sono io!» risponde lei accompagnando la pausa con il suo sorriso migliore, e Rocco sa che, dentro di lei, sta risuonando la sua, di risata, bellissima e inconfondibile.

«Bene, siete qui comparsi per la celebrazione del vostro matrimonio. Do lettura degli articoli 143, 144 e 147 del Codice civile.»

Un attimo di silenzio.

«Certo che come "padre Rocco" non sono niente male, eh...!»

Ancora qualche risata, a rompere per un istante l'emozione palpabile.

«Lei, signor Francesco Vitale, intende prendere in moglie la qui presente signora Giulia Marzi?»

«Sì, lo voglio.»

«Lei, signora Giulia Marzi, intende prendere in marito il qui presente signor Francesco Vitale?»

«Certo che sì, lo voglio!»

«Io, Rocco Gallo, ufficiale di Stato civile del Comune di Castiglione della Pescaia, in nome della legge vi dichiaro uniti in matrimonio. Ora dovrebbero arrivare gli anelli.»

Dalla prima fila si stacca il piccolo Federico, nipote di Francesco, una cascata di boccoli biondi, che gli consegna velocemente gli anelli e scappa subito via tra le braccia dei genitori.

Giulia e Francesco si tengono per mano, si scambiano le fedi con le dita tremanti, poi si sussurrano qualcosa nelle orecchie, sorridono e restano con le teste accostate.

"Ti amo, ti amo, ti amo" si legge sulle labbra di Francesco.

«Ora puoi baciare la sposa!» urla Rocco.

«Evviva gli sposi!» urlano tutti.

Giulia e Francesco si baciano appassionatamente, in sottofondo l'applauso fragoroso degli invitati si confonde con l'esibizione, a opera di un ensemble di violiniste, di una struggente versione strumentale di *Greatest Love of All* di Whitney Houston.

Per un momento, gli sguardi di Giulia e Rocco si incontrano. Secondi rubati. I loro occhi si parlano in silenzio e si dicono tutto.

Sei e resterai la vitamia.
E tu la mia.

Ringraziamenti

Questo libro è stato un viaggio incredibile e inatteso, attraversato dalle persone che nutrono la mia vita. Grazie a tutti.

A Riccardo, l'amore, la Vitamia. A mia madre, che mi ha dato l'esempio di vivere seguendo il cuore, libero, come lei. A mio padre, che mi ha insegnato a leggere i libri e la vita, e a ricercare il bello ovunque. A Luisa e Vincenzo, pilastri dell'esistenza. Ai miei nipoti Franco, Elena, Francesco e Federico, accanto a me sempre anche mentre scrivevo, nei caldi giorni d'estate. A Giorgia ed Elisabetta, che sono diventate grandi insieme a noi. A zia Pina, che ha tenuto il tempo di questo libro. A Luigia per il suo esserci dal primo istante. A Sebastiano, Andrea e alla famiglia della Chiusa. A tutta la mia famiglia allargata e piena di amore. E un grazie, sperando che gli arrivi, a mio nonno Vincenzo, il primo a incitarmi a scrivere quando ero all'università.

A Cesare Patriarca, per il suo contributo dietro le quinte. Allo straordinario gruppo Mondadori: Alberto Gelsumini, che ha visto il libro prima di tutti, Paola Violetti, che lo ha letto prima di tutti. A Paolo Valentino, più di un editor, una guida sicura. E a tutto il team di comunicazione e promozione.

Mondadori usa carta certificata PEFC
che garantisce la gestione sostenibile delle risorse forestali

Mondadori Libri S.p.A.

Questo volume è stato stampato
su carta HOLMEN
con fibra vergine proveniente da foreste sostenibili holmen.com/paper
presso PUNTOWEB S.r.l.
Via Variante di Cancelliera - Ariccia (RM)

Stampato in Italia - Printed in Italy